La Goutte d'or
by Michel Tournier

Copyright ⓒ Editions Gallimard, 1985
Korean Translation Copyright ⓒ MUNHAKDONGNE Publishing Corp., 2007

This Korean Edition is published by arrangement with Les Editions Gallimard.
All Rights Reserved.

이 책의 한국어판 저작권은 Les Editions Gallimard와 독점 계약한 (주)문학동네에 있습니다.
저작권법에 의해 한국에서 보호를 받는 저작물이므로 무단 전재 및 무단 복제를 금합니다.

이 도서의 국립중앙도서관 출판시도서목록(CIP)은
e-CIP 홈페이지(http://www.nl.go.kr/cip.php)에서 이용하실 수 있습니다.
(CIP제어번호: CIP2007001145)

황금구슬
La goutte d'or

미셸 투르니에 장편소설 | 이세욱 옮김

문학동네

그대는 보이는 모습과 너무나 똑같은 사람이라서

나는 그대가 말하는 것을 듣지 않는다.

―토머스 제퍼슨

황금 구슬 ✺ 009

작가 후기 ✺ 371
대담 이세욱 | 미셸 투르니에와 『황금 구슬』 ✺ 375

돌팔매질 한바탕에 날랜 염소 떼가 온순하게 밀집해 있는 양들 쪽으로 되돌아갔다. 틈만 나면 돌 더미들 사이로 흩어지려는 게 염소들이었다. 이드리스는 이 작은 무리를 모래 언덕의 불그스름한 능선 쪽으로 몰아가고 있었다. 전날이나 전전날보다 더욱 먼 길이었다. 지난주에는 바바와 마브루크 형제가 품앗이로 길동무가 되어준 덕분에 하루하루가 꿈처럼 지나갔다. 하지만 두 길동무는 이제 자기네 아버지를 도와 물도랑의 모래를 파내느라고 뜰을 벗어날 수 없는 형편이었다. 이드리스는 열다섯 살이었다. 나잇값을 하느라고 차마 속내를 털어놓진 못했지만, 그는 혼자 있는 것이 불안해서 자꾸 잰걸음을 놓았다. 친구들과 함께 있을 때는 소귀나무 그늘에서 죽치며 시간이 흐르기를 기다렸지만, 혼자서는 그럴 수가 없었다. 할머니 말처럼 사막 어귀에서 부는 바람이 덤벙대고 말 안 듣는 아이들을 잡아가는 귀신이 아니라는 것쯤은 그도 알고 있었다. 아마도 유목민이 오아시스의 농경민을 약탈하던 시대에 벌어진 일이 그런 이야기로 전해 내려온 것이 아닌가 싶었다. 하지만 이 전설은 그의 마음에 흔적을 남겼다. 그래서 짠물 호수 엘 크소브에 첫 햇살이 홀리듯이 반짝일 때, 혹은 그의 맨발에 모래 침대를 밟힌 도마뱀이 미친 듯이 달아나거나 아침햇빛 속에서 길을 잃은 올빼미가 하얗게 날아오를 때면, 한시라도 빨리 사람을 만나고 싶은 마음에 발걸음을 재우쳤다. 가축을 동쪽으로 몰고 가면서 그가 요량하고 있던 것도 샴바 부족의 목동 이브라힘 벤 라브비를 만나자는 것이었다. 샴바 부족은 에르 라우이 대(大)사구를 따라 다니며 야영 생활을 하는 반(半)유목민이다. 그들은 오아시스의 낙타들을 맡아 기르는 대신 낙타 젖의 전부와 새로 태어난 새끼들 중의 반을 자기들 몫으로 가져간다.

검고 나지막한 천막들이 쳐져 있는 그들의 야영지는 우물이 많은 지역인 오글라 멜루안에 있었다. 우물들은 대부분 허물어져 있었지만 그래도 사람이 살아가는 데 필요한 물은 얻을 수 있는 곳이었다. 이드리스는 거기에선 사귈 친구들 만나지 못하리라는 것을 알고 있었다. 사실, 그들의 방목지는 사방으로 20킬로미터에 걸쳐 있었다. 낙타들은 어미 열두 마리와 그쯤 되는 새끼들을 한 무리로 하여 여러 곳에 흩어져 있었다. 각각의 무리는 한 사람의 목동이 돌보고 있었고, 목동에게는 저마다 우물이 하나씩 지정되어 있었다. 이드리스는 북쪽으로 방향을 잡았다. 좁다란 돌길 쪽이었다. 그 길이 끝나는 자리가 바로 이브라힘이 방목하는 구역의 초입이었다. 이 구역은 수송나물과 대극의 덤불이 드문드문 흩어져 있는 메마른 암석 사막이다. 동풍이 남기고 간 옅은 황갈색 모래 띠가 섬세한 조각처럼 길게 이어져 있었다. 이제부터는 양떼와 염소들이 나아가도록 재우칠 필요가 없었다. 이브라힘의 우물인 하시 우리트가 가까워지자 마치 눈에 보이지 않는 자석에 끌리기라도 하듯 양들의 걸음이 빨라지고 염소들이 그 뒤를 따르고 있기 때문이었다. 우물은 아직 눈에 들어오지 않았다. 보이는 것이라곤 드문드문한 그루터기들의 구불구불한 실루엣이나 아베스키가 흩어져 있는 완만한 비탈뿐이었다. 새끼 염소들은 아베스키를 뜯어먹기 위해 비탈 위로 펄쩍 뛰어올랐다. 그때 잿빛 그늘이 드리워진 모래언덕의 낭떠러지 위로 아라비아고무나무 한 그루가 파라솔처럼 선연하게 모습을 드러냈다. 바로 우리트 우물을 덮고 있는 나무였다. 거기에 다다르자면 아직 2킬로미터는 더 가야 하는데, 돌길에 암낙타 한 마리가 웅크리고 앉아 있었다. 보아하니 상태가 좋지 않은 낙타인 듯했다.

이드리스는 낙타를 일으켜 세웠다. 낙타는 애처로운 울음소리를 내더니 절뚝거리는 걸음으로 무리의 앞장을 맡았다. 이드리스는 잘된 일이라고 생각했다. 이브라힘에게 가는 김에 그가 잃어버렸을지도 모르는 낙타를 데려다줄 수 있게 된 것이었다.

두 소년의 관계는 단순하고 분명했다. 이드리스에게는 두려움이 약간 섞인 경탄의 마음이 있었다면, 이브라힘에게는 약자를 감싸는 거만한 우정이 있었다. 유목민이자 자유인이자 낙타치기인 이브라힘은 오아시스 사람들을 얕잡아 보면서 마치 자기보다 못한 사람들을 너그럽게 대하듯이 굴었다. 오아시스 사람들을 위해 일을 하고 그들 덕분에 먹고사는 처지임에도 그들을 업신여기는 마음은 조금도 누그러들지 않았다. 그의 태도에는 유목민의 영광스러운 과거를 상기시키는 어떤 것이 있었다. 오아시스와 그것을 경작하는 노예들이 유목민의 소유였던 먼 옛날의 아스라한 추억이 배어 있는 것이었다. 아무튼 태양과 고독 때문에 조금 미쳐버린 이 소년은 신도 악마도 무서워하지 않았고, 사막의 메마름까지도 이용할 줄 알았다. 그는 고무나무 숲에 뛰어든 낙타를 찾으러 갔다가 가시에 오른쪽 눈을 찔리는 바람에 애꾸눈이가 되었지만, 2킬로미터나 멀리 떨어진 곳에서도 가젤이 달아나는 것을 식별할 수 있었고 나귀를 몰고 가는 사내가 어느 부족 사람인지도 알아볼 수 있었다. 그의 다리는 군살이 없고 단단해서 물이나 대추야자 열매가 없어도 스물네 시간 동안 내리 걸을 수 있었다. 그는 어둠 속에서든 모래바람 속에서든 방향을 잃고 헤매는 법이 없었다. 그뿐이 아니었다. 그는 쇠똥구리를 바늘로 꿰뚫은 다음 허공에서 버둥거리는 다리들을 자기가 원하는 쪽으로 움직이게 함으로써 바람의 방향을 바꾸는 방법도 알고 있었다. 오아시스 사람들과는 달리 개미도 무서워하지 않았다. 오아시스 사람들은 개미가 땅속에 살고 있으므로 잘못 건드리면 동티가 난다고 믿고 있었다. 하지만 이브라힘은 개미가 다니는 길을 알아내서 개미집을 찾아낸 다음 발길질 한 방으로 개미집을 박살내고, 그 지하통로에서 훑어 올린 것을 이리저리 까불러서 맛있는 먹을거리를 구했다. 그의 불경한 행동은 이드리스를 공포에 빠뜨리기가 일쑤였다. 물을 마실 때는 적어도 한쪽 무릎은 땅바닥에 댄 채로 두 손으로 그릇을 꼭 잡고 마셔야 하건만, 그는 사발을 한 손으로 들고 선 채로 마시기를 서슴지 않았다. 또 오아시스 사람들은 불에 관해서 말할 때 '타닥거리는 늙은이'나 '재를 만들어내는 이' 하는 식으로 에둘러서 말하는데, 그는 그냥 '불'이라고 노골적으로 말했다. 그건 지옥에 가게 해 달라고 비는 거나 다름없는 경솔한 말버릇이다. 그는 불을 피웠던 자리에 물을 끼얹어서 불을 끄는 짓도 서슴지 않았다. 그건 신성을 모독하는 행위이다. 언젠가 이드리스는 그가 양의 골까지 맛나게 먹는 것을 본 적이 있다. 오아시스 사람들은 양의 골을 먹지 않고 땅에 묻는다. 양의 골을 먹으면 미쳐버리기 때문이다. 그건 자기 자신의 뇌를 먹어치우는 거나 다름없는 짓이다.

이드리스는 절름거리는 암낙타를 앞세우고 아라비아고무나무 그늘에 다다랐다. 이브라힘은 보이지 않았다. 바닥에 모래가 쌓인 우물의 남은 물을 길어올려 작고 동그란 물통에 담자, 양떼와 염소들이 주위로 몰려들었다. 녀석들은 당장 물을 마시지 않아도 저녁때까지는 버틸 수 있을 터였다. 그래도 가축을 물통 주위에 모아놓는 것은 쓸모가 있었다. 물통이 가축을 흩어지지 않게 하는 구심점 노릇을 하기 때문이었다.

이브라힘은 어디에 있지? 자기 낙타들에게 풀을 뜯기려고 먼 곳으로 데려간 것은 아닐까? 소나기가 한바탕 쏟아진 덕에 몇 시간 사이에 새로 풀이 돋아난 곳이라도 있는 것일까?

이드리스는 나무 주위에서 그의 발자취를 찾아보았다. 땅바닥엔 발자국이 지천이었다. 낙타들의 커다란 발굽이 남긴 자국에 양과 염소의 발굽 때문에 생긴 작은 구멍들이 섞여 있었다. 이드리스는 원호를 그리며 우물에서 멀어져갔다. 이브라힘이 어느 쪽으로 갔는지를 알려줄 만한 무언가를 찾아보기 위해서였다. 도마뱀이 길게 꼬리를 끌며 지나간 듯한 불규칙한 자국들과 날쥐 한 마리가 폴짝폴짝 뛰어다녔음을 짐작케 하는 작은 별 모양의 자국들, 페넥여우가 꽤 오래 전에 경중거리며 남기고 간 세모꼴 발자국 등이 간간이 보였다. 이드리스는 현무암 바위를 에돌았다. 해가 지평선 위로 올라올수록, 점점 더 눈부시게 빛나는 사막과 바위의 검은색이 뚜렷한 대조를 이루고 있었다. 그때 이드리스는 매우 흥미로운 자국을 발견했다. 너무나 신기한 자국이라서 한순간 머릿속이 휑해지는 기분이 들었다. 이젠 이브라힘이나 그의 낙타들이나 자기의 양떼와 염소들 따위는 안중에도 없었다. 이드리스의 관심은 오로지 가장자리가 톱니 같은 두 가닥 리본 모양의 자국에 쏠려 있었다. 하얀 모래에 옅게 파인 바퀴 자국이 끝 간 데 없이 아스라했다. 자동차! 오아시스에서는 아무도 얘기를 해준 적이 없는 자동차가 물질적인 풍요와 인간 세상의 신비를 느끼게 하는 짐을 실은 채 어둠을 뚫고 나타났던 모양이다. 이드리스는 숨이 막힐 듯한 흥분을 느끼며, 서쪽으로 사라져간 자동차의 바퀴 자국을 따라 달리기 시작했다.

해가 중천에서 불을 토하고 있을 즈음, 그가 타마리스크 덤불을 스쳐 지나가고 있을 때 뜨겁게 달아오른 땅바닥이 흔들리면서 사륜구동 자동차 랜드로버의 둔중한 실루엣이 나타났다. 자동차가 아주 빠르게 달리고 있는 건 아니었지만, 그것을 따라잡을 가능성은 전혀 없었다. 굳이 따라잡겠다고 작정한 것도 아니었다. 놀라기도 하고 기가 죽기도 해서 그는 발걸음을 멈추었다.

양들과 염소들이 이내 그를 에워쌌다. 랜드로버는 북쪽으로 방향을 틀어 베니 아베스로 가는 도로로 접어들었다. 오 분 후면 시야에서 사라질 판이었다. 그런데 갑자기 자동차가 속도를 늦추고 있었다. 그러더니 오던 방향으로 되돌아가려는 듯 유턴을 하기 시작했다. 자동차가 다시 속도를 내면서 이드리스 쪽으로 곧장 돌진해왔다. 차에 탄 두 남녀의 모습이 보였다. 남자가 운전을 하고 있었다. 옆자리에 앉은 여자는 금발머리와 커다란 검은색 안경만이 눈에 보였다. 자동차가 멈춰 섰다. 여자는 색안경을 벗고 차에서 뛰어내렸다. 그녀의 어깨 위에서 빛바랜 식탁보 같은 연한 빛깔의 머리채가 찰랑거렸다. 여자는 목둘레가 깊이 파인 카키색 반팔 블라우스에 똑바로 바라볼 수가 없을 정도로 짧은 반바지를 입고 있었다. 가볍고 밑창이 납작한 금빛 구두도 인상적이었다. 주위에 돌이 많아서 저걸 신고는 멀리 못 가겠는 걸 하고 이드리스는 생각했다. 여자는 사진기를 들어올리고 있었다.

"어이 꼬마야! 너무 움직이지 마. 너를 찍을 거야."

"하다못해 애가 어떻게 생각하는지 물어보기라도 해야 하는 거 아냐? 사진 찍히는 걸 좋아하지 않는 사람들도 있다고."

남자가 툴툴거리자 여자가 되받았다.

"물어보고 싶으면 당신이 물어봐! 그게 바로 당신 일이니까."

이드리스는 오고가는 말을 이해하기 위해 귀를 잔뜩 기울이면서 자기가 알고 있는 초보적인 프랑스말을 그러모았다. 보아하니 남자와 여자는 그를 놓고 입씨름을 벌이고 있었다. 그런데 그에게 관심을 보이는 쪽은 여자였다. 그게 무엇보다 그를 불안하게 했다.

남자가 빈정거렸다.

"착각하지 마. 저 애는 당신이 아니라 자동차를 보고 있는 거라고!"

아닌 게 아니라 이드리스는 먼지를 하얗게 뒤집어쓴 자동차의 다부진 생김새에 압도되어 있었다. 연료탱크, 예비 타이어, 잭, 소화기, 견인 로프, 삽, 바퀴를 모래구덩이에서 빼낼 때 쓰는 금속판 따위가 자동차 여기저기에 울룩불룩 튀어나와 있었다. 사막을 잘 아는 이드리스가 보기엔 정말 굉장한 자동차였다. 길마를 얹은 낙타와 비슷하게 생긴 구석이 없지 않은 이 자동차는 사막 횡단여행에 아주 제격일 듯했다. 이토록 멋진 도구를 가진 사람이라면 그 위세 또한 대단하지 않을 리가 없었다.

여자가 말했다.

"누가 그걸 모르나? 하지만 내가 보기에 저 애한테는 차이가 없어. 자동차든 우리든 별세계에서 온 것으로 보이기는 마찬가지일 테니까. 당신도 나도 랜드로버의 후광을 입고 있는 거야."

여자는 여러 번 필름을 갈아끼우면서 이드리스와 양들을 계속 찍어댔다. 그러더니 사진기를 내리고 미소 띤 얼굴로 그를 바라보았다. 그제야 이드리스가 제대로 눈에 들어오는 모양이었다.

"사진 나 줘요."

그게 이드리스가 처음으로 한 말이었다. 남자가 끼어들었다.

"사진 달라잖아. 당연한 거 아냐? 이거, 즉석 현상기를 항상 가지고 다니든지 해야지 원! 저 가엾은 꼬마가 실망하겠는걸."

여자는 사진기를 자동차 안에 도로 갖다놓았다. 그러더니 자동차에서 셀로판지로 싼 지도 한 장을 꺼내들고 이드리스에게 다가왔다.

"그건 불가능해, 꼬마야. 다른 사람 시켜서 필름을 현상해야 하고 인화도 맡겨야 해. 네 사진은 보내줄게. 자아 이 지도를 봐라. 우리는 지금 여기에 있어. 타벨발라, 보이지? 이 초록색 점이 바로 너희 오아시스야. 내일 우리는 베니 아베스에 도착해. 다음엔 베샤르, 그다음엔 오랑으로 가지. 여기서 카페리를 타고 스물다섯 시간 걸려서 바다를 건너가면 마르세유야. 다시 고속도로로 8백 킬로미터를 더 가. 그러면 파리야. 거기에서 네 사진을 보내줄게. 네 이름이 뭐니?"

랜드로버가 먼지 구름을 일으키며 사라졌을 때, 이드리스는 무언가 예전과는 다른 사람이 되어 있었다. 타벨발라에는 사진이 달랑 한 장밖에 없었다. 다른 이유에 앞서 오아시스 사람들이 너무 가난해서 사진에 마음을 쓸 수 없기 때문이다. 또다른 이유가 있다면, 회교도인 이 베르베르 사람들이 사진을 무서워하기 때문이다. 그들은 사진에 사람을 해치는 힘이 있다고 여긴다. 사진을 찍는 것은 사악한 눈길에 자신을 노출시키는 행위일 수도 있다고 생각하는 것이다. 하지만 그 하나밖에 없는 사진은 이드리스의 삼촌인 모가뎀 벤 압데라흐만 병장의 위엄을 높이는 데 기여하고 있었다. 그는 이탈리아 원정에 참여했다가 표창장과 무공훈장을 가지고 돌아온 오아시스의 영웅이었다. 표창장과 무공훈장과 사진은 그의 오두막집 벽에 고이 모셔져 있었다. 사진은 잔금이 가 있고 약간 흐릿했다. 삼촌이 젊고 혈기왕성하던 시절에 아주 멋진 모습으로 장난기 어린 표정의 두 전우와 찍은 사진이었다. 여태껏 타벨발라에는 사진이 그것 한 장밖에 없었는데, 이제 내 모습을 담은 다른 사진이 생기겠군 하고 이드리스는 생각했다.

그는 우리트 우물의 커다란 아라비아고무나무를 향해서 종종걸음으로 하얀 암석사막을 가로질렀다. 방금 전에 겪은 뜻밖의 일 때문에 가슴이 벅차올랐다. 이브라힘에게 자랑해야지 하는 생각에 지레 마음이 들떴다. 정말 자랑해도 될까? 그런데 무슨 증거로 내 말을 믿게 하지? 그들에게서 사진을 받았더라면 좋았을 것을! 하지만 그의 사진은 이제 사진기 케이스에 갇힌 채 베니 아베스로 가고 있는 중이었다. 이드리스가 나아갈수록 사진뿐 아니라 사진기를 싣고 가버린 랜드로버 역시 현실이 아니었던 것처럼 변해가고 있었다. 조금 더 가면 타이어 자국마저 보이지 않게 될 터였다. 조금 전의 만남이 현실이었음을 입증해줄 만한 것이 모두 사라져가고 있는 셈이었다.

우리트 우물에 다다르자, 이브라힘이 여느 때처럼 돌팔매질로 그를 맞아주었다. 이것 역시 오아시스 사람들끼리는 하지 않는 짓이었다. 돌멩이를 집어드는 것은 그 자체만으로도 적의를 나타내는 몸짓이다. 설령 진짜로 던지지는 않는다 해도 상대방은 그것을 하나의 위협으로 받아들이기가 십상인 것이다. 이브라힘은 아주 어렸을 때부터 조약돌을 던지면서 익힌 귀신같은 솜씨를 장난삼아 과시했다. 날아가는 까마귀나 뛰어가는 페넥여우에게 돌을 던져도 헛방을 치는 법이 없었다. 이번에도 그는 자기 친구가 다가오는 것을 보자, 환영 인사 대신 돌멩이를 던지며 장난을 쳤다. 이드리스의 왼쪽과 오른쪽, 바로 앞과 두 발 사이에서까지 모래가 튀어올랐다. 겁을 주려는 것이 아니라―이드리스는 조금도 위험하지 않다는 것을 오래 전부터 알고 있었다―, 그저 친구를 다시 만난 기쁨을 자신의 공격성과 천부적인 재주가 뒤섞인 형태로 나타내고 있을 뿐이었다. 이드리스와의 거리가 너무 가까워서 장난이 시시해지자 그가 돌팔매질을 멈추었다. 그러고는 소리쳤다.

"이리 와! 신기한 거 보여줄게!"

바로 이런 게 이브라힘의 진면목이었다! 이드리스는 뜻밖의 만남을 경험하고 오는 길이었다. 다른 사람도 아닌 금발의 여자에게 사진을 찍혔다. 그럼으로써 느닷없이 모가댐 병장에 비할 만한 인물이 된 것이다. 그로부터 두 시간밖에 지나지 않았는데, 이번엔 이브라힘이 신기한 것을 보여주겠다고 하지 않는가!

"암낙타 한 마리가 엘 호라 우물에서 곧 새끼를 낳을 거야. 우물은 여기에서 한 시간쯤 가면 있어. 썩어 문드러진 우물이지만, 낙타가 물을 마셔야 하기 때문에 거기에 둔 거야. 낙타 젖을 짜 가지고 거기로 가자."

그는 토막토막 동안을 두어가며 말했다. 개가 컹컹대는 것과 비슷한 그 말투에는 거역하기 어려운 힘이 있었다. 또한 그의 애꾸눈에서는 빈정대는 듯한 기색이 번득였다. 그가 보기에 이드리스는 멍청한 오아시스 소년일 뿐이었다. 유순하고 온화하지만, 샴바 족의 낙타지기 앞에서는 맥을 못 추는 '고추자지'였던 것이다. 늙은 수낙타 한 마리가 땅바닥을 단단히 딛고 힘을 쓰더니 오줌 한 줄기를 세차게 쏟아냈다. 이브라힘은 그 틈을 놓치지

황금 구슬 21

않고 오줌에 손을 씻었다. 샴바 족 사람들은 더러운 손으로는 젖을 짜지 않는 것이다. 그는 암낙타 한 마리를 젖 짜기 좋은 자세로 돌려 세워놓고, 같은 무리의 새끼 낙타들이 빨지 못하도록 젖퉁이에 씌워놓은 그물을 벗겨냈다. 그런 다음 한쪽 다리로 서서, 왼발을 오른쪽 무릎에 대고 왼쪽 허벅지 위에 질그릇을 아슬아슬하게 올려놓고 젖을 짜기 시작했다.

이드리스는 젖 두 줄기가 겨끔내기로 뿜어져나오는 것을 지켜보았다. 따뜻하고 싱싱한 젖, 배고픔과 목마름을 동시에 가라앉힐 수 있는 그 하얀 액체를 보니 식욕이 동했다. 늘 영양이 부족한 상태에 있는 이드리스는 그 욕구를 참느라 애를 쓰고 있었다. 암낙타는 곰의 귀 같은 작은 귀를 옴죽거리다가 항문을 열었다. 푸른빛의 묽은 똥이 낙타의 허벅지를 타고 흘러내렸다. 젖이 잘 내리도록 도와주는 신뢰와 안심의 표시였다.

젖을 짜던 이브라힘의 손길이 멎었다. 그 정도면 잘 말려놓은 수통 하나—뚜껑이 달려 있고, 종려나무 섬유로 엮어 만든 망에 씌워 낙타 옆구리에 매달고 다니는 그 수통들 중의 하나—를 채울 만하다고 판단한 것이다. 그는 늙은 수낙타에게 다가갔다. 건드릴 필요도 없이 그저 목구멍을 긁는 외마디소리를 지르는 것만으로도 낙타는 웅크리고 앉았다. 그러자 그는 낙타의 어깨뼈 사이에 도도록하게 솟은 부위로 올라가 육봉에 등을 기대고는 이드리스를 자기 앞에 앉혔다. 낙타는 기분이 나쁘다는 듯한 울음소리를 내며 몸을 일으키더니 즉시 북쪽으로 걸음을 떼었다. 흙이 불그죽죽하고 나무 모양의 가시덤불이 여기저기 흩어져 있는 지대를 지나서, 그들은 와디의 바닥으로 접어들어 몇 킬로미터를 거슬러 올라갔다. 와디에 물이 흐르지 않은 지가 몇 해는 되었는지, 물에 깎인 바닥이 거대한 판처럼 반들반들하고 딱딱해 보였다. 이따금 낙타의 넓은 발굽에 바닥이 갑자기 무너져내렸다. 그들은 여러 번 땅바닥에 떨어질 뻔했다. 낙타는 화가 나서 으르렁거렸다. 낙타의 걸음걸이를 늦추지 않으면 안 되었다. 현무암 바위 하나가 나타나자 낙타가 그 발치에서 걸음을 멈추었다. 바위 아래에 감춰져 있는 물웅덩이의 냄새를 맡은 것이었다. 이브라힘은 낙타가 물을 마시도록 내버려두었다. 잿빛 물에서는 물벌레들이 갈지자를 그리며 돌아다니고 있었다. 낙타는 슬프고도 거만한 표정으로 머리를 다시 치켜들고, 물이 줄줄 흐르는 주둥이 끄트머리를 말아올리고는 소금기와 유황을 품은 냄새를 풍기며 긴 울음을 토했다. 그들은 다시 길을 떠났다. 이드리스는 자기 친구가 불안감과 초조감에 휩싸여 있음을 감지했다. 엘 호라 우물이 가까워질수록 그것이 더욱 분명하게 느껴졌다. 공기 중에 사위스런 기운이 감돌고 있었다. 이브라힘은 확실한 직감으로 그것을 알아차리고 있는 것이었다.

우물이 있음을 알려주는 것이라곤 파낸 지가 아주 오래되어 딱딱하게 굳어버린 붕긋한 흙더미뿐이었다. 수조나 우물방틀이나 테두리돌 따위는 없고 땅바닥에 그저 구멍 하나가 위험하게 뚫려 있는 우물이었다. 그래도 종려나무 가지를 장대처럼 엮어 지은 허름한 오두막은 있었다. 그렇다면 이 우물은 목동들에게 알려져 있고, 그들이 이따금 찾아와 가축들에게 물을 먹이고 햇볕을 피해 오두막에서 쉬어 가기도 한다는 얘기였다. 이드리스의 눈에는 우물곁이 텅 비어 있는 듯했다. 하지만 이브라힘의 애꾸눈에는 아주 멀리에서도 분명히 보이는 것이 있었다. 우물과 오두막 사이에 버려진, 갓 낳은 새끼낙타의 가녀린 황갈색 실루엣. 그의 불길한 예감이 사실로 확인되는 순간이었다.

그는 낙타에서 뛰어내려 우물가로 곧장 달려갔다. 그러더니 우물의 벽토를 안쪽에서 지탱하는 골조 가운데 가장 쉽게 발을 내디딜 수 있는 가로대로 내려섰다. 그런 다음 우물 속이 잘 들여다보이도록 거기에 엎드렸다. 의심의 여지가 없었다. 어미 낙타는 새끼를 낳느라 목이 말라서 우물굽으로 다가갔다가 허공 속으로 떨어진 것이었다.

그때 새끼낙타가 애처로운 울음소리를 냈고, 어미가 그것에 답했다. 우물에 빠진 어미 낙타의 신음 소리가 마치 파이프오르간의 거대한 음관(音管)을 거쳐 나온 것처럼 증폭되어 올라왔다. 이드리스도 구멍 위로 몸을 기울였다. 처음엔 내벽의 널빤지들을 고정시키는 얼키설키한 가로대들만이 보일 뿐이었다. 그러다가 눈이 어둠에 익숙해지자, 수면에 어른거리는 그림자들과 반쯤 물에 잠긴 채 옆으로 쓰러져 있는 검은 실루엣이 보였다. 우물 위로 내민 이드리스 자신의 머리도 물에 비쳐 있었다. 짙푸른 하늘을 배경으로 선명하게 보이는 머리 그림자가 마치 그 음산한 그림의 가장자리에 찍힌 낙관 같았다.

이브라힘은 다시 몸을 일으켜 오두막으로 달려갔다. 그러더니 가죽띠를 엮어 만든 밧줄을 가지고 돌아왔다.

"내려가서 어미 낙타가 다쳤는지 알아봐야겠어. 다치지 않았으면 다른 목동들의 도움을 받아 저기에서 끌어내도록 해봐야지. 다리가 부러졌으면, 그냥 죽여야 할 거야."

그러더니 이브라힘은 바윗부리에 밧줄의 한쪽 끝을 고정시키고 우물 속으로 미끄러져 내려갔다. 잠시 침묵이 흐르다가 그의 목소리가 동굴 속의 메아리처럼 올라왔다.

"다리 하나가 부러졌어. 죽여서 토막을 낼 거야. 고깃덩어리들을 끌어올려줘. 내 옷부터 시작해."

이드리스는 낡고 해진 옷가지를 둘둘 뭉쳐놓은 가벼운 짐을 끌어올렸다. 그러고는 지하 20미터의 흙탕물에서 삼바 족의 낙타지기가 벌이고 있는 끔찍한 도살 작업을 구경하려 하지 않고 그냥 기다렸다.

 그들을 태우고 온 수낙타가 새끼낙타에게 다가가더니, 한참 냄새를 맡고 나서 다정하게 핥아주기 시작했다. 이드리스는 호기심을 느끼며 그 광경을 지켜보았다. 늙은 수컷이 생급스럽게 부성의 본능을 좇아 행동하는 것처럼 보이지는 않았다. 그보다는 바들거리는 새끼낙타의 축축한 몸뚱이에서 그 어미의 진한 냄새를 즐기고 있을 터였다. 새끼낙타는 혼자 버려져 어쩔 줄 몰라하던 참에 뜻밖의 보호자를 만나자 찰싹 달라붙었다. 그러고는 본능이 시키는 대로 혹시 있을지도 모를 젖통을 찾아 주둥이로 수컷의 생식기 주위를 뒤져댔다.

 이드리스는 이브라힘이 닦달하듯 부르는 소리에 지켜보기를 중단했다. 그는 무거운 짐이 매달린 가죽밧줄을 당기기 시작했다. 아직 생명의 온기가 남아 있는 넓적다리 하나와 다리 하나가 이내 올라왔다. 그는 그 고깃덩어리를 오두막의 그늘로 옮겨놓았다. 곧바로 이브라힘의 목소리가 다시 울렸다.

 "물 한 양동이를 끌어올려라. 우리가 가져온 낙타 젖을 물에 타서 새끼에게 먹여."

 그러니까 이브라힘은 그 힘든 일을 해내는 와중에도 새끼낙타를 잊지 않고 있다는 얘기였다. 게다가 새끼낙타를 위해 자기가 가진 유일한 음식을 포기하는 셈이었다. 이드리스는 아쉬운 마음을 누르고 시키는 대로 했다. 젖의 일부를 마시든가 해서 그의 말을 거역할 수도 있다는 것을 생각해보지 않은 것은 아니었다. 하지만 자기 친구의 초인적인 용기에 압도되어 차마 그럴 수가 없었다. 새끼낙타는 젖을 마실 줄 몰랐다. 이드리스는 임시방편으로 병을 가지고 젖병을 만들어주었다. 병의 밑바닥을 깨뜨려 일종의 깔때기를 만든 것이었다. 그가 젖병을 물리기가 무섭게 우물 속에서 암낙타의 고깃덩어리가 또 한 차례 올라왔다.

해가 하늘길의 가장 높은 자리로 올라서자, 햇살이 우물 속으로 곧장 쏟아져 들어갔다. 빛이 들어서 일하기가 편하다고 기뻐하는 이브라힘의 목소리가 들려왔다. 오두막은 이제 고깃덩어리의 더미로만 보였다. 거기에 달라붙은 금파리 떼가 이드리스의 기척이 날 때마다 그악스럽게 윙윙거렸다. 그보다 이드리스를 더 불안하게 하는 것은 한 시간 전만 해도 텅 비어 있던 하늘에 작고 검은 십자가들이 새까맣게 떠 있다는 것이었다. 천천히 표류하던 이 십자가들은 잠시 꼼짝 않고 떠 있는 듯하다가 활공으로 미끄러졌다. 모든 것을 지켜본 독수리 떼가 날아 내려올 채비를 하고 있는 것이었다. 하지만 무섭기로 말하면, 독수리보다 까마귀가 더했다. 이놈들의 대담성과 공격성은 어느 것 앞에서도 수그러들지 않았다. 이드리스는 벌써부터 돌아갈 일을 걱정하고 있었다. 겨우 걸음을 옮길 수 있는 새끼낙타에다 산더미 같은 날

고기를 육봉에 지고 휘청거리는 늙은 수낙타, 그리고 까악까악 우짖으며 검은 꼬리처럼 이들을 따라오는 까마귀 떼의 모습이 눈에 선했다.

그때 갑자기 놀라운 광경이 벌어졌다. 이브라힘이 우물 입구에 가로질러 놓은 나무 위로 올라선 것이다. 그야말로 피로 물든 진흙을 뒤집어쓴 살아 있는 조각상이었다. 그는 강렬한 햇살이 눈부셔서 두 손으로 얼굴을 가린 채 하늘을 향해 고개를 들었다. 이윽고 두 손이 미끄러져 내려왔다. 이드리스는 그의 비어 있는 눈구멍에 핏덩이가 엉겨 있는 것을 보았다. 마치 방금 전에 눈알이 빠져 나간 듯한 모습이었다. 이브라힘은 긴장과 피로, 한낮의 태양이 불러일으키는 흥분 때문에 제정신이 아니었다. 그는 두 팔을 들어올리고 승리와 도전의 고함을 내질렀다. 그러더니 가로대를 쿵쿵 구르며 위태위태하게 펄쩍거리기 시작했다. 그는 한 손으로 자신의 성기를 잡아 이드리스 쪽으로 내밀고 있었다.

"야, 고추자지! 이거 봐! 내 건 말뚝자지야!"

그는 벌레 먹은 가로대 위에서 다시 펄쩍거렸다. 그때 우지끈 하는 소리가 나더니 이브라힘이 마치 뚜껑문으로 빠져들어가듯이 사라져버렸다. 또다시 우지끈 하는 소리가 들려왔다. 이드리스는 자기 친구의 몸뚱이가 나무 골조의 중심을 이루는 가로대에 부딪혔다는 것을 알아차렸다. 이번에는 마룻대에 해당하는 가로대가 부러진 것이었다. 그러자 마치 지진이라도 일어나는 것처럼 땅이 흔들렸다. 오두막이 암낙타의 고깃덩어리 위로 무너져내렸다. 뽀얀 구름먼지가 우물에서 하늘 쪽으로 솟아올랐다. 이드리스는 무수한 박쥐가 미친 듯이 날아오르는 것을 보았다. 우물의 나무 골조에 붙어 낮 시간을 보내던 박쥐들이었다. 두 개의 가로대가 부러지는 바람에 우물의 내벽을 누르고 있던 널빤지들이 한꺼번에 무너져내린 것이었다. 우물은 일거에 매몰되어버렸다. 어느 깊이까지 묻힌 것일까? 이브라힘은 어디에 있지?

 이드리스는 우물로 다가갔다. 2미터가 채 안 되는 깊이에 모래가 나무 조각들과 뒤섞여 있는 게 보였다. 그는 친구의 이름을 불렀다. 그의 가냘픈 목소리가 정적을 갈랐다. 중천에 뜬 태양의 강렬한 빛살 때문에 정적이 더욱 괴괴하게 느껴졌다. 그러자 엄청난 공포가 이드리스를 엄습해왔다. 그는 겁에 질려 울부짖으며 우물을 등지고 곧장 내달았다. 그렇게 한참을 달렸다. 나뭇등걸에 부딪혀 비틀거리다가 흐느낌으로 어깨를 들썩대며 모래 위로 펄썩 무너져내릴 때까지. 한쪽 뺨을 땅바닥에 붙이고 있노라니, 산 채로 묻혀버린 친구의 웃음소리가 땅속 깊은 곳에서 들려오는 듯했다.

"그 사람이 네 사진을 찍었다고? 그런데 사진은 어디 있어?"

이드리스의 어머니는 이웃집 쿠카 아줌마의 도움을 받아 머리를 빗고 몸치장을 하면서 사진 이야기를 또다시 꺼내고 있었다. 이드리스는 랜드로버를 모는 프랑스 사람들을 만난 일과 사진을 보내주겠다는 그들의 약속을 자기 마음속에만 감춰둘 수가 없어서 어머니에게 이야기를 한 터였다. 다만 나쁜 쪽으로 상상하는 게 버릇이 되어 있는 어머니를 덧들이지 않기 위해서, 금발 머리 여자에 관해서는 그 역할뿐 아니라 그녀가 있었다는 얘기조차 하지 않았다. 자동차에는 남자만 두 사람이 타고 있었고, 그 중 하나가 사진을 찍었다고 둘러댄 것이다.

이드리스는 사진이 오리라고 믿고 있었다. 오아시스에 드물

게 오는 우편물이며 오아시스 사람들이 주문한 식량, 연장, 의복 등과 함께 배달되리라고. 일주일에 한 번씩 트럭을 몰고 와서 가까운 대오아시스 베니 아베스와 타벨발라를 연결해주는 살라흐 브라힘이 사진을 가져다주리라고.

하지만 쿠카 벤 라이드는 가느다란 쇠꼬챙이 세 개로 어머니의 머리를 빗기면서 불길한 소리를 했다.

"사진은 절대로 오지 않을 거야. 한데 그들은 그 사진을 어떻게 할라나? 그건 아무도 알 수가 없지."

어머니는 한숨 더 떴다.

"네 안에 있던 것이 조금 떠나간 거야. 그 때문에 네가 병이 나면 어떻게 고치지?"

쿠카가 동을 달았다.

"그 때문에 이 애가 떠나버릴 염려도 있어. 반년 새에 북쪽으로 가버린 우리 마을 젊은이가 세 명이나 돼!"

이드리스는 빈틈없는 손놀림이 필요한 일에 몰두해 있었다. 칼로 황갈색 고령토 덩어리를 깎아 장난감 낙타를 만들고 있었다. 그는 두 여자의 음울한 푸념에 끼어들지 않는 게 좋겠다 싶어서 자기 일에 더욱 정성을 들였다. 그는 어려서부터 이렇게 조각된 낙타들을 가지고 샴바 부족의 유목 생활을 흉내 내며 놀았다. 그 놀이는 장난감 낙타를 하나씩 선물로 받으면서 시작되었다. 개수가 늘어나자 그는 낙타들에게 색칠을 하고 헝겊 조각과 종려나무 섬유로 옷을 만들어 입혔다. 그는 매일같이 낙타들에게 물을 먹이거나 풀을 뜯겼으며, 다치거나 병든 낙타들을 치료해주었다. 하지만 이제는 그런 유치한 놀이를 할 나이가 아니었다. 그래서 그는 자기가 갖고 놀던 것들을 동생들에게 차례차례 넘겨주었고, 새로운 조각상들을 만들어 그러잖아도 많은 장난감 가축을 더욱 늘려가고 있었다.

"젊은것들이 왜 떠나는지 나는 잘 알아."

쿠카는 그렇게 알 듯 말 듯한 소리를 하고는 채신머리를 세우느라고 잠시 침묵을 지켰다. 그러자 어머니가 물었다.

"그래? 젊은것들이 왜 떠나는 건데?"

"그 애들한테 걸음마를 너무 일찍 가르쳐서 그래. 그건 유목민의 나쁜 버릇인데, 그게 우리 애들의 일생을 좌지우지하는 거야."

어머니가 머뭇머뭇 대꾸했다.

"이드리스는 두 살이 되도록 걸음마를 하지 않았어."

어머니는 집안의 내림을 떠올리며 언짢은 기분을 느꼈다. 옛날에 어머니는 자식들이 하나같이 걸음마를 늦게 하는 바람에 속을 끓이고 불길한 예감에 시달렸다. 셋째 아이가 두 살이 되도록 걷지 못했을 때는 걸음마를 기원하는 의식을 치르기까지 했다. 아이가 걸음을 늦게 걷는 경우에 전통적으로 행하는 이 의식은 이런 식으로 진행된다. 먼저 아이에게 넝마를 입힌 다음, 일부러 콧물을 흘리고 똥오줌을 싸게 내버려둠으로써 아이를 온통 꾀죄죄하게 만든다. 이 아이를 아기바구니에 태워 두 여자아이—누나들이나 사촌누나들, 부득이한 경우에는 이웃집 여자아이들—가 들고 집집마다 돌아다닌다. 두 여자아이는 마을을 돌면서 계속 이렇게 말한다. "이 아이는 걷지를 않아요. 이 아이는 걷고 싶어하지 않아요. 신이시여, 이 아이가 걸을 수 있도록 도와주소서!" 방문을 받은 집에서는 밀, 보리, 설탕, 양파, 동전 등을 선물로 내놓는다. 이 선물은 아이의 몸에 닿도록 바구니 속에 넣는다. 어머니는 이렇게 거두어들인 선물을 가지고 걷지 못하는 아이와 이 아이를 대신해서 마을을 돌았던 여자아이들을 위해 푸짐하게 음식을 차려야 한다.

쿠카는 순순히 물러나지 않았다.

"그건 그렇지만, 이드리스는 여섯 살 때부터 석유통을 가지고 트럭 놀이를 했어. 진흙으로 구워 만든 네 바퀴와 예비 바퀴를 달아가지고 말이야. 그게 무슨 뜻이었을까?"

"이드리스가 떠나야 하는 운명이라면 떠나겠지."

어머니는 체념하며 아퀴를 지었다.

"물론이지. 하지만 떠난다고 해서 꼭 사악한 눈길 때문에 떠나는 건 아닐 거야."

쿠카는 그렇게 한발 물러서며 어머니의 머리에 진한 향유를 발랐다. 헤나와 정향(丁香), 말린 장미, 도금양을 섞어 만든 이 향유는 머릿결에 자르르한 윤기를 준다.

쿠카가 방금 내뱉은 '사악한 눈길'이라는 말은 랜드로버 사건을 알게 된 뒤로 어머니 머릿속을 떠나지 않았다. 사악한 눈길에 다치지 않기 위해서는 되도록 이목을 끌지 않는 게 상책이다. 옷차림이나 힘이나 아름다움으로 남의 눈길을 끄는 것은 악마를 유혹하는 짓이다. 타벨발라의 어머니들은 아기들 씻기고 돌보는 것을 일부러 소홀히 해서 아기들을 어느 정도 불결한 상태에 놓아둔다. 자식들이 특히 해를 입기 쉬운 나이에 남의 경탄을 불러일으키지 않도록 하기 위해서다. 방금 손에 넣은 새 칼을 자랑스럽게 내보이는 사람은 그것을 사용하다가 상처를 입기가 십상이다. 젖을 먹이는 어미의 풍만한 젖가슴에 사악한 눈길이 닿으면 젖이 마를 염려가 있다. 유난히 새끼를 잘 낳을 것으로 보이는 염소나 꽃이 너무 탐스러운 종려나무가 그 눈길에 노출되면 새끼를 못 낳거나 시들어버린다. 사람을 돋보이게 하는 형상은 모두 위험을 품고 있다. 그러니 사진기의 눈에 속없이 자신을 드러낸 자의 경솔함을 두고 더 무슨 말을 하겠는가?

그건 이드리스도 알고 있는 바였다. 타벨발라 사람들의 사고 방식은 그의 마음에 적잖이 스며들어 있었다. 그래서 그는 스스로 초래한 위험 앞에서 떨고 있었다. 하지만 한편으로는 자기를 키워준 오아시스의 그늘에서 벗어나고 싶은 욕구도 강렬했다. 유목민인 샴바 부족에 대한 그의 경탄에는 그런 의미가 담겨 있었다. 애들 장난감을 가지고 놀면 웃음가마리가 되는 나이에 그가 낙타 조각상들을 여전히 애지중지하는 것도 같은 맥락이었다. 어머니는 그가 장난감 낙타 모으는 것을 별로 좋아하지 않았다. 하지만 이드리스는 곧 대장부가 될 사내아이였다. 게다가 낙타는 인형 같은 장난감이 아니었다. 다 큰 딸아이들이 인형을 가지고 노는 것은 허용할 수 없는 일이지만, 사내아이가 낙타를 모으는 것은 흉이 되지 않았다.

쿠카는 빗살에 달라붙어 있는 머리카락들을 정성스럽게 한데 모아 몽당이를 지었다. 빗질을 할 때는 빠진 머리카락을 한 올이라도 흘리면 안 된다. 인격의 한 발현 형태인 머리카락에는 심신의 건강에 영향을 미칠 수 있는 힘이 아직 남아 있기 때문이다. 만일 유실된 머리카락들이 악의를 가진 자의 수중에 들어가게 되면 귀신에게 저주를 비는 가공할 방자의 도구가 된다. 그렇다고 해서 머리카락을 태워버리는 것도 있을 수 없는 일이다. 결국 머리카락은 여자들이 숭배하는 나무인 타마리스크의 발치에 묻어야 하는 것이다.

"이드리스가 흑인들에게 팔린 적이 있다는 게 사실이야?"

쿠카가 생급스럽게 물었다.

실례가 되는 질문이었다. 다른 사람이 듣고 있거나 어머니와 얼굴을 맞대고 있기만 했어도, 쿠카는 아마 감히 이런 것을 묻지 않았을 것이다. 어머니는 그녀를 등지고 돌아앉은 채 그녀의 손에 몸을 내맡기고 있던 터라, 별로 억지스럽지 않게 대답을 회피할 수도 있었고 침묵으로 맞설 수도 있었다. 하지만 어머니는 잠시 생각에 잠겨 있다가 대답했다.

"그래. 이드리스가 태어나기 전에 두 아이를 사산했기 때문이지."

그것으로 설명은 충분했다. 어떤 집안에 액운이 자꾸 들면, 아이가 태어나는 날에 오아시스에 있는 흑인 노예 후손들의 작은 공동체에 도움을 청한다. 그러면 그들은 아기가 태어난 집의 마당에 와서 춤을 춘다. 아기 아버지는 상징적으로 흑인 우두머리의 북 위에 아기를 올려놓고, 흑인들에게 많은 현물이나 금전을 선물로 준다. 이 아이가 무사히 자라나면, 아이의 운명을 책임졌던 흑인들은 다시 선물을 받게 된다. 하지만 아이는 평생토록 자신의 보호자들을 잊지 말아야 한다. 이드리스는 관습에 따라 여섯 살 때까지 흑인 아이들처럼 머리를 깎았다. 이마에서 목덜미에 이르기까지 띠 모양의 머리털만 투구의 꼭대기 장식처럼 남겨놓는 까까머리였다.

쿠카는 더 토를 달지 않았지만, 어머니는 그녀가 무슨 생각을 하는지 짐작할 수 있었다. 그녀는 이드리스가 흑인들과 인연을 맺었다는 사실 역시 가족을 떠날 또다른 이유가 된다고 생각하고 있을 터였다. 그녀는 참을성 있게 어머니의 머리를 땋아주고 있었다. 머리카락이 너무 꽉 죄지 않게 하느라고 손놀림이 조심스러웠다. 머리채를 너무 세게 잡아당기면 아기를 낳지 못할 수도 있다고 믿기 때문이었다. 결혼한 여자의 머리는 세 갈래로 땋는 게 관습이다. 두 갈래는 양 옆으로 가느스름하게 땋아 늘여 은고리로 장식하고, 뒤통수 한복판으로 굵게 땋아 늘인 갈래는 청자고둥 껍데기를 끼워 장식한다. 이 청자고둥 껍데기는 사람을 지켜주는 눈을 상징한다.

쿠카는 이제 어머니의 얼굴에 화장을 할 참이었다. 그래서 자리를 바꾸어 어머니를 마주보고 웅크려 앉았다. 그와 동시에 대화의 분위기도 달라질 터였다. 쿠카 쪽에서는 유도신문을 하는 듯한 말투를 버리고 더 진솔하게 질문을 던질 것이고, 어머니 쪽에서는 더욱더 대답을 망설이게 될 것이었다. 두 여자는 이드리스가 옆에 있다는 것을 잊고 있었다. 이드리스는 그렇게 자신이 잊혀지는 것을 익히 경험했다. 여자 어른들이 너무나 좁은 집 안에서 이야기를 나눌 때면, 그는 나이가 어리다는 이유로 또는 남자라는 이유로 있으나 마나 한 존재가 되기 십상이었다.

 이드리스는 그날 저녁에 시작되는 잔치를 생각하고 있었다. 열흘 동안 계속될 이 잔치는 아흐메드 벤 바다의 딸 아이샤와 모하메드 벤 수힐의 아들 사이에 이루어진 혼사를 축하하기 위한 것이었다. 아틀라스 고원으로부터 한 무리의 춤꾼과 악사들이 와서 혼인식에 화려한 빛깔과 흥겨운 장단을 보탤 예정이었다.

  신랑 집에서는 아낙네들이 온종일 부지런을 피워 백오십 명에서 이백 명분의 타주*를 장만했다. 그에 필요한 밀가루 알갱이를 만드느라고 열 명쯤 되는 아낙네들이 세 시간 동안 패각석 회암으로 만든 맷돌을 돌렸다. 그네는 쉴 새 없이 지껄이고 노래하고 깔깔거리며 잔치 분위기를 돋우었다. 이런 들뜬 분위기는 신랑 집에서 신부 집으로 보내는 선물을 보기 위해 잇따라 찾아오는 구경꾼들에게도 옮아갔다. 그들은 진열된 선물들을 하나하나 감상했다. 옷감, 너울, 허리띠, 가죽신, 은팔찌, 은목걸이, 빗, 거울, 오드콜로뉴 그리고 여성의 아름다움을 가꾸기 위한 필수

---

* 좁쌀 모양으로 만든 밀가루 알갱이에 갖가지 채소(당근, 피망, 양배추, 고추 등)로 만든 소스를 뿌려 먹는 사하라 요리.

품인 헤나와 도금양, 향, 호두나무 껍질, 정향, 야생 붓꽃 뿌리줄기. 이런 것들을 한자리에 벌여놓은 광경은 살림살이가 궁색하기 짝이 없는 오아시스 사람들에게는 놓칠 수 없는 눈요기였다.

오후에 여자들이 모여 춤판을 벌였다. 결혼한 여자와 처녀가 쌍쌍을 이루어 소박하고 수줍은 동작으로 춤을 추었다. 처녀들은 마치 어떤 입문의식을 치르기라도 하듯 선배들이 이끄는 대로 몸을 움직였다.

한편 신랑은 '대신(大臣)'이라 불리는 들러리들—일고여덟 명의 총각 친구들—과 함께 어떤 고된 의식을 치르고 돌아오는 길이었다. 내막은 분명치 않지만, 나뭇짐을 지운 나귀 여섯 마리를 몰고 오는 것으로 보아 땔나무와 연관된 일을 하고 오는 것임은 분명했다. 신랑은 풍습에 따라 두건 달린 커다란 외투를 눈이 가릴 정도로 뒤집어쓰고 있었고, 어머니가 그를 낳을 때 힘을 쓰기 위하여 사용했던 밧줄을 허리에 둘러매고 있었다. 사실을 말하자면, 그는 총각 시절을 끝내는 뜻으로 늘 친하게 어울리던 동무들과 더불어 밤새 잔치를 벌이고 오는 길이었다. 남녀가 유별하니 이렇듯 혼인식 전날에 남녀가 따로 축하의식을 치르는 것이다.

이드리스는 자기를 신랑과 동일시—신랑은 그보다 겨우 세 살이 많을 뿐이었다—하는 것이 가능할 때에 한해서 이런 의식들에 참가했다. 하지만 그런 때는 많지 않았다. 이브라힘의 비극적인 죽음으로 그의 주위에 크나큰 우정의 공백이 생긴 탓이었다. 오아시스의 어떤 소년도 그 공백을 메워줄 수 없었다. 신랑 신부를 보면서 그려본 자신의 앞날도 별로 좋아 보이지 않았다. 신부는 이드리스와 동갑이었고 그와 함께 자란 여자였다. 뚱뚱하고 소극적이고 생기가 없는 이 여자는 그가 보기에 아무런 신비도 매력도 없었다. 아마 그녀의 신랑이 보기에도 신비나 매력이 없기는 마찬가지일 것이었다. 하지만 신랑 알리 벤 모하메드는 전통을 충실하게 지켜나가고 있었다. 전통에 따르면 부부는 혼례를 통해 하나가 되었으므로 서로 사랑하고 존경한다. 사랑의 감정은 결혼의 결과이지 결혼의 이유가 아니다. 이드리스의 마음속에는 그와 반대되는 생각이 은밀하게 자리를 잡았다. 사랑이 첫째이고 결혼의 으뜸가는 이유라는 그 현대적이고 불경한 생각이 전통적인 생각을 밀어낸 것이다. 미래가 매력이 없다는 판단이 들자, 혼인 잔치가 부질없는 법석으로 보였고 자신의 자유에 대한 잠재적인 위협이라는 생각마저 들었다. 혼기가 찬 어떤 오아시스 처녀의 부모와 자기 부모 사이에 혼담이 오갈 경우 어떻게든 그걸 깨뜨리고 말겠다고 결심한 그가 아니던가. 알리는 남편이 되고 머잖아 아버지가 됨으로써 타벨발라에 온전히 뿌리를 박게 될 것이었다. 그 젊은이의 모습을 보면서 이드리스는 자기 발꿈치에 날개가 돋는 기분을 느꼈다. 그리고 허기진 충동이 불끈거리는 것을 느끼며 금발의 사진작가를 생각했다. 자기 사진을 찍었던 여자, 자기가 꿈꾸는 자동차를 타고 사진을 가져가버린 여자. 사실 그의 상상 속에서는 서로 대립하는 두 장면이 자리를 다투고 있었다. 어느 날 살라흐 브라힘이 트럭에서 뛰어내리더니 파리에서 온 봉투 하나를 그에게 준다. 봉투 안에는 그의 사진이 들어 있다. 하지만 그가 주로 상상하는 것은 자신이 오아시스를 떠나는 장면이다. 그는 북쪽을 향해 대장정에 들어간다. 이 기나긴 여정은 파리에서 끝난다. 쿠카 아주머니가 짐작한 대로 그는 그저 떠날 생각만 하고 있었다.

어둠이 깔린 지 한참이 되었을 때, 슈라이아 요새 쪽에서 들려오는 시끌벅적한 소리에 하객들이 밖으로 나왔다. 횃불의 붉은 빛 때문에 석회를 바른 오두막들의 벽이 불타듯 빛났다. 사람들을 부르는 걸걸한 목소리와 손을 입에 댔다 뗐다 하면서 내지르는 새된 외침, 둥둥거리는 북소리와 날카로운 나팔 소리가 밤의 정적을 가르고 있었다. 서쪽의 산악지대에서부터 드라 고원을 거쳐온 놀이꾼들이 그들 나름의 방식으로 신랑신부를 축복하고 있는 것이었다. 북재비들이 휘몰아치는 장단으로 신명을 높여가고 있었다. 그들의 허리에 수평하게 매여 있는 북들에서는 두 가지 소리가 났다. 북의 한쪽 끝을 북채로 두드리느냐 아니면 다른

쪽 끝을 주먹으로 두드리느냐에 따라서 맑은 소리가 나기도 둔중한 소리가 나기도 했다. 백파이프의 비음 섞인 선율이 잔잔하게 이어지는 사이로 짤막한 구리 나팔을 부는 두 나팔수가 겨끔내기로 가슴을 파고드는 고음의 가락을 빚어내고 있었다. 이드리스가 이따금 한낮에 여섯 개의 구멍이 뚫린 갈대피리를 불어서 내는 청아하고 단조로운 소리와는 사뭇 다른 음악이었다.

악사들은 모하메드 벤 수힐의 집 앞에 반원을 그리며 늘어섰다. 주위의 횃불이 그들에게 강렬하고 환상적인 빛을 비추고 있었다. 음악이 갈수록 신명을 더해가면서 구경꾼들의 목석같은 몸에도 억누를 수 없는 열기가 전해졌다. 장단이 자꾸 격렬해지는 것은 누가 보기에도 한바탕 춤판을 벌이기 위한 준비였다. 악사들이 혼연일체가 되어 하나의 춤 속으로 녹아들어갈 전조였다. 격렬한 진통 끝에 하나의 생명이 태어나듯, 마침내 놀이마당 한복판에 한 여자가 나타났다. 빨간 너울을 두르고 은으로 된 장신구로 치장한 흑인 여자였다. 제트 조베이다라 불리는 이 무희는 놀이판의 신명이 최고조에 달해야만 모습을 나타냈다. 공연의 혼이자 불꽃이기 때문이었다. 그녀는 먼저 등을 구부린 채 자기에게 마련된 동그라미의 가장자리를 따라 잰걸음으로 달렸다. 마치 자신의 영역을 확인하기라도 하는 듯했다. 그러더니 일련의 형상을 그려 보이며 원의 중심으로 점점 다가갔다. 그 몸짓의 의미는 분명했다. 그녀는 마치 눈에 보이지 않는 수확을 하듯, 놀이마당에 퍼져 있는 온갖 음악을 거둬들이고 자기 주위에 흩어져 있는 온갖 춤을 한데 모으는 것이었다. 그러고 나자 군중이 그녀와 함께 춤을 추었고, 한없이 이어지는 수수께끼 같은 노래를 모두가 되풀이했다.

> 잠자리는 물 위에서 날개를 떨고
> 메뚜기는 돌 위에서 날개를 비빈다
> 잠자리는 날개를 떨되 노래를 부르지 않고
> 메뚜기는 날개를 비비되 말을 하지 않는다
> 그래도 잠자리의 날갯짓은 한 편의 풍자시
> 그래도 메뚜기의 날갯짓은 한 편의 글월
> 이 풍자시는 죽음의 간계를 헤살하고
> 이 글월은 삶의 비밀을 드러낸다

제트 조베이다는 이제 악사들에게 바싹 둘러싸여 아주 좁은 보폭으로 몸을 놀리고 있었다. 그러더니 이내 그녀의 두 발이 제자리에서만 움직였다. 모든 춤사위가 응축되어 그녀의 몸속으로 들어간 듯했다. 그 몸에서 맨살이 드러난 곳은 치맛말기와 블라우스 자락 사이에서 검은색으로 번들거리는 한쪽 손뿐이었다.

그녀는 너울에 싸인 조각상처럼 꼼짝 않고 있었다. 움직이는 것은 그녀의 배뿐이었다. 배가 저 혼자만의 발랄한 생기를 지닌 채 춤을 추고 있었다. 이 배야말로 입술 없는 입이었고, 말하고 웃고 찡그리고 노래하면서 온몸을 대변하는 부위였다.

잠자리는 죽음의 간계를 풍자하고
메뚜기는 삶의 비밀을 밝혀낸다

제트 조베이다의 춤은 장신구들의 발레이기도 했다. 너울에 싸인 그 움직이지 않는 조각상에서 무수한 패물이 낭랑한 소리를 내며 춤을 추고 있었다. 파티마의 손*과 초승달, 가젤의 발굽과 진주조개 껍데기, 산호목걸이와 호박팔찌, 갖가지 부적, 별 모양과 석류 모양의 장식물 등이 짤랑거리는 소리로 밀담을 나누며 발레를 이끌었다. 하지만 무엇보다 이드리스의 눈길을 끈 것은 가죽끈에 달린 채 빙글빙글 돌아가는 황금 구슬이었다. 그 광채며 윤곽이 기막혔다. 그보다 더 단순하고 간결한 완성미를 보여주는 물건은 상상할 수가 없다. 아래쪽이 조금 볼록한 알 모

---

* 무함마드의 딸 파티마의 관대함과 고결함을 나타내는 이슬람의 상징물. 대개 엄지와 새끼손가락을 똑같은 크기로 작게 만들어 좌우 대칭의 형상이 되게 한다. 사악한 기운을 쫓아준다 해서 부적으로 많이 사용된다.

양의 보석. 삼라만상을 품은 듯한 이 구슬은 침묵으로 모든 것을 표현한다. 가볍게 흔들리고 있지만 다른 장신구들과 부딪치는 법이 없는 고독한 보석이다. 다른 장신구들이 하늘이나 땅이나 사막의 동물이나 바다의 물고기를 본뜬 것임에 반해서, 이 황금 구슬은 그저 자기 자신만을 의미하고 있다. 순수한 기호이자 절대적인 형상인 것이다.

제트 조베이다와 그녀의 황금 구슬은 이미지 없는 세계의 발현이다. 그런 점에서 이드리스의 사진을 찍은 옅은 금발머리 여자와 반대가 되고, 어쩌면 그 여자가 끼친 해독을 없애버리는 약일지도 모른다. 이드리스는 그날 밤 어렴풋하게나마 그런 생각을 하기 시작했다. 그 직후에 한 이야기꾼으로부터 어떤 이야기를 듣지 않았다면 아마도 그런 식의 깨달음이 더욱 깊어졌으리라. 하지만 노래와 춤이 끝나고 별이 총총한 밤하늘 아래로 다시 고요가 깃들었을 때, 수단과 티베스티 산맥의 경계에서 온 흑인 이야기꾼 압둘라흐 페흐르가 옛날 해적 하이레딘의 모험담을 들려주었다. 한때 짧게나마 튀니스를 지배하기도 했던 이 해적은 자신의 머리털과 수염 때문에 숱한 고난을 겪었다.

붉은 수염 — 임금의 초상

사실 그의 이름은 하이레딘이었지만, 루미*들은 조롱의 뜻으로 그를 '붉은 수염'이라고 불렀다. 그는 형과 함께 근동 해역에서 해적질을 시작하여 지중해 전역에서 약탈을 일삼았다. 이들 형제는 알제의 술탄을 죽이고 스스로 술탄의 자리에 올랐으며, 갤리선 40척을 안전하게 정박시키기 위해 알제 항구에 방어 시설을 만들었다. 나중에 형이 틀렘센에서 전사한 뒤로는 하이레딘 혼자서 눈부신 활약을 계속 벌였다. 헤지라 912년**에 그는

---

* 이슬람교도가 기독교인이나 유럽인을 지칭할 때 하는 말.
** 서력기원 1534년. (원주)

튀니지의 항구도시 비제르트를 점령했고, 튀니스의 술탄 물라이 하산을 바르도 궁에서 쫓아냈다.

하이레딘과 그의 부하들이 전투를 끝내고 살기등등한 여세를 몰아 궁 안으로 쳐들어갔을 때였다. 그들은 주위에 감도는 느닷없는 정적에 아연했다. 마법에 걸린 궁전에 들어온 듯한 이상한 기분이 들었다. 포석이 깔린 안뜰에도 계단식 테라스에도 거대한 방들에도 환상적인 정원을 장식하고 있는 줄기둥 아래에도 산목숨의 기척이 없었다. 문무 조신들과 종복들과 위병들은 그 고상하고 위풍당당한 궁궐을 바다에서 온 야만인들에게 온전히 넘겨주기로 하고 조금 전에 빠져나간 모양이었다. 닫집이며 병풍이며 방석이며 그릇 따위가 그대로 있었고, 불을 피워놓은 벽난로에서는 고기 꼬치가 아직 돌아가고 있었다. 하지만 살아 있는 것들은 눈에 띄지 않았다. 궁정 사람들 모두가 말이며 단봉낙타며 원숭이며 슬루기—북아프리카 영주들의 무릎에 유선형 머리를 얹고 있는 사하라 사막의 그 명민한 사냥개—등을 데리고 달아난 것이었다. 정원의 분수 위를 선회하던 비둘기들조차 어딘가로 사라진 뒤였다.

하이레딘과 그의 부하들은 그 비밀스런 장소의 마법에 눌리는 듯한 기분을 느꼈다. 그들은 뜻밖의 위험이 닥칠까 두려워 좌우로 시선을 던지며 나아갔다. 몇몇 부하는 그 불길한 궁전에 불을 질러 폐허를 만들어버리자고 하이레딘에게 진언하기도 했다.

그렇게 이 방에서 저 방으로 이 층층대에서 저 층층대로 돌아다닌 끝에 그들은 외딴 별채에 다다랐다. 이 별채의 문들은 아무리 세게 밀어도 열리지 않았다. 하이레딘은 문 하나를 부수기로 결정하지 않을 수 없었다. 부하들이 그의 결정을 실행에 옮기려는 찰나 문 하나가 스스로 열렸다. 키가 크고 근엄해 보이는 남자 하나가 색색의 얼룩이 진 하얀 통옷 차림으로 나타났다. 느닷없는 방해에 몹시 화가 난 기색이었다.

"이게 어인 소동이냐? 내 일을 방해하지 말라고 단단히 일렀거늘."

하이레딘의 부하 하나가 언월도를 꼬나들고 다가들었다. 무엄하게도 자기 상전의 안전에서 그 따위 방자한 말을 내뱉은 자의 목을 치려는 것임이 분명했다. 하이레딘은 손짓으로 부하를 뒤로 물리고 말했다.

"이 소동이 뜻하는 것은 술탄 물라이 하산이 도망가고 대신 내가 이 왕궁의 주인이 되었다는 것이다. 너는 대체 누구냐? 보아하니 이 나라에 난리가 터진 것을 감감하게 모르고 있는 게로구나."

"아흐메드 벤 살렘이라고 하옵니다. 어진(御眞) 화백이자 궁정화원이옵니다."

그러고 나서 하이레딘이 앞으로 나아가자 사내는 그가 들어가도록 비켜섰다.

하이레딘은 자기가 궁전에서 쫓아낸 술탄을 전에 여러 번 만난 적이 있었다. 명망 높은 하프시드 왕조의 후계자가 될 자격이 없는 물라이 하산은 그저 경멸을 받아 마땅한 자로 보였다. 몸이 허약하고 볼품이 없는 그자는 조상들로부터 물려받은 왕관과 어의의 무게를 견디지 못해 등이 휘어질 것만 같았다. 그자가 지중해의 지배자인 무시무시한 해적 하이레딘을 상대하여 패배와 수모를 당한 것은 지극히 당연한 일이었다.

커다란 방의 네 벽에 바로 그 패배한 술탄의 초상이 걸려 있었다. 하지만 이 술탄은 등이 구부정하거나 고개가 수그러져 있지도 않았고, 걸음아 날 살려라 하고 도망을 치고 있지도 않았다. 눈에 보이는 것은 그와 반대로 뒷다리로 일어선 말에 올라탄 늠름한 술탄, 화려한 외투 차림으로 신하의 예를 갖추고 있는 고관들에게 둘러싸여 있는 술탄, 망루에 올라가 도시를 굽어보는 술탄이었다. 심지어는 하렘에서 사랑의 황홀경에 빠져 있는 애첩들이 그를 에워싸고 있는 광경을 그린 그림도 있었다.

하이레딘은 분노에 찬 눈을 이글거리면서 방 안을 돌아다녔다. 그림을 한 점 한 점 보아 나갈수록 분노가 더욱 강하게 치밀어올랐다. 물라이 하산은 참패를 당하고 치욕스럽게 제 궁전에서 쫓겨나지 않았는가. 고치에 꿰어 빙글빙글 돌리며 구워 먹던 고기마저 버려두고 혼비백산하여 달아나지 않았는가. 그런데 이 못된 환쟁이가 재주를 부린 덕에 그 패배자가 의기양양하고 위풍당당하고 영광으로 한껏 빛나는 모습으로 아직 벽에 남아 있었다. 하이레딘은 마침내 호통을 쳤다.

"이자를 감옥에 처넣어라. 그리고 이 엉터리 그림들은 다 태워버려라!"

그러고는 분연히 방을 나섰다. 그 사이에 부하들은 아흐메드 벤 살렘을 에워싸고 오라를 지웠다.

그 뒤로 몇 주 동안 하이레딘은 자신을 마그레브* 일대에서 가장 강력한 사람으로 만들어준 그 승리를 공고화하고 지배 체제를 정비하느라고 매우 분주한 나날을 보냈다. 그런데 새로이 거둔 이 승리로 말미암아 그의 내부에 모종의 변화가 일어났다. 그 변화에 가장 먼저 놀란 사람은 그 자신이었다. 그는 이미 알제를 점령하고 알제리를 지배함으로써 바다의 약탈자에서 성채의 통치자로 변모한 바 있었다. 그런데 이제 술탄과 동등한 존재가 되어 그 세련된 궁전을 차지하게 되자, 자신에게 새로운 의무

---

* '해가 지는 쪽'을 뜻하는 아랍어 '마그리브'에서 나온 말로 아프리카 북서부의 여러 나라, 즉 모로코, 알제리, 튀니지를 함께 일컫는다. 대(大)마그레브라고 할 때는 이 세 나라 외에 리비아와 모리타니아가 포함된다.

가 주어졌다는 느낌이 들었다. 우선 그는 무슨 일이든 자기가 손수 하는 것은 바람직하지 않다는 사실을 알아차렸다. 원하는 일이 있을 때는 언제나 대신이나 집행자나 보좌관, 하다못해 종복을 시켜서라도 자신이 직접 나서는 것을 피해야 했다. 그런 변화는 먼저 그의 칼에서 나타났다. 이 칼은 그의 가장 오래된 전우였다. 커다란 조가비 모양의 날밑은 손을 온전히 덮어주고 칼날은 넓고 도톰하면서도 가는 톱니가 깔쭉깔쭉하게 나 있는 무겁고 거친 무기였다. 이 무시무시한 칼에 맞아 쪼개진 두개골이 얼마나 많았던가! 손바닥으로 쓰다듬기만 해도 벅찬 감격으로 눈물을 글썽이게 하는 칼이 아니던가! 그런데 이제부터는 두개골을 쪼갤 일이 없으리라는 게 분명했다. 그의 다리가 움직이는 대로 흔들거리며 오랜 세월을 함께해온 칼이 그의 몸에서 떠날 때가 된 것이었다. 그는 이 칼 대신 손잡이에 장식을 새겨넣은 가느다란 단도를 지니고 다니기로 했다. 칼날이 그저 손톱을 다듬기에나 마침맞을 것 같은 작은 칼이었다.

다음으로 달라진 것은 그의 옷이었다. 벨벳 어의가 쇠사슬 갑옷을 대신했고, 비단옷이 삼베옷과 교체되었다.

하지만 그 정도는 아직 변화라고 할 것도 없었다. 하이레딘은 아무것도 두려워한 적이 없고 무슨 문제가 닥치든 언제나 용기와 힘으로 대처해온 패기만만한 해적이었다. 그런 그가 술탄을 몰아내고 군주의 자리에 오르자 새삼스럽게 위신에 집착하고 자신의 모습이 왕의 풍모에 걸맞은가를 놓고 고민에 빠졌던 것이다.

바로 그때 그는 보잘것없는 물라이 하산을 더없이 고상해 보이게 했던 초상화들과 아흐메드 벤 살렘을 기억에 떠올렸다. 화려한 장도(粧刀)와 비단 가슴장식과 벨벳 동옷을 받아들였으니, 이제 공식적인 초상화를 그리게 해야 하지 않을까? 그건 누가 보기에도 당연한 일이었다. 하지만 하이레딘은 그것을 생각하는 것만으로도 불안과 공포로 신경이 곤두섰다.

거기에는 그럴 만한 이유가 있었다. 하이레딘은 자기 머리통과 턱을 절대로 남에게 보여주지 않았다. 머리엔 늘 터번이 둘려 있었고, 턱은 두 개의 끈으로 귀에 고정시킨 초록색 비단 덮개로 가려져 있었다. 그는 무엇 때문에 그토록 세심하게 신경을 쓰는 것이었을까? 그것이 바로 그의 비밀이었다. 측근들은 모두 그 비밀을 알고 있었지만, 어느 누구도 감히 그것을 빗대어서 말할 엄두조차 내지 못했다.

코란 학교를 다니던 시절, 하이레딘은 자신의 머리털 색깔 때문에 동학들과 교사들에게서 지독한 모욕을 당했다. 도가머리처럼 부스스하게 일어선 불타는 듯한 머리털은 몇 해 동안 그에게 놀림과 뭇매를 불러왔다. 더 고약한 것은 그의 머리털이 종교적인 반감을 준다는 사실이었다. 사하라의 전승에 따르면, 머리털이 붉은 아이는 저주받은 아이다. 아이의 머리털이 붉은 것은 그 어머니가 몸엣것을 흘릴 때 아이를 수태했기 때문이다. 그렇게 수태된 아이에게는 지워지지 않는 흔적이 분명하게 남는다. 어머니의 더러운 피가 아이의 머리털을 붉게 물들이기 때문이다. 수치스런 행위의 흔적은 머리털에만 남는 게 아니다. 아이의 살갖은 희지만 주근깨투성이가 되고 몸에 난 털이 모두 붉은색을 띠게 된다. 심지어는 아이의 몸에서 나는 냄새에도 영향을 미친다. 하이레딘의 학우들은 그에게서 나쁜 냄새가 난다며 코를 막고 물러서기가 일쑤였다.

어린 하이레딘의 수난은 이만저만이 아니었다. 그러다가 덩치가 커지고 나서는 그의 힘 때문에 학우들이 그를 함부로 대하지 못했다. 마침내 터번을 두르는 나이가 되어서는 치욕의 빌미가 되던 머리털을 감출 수 있었다. 하지만 몇 해 지나지 않아 그의 얼굴에 수염이 자라면서 수난이 다시 시작되었다. 그의 수염은 머리털처럼 붉은색이 도는 정도가 아니라 아예 구리철사로 만들어진 것처럼 빨갰다. 그래서 그는 수염 덮개가 하나의 장식물로 널리 퍼지도록 만들었다. 그가 늘 수염 덮개를 착용하고 다니자 그의 측근들은 이내 그것을 유행으로 받아들였다.

하지만 그는 남의 시선에 대한 경계심을 한시도 늦추지 않았다. 조심성 없는 자들이 자기 턱을 너무 유심히 바라본다 싶으면 그는 즉시 한손을 뻗어 칼자루를 그러쥐었다. 루미들은 그에게 '붉은 수염'이라는 별명을 붙였다. 그자들이 지중해 건너편에 살고 있었으니 망정이지 그렇지 않았다면 그들의 목이 온전히 붙어 있지 않았을 것이었다. 하이레딘이 그 점에 관해서 너무나 성마르게 굴었기 때문에 측근들은 그의 면전에서 붉은 털빛을 연상시키는 단어들 — 여우, 다람쥐, 절따말, 담배 등 — 을 입에 올리지 않도록 조심하였다. 안개가 서린 하늘에 불그스름한 달이 둥실거리는 밤이면 그의 기분이 몹시 언짢아진다는 사실을 알 만한 사람은 다 알고 있었다.

그런데 그가 바야흐로 권력의 정점에 다다라 초상의 위력을 깨닫고, 무릇 임금이 되면 거울에 자신을 당당하게 비출 수 있어야 한다는 사실을 알아차린 것이었다. 그래서 그는 어느 날 아침 아흐메드 벤 살렘을 감옥에서 끌어내어 자기 앞에 대령케 하라고 분부했다.

"전에 네가 스스로 칭하기를 어진 화백이자 궁정화원이라 했겠다."

"그러하옵니다. 그게 소인의 직책이고 직함이옵니다."

"직책이든 직함이든 그런 건 아무래도 좋고, 네가 하는 일을 소상히 말해보거라."

"소인의 임무는 우선 궁정에 계신 존귀한 분들의 초상을 그리는 것이옵니다. 또한 소인은 이 궁전의 건축미와 호화로움을 모사하여야 하옵니다. 시공을 초월하여 누구나 그 아름다움과 호화로움을 알 수 있도록 하기 위해서이옵니다."

하이레딘은 고개를 끄덕였다. 바로 그가 기대했던 대답이었다.

"그런데 만일 네가 어떤 귀인의 초상을 그리려고 하는데 그 귀인이 외모에 흠이 있어서 상심한다고 치자. 사마귀가 났다든가 코가 내려앉았다든가 두 눈동자가 안쪽으로 치우쳐 있다든가 눈이 푹 꺼졌다든가 하는 이유로 말이다. 너는 그 결함을 있는 그대로 그리겠느냐 아니면 감추려고 노력하겠느냐?"

"전하, 소인은 초상화가이지 궁정의 아첨꾼이 아니옵니다. 소인은 참모습을 그리옵나이다. 소인의 명예는 진실을 저버리지 않는 데에 있사옵니다."

"그렇다면 너는 임금의 코에 사마귀가 났다 해도 진실을 저버릴 수 없다는 이유로 그 사실을 주저 없이 만천하에 알리겠다는 것이냐?"

"황공하오나 소인은 그리할 수밖에 없사옵니다."

하이레딘은 화가가 되바라진 기개로 자기에게 맞선다 싶어서 얼굴을 붉히며 화를 냈다.

"그러다가 네 머리가 어깨 위에서 간댕거리게 될까 두렵지 않으냐?"

"두렵지 않사옵니다, 전하. 코에 사마귀가 난 임금께서 소인이 그린 초상화를 보신다면, 소인의 잘못으로 웃음거리가 되었다고 여기시지 않고 오히려 소인이 영광을 드높였다고 생각하실 것이기 때문이옵니다."

"어째서 그렇다는 것이냐?"

"제가 그린 초상은 임금의 임금다움을 그대로 드러낸 초상일 것이기에 그러하옵니다."

"그럼 사마귀는 어찌 되는 것이냐?"

"그것은 임금의 풍모에 아주 잘 어울리는 사마귀가 될 것이옵니다. 그래서 이후로는 코에 그런 사마귀가 난 것을 자랑스럽게 여기지 않을 자가 한 사람도 없을 것이옵니다."

하이레딘은 자신의 근심거리와 맥락이 닿아 있는 그 말에 내심 당황하였다. 그는 화가에게서 등을 돌려 자기 침소로 들어갔다. 하지만 아흐메드는 이 알현 덕분에 자기 화실로 돌아갈 수 있었다. 이튿날 하이레딘은 그를 보러 화실에 갔다가 다시 물었다.

"여전히 이해가 되지 않는구나. 어디가 온전치 못해서 추하고 우스꽝스러워 보이는 얼굴을 그 모습 그대로 충실하게 그리면서 어떻게 그 추함과 우스꽝스러움을 드러내지 않을 수 있다는 것이냐? 너는 정녕 네가 그리는 인물의 흉함을 덜어주지 않느냐?"

"정녕코 흉함을 덜지 않사옵니다."

"정녕코 아름답게 꾸미지 않는다는 얘기냐?"

"아름답게 만들기는 하오나, 무엇을 감추지는 않사옵니다. 오히려 소인은 한 얼굴의 모든 특징을 강조하고 부각시키옵니다."

"갈수록 모를 소리로구나."

"이를테면 시간이 초상과 어우러지게 해야 하는 것이옵니다."

"무슨 시간 말이냐?"

"사람들이 어떤 얼굴을 바라볼 때 그 얼굴에 눈길을 주는 시간은 기껏해야 일이 분 정도이옵니다. 이 짧은 시간 동안 그 얼굴에는 때마침 나타난 이러저러한 것들에 마음을 쓰는 표정이 어리기도 하고 잗다란 근심거리 때문에 그늘이 져 있기도 하나이다. 그런 얼굴을 보고 나서 사람들은 한 남자나 한 여자의 심상을 기억에 간직하옵니다. 범용한 근심 때문에 품격이 떨어져 버린 모습들을 말이옵니다. 그런데 똑같은 사람이 소인의 화실에 와서 초상화의 대상 인물이 된다고 생각해보시옵소서. 소인은 그 사람을 일이 분 바라보는 것으로 그치지 않고, 이를테면 매번 한 시간씩 한 달에 걸쳐 열두 번을 보게 되옵니다. 그러면 제가 그리는 초상화에서는 얼굴에 잠시 서려 있던 어두운 그늘이나 일상생활에서 겪는 무수한 시달림의 흔적이나 가정의 범사 때문에 생기는 좀스럽고 비천한 표정이 씻겨나갈 것이옵니다."

"하지만 네가 그리는 인물은 네 화실의 적막한 분위기에서 따분함을 느낄 것이고, 그의 얼굴에는 혼이 빠져버린 허허한 기색만이 어릴 것이다."

"그 사람이 한낱 필부라면 정녕 그러할 것이옵니다. 그런 경우에는 소인으로서도 그 허허한 표정을 그릴 수밖에 없사옵니다. 사실 외부에서 오는 시달림이 없어지면 어떤 자들의 얼굴에는 그런 표정이 어리기도 하옵니다. 하지만 소인이 언제 아무의 초상이나 그리겠다고 한 적이 있사옵니까? 소인은 깊이를 추구하는 화가이옵니다. 한 인간의 깊이는 자잘한 삶의 동요가 가라앉아야 비로소 얼굴에 드러나옵니다. 그건 마치 노 젓는 사람들이나 변덕스러운 바람 때문에 생겨난 해면의 찰랑거림이 가라앉아야 비로소 바다 밑바닥의 바위가 녹조류나 황금빛 물고기와 함께 나그네의 눈에 나타나는 것과 같사옵니다."

하이레딘은 잠시 침묵을 지켰다. 그에게서 눈을 떼지 않고 있던 아흐메드는 처음으로 이런 생각을 했다. 이 해적의 의기양양한 겉모습 뒤에 도대체 어떤 은밀한 상처가 감춰져 있는 것일까?

"네가 인물에게서 찾아내어 화폭에 담는다는 그 혼은 사람에 따라 아주 다른 것이냐? 아니면 모두에게서 공통으로 나타나는 인간의 본바탕 같은 것이냐?"

"혼은 사람에 따라 아주 다르옵니다. 그런가 하면 인간의 조건 그 자체와 관련된 공통의 바탕도 있사옵니다. 예를 들어 어떤 사람들은 크나큰 사랑을 품고 사옵니다. 그 사랑이 행복하든 불행하든 그것 없이는 살 수 없는 자들이옵니다. 어떤 사람들은 끊임없이 아름다움을 꿈꾸며 살아가옵니다. 어디에서나 아름다움을 찾고 곳곳에서 그것의 그림자를 발견하는 자들이옵니다. 또 어떤 사람들은 신과 대화를 하옵니다. 그들은 신이 자기들과 함께하신다는 것만으로도 더없이 행복하기 때문에 그 놀랍고 자애로운 선물 말고는 아무것도 요구하지 않사옵니다. 그런가 하면, 어떤 사람들은……"

"그럼 왕들은 어떠하냐? 어진을 그릴 때, 네가 화폭에 담는 혼은 어떤 것이냐?"

"임금은 신하와 백성을 심복시켜 따르게 하기도 하고 힘으로 다스리기도 하옵니다. 이 두 가지 일은 서로 아주 다를 뿐 아니라 서로 대립하기까지 하옵니다. 다스리는 임금은 매일 매시간 가난과 폭력, 거짓, 배신, 탐욕 따위에 맞서서 싸우옵니다. 법도로 따지자면 임금은 누구보다 강하지만, 실제로는 가공할 적대자들을 마주하고 있사옵니다. 그래서 그들을 무찌르기 위해 폭력과 거짓과 배신이라는 사악한 무기를 그들에게 거꾸로 되돌려주어야 하옵니다. 그러다보면 더러운 흙탕물이 왕관에까지 튀어 오르옵니다. 반면에 심복시켜 따르게 하는 임금은 태양처럼 빛나고, 태양처럼 빛과 온기를 주위에 널리 퍼뜨리옵니다. 다스리는 임금은 수단에 의존하옵니다. 말하자면 무시무시한 사형집행인들을 거느리고 있는 것이옵니다. 반면에 심복시켜 따르게 하는 임금은 목적이라는 이름의 젊고 아름답고 백옥 같고 향기로운 여인들에게 둘러싸여 있사옵니다. 혹자는 그 목적이 수단을 정당화한다고 말하옵니다. 하지만 그것은 사형집행인들의 또다른 거짓말이옵니다. 소인이 그리는 임금은 두말할 나위도 없이 심복시켜 따르게 하는 임금이옵니다."

"하지만 한 가지 물어보자. 세상에 수단 없는 목적이 있다더냐?"

"소인도 거의 없을 것이라고 생각하옵니다. 하지만 수단 때문에 목적이 잊혀지거나, 더 나아가 수단의 그악함 때문에 목적이 훼손된다면, 그런 수단들이 무슨 가치가 있겠사옵니까? 따지고 보면 임금으로 산다는 것은 수단과 목적 사이를 끊임없이 왔다 갔다 하는 것이옵니다. 물라이 하산은 허약하고 우유부단한 인물로 통했사옵니다. 그는 사형을 집행하는 자나 사형을 당하는 자 또는 일개 군졸의 눈에 자신이 그런 모습으로 비친다는 것을 견디기 힘들어했사옵니다. 그래서 그는 종종 소인을 보러 왔사옵니다. 그 자신이 몸소 이곳에 왔다는 뜻이옵니다. 그는 군주로서 어쩔 수 없이 행하는 야비한 일들에 혐오감을 느낀 나머지 헬

쑥하고 의기소침한 얼굴로 들어서기 일쑤였사옵니다. 그러고는 자기 초상화들을 바라보았나이다. 전하께서 태워버리라고 이르신 그 초상화들을 보면서 그는 권력 때문에 생겨난 온갖 더러움을 씻어냈사옵니다. 임금다운 풍모가 느껴지는 자신의 자랑스러운 모습을 보며 다시 용기를 내고 자신감을 되찾았사옵니다. 소인은 위안이 될 만한 말을 한 마디도 입 밖에 내지 않았나이다. 그래도 그는 소인에게 미소를 지어 보이며 평온해진 얼굴로 화실 문을 나섰사옵니다."

하이레딘은 자기 적의 얘기가 나오자 기분이 확 상했다. 무엄하게 나를 그 얼간이와 비교해? 하지만 이제 나는 그 얼간이의 침대에서 자고 있고 그 얼간이의 초상화가와 이야기를 나누고 있지 않은가!

"그런데 모든 사람에게서 나타난다는 그 본바탕이라는 것은 무엇이냐?"

"일상생활의 소란을 잠재우고 나면 오로지 영혼의 소리만이 들리게 되옵니다. 이 소리는 인격에 따라 다르고 개성에 따라 다르옵니다. 하지만 누구에게서나 찾아볼 수 있는 공통점도 있나이다. 이것으로 해서 우리는 그 소리가 사람의 내면 깊숙한 곳에서 우러나오는 노래임을 알 수 있사옵니다."

"그 공통점이라는 게 뭐지?"

"고결함이옵니다."

하이레딘은 다시 침묵을 지키며 아흐메딘이 방금 한 말을 곱씹어 생각했다. 그러다가 이윽고 문 쪽으로 가더니 자리를 뜨려다가 돌아서서 말했다.

"내일 아침에 해가 뜨고 한 시간이 지나거든 궁에 봉안할 내 초상을 그리기 시작하라."

그러고는 문을 나서다 말고 다시 일렀다.

"그리되 흑과 백으로 그려야 하느니라."

이튿날, 아흐메드는 만반의 준비가 되어 있었다. 그는 정갈한 통옷을 차려 입고 거대한 화판 앞에 서 있었다. 이 화판은 삼나무 기름을 바른 파피루스의 띠를 잇대고 겹쳐서 만든 것이었다. 나지막한 탁자에는 깃털 펜 다발이며 목탄 묶음이며 먹물 병들이 저마다 그의 손길이 쉽게 닿을 만한 자리에 놓여 있었다. 빛깔을 흐리게 하는 데에 쓰기 위해 빵의 속살을 동그랗게 뭉쳐놓은 것들과 그림을 정착시키기 위해 표면에 뿌리는 아라비아고무 용액도 있었다. 빠진 것은 초상의 모델뿐이었다. 모델은 나타나지 않았다.

아흐메드는 온종일 그를 기다렸다. 어둠이 깔릴 무렵, 아흐메드의 화판은 따분함을 달래기 위해 끼적거린 초벌 그림으로 덮여 있었다. 하이레딘의 모습을 담은 밑그림 하나가 만들어진 것이었다. 이것은 기억에 의거해서, 다시 말하면 화가의 마음속에 형성된 하이레딘의 상을 바탕으로 그려진 그림이었다. 그렇게 추상과 상징에 의존한 탓일까, 아니면 흰 바탕에 검은 선영(線影)으로만 인물을 나타냈기 때문일까? 이 인물에게서 풍겨나는 것은 그저 강하다는 인상, 나아가서는 난폭하다는 인상뿐이었다. 아흐메드는 그 점이 못내 불안하였다. 새 군주는 왜 포즈를 취하러 오지 않는 걸까? 기억에 의존해서 그릴 수밖에 없었다지만, 이 초상화에서는 왜 군주 특유의 위풍당당한 평온함이 느껴지지 않는 것일까? 그가 이 두 가지 물음의 답이 하나라는 것을 깨달은 것은 사흘째 되던 날 하이레딘이 화실에 불쑥 나타났을 때였다. 하이레딘은 두 다리를 벌리고 두 손을 허리에 얹은 채 초상화의 밑그림 앞에 떡 버티고 서서 거친 홍소를 터뜨렸다.

"보아하니, 너는 내가 없어도 내 초상을 잘 그리겠구나! 내가 없는 편이 오히려 낫겠어. 우선 너의 무례한 눈길에 몇 시간 동안 나를 내맡긴다는 게 영 마뜩치 않기 때문이야. 또다른 이유는 내가 없는 동안에 그린 이 초상화가 무척 마음에 든다는 거야. 사나운 기세가 넘쳐난다는 점에서 아주 좋아."

"전하, 소인은 전하의 참된 초상을 그리고자 하나이다. 전하의 권세가 신민에게나 영토에나 두루 미치고 있음을 한눈에 알아볼 수 있게 하는 어진을 말이옵니다. 그러자면 전하께서 여기에 어림(御臨)하셔야 하옵니다. 뿐만 아니라 제가 그리고자 하는 어진은 채색화이옵니다. 그리고 외람된 말씀이오나 소인에게 한 가지 소청이 더 있나이다."

"소청이라는 게 무엇이냐?"

왕년의 해적이 언성을 높였다.

"황공하오나 전하의 터번을 풀어주셨으면 하옵니다. 또한……"

"또 뭐냐?"

하이레딘이 부르짖는 듯한 소리로 되묻자, 아흐메드는 용기를 내어 말했다.

"또한 수염 덮개도 벗어주시기를 바라옵니다."

하이레딘은 단검을 뽑아들고 화가에게 달려들었다. 하지만 그 같잖은 무기는 한낱 장식품에 지나지 않는다는 사실을 때마침 기억해냈다. 그는 분을 이기지 못하고 씩씩거리며 단검을 칼집에 도로 넣고 돌아서서 나가버렸다. 조정 신료들이 그의 뒤를 따르며 화가를 꼬나보았다. 네가 그러고도 목이 붙어 있기를 바라느냐 하고 힐책하는 눈길들이었다.

아흐메드는 그 소동의 충격에서 한동안 헤어나지 못했다. 그는 다시 감옥으로 쫓겨갈 것을 각오하고 있었다. 하지만 그 뒤로 며칠이 지나도록 군졸 하나 찾아오지 않았다. 그들은 휑뎅그렁

하고 적막한 화실에 그를 방치해두고 있었다. 사실 그것은 분명한 위협보다 사람을 더욱 불안하게 하는 것이었다. 그는 다시 그림을 그리려고 해보았다. 그러나 하이레딘의 초상화에 가필을 할 때마다 표정의 사나움은 더욱 심해지기만 했다. 마지막으로 본 하이레딘의 모습이 어떠했는지를 생각하면 그건 별로 놀라운 일이 아니었다.

마침내 아흐메드는 자기가 가장 신뢰하는 한 여자에게 조언을 구하러 가기로 결심했다. 하지만 그것은 외출이 허용되어야만 가능한 일이었다. 그 여자는 멀리 사막 한복판의 오아시스에 살고 있기 때문이었다. 그는 과감하게 화실을 나서 궁을 빠져나갔다. 아무도 그를 주목하지 않는 듯했다. 그래서 그는 종복 한 사람과 낙타 두 마리를 나눠 타고 길을 떠날 수 있었다.

케르스틴은 예술가였다. 넓게 보자면 아흐메드의 동업자였지만, 두 사람은 낮이 밤과 다른 것만큼이나 서로 달랐다. 금발머리에 파란 눈인 케르스틴은 스칸디나비아 태생이었고 추위에서 생겨난 예술을 북아프리카에 가져왔다. 그녀는 흰색의 나지막한 건물들로 이루어진 별장에 살고 있었다. 건물들을 가리고 있는 종려나무 잎들 사이로는 커다란 베틀들의 복잡한 실루엣이 언뜻언뜻 보였다. 이 베틀들은 아프리카에 알려져 있지 않은 목재인 북유럽의 단풍나무로 만들어진 것이었다. 그녀가 무한한 인내심을 가지고 한 시간 한 시간 작업을 해나가면, 훌륭하게 개량된 이 기계들로부터 새하얀 설경이며 썰매를 타고 사냥을 하는 장면, 얼음에 포위된 성채, 모피를 입은 인물 등이 생겨났다. 아프리카 사람들은 본 적도 없고 상상조차 해본 적이 없는 것들이었다. 아흐메드는 이따금 그녀에게 자기 그림을 가져갔다. 그러면 케르스틴은 이것을 밑그림으로 삼아 더없이 능숙한 솜씨로 장식 융단을 만들어냈다. 이 장식 융단은 밑그림을 아주 충실하게 옮겨놓은 것임에도 웅숭깊은 멋과 다사로운 정감이 풍성해지기 때문에 아흐메드는 이게 정말 자기 그림을 가지고 만든 것인가 하고 눈을 의심하지 않을 수 없었다. 장식 융단은 양털—동물계에서 만들어지는 것 가운데 가장 부드럽고 가장 따뜻한 것—을 재료로 해서 만들어진다. 인간은 동물성을 잃고 벌거숭이가 되었지만 동물에게서 고치실과 솜털과 털을 다시 얻어냈다. 장식 융단은 바로 이것을 기리는 예술인 것이다.

케르스틴은 여느 때와 다름없는 태도로 그를 맞아주었다. 예술가들끼리의 만남에 어울리는 친근함에 북유럽 사람 특유의 조심스러움이 배어 있는 태도였다. 아흐메드는 가져온 초상화를 꺼내놓았다. 목탄으로 그린 하이레딘의 초상화였다. 그는 튀니스의 지배자가 된 옛 해적에 대해서 자기가 알고 있는 사실과 그간에 겪은 일을 모두 그녀에게 이야기했다. 케르스틴은 하이레딘이 수염과 머리털 얘기만 나오면 금세 격해진다는 사실에 무척 흥미를 느끼는 듯했다. 그들은 앞으로 할 일을 의논하고 되도록 이른 시일 내에 그녀가 그를 방문하기로 결정했다. 아흐메드는 자기가 그린 목탄화를 그녀에게 주는 대신 네모난 장식 융단 하나를 받아 들고, 튀니스로 돌아가기 위해 다시 길을 떠났다. 이 장식 융단에는 커다란 해바라기 꽃이 활짝 피어 있었다. 햇빛이 부족한 북쪽 사람들이 해를 닮은 그 화려한 자태를 보기 위해 재배하는 바로 그 꽃이었다.

하이레딘은 튀니스를 떠나 몇 달 동안 나라의 남부를 마저 정복했다. 마침내 원정에서 돌아왔을 때 그의 영광은 절정에 달해 있었다. 자신이 천년 왕조의 토대를 세웠다고 믿을 만했다. 사정이 그러하니 공식적인 초상화와 관련된 언짢은 문제를 매듭짓는 일이 더욱 절실해질 수밖에 없었다. 결국 하이레딘은 어느 날 아침 아흐메드의 화실을 불쑥 찾아갔다. 그는 안으로 들어서자마자 목탄 초상화를 찾아 이리저리 두리번거렸다. 하지만 지난번에 왔을 때 그가 마음에 들어했던 초상화, 그에게 행운을 가져다 준 듯한 그 초상화가 보이지 않았다.

아흐메드가 해명에 나섰다.

"그건 밑그림이었을 뿐이옵니다. 그리고 이제는 여기에 없사옵니다."

하이레딘은 마치 자신의 인격이 침해당하기라도 한 것처럼 분통을 터뜨렸다.

"네놈이 감히 어진을 없애버렸단 말이냐?"

"그런 게 아니오라 천부의 재주를 지닌 한 여인에게 주었사옵니다. 그 여인이 그것을 밑그림으로 삼아 더욱 훌륭한 것을 만들어내리라 확신했기 때문이옵니다."

"더욱 훌륭한 것이라니?"

아흐메드는 물음에 답하는 대신 천으로 가려진 화실 한쪽 벽을 향해 걸어갔다. 그러고는 팔을 크게 휘둘러 천을 걷어냈다. 하이레딘의 입에서 탄성이 터져 나왔다. 천을 걷어낸 벽에 나타난 것은 올이 긴 양털로 짠 거대한 장식 융단이었다. 온통 적갈색의 짙고 옅은 색조로 이루어진 이 장식 융단은 유럽의 가을 풍경을 나타내고 있었다. 낙엽이 가득 쌓인 수목 아래에서 여우들이 포복하고 다람쥐들이 뛰어오르고 노루 떼가 줄달음을 놓는 풍경이었다. 하지만 정작 놀라운 것은 그게 아니었다. 조금 거리를 두고 세부보다 전체를 주의 깊게 살펴보면 적갈색을 주조음으로 하는 그 교향곡 전체가 하나의 초상화로 보였다. 인물의 머리털과 수염은 짐승의 털이나 나뭇가지나 들새의 깃털과 한데 어우러져 숲의 세계라는 소재를 더욱 풍성하게 만들어주고 있었다. 그건 분명 적갈색을 기조로 한 하이레딘의 초상이었다. 가장 옅은 것에서 가장 진한 것에 이르는 모든 색조가 보는 사람의 눈을 그윽하고 부드럽게 어루만져주는 초상화였다.

한동안 찬탄의 침묵을 지키고 있던 하이레딘이 중얼거렸다.

"여러 가지가 참으로 잘 어울렸구나!"

아흐메드는 설명이 필요하다고 생각했다.

"이 장식 융단을 만든 여자는 북유럽에서 왔사옵니다. 이 예술가는 사냥철이 시작되는 그곳의 10월 풍경을 여기에 담았사옵니다. 북방 나라의 한 해 중에서 가장 화려하고 장엄한 계절을 나타낸 것이옵니다."

"이건 짐의 초상이 아니냐?"

"전하의 어진으로도 볼 수 있사옵니다. 이런 작품을 만드는 것이 바로 그 장인의 예술이옵니다. 케르스틴은 목탄으로 그린 소인의 밑그림을 받자 스칸디나비아의 가을 풍경을 떠올렸고, 전하의 용안과 그 풍경 사이에 긴밀한 유사성이 있음을 즉시 간파했다 하옵니다. 그래서 전하의 어진을 숲의 풍광과 통합하여, 단풍잎과 머리털이 한데 어우러지고 여우의 털과 수염이 하나가 되도록 만든 것이옵니다."

하이레딘은 벽에 다가가 두 손으로 장식 융단을 쓰다듬었다.

"이게 내 머리고, 이게 내 수염이로구나······"

"그러하옵니다. 전하의 갈기 같은 두발과 나룻을 오롯이 드러냄으로써 수목과 백수를 지배하는 임금의 위엄을 되살린 것이옵니다."

아흐메드는 케르스틴이 했던 수수께끼 같은 말을 속으로 떠올렸다. 그가 하이레딘의 머리털과 수염이 붉다는 사실과 그것을 어머니의 수치스런 과실 탓으로 돌리는 사하라의 전설을 이야기해주었을 때, 그녀는 '여자가 지은 업은 여자의 손으로만 풀 수 있죠' 하고 말했다.

하이레딘은 자기 초상의 부드러움을 더 잘 느껴보기 위해 한쪽 뺨을 융단에 갖다댔다. 그러더니 고개를 돌려 얼굴을 융단에 묻었다.

"냄새가 참 좋고 그윽하구나!"

"자연의 냄새이고 붉은 것들의 냄새이옵니다. 야생하는 양들의 털을 깎아 청산의 급류에 씻은 다음 버들옻 덤불 위에 널어 말린 것을 가지고 만들었다 하옵니다. 바로 이런 점에서 장식 융단이 그림보다 한결 낫다고 할 수 있사옵니다. 장식 융단은 보기 위한 것일 뿐만 아니라 손으로 만지거나 냄새를 맡기 위한 것이기도 하옵니다."

그때 하이레딘이 뜻밖의 몸짓을 보였다. 전에 없던 그 몸짓에 그를 수행한 조정 신료들은 잔뜩 겁을 먹었다. 그가 턱을 가리고 있던 초록색 비단 덮개를 느닷없이 떼어내고, 커다란 터번을 바닥에 던져버린 것이었다. 그러고 나서 그는 갈기를 부풀리고 싶어하는 야수처럼 머리를 흔들며 포효했다.

"붉은 수염! 이제부터 짐의 이름은 붉은 수염 술탄이다. 이 소식을 만천하에 알리도록 해라. 그리고 이 장식 융단은 알현실의 옥좌 뒤에 잘 보이게 걸어두고 싶다."

이튿날*, 이탈리아의 제후들과 교황과 신성로마제국 황제 카를 5세의 지원을 얻는 데 성공한 술탄 물라이 하산은 범선 4백 척을 타고 온 3만 병력의 군대로 튀니스를 탈환했다.

하이레딘은 유럽으로 피신했다. 가을이면 산천이 붉은색으로 물드는 이 땅에서 그는 프랑스 왕 프랑수아 1세의 친구가 되었다. 그 뒤로도 그는 숱한 모험을 벌였다. 하지만 자신의 머리털과 수염은 두 번 다시 감추지 않았다.

---

*1535년 7월 14일. (원주)

제트 조베이다 역시 군중 속에 남아서 압둘라흐 페흐르의 이야기를 들었을까? 이드리스는 그녀를 눈으로 찾다가 이야기에 빠져서 포기하고 말았다. 이야기가 끝나고 모두가 자리를 털고 일어서자, 그는 놀이꾼들이 묵고 있는 슈라이아 요새에 가보고 싶은 욕구를 억누를 수가 없었다. 그는 요새의 첫번째 성벽까지 조용히 나아갔다. 두 군데에 천막이 쳐져 있고, 듬성듬성 놓인 횃불이 천막들을 밝히고 있었다. 두런두런하는 소리와 어린아이가 찜부럭을 내는 소리와 억눌린 웃음소리가 들려왔다. 그때 갑자기 개 한 마리가 미친 듯이 짖어대기 시작했다. 그러자 짖지 말라고 이르는 한 남자의 음성이 울렸다. 곧이어 돌멩이 하나가 이드리스의 귓전을 스치며 날아가더니 근처에 있던 흙더미를 무너뜨렸다. 이드리스는 발걸음을 돌려 황급히 달아났다. 하지만 그는 밤이 이슥하도록 잠을 이루지 못하고 자기네 집 테라스에 한참 머물러 어두운 하늘을 말똥말똥 올려다보았다. 메뚜기, 잠자리, 풍자시, 글월…… 옛 노래의 후렴이 머릿속에서 자꾸 맴돌았다. 무언의 이야기를 들려주던 제트 조베이다의 벌거벗은 배가 눈에 삼삼했다. 북쪽에서 색실로 융단을 짜는 예술을 들여왔다는 금발머리 여자 케르스틴도 생각났다. 그 여자는 밑그림에 부드러움을 보탬으로써 자기 외모에 흠이 있다고 생각하는 남자로 하여금 자기 초상화를 받아들이게 했다. 케르스틴은 사진기를 가지고도 똑같은 일을 해낼 수 있었을까? 그건 분명 아니었다. 이드리스는 금발머리 여자가 찍은 사진의 자기 모습을 보게 될까?

깜빡 잠이 들었던 게 분명했다. 하늘이 훤해지는 것을 보지 못했는데, 어느새 동쪽 지평선이 붉게 물들어 있었다. 이드리스는 자리를 털고 일어났다. 놀이꾼들의 천막에 다시 가보고 싶었다. 가서 제트 조베이다를 다시 보아야 했다. 그는 슈라이아 요새를 향해 달려갔다. 그러다가 조심해야 한다는 생각에 발걸음을 늦추고 무너져내린 성벽 뒤의 폐허 어름에 몸을 숨겼다. 하지만 쓸모없는 조심이었다. 두 천막은 이미 사라져버린 뒤였다. 이드리스는 야영지로 나아간다. 불은 꺼졌지만 연기가 아직 모락거리는 불자리, 썩은 과일, 똥 따위가 남아 있을 뿐이다. 그는 정체를 알 수 없는 잔해를 맨발로 뒤적거린다. 무어라 형언할 수 없는 슬픔이 가슴에 밀려온다. 떠나자. 이 슬픔을 안고 떠나고 싶다. 랜드로버를 타고 떠난 금발머리 여자처럼. 떠나자, 그러지 않으면 관습에 따라 혼인을 해야 한다. 떠나자, 차라리 떠나자!

그때 이드리스는 자기 발가락들 사이에서 무언가 반짝이는 것을 보았다. 그는 몸을 숙여 끈이 끊어진 채 모래 속에 파묻혀 있는 보석을 집어들었다. 제트 조베이다의 가장 아름다운 보석인 황금 구슬이다. 그는 한쪽 손바닥에 그것을 올려놓고 굴려보았다. 그러다가 끈의 끄트머리를 잡고 들어올려 아침햇살 속에서 그것을 흔들었다.

메뚜기는 날개로 시를 나르고
잠자리는 날개를 떨어 글을 쓴다

머릿속에서 맴돌던 음악이 다시 귀에 들려오고, 자연 속의 그 어느 것도 본뜨지 않은 추상적이고 절대적인 보석을 지니고 있던 흑인 여자 제트 조베이다의 춤이 다시 눈에 보이는 듯하다. 이드리스 역시 그 더러워진 공터의 한복판에서 여린 아침햇살을 받으며 춤을 춘다.

  그러다가 그는 황금 구슬을 호주머니에 집어넣고 달아난다.

그 다음다음 날은 살라흐 브라힘이 오는 날이었다. 그는 타벨발라에서 베니 아베스 사이의 왕복 3백 킬로미터 거리를 오가면서, 오아시스 사람들에게 우편물과 전주에 주문받은 물품을 가져다주었다. 물품 중에는 연장, 약품, 의복은 물론이고 소금이나 씨앗 따위도 있었다. 오아시스의 자급 능력이 감소함에 따라 해마다 배달 물품의 양이 늘어가고 있는 형편이었다. 그는 새벽에 베니 아베스를 떠나 아침나절이 끝날 무렵에 오아시스에 도착했다. 그의 도착은 언제나 작은 사건이 되었다. 그는 타고난 넉살로 걸쭉한 너스레를 늘어놓으면서 물건을 나누어주었기 때문에 주민들에게 인기가 있었다. 하지만 어떤 사람들은 그를 싫어하거나 경멸하기도 했다. 그는 오아시스를 바깥세상과 이어주는 살아 있는 끈이었다. 오아시스 사람들에 대한 그의 태도는 바깥세상을 여행해본 사람이냐 아니냐에 따라서 달랐다. 타벨발라를 떠나본 적이 없는 사람들을 대할 때면, 그는 보호자처럼 친근하게 굴면서도 은근히 거드름을 피웠다. 이런 태도는 많은 주민에게 경외심을 갖게 하는 반면 일부 주민의 반감을 사기도 했다. 바깥세상으로 떠나기를 꿈꾸는 젊은이들이 보기에는 대단히 매력적이면서도 어딘가 수상쩍은 구석이 있는 인물이었다.

이드리스는 랜드로버를 탄 금발머리 여자가 다녀간 지 나흘밖에 지나지 않은 터라 우편물 속에 자기 사진이 있을 리 없다는 것을 알고 있었다. 그럼에도 그는 우편물과 물품을 몫몫으로 나누어주는 광경을 구경했다. 언젠가는 자기도 그런 식으로 사진을 받게 될 것이기 때문이었다. 사진이 도착할 만한 때가 다가올수록 배달은 점점 자기와 직접 관계된 일로 여겨질 터였다. 얼마나 오랜 시간을 기다려야 하는 걸까? 삼 주, 오 주, 칠 주?

그런데 한 가지 난처한 일이 생겼다. 이드리스가 배달 광경을 매번 말없이 지켜보고 있으니 그것을 살라흐 브라힘이 알아차리지 못할 리가 없었다. 이드리스가 세번째로 구경을 나갔을 때는 급기야 트럭 운전수가 그의 이름을 부르기 시작했다. 운전수는 이드리스와 정혼한 여자가 먼 곳에 있는 것처럼 넌지시 말하면서 이드리스가 연애편지를 간절하게 기다리고 있다고 너스레를 떨었다. 장난은 그것으로 그치지 않았다. 그는 한술 더 떠서 봉투 하나를 흔들며 "자아 네 편지 여기 있다" 하고 소리쳤다. 그런 다음에는 수신자의 이름을 어렵사리 해독하는 척하고 나서 안됐다는 듯한 표정을 지으며 이렇게 말을 바꾸었다. "어라 아니네. 이드리스, 이 일을 어쩌지? 이건 너한테 온 게 아냐. 이름이 네 이름과 비슷해서 너한테 온 편지인 줄 알았지 뭐냐. 애가 타겠다, 이드리스. 애가 타겠어. 그래도 조금만 더 참아!" 오아시스 주민들은 그 장난에 왁자그르르하게 웃어댔다.

그 뒤로 이드리스는 먼지를 뒤집어쓴 흰 트럭이 작은 무리를 지어 기다리는 주민들 앞에 정차해도 구경하러 나갈 엄두를 내지 못했다. 대신 이웃집의 한 아이를 심부름꾼으로 삼았다. 배달하는 것을 구경하러 갈 때마다 대추야자를 한 줌씩 주고, 편지를 가져오는 날에는 자기 주머니칼을 주겠다고 약속한 것이다.

그러던 어느 아침나절에 이드리스는 그 아이가 숨을 헐떡거리며 달려오는 것을 보고 뛸 듯이 기뻐했다.

"왔어! 왔어! 네 편지가 왔어!"

하지만 살라흐 브라힘은 편지를 아이에게 내주지 않았다. 자기가 직접 수신자에게 전달하겠노라고 했다는 것이었다.

"그래도 주머니칼을 내게 주는 거지?"

이드리스는 아이의 간청을 뒤로하고 되도록 천천히 트럭을 향해 걸어갔다. 운전수의 장난에 속아 체면을 구긴 터이지만 알량하게 남은 자존심 때문에 차마 쪼르르 달려갈 수가 없었다.

살라흐 브라힘은 처음엔 그를 못 본 척하면서 그의 이름만 계속 불러댔다. 그러다가 이윽고 마지막 소포가 트럭을 떠나고 나자, 소인이 잔뜩 찍히고 접착테이프가 여러 겹 둘린 커다란 봉투 하나를 내보이며 사방을 향해 이드리스를 소리쳐 불렀다. 둘러선 사람들의 웃음소리가 터져나오기 시작했다. 이드리스는 앞으로 나아갔다.

살라흐 브라힘은 장난스럽게 능청을 피우며 물었다.

"너 맞아? 네가 이드리스 맞아? 네가 정말 바다의 경계에서 온 이 연애편지의 수신인이야?"

이드리스는 트럭을 에워싸고 있는 사람들의 폭소를 자아내는 그 우스꽝스러운 신문(訊問)을 참고 견뎌야만 했다. 마침내 편지가 그에게 건네졌다. 그가 봉투를 뜯기 시작하자 모두가 숨을 죽이며 지켜보았다. 그가 봉투에서 꺼낸 것은 대형의 그림엽서였다. 엽서의 사진은 당나귀 한 마리를 찍은 것이었다. 방울 모양의 술로 장식된 당나귀가 머리를 치켜들고 이빨을 벌씬 드러낸 채 히힝 하며 울고 있었다. 웃음소리와 박수갈채가 폭풍처럼 일어나는 속에서 살라흐 브라힘은 짐짓 놀라는 시늉을 했다.

"이게 바로 네 약혼녀야? 아니면 이거 네 사진이니?"

이드리스는 그림엽서를 내던지고 분노의 눈물을 삼키면서 달아났다. 이 엽서의 사진은 랜드로버를 모는 여자가 그의 삶 속에 들어오는 바람에 보게 된 최초의 사진이었다.

이드리스는 얼마 전부터 모가뎀 병장의 집 주위를 배회하다가 쭈뼛거리며 그를 만나러 들어갔다. 모가뎀은 자기 조카가 왜 그러는지 궁금하게 여겼을까? 쿠카의 입을 통해 오아시스에 널리 퍼진 랜드로버 이야기가 그의 귀에까지 들어갔을까? 그건 확실치 않았다. 하긴 쿠카가 무슨 말을 하며 돌아다니든 그가 관심을 가질 리도 없었다. 그는 타벨발라에서 상당한 명성을 누리고 있었다. 왕년의 참전 용사로서 군인 연금을 받아 비교적 여유로운 삶을 살고 있기 때문이었다. 하지만 그는 외돌토리였다. 결혼을 한사코 마다해온 것만으로도 따돌림을 당하기에 충분했다. 그래서 주민 대표자 회의의 구성원 하나가 사망해서 대체할 사람을 뽑을 때면 그를 천거하는 주민이 아무도 없었다. 그렇듯 혼자 지내기를 좋아하는 그도 한때는 자기 조카에게 관심을 보인 적이 있었다. 그는 이드리스에게 프랑스어를 가르쳐주었다. 말하기뿐 아니라 초보적인 수준의 읽기와 쓰기도 가르쳤다.

그날 이드리스가 그의 집에 슬그머니 들어섰을 때 그는 소총을 분해해서 부속품들을 닦던 중이었다. 여느 때처럼 그들은 아무런 인사말도 주고받지 않았다. 이드리스는 벽에 등을 기댄 채 삼촌의 손놀림을 한참 지켜보았다. 이윽고 이드리스가 물었다.

"이거 삼촌이 군대에서 쓰던 총이에요?"

"웬걸! 그럴 리가 있나! 전투할 때 쓰는 총은 이거하고 달라. 이건 그저 작은 새들을 잡는 데나 제격이지."

모가뎀은 피식 웃으며 총열을 집어들고는 한쪽 눈을 감고 마치 그게 망원경이라도 되는 양 다른 쪽 눈에 갖다댔다.

"이걸로 가젤을 잡을 수 있나요?"

"가젤도 잡을 수 있고, 낙타나 도둑도 쓰러뜨릴 수 있지. 하지만 전투할 때는 진짜 소총이 필요해. 내가 이탈리아에서 싸우던 때에는 7.5밀리 구경을 사용했지. 총검을 접어넣을 수 있고 탄창에 다섯 발의 탄알을 장전하는 소총이었어. 독일 병사들은 거의 모두가 기관단총을 가지고 있었지. 기관단총은 탄알을 연달아 퍼부어대는 총이야. 시가지에서 집집을 돌며 전투를 벌일 때 딱 좋지. 하지만 기관단총은 사거리(射距離)가 짧고 명중률도 떨어져. 멀리서 쏠 때는 소총만 한 게 없어."

모가뎀이 그렇게 말하는 동안 이드리스는 방 안을 서성거린다. 그는 모가뎀 삼촌의 집보다 더 호사스럽고 더 안락한 집을 가본 적이 없다. 이 집의 벽들은 온통 사냥 기념물로 덮여 있다. 가젤의 뿔과 박제된 솔개가 있는가 하면, 타조의 깃털로 만든 부채와 작고 붉은 입을 벌리고 있는 페넥여우의 머리도 있다. 검붉은 벨벳으로 덮인 상자 위에는 전지로 작동되는 무선전신기 한 대가 놓여 있다. 이드리스는 이 무선전신기가 작동하는 소리를 들어본 적이 없다. 삼촌의 설명대로라면 밤에만 수신이 잘 되기 때문이다. 다른 어느 것보다 이드리스의 관심을 끄는 것은 액자 속에 든 무공훈장과 누렇게 바랜 사진이다. 사진에 담긴 인물은 놀랍도록 젊은 모가뎀 삼촌과 두 전우다. 그들은 멋진 군복 차림으로 미소를 짓고 있다.

삼촌은 고개를 들고 기름때 묻은 헝겊에 손을 문지른다.

"보고 싶으면 마음껏 보려무나. 사진 말이야. 아마 타벨발라에 한 장밖에 없는 사진일 게다. 무스타파가 알제에 신혼여행을 가서 찍은 사진이 한 장 있기는 했지. 자기 아내와 함께 찍은 것이었어. 하지만 그 사진은 사라진 모양이더라. 아마 그 사람 장모가 태워버렸을 거야. 이곳 노인들은 사진을 좋아하지 않아. 사진이 불행을 가져온다고 생각하거든. 노인들이란 미신에 잘 빠지게 마련이지……"

"그럼 삼촌은 사진이 불행을 가져올 수 있다고 생각하지 않나 보죠?"

"글쎄. 내 생각엔 말이다, 사진이란 자기 것으로 만들어서 다스려야 하는 물건이야."

그러면서 그는 두 손으로 무언가를 움켜쥐는 시늉을 한다.

"무스타파도 그런 생각을 가지고 있었기 때문에 알제에서 찍은 사진을 전혀 겁내지 않고 벽에 핀으로 꽂아놓았어. 내가 저 사진을 액자에 넣어 걸어둔 것처럼 언제나 눈에 보이게 해놓았던 거지. 그런데 말이다, 저 사진에 얽힌 긴 이야기가 있어. 비극적인 이야기지. 좀 들어보겠니? 우리가 이탈리아의 카시노 근처에 있는 한 마을에서 휴식을 취하고 있을 때의 일이었어. 마침 종군 사진반에 소속된 사진사가 우리와 함께 있었지. 그가 내 사진을 찍었어. 저 두 전우와 함께 말이야. 두 친구는 나와 다른 소대에 소속되어 있었어. 여러 소대가 함께 휴식을 취하는 상황이라서 내 옆에 앉아 있었던 거야. 하지만 우리 세 사람은 서로 아는 사이였어. 휴식 시간이면 함께 모여서 재미있게 놀았지. 이틀 뒤에 나는 사진사를 다시 만났어. 그가 자기 호주머니에서 봉투 하나를 꺼내어 내게 주더구나. 봉투에는 똑같은 사진이 세 장 들어 있었어. '너와 네 친구들 거야. 친구들에게는 네가 한 장씩

줘' 하고 그가 말했어. 나는 고맙다고 인사를 했지. 그 뒤로 친구들을 만날 수 있는 시간이 오기를 기다렸어. 하지만 그런 기회가 오지 않았어. 그 다음다음 날 우리는 모두 전선으로 출동했어. 1944년 4월 30일의 일이었지. 날짜를 잊을 수가 없어. 우리는 카신 산의 수도원에 방어진을 친 독일군을 다시 한번 공격했어. 이미 미군이 두 번 넘게 공격했다가 실패한 뒤에 우리가 나선 거야. 엄청난 살육이 벌어졌어. 연합군과 독일군 양쪽에서 숱한 사상자가 났어. 나는 바로 이 전투에서 무공을 세워 훈장을 받은 거야. 사정이 그쯤 되면 내가 사진 따위는 까맣게 잊었을 것 같지? 천만의 말씀이야. 나는 그것들을 언제나 가슴에 고이 품고 다녔어. 이 점이 중요해. 그다음 주에 우리는 다시 휴식에 들어갔어. 나는 두 친구의 소대로 가보았지. 그 소대는 피해가 막심하더구나. 두 친구를 이리저리 찾아다닌 끝에 나는 결국 그들이 모두 전사했다는 사실을 알게 되었어……"

삼촌은 말끝을 흐리며 벽에 걸린 액자 속의 사진을 물끄러미 올려다본다.

"그 일을 겪고 나서 곰곰이 생각해봤는데 말이다, 내가 보기엔 저 사진이 나에게 행운을 가져다주었어. 사진을 지니고 있었던 나만 살아남았으니까 말이야. 사진 속의 다른 두 사람은 자기들 사진을 지니지 못했어. 그건 물론 그들 잘못이 아니야. 하지만 그런 일이 생겨선 안 되는 것이었어. 내가 만일 그들에게 사진을 전해주었다면 그들이 무사했을지도 모른다는 생각이 자꾸 들어."

"그럼 그들의 사진을 어떻게 하셨어요?"

"가족에게 보내라고 그들의 소대장에게 맡겼지. 그들은 알제리 사람이었어. 한 사람은 틀렘센, 다른 사람은 모스타가넴 출신이었단다."

이드리스는 금발머리 여자가 자기 사진을 찍었다는 얘기를 삼촌이 알고 있는지 궁금해하던 터다. 그런데 이젠 삼촌이 알고 있는 게 분명하다는 생각이 든다. 잠시 침묵을 지키던 삼촌이 그의 얼굴을 바라보며 이렇게 말했던 것이다.

"자기 사진이 있다면 잘 간직해야 하는 거야. 사진을 내돌리면 안 돼!"

떠나야 한다. 북쪽으로 가야 한다. 타벨발라뿐 아니라 자네트, 타만라세트, 인 살라흐, 티미문, 엘 골레아 등 황색과 갈색이 주조를 이루는 사막 지도에서 푸른 반점으로 나타나는 그 모든 오아시스의 다른 젊은이들처럼 바깥세상으로 나가야 한다. 이브라힘의 갑작스런 죽음, 금발머리 여자의 실루엣, 하이레딘의 전설, 살라흐 브라힘의 조롱, 거기에다 모가뎀 삼촌의 경험담까지 이드리스에게 그런 권고를 하고 있었다. 뿐만 아니라 격세유전으로 이어져온 유목민의 기질도 그를 부추기고 있었다. 이 기질은 고향에 뿌리박고 사는 미래를 받아들이려 하지 않았고, 따사롭지만 불안정한 감옥, 한 남자를 중심으로 여자와 아이들이 만들어내기 때문에 더욱 무시무시한 감옥을 달가워하지 않았다. 정말이지 그는 결혼을 하지 않을 생각이었다. 가난한 집안 사정도 떠나기 위한 핑계로 한몫을 하고 있었다. 남자가 결혼을 하려면 미래의 장인에게 재물을 바쳐야 하는데, 북쪽의 바깥세상에 가서 일을 하지 않는다면 그 재물을 어디에서 구한단 말인가? 삼 년 전에 과부가 된 어머니는 맏아들인 이드리스가 떠날까봐 전전긍긍하고 있었다. 그런 어머니를 설득하느라고 이드리스는 자기가 버는 돈의 일부를 보내드리겠다고 약속했다. 돈을 많이 벌어서 어머니와 다섯 형제자매를 가난에서 벗어나도록 하겠다는 것이었다. 그러면서 그는 오아시스를 떠난 여섯 젊은이의 실례를 들었다. 그들은 자기네 가족을 위해 타벨발라의 식료품 장수에게 부정기적으로 우편환을 보내고 있었다. 촌수는 멀지만 이드리스의 형뻘이 되는 아슈르가 바로 그런 경우였다. 쾌활하고 마음씨 좋은 이 청년은 벌써 몇 해 전에 타벨발라를 떠나 파리에서 일하고 있지만, 그때부터 계속 자기 소식을 전해오고 있었다. 이드리스는 그에게 편지를 보내어 자기가 파리에 간다는 것을 알릴 참이었다. 그러고 보면 이드리스에게도 파리에 아는 사람이 있고 머물 곳이 있는 셈이었다.

이드리스는 곧 떠나기로 마음을 정하자, 그 결심을 당연히 모가뎀 삼촌에게 가장 먼저 알렸다. 그가 삼촌을 만나러 갔을 때, 삼촌은 군모를 쓴 채 집의 바깥벽 토대 부분에 벤치처럼 돌출해 있는 곳에 걸터앉아 파이프 담배를 피우고 있었다. 그는 삼촌이 먼저 말하기를 묵묵히 기다렸다. 삼촌은 서두르지 않았다. 그저 느긋하게 파이프를 빨면서 허공을 바라보고 있을 뿐이었다. 이윽고 삼촌이 말문을 열었다.

"소문이 사실이냐? 너 떠난다며?"

"네. 북쪽으로 가서 일자리를 구하려고요."

"베니 아베스로 가니?"

"네. 거기를 거쳐서 더 멀리 가려고요."

"베샤르로?"

"네. 거기를 거쳐서 다시 더 먼 곳으로 갈 거예요."

"바다를 건너서 마르세유로 가려는 거니?"

"거기까지만 가려는 건 아니에요."

"파리에 가고 싶니?"

"네. 파리에 가서 일자리를 구하고 싶어요."

모가뎀은 한동안 파이프가 어떻게 빨리는가에만 관심이 있는 사람처럼 굴었다. 그러다가 놀리는 기색으로 눈살에 주름을 잡고 조카 쪽으로 눈길을 올렸다.

"일자리를 구하겠다고? 금발머리 여자를 찾으러 파리에 가는 건 아니고?"

"모르겠어요."

"정말 모르겠어?"

"그게 그거 아닌가 싶어요."

모가뎀은 이드리스와 상당히 친했기 때문에 그 말이 무슨 뜻인지를 알아차렸다. 북쪽, 일자리, 돈, 금발머리 여자. 이는 모두 하나의 세계에 속해 있었다. 실체는 분명치 않지만 찬란하게 빛나는 이 세계는 어찌 보면 타벨발라와 정반대가 되는 세계였다. 하지만 그런 곳으로 떠나는 것이 전부는 아니었다. 모가뎀은 누구보다 그 점을 잘 알고 있었다.

"그럼 내가 얘기를 할게. 네가 북쪽 나라로 무엇을 찾으러 가는지 말이야. 너는 금발머리 여자가 찍은 네 사진을 찾으러 가는 거야. 그 사진이 저 혼자서 타벨발라에 오는 일은 절대로 없을 테니까. 가서 네 사진을 찾아. 그런 다음 여기로 가져와서 네 방 벽에 붙여놓는 거야. 내 사진처럼 말이야. 그냥 기다리는 것보다 그 편이 나을 게다. 그러고 나면 결혼도 할 수 있을 거고 아이도 낳을 수 있을 거야. 나처럼 혼자 사는 걸 더 좋아하지 않는다면 말이다."

이드리스는 삼촌 곁에 가서 앉았다. 두 사람은 한 마디 말도 더 주고받지 않았다. 하지만 그들의 생각은 아마도 같은 흐름을 좇고 있었을 터였다. 그들은 이드리스의 긴 여정을 상상하고 있었다. 타벨발라의 이드리스가 베니 아베스와 베샤르와 오랑과 마르세유의 이드리스를 거쳐 파리의 이드리스가 되었다가, 마침내 출발점으로 돌아와 찰흙 의자에 앉아 있는 모습을. 겉으로 보기에는 그 모습이 오아시스의 여느 노인들과 달라 보이지 않을지도 모른다. 하지만 바깥세상을 본 적이 없기에 오아시스의 참모습을 보지 못하는 노인들의 졸린 눈과 그의 눈은 다를 것이었다. 그는 바다와 큰 도시를 보면서 날카로워진 눈, 무언의 지혜가 담긴 밝은 눈으로 오아시스를 보게 될 터였다.

 그는 어머니가 시키는 대로 한쪽 맨발을 집의 문턱에 올려놓고 물로 씻었다. "이래야 네 발이 이 문턱을 잊지 않고 너를 여기로 데려올 거야" 하고 어머니는 말했다. 그러고 나서 그는 집을 나섰다.
 이제 그는 북서쪽으로 가는 길을 걷고 있다. 베니 아베스로 가는 길이다. 하지만 타벨발라와의 작별 인사는 아직 끝나지 않았다. 그가 오아시스를 빠져나가려는데 이웃집 사냥개 오르타가 뒤따라온다. 오르타는 훌륭한 순종 슬루기다. 이 개의 다리에는 불도장이 찍혀 있다. 액땜으로 주인이 찍어놓은 것이다. 이드리스가 페넥여우나 누른도요를 잡기 위한 덫을 걸으러 갈 때면 이 금빛 사냥개가 따라와 그의 주위를 돌며 펄쩍거렸다. 그럴 때마

다 이드리스는 행복하고 자랑스러웠다. 오르타가 반갑다고 꼬리를 친다. 오아시스를 나서는 이드리스가 사냥을 하러 가는 줄로 알고 있는 것이다. 이드리스는 발걸음을 멈추고 오르타에게 마을로 돌아가라고 이른다. 사냥개는 귀를 늘어뜨린 채 꼬리를 흔들며 그의 주위를 빙빙 돈다. 겁을 주는 시늉을 하지 않으면 말을 듣지 않을 듯하다. 이드리스는 돌멩이 하나를 집어든다. 개는 신음 소리를 내며 멀어져간다. 이드리스가 다시 위협을 가하자, 개는 뒷다리 사이에 꼬리를 감추고 달아난다. 이드리스는 다시 걷기 시작한다. 개를 위협하는 짓은 하지 말았어야 했다는 생각이 든다. 이 마지막 장면이 다른 어떤 것보다 그의 마음을 아프게 한다.

베니 아베스는 타벨발라에서 150킬로미터 떨어져 있다. 이드리스는 자기가 거기까지 줄곧 걸어서 가게 될 거라고는 생각하지 않는다. 사막에 난 길을 그렇게 오랫동안 걷는 것은 있을 수 없는 일이다. 사막의 도로에는 상부상조와 우호의 도리가 있다 그것을 알기에 이드리스는 걷고 있는 것이다. 오른쪽 하늘에는 태양이 떠오르고 있고 왼쪽 하늘에는 하현달이 아직 걸려 있다. 일 분 후가 될지 한 시간 후가 될지, 아니면 태양이 중천에서 무언의 분노로 이글이글 불탈 때까지 기다려야 할지는 알 수 없지만, 틀림없이 자동차가 나타나 그를 목적지로 데려다줄 것이다.

그는 자기가 타게 될 자동차가 랜드로버일 수도 있다고 상상해본다. 랜드로버를 모는 사람은 지난번에 만난 여자처럼 사진을 찍는 금발머리 여자다. 하지만 이번 여자는 그의 사진을 찍어서 가져가는 것에 그치지 않고 그를 통째로 실어갈 것이다. 여자 옆에 남자가 앉아 있지 않기 때문에 이드리스는 그녀의 반가운 동행자가 되리라. 여자 혼자 사막을 횡단하는 것보다는 동행이 있는 게 바람직하지 않은가? 그녀는 사막 여행에 필요한 온갖 장비를 가득 실은 무거운 자동차를 운전하느라 이내 피곤을 느끼고 젊은 동행자에게 기꺼이 운전대를 넘겨줄 것이다. 그러면 이드리스는 자동차의 지배자가 되고 여자의 보호자가 되리라.

몽상이 그쯤에 이르렀을 때, 멀리서 짐승처럼 으르렁대는 엔진 소리가 들려왔다. 이드리스는 발걸음을 멈추고 뒤를 돌아본다. 도로에 나타난 하나의 검은 점에서 거대한 구름먼지가 일고 있다. 사막의 도로에서 뒤에 오는 자동차를 보고 발걸음을 멈추는 것은 그 자동차에 타고 싶다는 분명한 의사 표시이다. 이곳 사람들은 유럽의 무전여행자들이 자동차를 얻어타기 위해 엄지손가락을 세우는 것과 같은 동작을 보이지 않는다. 그저 기다릴 뿐이다. 이드리스 역시 사막의 다른 길손들처럼 발걸음을 멈추고 기다린다. 그러다가 덜컥 겁에 질린다. 노쇠한 짐승처럼 땀을 뻘뻘 흘리고 숨을 헐떡이며 다가오는 자동차는 바로 살라흐 브라힘의 트럭인 것이다. 이드리스가 가장 먼저 반사적으로 취한 행동은 걸음아 날 살려라 하고 도로 위를 내달은 것이다. 하지만 운전수가 그를 알아보았을 게 틀림없으므로 그렇게 달아나는 것은 오히려 체면을 구기는 일이다. 생각이 거기에 미치자 그는 달리던 발길을 늦추고 고집스럽게 트럭에서 등을 돌린 채 다시 걷기 시작한다. 그럼으로써 자기는 트럭에 타고 싶어하는 사람이 아니라는 뜻과 고약하게 자기를 놀렸던 능청맞은 너스레쟁이 운전수에게는 아무것도 부탁하지 않겠다는 뜻을 분명히 밝히고 있는 것이다. 그런데도 트럭이 멈춰 선다면, 부탁하는 처지에 놓이는 쪽은 이드리스가 아니라 살라흐 브라힘이 되는 셈이다.

고물 트럭이 다가옴에 따라 엔진 소리가 점점 더 요란하게 들려온다. 이드리스는 고개를 돌리지 않으려고 마음을 다잡는다. 하지만 아무리 태연을 가장하더라도 도로의 우측 가장자리로 바싹 붙어서 가지 않을 수가 없다. 철판과 체인과 차축과 피스톤 따위로 이루어진 괴물이 자기 등을 들이받지 않을까 해서 마음이 불안한 것이다. 살라흐 브라힘은 차를 세울까? 아니다. 이드리스의 왼쪽으로 괴물의 주둥이가 연기를 내뿜으며 그를 앞지르더니 쇠로 된 몸뚱이가 요란을 떨며 지나간다. 이드리스는 즉시 구름먼지에 휩싸인다. 덮개를 씌운 꽁무니가 보인다 싶더니 이내 사라진다. 그때 갑자기 소음이 멎는다. 먼지가 흩어진다. 트럭이 멈춰 선 것이다. 열려 있는 왼쪽 차창으로 살라흐 브라힘의 득의에 찬 얼굴이 나오고, 이어서 문신을 새긴 팔과 카키색 군용 언더셔츠를 착 달라붙게 입은 털북숭이 가슴이 나온다.

"아니, 나한테서 등을 돌리고 그토록 당당하게 걸어가는 사람이 누군가 했더니, 이드리스잖아! 결국은 이렇게 북쪽으로 떠나는 거야?"

"잘 아시네요."

이드리스의 말투가 시큰둥하다.

"네가 어디로, 왜 가는지는 묻지 않을게. 내가 말을 함부로 하지 않는다는 건 너도 겪어봐서 알 거야. 네가 어디로 가든 나하곤 상관없어. 그리고 나로 말하자면 나와 상관없는 일에는 절대로 참견하지 않는 사람이야. 그렇지 않으면 내가 어떻게 이런 일을 하겠어? 그 모든 우편물이며 꾸러미들을 어떻게 운반하겠느냐고, 안 그러냐? 하지만 지금 네가 이 길을 가고 있으니까 하는 소린데, 너 혹시 베니 아베스로 가는 거니? 그렇다면 살라흐 브라힘의 트럭을 얻어타는 것도 그리 나쁘지는 않을 텐데. 안 그러냐?"

그러면서 그는 오른쪽 문을 열어주고 운전석으로 다시 펄쩍 뛰어오른다. 이제 이드리스는 마지못해 응하는 척하면서 트럭에 오르기만 하면 된다. 결국 그는 아무런 부탁도 하지 않은 셈이다. 보아하니 살라흐는 그에게 호감을 가지고 있는 듯하다. 당나귀 사진을 가지고 장난친 것을 후회하고 있는 것일까? 아니면 이드리스를 또다시 놀리려는 것일까?

"엔진을 끄지 않은 상태에서 오랫동안 정차하면 안 돼."

운전수는 클러치를 넣으면서 그렇게 묻지도 않은 것을 설명하기 시작한다.

"이 차는 엔진을 오랫동안 저속으로 회전시키면 너무 과열되거든. 그렇다고 엔진을 끌 수도 없어. 한번 꺼지면 다시 시동이 걸린다는 보장이 없거든. 사람들이 퇴직을 하는 데에는 여러 가지 이유가 있지. 내 경우는 이 트럭에게서 버림받는 날이 바로 퇴직하는 날이야. 말하자면 강제 퇴직이지. 이 트럭을 다른 것으로 바꿀 방도가 없으니까 말이야. 하지만 이 살라흐 브라힘이 배달꾼 노릇을 그만두면 타벨발라 사람들은 어떻게 될까 걱정이 되기는 해. 내가 그만두면 아마 거기에 남아 있는 사람이 없게 될 거야. 오늘은 이렇게 네가 떠나고 있어. 지난달에는 네 사촌 알리가 내 트럭을 얻어탔어. 그리고 세 달 전에는 너처럼 이 길을 걷고 있던 젊은이를 네 명이나 태워주었어. 사람들은 이런 탈주가 언제까지 계속될지 궁금해하지. 내가 보기엔 이래. 오아시스에 늙은이들만 남을 때까지 이런 일이 계속될 거야. 너는 말하겠지. 젊은이가 타벨발라에 남아서 무엇을 하겠느냐? 맞는 말이야. 타벨발라엔 영화관이나 텔레비전도 없고, 댄스홀조차 없지. 그렇다고 일자리가 있어? 할 일이라곤 대추야자 따고 염소 치는 게 다야. 그러니 젊은이들이 떠나는 것도 놀랄 일은 아니지. 분명히 말하지만 그들을 오아시스에서 빠져나가게 하는 것은 결코 내가 아냐. 그럼 아니고말고! 살라흐 브라힘이 미쳤다고 그런 짓을 하겠어? 내가 오아시스 젊은이들을 데려간다고 소문이 나면 사람들이 무슨 생각을 할지, 장차 내게 무슨 일이 닥칠지 나는 잘 알아. 벌써 나를 좋아하지 않는 사람들이 있는 판국이야. 다시 말하지만 난 잘못이 없어. 젊은이들은 나와 상관없이 저희 발로 떠나는 거라고. 그런 날이 자주 있지는 않겠지만 나중에는 아마 한꺼번에 몇 명씩 떠나는 날도 있을 거야. 그런 날이면 내 트럭은 길에 여기저기 떨어져 있는 젊은이들을 주워담는 청소차가 되겠지. 나에게 죄가 있다면 남을 도와준 것밖에 없어. 사막의 길손을 보고 어떻게 그냥 지나칠 수가 있겠어? 내가 사람을 태워주는 것은 물론 타벨발라에서 베니 아베스로 갈 때의 이야기야. 베니 아베스에서 타벨발라로 갈 때는 누구를 태워주고 싶어도 길에 사람이 없어. 타벨발라에서 떠나는 사람은 있어도 거기로 들어가는 사람은 없는 거지."

이드리스는 엔진의 소음에 섞여드는 살라흐 브라힘의 장광설을 한 귀로만 듣고 있었다. 그래도 영화관, 텔레비전, 댄스홀이라는 세 단어는 거역할 수 없는 매력을 발산하며 그의 뇌리에서 번득였다. 그 단어들은 트럭을 타고 달리는 너무나 새롭고 행복한 기분을 마법의 인광으로 물들였다. 길바닥으로부터 2미터 가까이나 높이 올라와 있는 좌석에 앉아서 바람처럼 빠르게 달리는 기분은 정말 대단했다. 낙타를 탈 때는 도저히 맛볼 수 없는 기분이었다. 기계화하고 자동화한 현대적인 삶, 이는 얼마나 경이로운 것인가!

불그스름한 땅에 좁고 긴 고랑들과 물살에 둥글린 둔덕들이 나타나기 시작했다. 마치 썰물이 지면서 모래톱의 기복이 드러난 것과 같은 풍광이었다. 하지만 이곳에는 몇 년 전부터 비 한 방울 내린 적이 없었다. 어쩌면 물살에 휩쓸린 그 자국들은 몇 세기 전에 생긴 것인지도 모를 일이었다. 이드리스는 자기 터전의 일부로 여겨왔던 그 땅을 트럭 덕분에 새롭게 발견해가고 있었다. 모래가 많이 깔린 곳에서는 자동차가 갑자기 속도를 늦춘다는 것, 바큇자국에서는 자동차가 기우뚱거린다는 것, 땅바닥에 숨어 있던 바윗돌들은 악마처럼 불쑥불쑥 튀어나와 자동차를 갑자기 출렁거리게 만든다는 것을 알아가는 중이었다. 살라흐 브라힘은 욕설을 내뱉더니 기어를 저단으로 바꾸고 가속페달을 힘껏 밟았다. 트럭은 미친 듯이 덜덜거리면서 앞으로 돌진했다. 차축이 흔들리고, 트럭에 실린 모든 물건이 요동쳤다. 살라흐 브라힘과 이드리스는 이가 딱딱 부딪치는 소리를 내면서 서로를 바라보았다.

운전수가 토막토막 끊어지는 소리로 말했다.

"이런 길에서는 시속 80킬로 이상을 유지하며 날아가거나 저단 기어를 넣고 기어가야 해."

오랫동안 혹사를 당해온 고물 트럭이 이제는 그야말로 장애물들 위로 날아가는 것처럼 보였다. 요동이 더욱 심해졌다. 참기가 힘들 정도였다. 살라흐 브라힘은 눈에 띄게 움푹 팬 곳이나 혹처럼 불거진 곳을 날쌔게 피해나갔다.

"베니 아베스에서 짐을 잔뜩 싣고 올 때는 이렇게 할 수가 없지. 하지만 빈 차로 달릴 때는 이래도 돼. 물론 조심은 해야지……"

그때 갑자기 가젤 한 마리가 트럭 앞으로 튀어나왔다. 너무나 가뿐하게 경중경중 달리는 품새가 마치 놀이삼아 그러고 있는 것처럼 보였다. 이드리스는 한순간 운전수가 가젤을 쫓고 있다고 생각했다. 하지만 겉으로 보기에 그러했을 뿐이었다. 운전수는 그처럼 위험하고 쓸데없는 어린애 장난에 휩쓸릴 사람이 아니었다. 이드리스는 가젤이 왼쪽으로 비스듬히 돌아서 사라져가는 것을 보고 아쉬움을 느꼈다.

"옛날처럼 나도 젊고 트럭도 팔팔하다면 저 녀석을 잡으려고 했을 거야. 그래, 그 시절에는 언제나 운전칸에 소총을 넣어가지고 다녔어. 오른손으로 운전대를 잡고 왼손으로 총을 쏘았지. 하지만 이제 그런 시절은 갔어. 그건 그렇고, 내가 엔진 상태를 생각하지 않고 너무 빨리 달리고 있네. 길이 이런 식으로 계속되면 십 분 뒤에는 차를 세워야만 할 거야."

차를 세워야 하는 일은 생기지 않았다. 울퉁불퉁한 길이 끝나고 모래땅이 시멘트 포석처럼 단단한 지대로 들어섰기 때문이었다. 여기에서는 트럭이 거의 요동치지 않고 부드럽게 달렸다. 요동의 완화가 아주 분명하게 느껴지자 두 사람은 좌석의 등받이에 편안하게 등을 기댔다.

"이런 땅을 페슈페슈라고 해. 땅거죽이 모래와 딱딱하게 굳은 진흙으로 되어 있지. 이것이 트럭의 무게를 견뎌주는 동안에는 운전하기가 좋아. 하지만 땅거죽이 꺼지면, 아이고, 한바탕 난리가 나는 거지. 그야말로 곤두박질이야!"

트럭이 빨리 달리고 있고 운전칸으로 세찬 바람이 몰려들고 있으니 더위가 잊혀질 만도 했다. 하지만 주위의 풍광은 중천에 뜬 태양의 단근질에 얼이 빠져버린 듯한 모습이었다. 살라흐와 이드리스는 한동안 침묵을 지켰다. 졸음 때문에 약간 몽롱해진 의식 속으로 불가마의 열기를 기적적으로 모면하고 있다는 생각이 섞여들었다. 빛은 너무 많고 그늘은 없어서 그러잖아도 풍경이 삭막한데, 오아시스의 유령이 나타나서 풍광을 더욱 황량하게 만들었다. 벽만 남은 집, 무너진 양 우리, 줄지어 늘어선 시든 종려나무와 그 뒤로 보이는 성자 무덤의 둥근 지붕. 그것을 보며 살라흐 브라힘이 투덜거렸다.

"봐라, 여기엔 이제 사람이 살지 않아. 타벨발라도 몇 해 못 가서 이렇게 되지 않을까 싶어."

흰 모래로 이루어진 지대가 설원처럼 눈부시게 펼쳐졌다. 살라흐 브라힘은 속도를 늦추어 이 지대로 접어들었다.

"동부의 와디 쪽에는 모래가 이처럼 새하얗다고 하더라. 우리 고장의 모래는 노란 편이지. 나는 노란 모래가 더 좋아. 흰 모래는 트럭에도 나쁘고 눈에도 좋지 않거든."

트럭이 마치 빙판 위를 달릴 때처럼 이리저리 미끄러지고 있었다. 살라흐 브라힘은 욕설을 중얼거렸다. 그때 길가에 꼼짝 않고 서 있는 한 남자가 눈에 들어왔다. 그는 아무 몸짓도 보이지 않았지만, 품새로 보아 트럭을 기다리고 있는 게 분명했다. 이드리스는 살라흐 브라힘이 갑자기 속력을 내고 있다고 느꼈다. 아닌 게 아니라 그들은 매우 빠른 속도로 그 보행자 앞을 지나갔다. 하지만 살라흐는 이내 속도를 늦추고 차를 세웠다. 이드리스는 차창 너머로 몸을 숙여 남자가 트럭 쪽으로 돌진해오는 것을 보았다. 남자가 10미터쯤 떨어진 곳까지 다가왔을 때, 살라흐는 기어를 넣고 다시 가속페달을 밟았다. 트럭이 속도를 내면서 거리를 점점 더 벌려나가자, 남자는 따라잡으려는 의욕을 잃고 걸음을 늦추더니 결국엔 멈춰 서고 말았다. 그러자 이번에는 트럭이 속도를 늦추다가 멈춰 섰다. 남자는 트럭을 따라잡으려고 다시 달음박질을 쳤다. 살라흐 브라힘은 다시 기어를 넣고 맹렬한 속도로 달려나갔다. 남자는 맥이 풀리는지 뜀박질을 중단했다. 그래도 제자리에 서 있지는 않고 도로 가장자리를 따라 잰걸음을 놓았다. 트럭이 또다시 속도를 늦추다가 정차했다.

이드리스가 물었다.

"왜 이러는 거예요?"

"저 작자를 태워주지 않을 수는 없어. 사막의 규칙이 그래. 하지만 난 저자가 싫어. 그래서 일부러 고생을 시키는 거야."

"저 사람 이름이 뭔데요?"

"몰라."

"생판 모르는 사람이에요?"

"그래, 모르는 사람이야. 하지만 저자는 투부 족이야."

이드리스는 더 묻지 않았다. 타벨발라에서 투부 족 사람을 본 적은 없지만, 그들의 악명은 익히 알고 있는 터였다. 이들은 원래 중앙 사하라의 티베스티 산괴에 살던 흑인 유목민이었다. 그런데 정착화 과정에서 많은 사람들이 살해당했고, 살아남은 사람들은 뿔뿔이 흩어져 사막의 유랑자와 무법자로 변했다. 소문에 따르면, 이들은 게으르지만 강인하고, 술주정뱅이에 탐식가들이지만 이동할 때는 초인적인 절제력을 보이며, 평소엔 과묵하지만 말문이 터졌다 하면 황당무계한 구라를 풀고, 고독한 들짐승처럼 혼자 지내기를 좋아하지만 사회 속으로 들어왔다 하면 도둑질이나 강간이나 살인을 저지른다고 했다. 차창을 들여다보고 있는 이글거리는 눈매의 험상궂은 얼굴에도 그 모든 것이 담겨 있었다. 살라흐 브라힘은 새 길손에게 자리를 만들어주기 위해 이드리스를 자기 쪽으로 홱 끌어당겼다. 트럭이 다시 움직이기 시작했다. 하지만 운전수는 그때부터 말문을 굳게 닫았다. 적의가 느껴지는 침묵이었다. 자갈이 많은 지대가 나타났다. 타이어에 무리가 가지 않도록 하기 위해서는 트럭의 속도를 늦추어야만 했다. 그 지대가 끝나자 도로의 자취가 가뭇없이 사라졌다. 트럭은 완전히 동쪽으로 방향을 틀었다. 아드라르에서 베니 아베스로 가는 아스팔트 도로가 멀지 않은 곳에 있을 터였다. 아닌 게 아니라, 한 시간쯤 더 달리자 그 도로가 나타났다. 트럭은 왼쪽으로 돌아 도로에 들어선 다음 북쪽으로 방향을 잡았다. 트럭이 비로소 규칙적인 속도로 순조롭게 달리기 시작하자 이드리스는 속도에 취하는 기분이 들었다.

그들이 백 킬로미터쯤 달렸다 싶었을 때, 투부 족 남자가 갑자기 침묵을 깨뜨렸다. 걸걸한 사투리로 몇 마디 말을 내뱉은 것이었다. 이드리스는 그 의미를 짐작했다.

살라흐 브라힘이 물었다.

"쟤, 뭐라는 거야?"

"길이 끊겼다고 하는데요."

"그래, 맞아. 저 녀석도 알아차린 모양이군. 우리가 이 도로를 달린 뒤로 엇갈려 지나가는 자동차가 단 한 대도 없었어. 정말 이상해."

"길이 왜 끊기죠?"

"이유가 될 만한 것은 하나뿐이야. 사후라 와디 때문일 거야. 이 와디에는 일 년에 한 번꼴로 물이 흘러. 거기에 다다르자면 아직 십오 분은 더 가야 하니까, 그때까지는 아무 문제가 없어. 그다음부터는 '인샬라!' 야."

20킬로미터쯤 더 가자, 아닌 게 아니라 도로가 작은 골짜기 같은 곳으로 내려가다가 초콜릿 색 물이 요동치는 급류 속으로 잠겨들고 있었다. 트럭은 꼼짝 않고 서 있는 자동차의 행렬 뒤에 멈춰 서야만 했다. 와디의 건너편에도 백 미터쯤 떨어진 곳에 역시 꼼짝 않고 있는 자동차의 행렬이 보였다. 다리가 없기 때문에 도로는 약 30센티미터 높이의 시멘트 바닥 위로 와디의 하상(河床)을 통과하게 되어 있었다. 평소에는 물이 흐르지 않기 때문에 와디를 건너는 데 아무 문제가 없었다. 하지만 그날은 몇 킬로미터 떨어진 상류에서 폭우가 쏟아진 뒤로 그 빗물이 밀려 내려오면서 하상의 도로가 깊이를 정확하게 가늠할 수 없을 만큼 잠겨버린 것이었다. 물이 빠지는 데에는 두 시간이 걸릴 수도 있고 이틀이 걸릴 수도 있었다. 세 사람은 트럭에서 뛰어내려 급류 가장자리에서 웅성거리고 있는 사람들 쪽으로 내려갔다. 그들이 주고받는 이야기의 요점은 물의 깊이와 물살의 세기를 고려할 때 자동차를 타고 와디를 건널 수 있느냐 없느냐 하는 것이었다. 우려스러운 것은 시멘트 바닥에 가라앉은 진흙이었다. 진흙이 많이 쌓여 있으면 바닥이 미끄러울 것이기 때문이었다. 배기관이 물에 잠기는 것도 문제였다. 배기관이 막히면 엔진이 꺼질 게 뻔한 이치였다. 한 젊은이가 젤라바* 자락을 말아올리더니 장대를 짚으면서 급류 속으로 나아갔다. 그는 몇 걸음을 걷다가 허겁지겁 기슭으로 돌아왔다. 그의 다리가 상처투성이였다. 세찬 물살에 아주 빠르게 휩쓸려가는 돌멩이들도 문제였던 것이다.

조금 떨어진 곳에서는 양털 보따리들을 실은 낡은 다지 트럭을 둘러싸고 사람들이 분주하게 움직이고 있었다. 트럭 운전수가 배기관 끝에 고무관을 연결하더니 그것의 다른 쪽 끝이 물에 닿지 않도록 높이 들어올려 짐칸의 가로장에 동여맸다. 그는 운

---

* 북아프리카 사람들이 입는, 두건 달린 긴 겉옷.

전석에 뛰어올라 경적을 요란하게 울렸다. 모두 자기를 봐달라는 뜻이었다. 그러고는 비탈을 내려가기 시작했다. 다지 트럭의 앞바퀴가 흙탕물에 잠겼다. 일단은 성공적인 시도로 보였다. 물이 바퀴 위로 올라오지 않고 엔진의 가장 중요한 장치들을 위협하지 않는 것으로 드러났기 때문이었다. 갈색 흙탕물이 튀어 얼룩투성이가 된 육중한 트럭이 흔들거리며 나아갔다. 그러더니 건너야 할 너비의 3분의 1쯤 되는 곳에 다다라서 갑자기 진로를 이탈했다. 바닥이 미끄러워서 물살을 견디지 못하고 왼쪽으로 밀린 것일까? 아니면 눈앞에서 급류가 현기증이 날 정도로 빠르게 흘러가기 때문에 운전수가 방향을 분간하지 못하는 것일까? 트럭은 이제 눈에 보이지 않는 시멘트 바닥의 왼쪽 맨 끝에서 나아가고 있을 터였다. 그때 갑자기 트럭이 왼쪽으로 기우뚱했다. 처음엔 앞부분이, 이어서 뒷부분이 기울어졌다. 바퀴가 차도를 벗어난 것이었다. 트럭은 조금씩 더 기울어지더니 기어이 흙탕물에 쓰러져버렸다. 수심은 1미터를 넘지 않는 모양이었다. 트럭 운전수는 오른쪽 차창으로 빠져나와 양털 보따리들을 밟으며 허둥허둥 걷기 시작했다.

살라흐 브라힘과 이드리스는 르노 트럭으로 돌아왔다. 투부족 사내가 사라지고 없었다. 살라흐 브라힘이 볼멘소리를 했다.

"그자가 무슨 짓을 하고 있는지 모르겠네. 하지만 내가 투부 족 놈들을 겪어봐서 아는데, 그자는 와디 이쪽 편에서 오랫동안 기다리고 있지 않을 거야. 그런다면 정말 놀랄 일이지. 그 어느 것도 투부 족 사람을 오랫동안 붙들어두지는 못해."

그는 운전석에 앉더니 두 손을 무릎에 올려놓고 트럭 앞에 서 있는 자동차의 꽁무니를 침통한 표정으로 물끄러미 바라보았다.

"내가 한 가지 말해줄까? 만일 네가 그자에게 어디로 무엇을 하러 가느냐고 묻는다면, 그자는 대답을 하지 않을 거야. 아니면 황당무계한 이야기를 꾸며대겠지. 왜 그런지 알아? 첫째는 실제로 그 자신이 어디로 가는지를 모르기 때문이야. 둘째는 무언가를 하겠다는 의도가 그자에게 없기 때문이야. 투부 족 사람들이라는 게 원래 그 모양이야. 목적도 이유도 없이 옮겨 다니기 일쑤지. 방랑벽이 정말 지독해!"

그는 입을 다물고 대형 사륜구동 도요타가 와디 쪽으로 내려가는 것을 지켜보았다. 도요타가 멈춰 서자, 사라졌던 투부 족 사내가 거기에서 내렸다. 살라흐 브라힘은 투부 족 사내가 하는 얘기를 듣고 적잖이 놀랐다. 도요타는 사륜구동인데다가 배기관이 지붕에 달려 있어서 와디를 건너갈 것이며, 자기의 설득으로 그 운전수가 르노 트럭을 견인해주기로 했다는 것이었다. 사내는 자기 말을 몸짓으로 보충하느라고, 용수철 완충기를 갖춘 견인용 와이어로프를 흔들어 보였다.

살라흐 브라힘은 반신반의하면서도 순순히 일어섰다. 도요타 운전수가 영국인이라서 그와 말을 주고받는 것은 최소한에 그쳤다. 하지만 투부 족 사내의 말이 사실인 것은 확인할 수 있었다. 별쭝맞은 녀석, 어떻게 이런 해결책을 강구했지? 그보다, 녀석이 왜 이런 식으로 행동하는 거지?

와이어로프를 르노의 앞과 도요타의 뒤에 고정시키는 것으로 준비는 끝이었다. 두 자동차는 와디 쪽으로 미끄러져 내려갔다. 투부 족 사내는 도요타에 그대로 타고 있었다. 전차처럼 육중하고 강력한 도요타는 흙탕물이 분수처럼 솟구치게 하면서 와디를 건넜다. 속절없이 따라가야 하는 살라흐 브라힘은 "빌어먹을 영국 놈, 이렇게 빨리 달릴게 뭐야?" 하면서 투덜거렸다. 도요타가 일으킨 소용돌이가 격랑처럼 밀려와 자기 트럭의 앞부분에 부딪치고 앞유리창까지 후려치고 있어서 빨리 달리는 게 더더욱 마뜩찮은 것이었다. 와디의 건너편 기슭에 다다랐을 때, 두 자동차는 번들거리는 진흙덩어리와 비슷해 보였다. 구경꾼들이 두 자동차를 에워쌌다. 차에서 내려 그들의 질문과 투덕거리는 손길과 축하 인사에 답하지 않으면 안 될 일이었다. 구경꾼들은 앞유리창 닦는 것을 도와주었다. 그 와중에 혼자 있기를 좋아하는 한 사내가 조용하고 사뿐한 발걸음으로 도로에서 멀어져갔다. 그런 투부 족 사내를 본 사람은 아마 이드리스뿐이었으리라.

살라흐 브라힘과 영국인이 악수를 나눈 뒤에, 두 자동차는 베니 아베스를 향해 출발했다. 하지만 도요타의 속도가 더 빨라서 두 자동차 사이에 이내 거리가 생겼다. 살라흐 브라힘은 그 뒤로 한 시간이 지나서야 투부 족 사내에게 신경을 썼다.

"그자는 영국 사람 차를 타고 갔지?"

"아뇨. 걸어서 사막으로 가던데요."

살라흐 브라힘은 잠시 생각하더니 갑자기 브레이크를 밟아 트럭을 세웠다. 그러고는 계기반에 딸린 작은 수납함을 열어 커다란 낡은 지갑을 꺼냈다.

"나쁜 자식! 내 돈을 가져갔어!"

"얼마나요?"

"정확한 액수는 모르겠어. 줄잡아 천이백 디나르는 될 거야. 그놈은 일도 안 하고 하루 품삯을 챙겨간 거야!"

"그래도 우리에게 시간을 벌어주긴 했잖아요."

"와디를 건너게 해준 대가치고는 너무 비싸!"

살라흐 브라힘은 입을 굳게 다문 채 베니 아베스의 집들이 보이기 시작할 때까지 아무 말도 하지 않았다. 마음에 여유가 없어서 젊은 동행자에게 도시를 안내할 생각도 하지 않았다. 그때 도로 가장자리에 오토바이를 세워놓고 있던 두 경찰관이 살라흐 브라힘에게 트럭을 세우라는 신호를 보냈다.

"파출소까지 우리와 동행해야겠소."

그때부터 트럭은 오토바이의 호위를 받으며 5백 미터 정도 되는 거리를 더 달렸다. 살라흐와 이드리스는 파출소에서 도요타의 영국인을 다시 만났다. 그는 도난 사건을 신고하러 거기에 와 있었다. 살라흐 브라힘의 동행인이 자기 돈 오천 디나르를 훔쳐 갔다는 것이었다. 다행히도 살라흐 브라힘은 베니 아베스 사람들에게 잘 알려져 있었다. 그는 투부 족 사내를 만났던 일과 자기 역시 도난을 당했다는 사실을 이야기했다. 영국인은 자기가 도요타에 태워준 사람이 이드리스가 아님을 인정했다. 파출소장은 인정머리 없이 살라흐 브라힘을 조롱했다. 영국 관광객이 투부에게 털리는 것은 그래도 괜찮아. 하지만 자네는 사막의 늙은 여우가 아닌가! 물론 사후라 와디에 갑자기 물이 흐르기는 했어. 하지만 사막에서 그런 일 한두 번 겪는 거 아니잖아!

조서에 서명을 하고 파출소를 나서자, 살라흐 브라힘은 이드리스에게 분통을 터뜨렸다. 그날의 운세가 고약했던 게 이드리스 탓은 아니었을 것이다. 하지만 길가에 서 있는 자들을 태워주었다가 변을 당하고 보니, 이드리스나 투부 족 사내나 원망스럽기는 마찬가지였다. 이드리스가 잘못한 건 없을지라도, 행운을 가져다주지 않은 것만은 분명했다. 길동무란 그런 거였다. 행운을 가져다주기는커녕 액운을 몰고 오기가 일쑤이므로 그저 피하는 게 상책이었다. 다시는 이런 일을 당하지 않도록 그 점을 명심해야 할 것이었다.

이드리스는 그날 밤을 보낼 만한 곳을 찾다가 종려나무 숲 한복판에 자리한 옛 요새 마을로 갔다. 그는 무너진 농가로 보이는 곳의 마당에 누울 자리를 마련했다. 이 마을은 마른 흙을 쌓아서 세운 전통적인 요새였는데, 알제리 전쟁 초기*에 프랑스 외인부대가 주민들을 쫓아낸 뒤로 폐허가 되어버렸다. 이제는 완전히 사라지기에 앞서 뜨내기들의 임시 숙소로 쓰이고 있었다.

이드리스는 코를 드르렁거리는 뚱뚱한 남자와 어머니에게 매달려 칭얼대는 아기 사이에 누워 있었다. 여행 첫날에 겪은 일들이 머리를 어지럽히고 있어서 잠을 이룰 수가 없었다. 투부 족 사내의 교활하고 험상궂은 얼굴이 자꾸 눈앞에 어른거렸다. 그 얼굴은 비천하고 꺼림칙한 후광에 감싸여 있었다. 살라흐 브라힘과 영국인의 돈을 잇달아 훔친 그 교묘한 솜씨 때문에 생긴 후광이었다. 이드리스의 상상 속에서 투부 족 사내는 샴바 족의 낙타지기 이브라힘에 대한 추억과 결합되고 있었다. 하지만 투부 족 사내의 인상이 훨씬 강렬했다. 그에게 어두운 후광처럼 서려 있는 고독은 이브라힘에게서 느껴지던 것보다 한결 완강했다.

---

* 1957년. (원주)

이브라힘은 대부분의 시간을 혼자서 낙타들하고만 지냈다. 하지만 낙타들에게 말을 했고, 낙타들에게 먹이를 마련해주는 대신 젖을 짜서 생계를 꾸렸다. 또 이브라힘은 다른 목동들이나 오아시스 사람들과 인간적인 교분을 나누기도 했다. 그에 반해서 투부 족 사내는 모든 사람을 노골적인 적대감이나 은밀한 반감을 가지고 대하는 듯했다. 이드리스는 사후라 와디를 건넌 뒤에 그가 표표히 사라지는 것을 보고 느꼈던 호감이 되살아나는 것을 재빨리 억눌렀다. 그 사내는 누구와도 벗하지 않을 자였다. 누군가를 벗으로 받아들인다면, 그건 한낱 속임수였다. 친구인 척하면서 도둑질을 하고는 상대방이야 죽든 살든 내팽개치고 달아나려는 속셈일 뿐이었다. 그자는 야수였다. 아니, 야수보다 못했다. 어떤 짐승도 그토록 고독한 느낌을 풍기지는 않는다. 어떤 짐승도 자기 동류를 상대로 그토록 냉담하게 행동하지는 않는다. 오로지 인간만이 그럴 수 있다. 오로지 인간만이…… 이드리스는 자신의 몽상 속에서 이브라힘의 얼굴과 투부 족 사내의 얼굴이 겹쳐지는 것을 보면서 마침내 잠이 들었다.

누가 '모래바다'라는 말을 했던가. 이드리스는 바다를 한 번도 본 적이 없었다. 그럼에도 그는 어떤 길의 끝에서 사람의 발길이 닿지 않은 거대한 황금빛 모래언덕이 하늘로 솟아 있는 것을 보았을 때, 바다가 바로 이런 것이구나 하고 생각했다. 높이가 줄잡아 백 미터에 달하는 부드럽고 더없이 순결한 언덕이 바람의 끊임없는 애무를 받으며 시시각각으로 형상을 바꾸고 있었다. 이 언덕은 이를테면 서부 대(大)사구지대라는 대양의 첫번째 파도인 셈이었다. 이드리스는 그 바다로 뛰어들지 않고는 배길 수가 없었다. 보드랍고 모양이 변하기 쉬운 언덕이 발밑에서 금빛 폭포를 이루며 흘러내렸다. 그는 잠시 비탈에 누워 숨을 골랐다.

등반은 전혀 힘들지 않았다. 그는 이내 등성이에 말을 타듯 걸터앉았다. 능선은 공들여 그린 것처럼 윤곽이 선연했다. 산들산들 불어오는 바람이 능선에 계속 빗질을 해서 윤곽을 날카롭게 다듬어주고 있었다. 동쪽을 바라보니, 무수한 모래언덕들의 황금빛 등줄기가 지평선까지 아스라하게 구불거리고 있었다. 이것이 정녕 모래바다였다. 배 한 척 다니지 않는 부동의 바다였다. 몸을 반대쪽으로 돌리자 발 아래로 네모난 오두막들과 요새 마을의 둥근 지붕이며 노대가 보였다. 더 멀리 낮은 쪽에 있는 푸르른 종려나무 숲도 눈에 들어왔다. 오아시스에 사람이 살고 있음을 증명하기라도 하듯 갖가지 소리가 올라오고 있었다. 악다

구니하는 소리, 누군가를 부르는 소리, 개 짖는 소리, 그리고 느닷없이 터져나와 오아시스의 허공에서 맴도는 무에진*의 노랫소리.

이드리스는 언덕을 내려오다가 비탈에 찍혔던 자기 발자국들이 이미 사라져버렸음을 확인했다. 마치 모래가 발자국을 빨아들여 말끔히 소화하기라도 한 듯했다. 모래언덕은 세상이 창조되던 첫날처럼 아무의 발길도 닿지 않은 순결한 상태로 돌아가 있었다. 이 거대한 모래더미는 바람이 부는 대로 이리저리 움직이면서도 도로를 침범하거나 집들을 덮치는 법이 없었다. 이드리스는 도대체 무슨 조화로 그런 일이 가능한지 궁금했다. 정말이지 모래더미는 신통하게도 마을의 경계를 이루는 나지막한 담 아래에서 이동을 멈추었다. 담의 높이가 몇 센티미터밖에 되지 않는데도 그것을 넘어서지 않는 것이었다.

이드리스는 발길 닿는 대로 걸어서 '림'이라는 호텔의 어귀에 다다랐다. 페르낭 푸이용이라는 건축가가 설계했다는 이 호화로운 저택은 수영장과 테니스장, 종려나무 숲이 내려다보이는 테라스를 갖추고 있었다. 아직 이른 아침 시간인데도 온갖 나라 온갖 상표의 자동차와 오토바이들이 잇따라 현관 앞을 돌고 있었

---

* 이슬람 사원에서 기도 시간을 알리는 사람.

다. 이드리스는 호텔의 호사스러움에 놀라고 탈것의 종류가 그렇게 많다는 것에 흥미를 느껴 걸음을 멈추었다. 빨간 파라솔로 장식된 테라스의 앞쪽이 눈에 들어왔다. 파라솔 아래에서는 손님들이 짝을 지어 앉아 즐겁게 아침식사를 하고 있었다. 파란 멜빵바지 차림의 수염 기른 남자들과 카키색 제복을 입은 군인들, 식탁 주위에서 쫓고 쫓기며 시끄럽게 장난을 치는 몇몇 아이들이 보였다. 하지만 특히 이드리스의 눈길을 끈 것은 여자들이었다. 그 중에는 말소리가 높은 금발머리 여자도 한 명 있었다. 랜드로버를 몰던 여자와 비슷하지만 그녀만큼 아름답지는 않은 여자였다.

"이봐, 거기 너! 네가 무슨 볼일이 있다고 여기에서 얼쩡대니? 다른 데나 가봐!"

호텔을 떠나는 어떤 가족의 가방들을 나르고 난 흑인 종업원 하나가 갑자기 호통을 치는 바람에 이드리스는 구경을 중단했다. 남에게 그런 식의 말을 들은 것은 난생처음이었다. 놀라움은 쉽게 가시지 않았다. 이해를 못 해서가 아니었다. 오히려 이 낯선 사회에서 자기가 어떤 자리를 차지하고 있는지를 갑자기 아주 분명하게 깨달았기 때문이었다. 그는 호텔 고객의 범주에 속해 있지 않았다. 뿐만 아니라 그는 호텔 종업원에게 야단맞고 쫓겨나는 것을 당연하게 받아들여야 하는 처지에 놓여 있었다. 몇 분 전에는 짐작조차 못 했던 진리였다. 이드리스는 그 명백하고 근본적인 진리를 곱씹으면서 멀어져갔다.

그는 마을을 가로지르면서 카페와 식료품점, 이발소, 수공품 가게, 채소 더미 따위를 눈요기했다. 이따금 개들이 그에게 다가와 코를 킁킁거렸다. 자동차들이 지나갈 때면 한편으로는 경탄하고 다른 한편으로는 마음에 상처를 입으면서 뒤로 물러섰다. 귓전에서는 호텔 종업원의 호통이 아직도 맴돌고 있었다. 네가 무슨 볼일이 있다고 여기에서 얼쩡대니? 다른 데나 가봐!

그때 등나무와 부겐빌레아*의 장벽에 가려진 시립 수영장이 눈에 띄었다. 광천에서 솟아나는 물로 풀을 채우는 수영장이었다. 소년들이 깔깔거리고 환호하면서 다이빙을 하거나 서로 쫓고 쫓기며 장난을 치고 있었다. 호텔 '림'에 이어서 낙원의 또다른 이미지가 나타난 것이었다. 이번엔 싱그러움과 행복한 알몸과 순수한 유희의 이미지였다. 이드리스는 그 광경을 찬찬히 구경하기 위해 종려나무 아래에 앉았다. 물고기처럼 번들거리는 소년 하나가 그의 근처로 지나갔다. 생글거리는 소년의 시선이 그를 스쳤고, 물 몇 방울이 그에게 튀었다. 이드리스는 꼼짝 않고 그냥 지켜보기만 했다. 사실 그가 바라보고 있는 것은 한 폭

---

* 남아메리카 원산의 덩굴성 관목. 자줏빛 포에 싸인 작은 꽃이 핀다.

의 그림이었고 접근이 허용되지 않은 하나의 닫힌 무대였다. 그는 먼지투성이였고 배가 고팠으며 아침나절이 가기도 전에 벌써 피곤함을 느끼고 있었다. 풀에서는 그와 같은 또래의 아이들이 초록색 물과 그들의 머리 위로 포도송이처럼 늘어진 등나무 꽃 사이에서 환호성을 지르며 뛰어놀고 있었다. 이드리스는 그 아이들의 형제가 아니었다. 그는 돌이킬 수도 없고 늦출 수도 없는 불확실한 모험에 뛰어든 어린 이민자였다. 그는 한 마리 철새처럼 거기에 내려앉은 것이었다.

그는 다시 걷기 시작하여 어떤 좁은 길을 따라 내려가다가 과자 가게의 진열대 앞에서 꾸물거렸다. 가게 주인은 의자에 앉아 졸고 있다가, 그가 도둑질을 하려는 게 아님을 확인하고는 꿀로 만든 과자를 하나 집어주었다.

과자 가게를 지나 커다란 종려나무 숲으로 다가가다보니 사하라 박물관의 정문이 나왔다. 이 박물관은 프랑스 국립학술연구센터가 운영하는 건조지대 연구소의 부속 시설이었다. 입장료는 이 디나르. 푼푼을 모아서 가져온 그의 쥐꼬리만 한 노자에 비하면 지나치게 비싼 금액이었다. 마음을 접고 종려나무 숲으로 내려가려는데, 냉방이 되는 대형 관광버스 한 대가 박물관 앞에 멈춰 섰다. 버스의 앞문과 뒷문이 접히자 관광객들이 내리기 시작했다. 할아버지들과 할머니들이 단체 여행을 온 것이었다.

구부정한 등, 하얗게 센 머리, 지팡이를 그러쥔 앙상한 손가락, 그 모든 것이 묘한 인상을 주고 있었다. 반면에 가이드는 아주 젊어 보였다. 그는 여행단에 활기를 주는 역할을 수행하느라고 약간 억지스럽게 젊은이 행세를 하고 있었다. 그가 새침스럽고 까다로워 보이는 한 노파에게 익살을 떨며 정중하게 팔짱을 청하자, 다른 관광객들이 무척 즐거워했다. 보아하니 여행이 시작될 때부터 계속되어온 익살인 듯했다. 이드리스는 그 무리에 섞여서 첫번째 전시실로 들어갔다. 몇 개의 진열창이 설치되어 있고, 박제된 동물들이 여기저기 놓여 있는 전시실이었다. 가이드는 요란한 몸짓으로 사람들을 이리저리 이끌고 다니면서 입담 좋은 도붓장수처럼 사설을 풀거나 우스갯소리를 늘어놓았다. 그를 충실하게 따르는 노인들은 작은 무리를 지어 그를 에워싸고 있었다. 그들은 그의 사설을 홀린 듯이 듣고 있다가 웃음으로 추임새를 넣었다. 나머지 관광객들은 다른 전시실과 박물관의 정원으로 흩어졌다. 이드리스는 귀를 잔뜩 기울여 가이드의 설명을 듣고 있었다. 문장 하나하나, 단어 하나하나가 자신과 무관하게 들리지 않았다.

"신사 숙녀 여러분, 그리고 저와 팔짱끼기를 좋아하시는 우리 새침데기 아가씨, 여러분께서는 이제 사막의 비밀과 사하라의 매력을 발견하시게 될 것입니다. 여러분께서 눈으로 직접 확인하고 계신 바와 같이, 사막은 사람들이 흔히 생각하는 것만큼 삭막하지는 않습니다. 사막에는 여러분 주위에 박제로 전시되어 있는 모든 동물이 살고 있기 때문입니다. 하지만 이제는 그 동물들을 이렇게 박제된 모습으로밖에 볼 수 없습니다. 살아 있는 동물들은 거의 사라졌다고 봐도 무방합니다. 동물들이 사라진 것은 사막의 기후가 혹독해서가 아니라 사람들이 악독했기 때문입니다. 특히 우아한 가젤의 경우가 그러하고, 소화를 돕기 위해 작은 돌을 삼키는 습성 때문에 엄청난 소화 능력을 가진 것으로 잘못 알려진 타조의 경우가 그러합니다. 야생 양, 치타, 페넥여우, 호저의 경우도 마찬가지입니다. 참고로 사막의 왕 사자에 대해서 말씀드리자면, 모두가 아시는 것처럼 타라스콩의 허풍선이 타르타랭*에게 살해된 늙은 사자가 마지막 표본입니다. 사자만큼 대단한 것은 아니지만, 여기 이 우리에는 날쥐가 있습니다. 직접 보시면 제 말씀을 인정하실 수 있을 거라고 생각합니다만, 날쥐는 오스트레일리아의 캥거루와 프랑스 오베르뉴 지방의 들

---

* 알퐁스 도데의 장편소설 「타라스콩 사람 타르타랭의 경이로운 모험」(1872)의 주인공. 허영심 많은 소시민 타르타랭은 자신이 꾸며낸 사냥 모험담으로 명성을 얻자, 그에 걸맞은 위업을 이루겠다며 알제리로 사자 사냥을 떠난다. 그는 숱한 고생 끝에 사자 한 마리를 죽이는 데 성공한다. 하지만 이 사자는 장터에 볼거리로 끌려나온 늙고 눈먼 사자였다. 위업치고는 너무 가소롭지만, 그래도 그는 이 덕분에 남프랑스의 타라스콩에 돌아와 영웅 대접을 받게 된다.

쥐 사이에서 생겨난 매우 소형화된 잡종이라고 할 만합니다. 끈적거리는 포복 동물을 좋아하시는 분들에게는 도마뱀과 왕도마뱀과 사막의 물고기라 불리는 스킹크 도마뱀을 권합니다. 하지만 맛있기로 말하자면 메뚜기만 한 것이 없습니다. 기름에 튀겨 먹어도 좋고 꿀에 재워 먹어도 좋죠."

한 노신사가 초등학생처럼 쭈뼛쭈뼛 손을 들었다. 그는 장난기 어린 눈을 반짝이며, 사막의 물고기라는 스킹크를 잡을 때 지렁이 낚시를 하는지 아니면 파리 낚시를 하는지 알고 싶어했다.

"아주 좋은 질문이에요. 오아시스의 아이들은 사막의 물고기를 손으로 잡습니다. 우리가 계곡에서 송어를 손으로 잡는 것과 다를 게 없죠. 오아시스의 아이들은 그것을 불판에 올려 구워 먹습니다. 그들은 동물들을 닥치는 대로 불에 구워 먹죠. 심지어는 자기들과 함께 놀고 자기들의 작은 수레를 끌어주던 가축들도 잡아먹습니다."

가이드는 진열창들 사이로 발걸음을 옮겼다. 그를 충실히 따르는 작은 무리도 뒤따라 움직였다. 이드리스는 그 무리에 섞여 있었다. 그들은 한쪽 구석에 마련된 진열창 앞에 멈춰 섰다. 표지판에 적힌 대로 '사하라 식 주거의 식생활 공간'을 재현해놓은 진열창이었다.

가이드가 다시 설명을 시작했다.

"여기에 보이는 것은 오아시스 사람들의 부엌 겸 식당입니다. 요리 도구들을 한번 살펴볼까요? 먼저 아라비아고무나무로 만든 절구와 공이입니다. 대추야자, 당근, 헤나, 미르라 따위를 빻는 데 쓰입니다. 오아시스의 여자들은 절구질이 끝나고 나면, 약간의 부스러기와 함께 공이를 그냥 절구 속에 넣어둡니다. 절구도 고생을 했으니까 부스러기를 먹어야 한다는 것이지요. 여기에는 체와 패각석회암으로 만든 맷돌과 씨앗 고르개가 있습니다. 커다란 접시도 보이는군요. 이 접시의 용도는 다양합니다. 빵이나 과자의 반죽을 만들 때도 사용하죠. 젖 단지, 물을 담는 가죽부대, 치즈나 버터나 비계 따위를 담아두는 조롱박도 있습니다."

이드리스는 놀라서 눈이 휘둥그레졌다. 유년기와 소년기에 늘 가까이에서 보았던 물건들이 손을 댈 수 없는 미라로 변해 있었다. 손때가 전혀 묻지 않은 그 물건들은 너무나 깨끗해서 비현실적으로 보였고, 영원히 변하지 않을 모습으로 응고되어 버린 듯했다. 불과 마흔여덟 시간 전에 이드리스가 음식을 담아 먹었던 바로 그 접시, 어머니가 돌리던 바로 그 맷돌이 거기에 있었다.

한 노파가 놀란 기색을 보이며 말했다.

"숟가락도 포크도 안 보이네요."

"여사님, 그건 말이죠, 오아시스 사람들은 우리 조상 아담처럼 손가락으로 먹기 때문입니다. 그들은 그것을 전혀 부끄러워하지 않습니다. 각자 오른손으로 음식을 한 움큼 퍼서 왼 손바닥에 올려놓고 동그랗게 뭉칩니다. 그런 다음 오른손 엄지를 사용해서 그것을 손끝으로 밀어 입으로 가져갑니다."

그러면서 가이드는 자기가 설명한 대로 먹는 시늉을 해 보였다. 몇몇 관광객이 서툰 동작으로 그를 따라하자, 여기저기에서 웃음이 일었다.

"그렇다고 해서 오아시스 사람들에게 예의범절이 없다고 생각하시면 안 됩니다. 사하라에도 기본적인 예법이 있습니다. 예를 들어 식사하기 전에는 반드시 손을 씻어야 합니다. 그것도 고여 있는 물로 씻어서는 안 되고, 샘물이나 다른 사람이 단지를 들고 따라주는 물로 씻어야 합니다. 또한 알라 신의 가호를 비는 것도 반드시 해야 하는 일입니다. 음료를 마시는 데도 법도가 있습니다. 음료는 주된 요리를 먹은 다음에 마셔야지 먹으면서 마시면 안 됩니다. 물이나 젖을 여럿이 나눠 마실 때에는 그릇을 오른쪽으로 돌려야 합니다. 그리고 물이나 젖이 담긴 단지를 잡을 때에는 두 손을 내밀어야 합니다. 선 채로 물을 마시는 것은 법도에 어긋납니다. 서 있다가 물을 마시고자 할 때는 한쪽 무릎을 바닥에 대고 마셔야 합니다. 알을 먹는 데도 법도가 있습니다. 하나의 알을 나누어 먹으면 안 된다는 게 바로 그것입니다."

이드리스는 놀라움을 느끼며 듣고 있었다. 그는 그런 일상생활의 예법을 익히 알고 있었고 언제나 지켜왔다. 하지만 그것은 자기도 모르는 사이에 저절로 익힌 것일 뿐 누가 분명하게 일러준 것이 아니었다. 머리가 하얗게 센 관광객들의 틈에 끼어서 프랑스 사람의 입을 통해 그런 이야기를 들으니 정신이 어리벙벙했다. 누가 자기를 자기 자신에게서 떼어내고 있는 듯한 기분이 들었다. 마치 자기 영혼이 갑자기 육신을 떠나 얼떨떨한 기분으로 외부에서 자신을 관찰하고 있는 것만 같았다.

가이드는 이런 말을 덧붙여 관광객들의 즐거움을 돋웠다.

"또한 음식을 먹을 때는 엄격한 위계질서를 지켜야 합니다. 가장 맛있는 부분은 남자 어른들에게 가고, 맛이 덜한 부분은 여자들과 아이들의 차지가 됩니다."

마침내 그들은 장신구와 부적을 늘어놓은 유리 진열장 앞에서 걸음을 멈추었다.

"여러분, 여기에서 개의 머리나 낙타의 실루엣이나 신성 갑충을 찾는 것은 부질없는 일입니다. 남자나 여자의 형상을 찾는 것은 더더욱 부질없습니다. 사하라의 보석들은 사람이나 사물의 구체적인 모습을 나타내지 않습니다. 이미지가 아니라 기호의 가치를 지닌 추상적이고 기하학적인 형상을 하고 있을 뿐입니다. 여기, 순은으로 된 십자가와 초승달과 별과 장미 문양이 있습니다. 여기 이것들은 염소의 뿔로 만든 브로치와 귀걸이와 반지입니다. 이 발찌들은 땅속의 악마가 다리를 타고 올라와 온몸에 침입하는 것을 막아준다고 합니다. 가장 값이 싼 장신구는 그저 조개껍데기를 가지고 만든 것들입니다. 가장 비싼 것은 금으로 되어 있습니다. 하지만 이 박물관에는 금으로 된 장신구가 없습니다. 아마 오래 전에 도둑을 맞은 모양입니다."

관람객들이 멀어져가기 시작하자, 이드리스는 진열장으로 다가갔다. 은으로 된 장신구들은 그의 눈에 익은 것들이었다. 어머니나 집안의 아주머니들이나 타벨발라의 다른 여자들이 끼거나 달거나 차고 있는 것을 본 적이 있었다. 몇몇 사진들은 예식을 치르기 위해 얼굴에 그림을 그려넣은 사람들을 보여주고 있었다. 그들의 이름을 대라 해도 댈 수 있을 것 같은 낯익은 얼굴들이었다. 이윽고 그는 진열장의 유리에서 물러섰다. 그때 그는 유리에 하나의 그림자가 나타나는 것을 보았다. 더부룩한 검은머리, 야위고 주눅들고 그늘이 서린 얼굴. 그건 박제된 사하라 속에 들어와 있는 그 자신의 덧없는 형상이었다.

베니 아베스에서 베샤르까지는 240킬로미터를 가야 한다. 아스팔트가 깔린 순탄한 도로를 달리는 것이지만, 중간에 물을 마실 수도 없고 연료를 보충할 수도 없는 여정이다. 이드리스는 므잡* 지방의 상인 다섯 명이 세낸 택시에 얹혀가는 방법을 찾아냈다. 정원이 초과되는데도 상인들이 그에게 자리를 마련해준 것은 그저 푼돈이라도 아끼자는 요량에서였다. 남자들끼리 가는 거니까 자리가 조금 비좁더라도 그 편이 낫다고 생각한 것이었다. 그들은 모두 식료품 상인이었다. 얼굴에 그렇게 씌어 있었다. 그들의 얼굴은 너부데데하고 누르스름했다. 살갗은 늘어져

---

* 알제리 중부에 있는 지방. 18세기부터 사하라 대상(隊商)들의 교차로가 되면서 상업이 발달했다. 조금 뒤에 나오는 가르다이아가 이 지방의 중심지이다.

있었고 검은 선글라스를 끼고 있었다. 약골이지만 잇속에 밝고 돈깨나 있어 보였다. 가르다이아 오아시스의 정원에 호화저택 한 채쯤 가지고 있을 법한 사람들이었다. 그들은 다섯 시간 동안 차를 타고 가면서 이드리스에게 줄곧 무관심한 태도를 보였다. 깊은 생각에 잠긴 채 한참 입을 다물고 있다가 아주 가끔씩 근엄한 말투로 저희끼리만 이야기를 나누었다. 건포도 값이 올랐다든가 대추야자 가격이 폭락했다든가 서양모과 시세가 급등했다든가 하는 것이 주된 화제였다. 그러면서 이따금 흑단 묵주를 감아쥔 손을 우수에 찬 눈길로 내려다보았다. 이드리스는 그들의 이야기를 들으면서 상점, 슈퍼마켓, 창고, 선박, 화물기 등으로 이루어진 또다른 세상과 막대한 재물의 왕래를 언뜻언뜻 머릿속에 그려보았다. 하지만 그들의 이야기 속에서 재물은 숫자와 기호와 추상적인 도형으로 변했고, 그럼으로써 손으로 만질 수도 없고 색깔이나 냄새나 맛도 없는 것이 되었다. 이들 다섯 여행자의 태도에는 엄격함이 짙게 배어 있었고 얼굴에는 은근한 우수가 서려 있었다. 그들은 부유하지만 검소한 사람들이었다. 사심없이 행동해야 오히려 축복을 받고 상업적 이익을 얻는다고 믿는 사람들이었고, 오로지 하늘의 명령에 따라 살고 있다는 증거로서만 지상의 성공을 추구하는 사막의 청교도였다. 이드리스는 이들이 준 간단하면서도 받아들이기 쉽지 않은 교훈을 두고두고 기억하게 될 터였다.

이 근엄한 남자들은 이드리스를 무시하는 듯했지만 보기보다는 무심하지 않았다. 이드리스와 헤어지기 전에 그를 위해 한 가지 일을 해주었던 것이다. 도로 가장자리에 택시가 멈춰 서고 운전수에게 요금을 지불하고 났을 때였다. 그들 중 가장 나이가 많은 남자가 이드리스를 돌아보며 말했다.

"보아하니 마르세유로 가려는 것 같은데, 맞지? 혹시라도 어디에서 묵어야 할지 모르겠거든, 파르망티에 거리 10번지에 있는 '라디오'라는 호텔에 가거라. 호텔 주인이 유세프 바가바가인데, 그 사람한테 내 얘기를 해. 하지만 그냥 가면 안 되고 내 소개장을 가지고 가야 할 게다. 유세프는 우리 므잡 사람들과 우리의 친구들만 받아주거든."

그는 자기 수첩의 한 면에 호텔 이름과 주소를 적고 소개하는 글을 휘갈겨 쓴 다음, 그 페이지를 뜯어 이드리스에게 주었다.

∞

유럽 사람들이 보기에 베샤르는 더없이 인상적인 도시이다. 서민용 공동주택 단지와 병영과 학교가 있고, 발전소도 한 군데 있다. 또한 이곳에는 행정기관이 유별나게 많다. 행정 중심지라

해도 인구는 오만이 채 안 되지만, 사하라 사막으로 통하는 길목에서는 유일하게 도시다운 도시이기 때문에 행정기관이 집중되어 있는 것이다. 이드리스의 눈에 비친 이 도시는 그야말로 신천지였다. 가게의 진열창, 정육점, 심지어는 맹아적인 수준의 슈퍼마켓까지도 그의 경탄을 불러일으켰다. 하지만 무엇보다 그를 열광시킨 것은 빈번하게 오가는 자동차들이었다. 그는 교통정리를 하고 있는 경찰관의 몸짓을 한동안 지켜보았다. 기차역을 처음 보고 나서는 거기에서 발길을 돌릴 수가 없었다. 그는 열차가 도착하거나 출발할 때마다 두고두고 기념할 만한 사건을 목격하기도 한 것처럼 충격을 받았다. 베샤르에서 오랑으로 갈 때는 기차를 타고 싶었다. 하지만 사람들의 조언은 단호했다. 기차보다는 시외버스를 타고 가는 게 낫다는 것이었다. 이드리스로서는 너무나 애석한 일이었다. 그는 간헐적으로 들려오는 열차 소리에 까불리며 대합실의 벤치에서 그날 밤을 보냈다. 그는 새벽빛이 부옇게 밝아올 무렵에야 잠이 들었다. 아침 여덟시쯤에 시외버스 정류장에 갔더니, 오랑으로 가는 버스는 여섯시에 떠났고 다음 버스는 그 다음다음 날 여섯시가 되어야 떠난다고 했다. 앞으로 이틀을 기다려야 하는 것이었다.

이드리스는 아치형의 지붕이 있는 시장으로 들어가서 미로처럼 얽힌 골목길들을 배회하다가, 먼지가 많이 쌓인 한갓진 대로로 나섰다. 뱃속을 파고드는 허기에 마음껏 빈둥거려도 될 것 같은 한가로운 기분이 더해지자, 메슥메슥한 행복감이 밀려오면서 몸이 둥실거리는 느낌이 들었다. 한 가게의 높다랗고 화려한 정면을 배경으로 '사진예술가 무스타파'라는 글자들이 춤을 추고 있었다. 그 가게 앞을 지나가고 있는데, 음악과 함께 한 남자의 우렁우렁한 말소리가 안에서 들려왔다. 지지직거리는 소리가 섞인 이 음악은 통속적인 선율로 오리엔트의 분위기를 자아내고 있었고, 남자는 과장이 섞인 단호한 목소리로 떠벌리고 있었다.

"자아 멋지게 포즈를 취해봐요. 손님 자신이 아라비아의 족장이나 술탄이나 마하라자라고 생각하세요. 좋아요, 자신감이 넘쳐 보여요. 사나이 중의 사나이예요. 모두가 손님을 우러러봐요. 손님은 한 무리의 여자들을 거느리고 있어요. 그 여자들이 벌거벗은 몸으로 손님 발아래에 흩어져 있네요. 자아 이제 찍어요, 찰칵! 다 됐어요."

이드리스는 가게로 들어가서 '스튜디오'라고 씌어 있는 곳의 내부를 들여다보았다. 사진사가 배경으로 삼은 천에는 오리엔트풍의 궁전 모습이 아주 소박하게 그려져 있었다. 분수로 장식된 작은 못을 둘러싸고, 여자들 한 무리가 수줍게 알몸을 드러낸 채 갖가지 색깔의 방석이 깔린 바닥에 여기저기 흩어져 있었다. 오리엔트의 술탄으로 분장한 채 그것을 배경으로 포즈를 취했던 젊은 남자는 득의양양한 표정을 짓고 있었다. 빨간 빵모자를 쓴 뚱보 사진사 무스타파는 배경음악을 깔아주던 낡은 축음기의 바늘을 들어올렸다. 젊은이는 번쩍거리는 장식이 들어간 오리엔트풍의 옷을 벗기 시작했다. 무스타파가 말했다.

"사진은 내일 저녁에 나올 겁니다. 십오 디나르입니다."

그때 이드리스가 그의 눈에 띄었다. 근시가 심한 그는 손님이 또 찾아온 것으로 여겼다.

"초상사진을 찍으러 오셨나요? 여기 꿈의 궁전이 있습니다. 사진예술가 무스타파가 손님의 가장 터무니없는 환상을 현실로 만들어드리겠습니다."

그는 비굴하다 싶을 만큼 공손했다. 하지만 이드리스가 손님이 아니라는 것을 깨닫자 태도를 싹 바꾸었다.

"뭘 얻을 게 있다고 우리를 훔쳐보는 거야?"

"그냥 보고 있었는데요."

"여기에 네가 볼 게 뭐가 있다고 그래? 다른 데나 가봐."

다른 데나 가봐…… 이드리스가 두번째로 듣는 편잔이었다. 하지만 그에게 이런 명령은 불필요했다. 다른 데로 가는 것이야말로 그가 계속 하고 있는 일이 아닌가?

이드리스는 혹시나 하는 심정으로 말했다.

"오늘과 내일 이틀 동안 어디 일할 데가 없을까 하고 찾는 중입니다."

"네가 할 줄 아는 게 뭔데?"

"누가 제 사진을 찍은 적이 있습니다. 어떤 금발머리 여자였어요."

"저런! 금발머리 여자가? 혹시 그 여자가 너한테 반했던 거 아니냐?"

"모르겠어요."

술탄으로 분장했던 젊은 남자가 자동차 운전수들의 멜빵바지 차림으로 다시 나타났다.

"그럼 내일 저녁에 뵙겠습니다. 사진 찾으러 다시 들를게요."

무스타파는 그가 돈을 내고 가지 않는 것에 대한 불만을 제대로 감추지 못하고 볼멘소리를 했다.

"십오 디나르 가져오는 거 잊지 말아요."

그가 애꿎은 이드리스에게 화풀이를 하려던 참에 관광객으로 보이는 남녀 한 쌍이 가게 안으로 불쑥 들어왔다. 그는 다시 만면에 웃음을 띠고 그들을 맞으러 달려갔다.

"어서 오십시오. 사진예술가 무스타파가 두 분의 꿈을 현실로 만들어드리겠습니다."

그는 조금 얼떨떨해하는 두 남녀를 스튜디오 안으로 데리고 들어가 배경막들을 펼쳐 보였다.

"원시림을 탐험하면서 아프리카의 커다란 야수들과 대면하고 싶으신가요? 아하가르 산괴의 바위산에 올라가서 야생 양과 독수리를 사냥하고 싶으세요? 아니면 멋진 돛단배를 타고 지중해를 누비고 싶으신가요?"

그는 질문을 할 때마다 요란한 원색으로 소박하게 그린 배경막을 하나씩 펼쳤다.

남자 손님은 다시 정신을 차리고 줏대를 세우려고 했다.

"됐습니다, 됐어요! 내 아내와 나는 사하라를 일주하는 관광단에 속해 있어요. 티미문, 엘 골레아, 가르다이아 등지를 둘러볼 겁니다."

"그렇다면 황금빛 모래언덕과 푸르른 종려나무를 배경으로 사진을 찍겠습니다."

무스타파는 그렇게 서둘러 말하고 이드리스를 불렀다.

"얘, 너 이리 와서 이것 좀 거들어라."

그는 이드리스의 도움을 받아 방금 말한 사하라 그림을 천장의 들보에 걸었다. 그러고는 사진기 주위에서 분주하게 움직였다. 하지만 남자 손님은 아내와 함께 배경막 앞으로 떼밀리자 싫은 기색을 보이며 이의를 달았다.

"어쨌거나 이건 좀 심한데. 일껏 사하라에 와서 사하라 그림을 배경으로 스튜디오에서 사진을 찍다니!"

무스타파는 준비하던 손길을 멈추더니, 무언가를 설명하려는 학자처럼 집게손가락을 세우고 남자 쪽으로 다가갔다.

"손님, 이건 말이죠, 예술의 차원으로 상승하는 겁니다. 그래요, 바로 그겁니다."

그는 만족스러운 표정을 지으며 덧붙였다.

"세상 만물은 이미지로 재현됨으로써 스스로를 넘어섭니다. 이 천에 그려진 사하라는 이상화된 사하라입니다. 화가에게 포착된 사하라이기도 하고요."

여자 손님은 그의 말에 홀딱 빠진 모양이었다.

"에밀, 사진사 아저씨 말이 맞아. 이 아저씨는 우리를 이 배경에 넣고 찍음으로써 우리를 이상화하는 거야. 이건 마치 우리가 모래언덕 위에서 활공하는 것과 같아."

"바로 그겁니다. 활공, 딱 어울리는 말이에요. 저는 두 분이 모래언덕 위에서 활공하시게 할 겁니다."

하지만 남자 손님은 순순히 물러서지 않았다.

"그건 좋아요. 하지만 나는 진짜 사하라를 지척에 두고 왜 이 스튜디오에서 사진을 찍어야 하는지 이해할 수가 없어요. 사하라에 직접 가서 찍어도 되는데, 굳이 진짜처럼 그려놓은 사하라 앞에서 사진을 찍어야 할 이유가 뭐죠?"

무스타파는 이런 경우에 손님을 어떻게 설득해야 하는지 알고 있었다.

"손님, 부인과 함께 사막을 거닐면서 사진을 찍는 것은 언제든지 하실 수 있는 일입니다. 그런 것을 일컬어 아마추어 사진, 또는 관광 사진이라고 하죠. 제가 찍는 것은 프로 사진입니다. 저는 예술 작품을 만드는 사람이에요. 제 스튜디오에서 사하라를 재창조하죠. 이런 기회를 통해서 두 분도 재창조되시는 거고요."

그런 다음 무스타파는 축음기 쪽으로 몸을 돌려 손잡이를 힘차게 돌렸다. 감미롭고 나른한 선율이 흘러나오자 남자 손님은 화들짝 놀랐다.

"아니, 케텔비의 〈페르시아 시장에서〉잖아! 정말 고루고루 갖췄군!"

그러거나 말거나 무스타파는 사진기의 검은 천 아래로 머리를 들이밀었다.

"사하라 풍경의 한복판에 서주시겠어요? 됐어요, 아주 좋아요. 초점이 완벽하게 맞았어요."

그는 무언가에 영감을 받은 사람처럼 엄숙한 표정을 지으며 밝은 곳으로 다시 모습을 드러냈다.

"자아 이제 위대한 순간이 왔습니다. 두 분은 사막 풍경의 황막한 아름다움에 심취해 있어요. 그 모래와 자갈에서 솟아나는 절제와 대범함의 교훈을 온 마음으로 받아들이고 있습니다. 두

분에게서 쩨쩨한 욕망들과 하찮은 집착들과 비천한 근심들이 모두 떨어져나가는 것을 느끼실 겁니다. 두 분은 정화되셨습니다."

두 남녀는 자신들도 모르는 사이에 엄숙한 표정을 짓고 있었다. 여자가 속삭였다.

"우리 결혼식 날이 생각나. 주례사나 신부님 말씀을 듣고 있는 기분이야."

무스타파는 아주 정중하게 허리를 굽혀 그들에게 감사를 표하고 이렇게 장담했다.

"아주 멋진 사진이 나올 겁니다. 내일 오전부터 찾으실 수 있도록 준비해놓겠습니다. 요금은 삼십 디나르입니다."

두 남녀는 심령술 의식을 한바탕 치르고 나온 것처럼 얼떨떨해하며 고개를 흔들었다. 가게를 나서기 전에 남자가 말했다.

"한 가지 궁금한 게 있는데요."

"네, 무엇이든 물어보시지요."

"내가 말귀를 제대로 알아들은 거라면, 아저씨가 방금 찍은 사진은 흑백으로 나올 거예요. 그렇죠?"

"물론이죠, 그렇고말고요. 우리 프로들은 흑백 사진을 좋아해요. 컬러 사진은 색깔 있는 것을 좋아하는 아마추어들에게 맡기고 있죠."

"좋아요. 그렇다면 왜 스튜디오의 배경들은 컬러로 그려져 있죠?"

무스타파의 의표를 찌르는 질문인 듯했다. 그는 마치 사하라를 그린 배경막을 처음 보기라도 한 것처럼 새삼스럽게 바라보면서 되물었다.

"왜 컬러로 그려져 있느냐고요? 그러니까 흑백 사진을 찍으면서 왜 컬러 배경을 사용하는지 알고 싶으신 건가요?"

"그래요."

"으음, 그거야…… 당연히 영감을 불어넣기 위한 거죠."

"무슨 영감이요?"

"멋진 사진이 나오도록 저 자신은 물론이고 손님들에게도 영감을 주자는 것이지요. 어디 그뿐인가요? 사진기도 영감을 받지 말라는 법이 없죠."

"사진기가 영감을 받는다고요?"

"그럼요. 사진기도 창작에 참여합니다. 좋은 사진이 나오자면 당연히 사진기에게도 재능이 있어야 합니다. 그래서 저는 컬러 풍경을 사진기에게 보여주는 겁니다. 사진기는 풍경을 보고 즐깁니다. 그런 사진기로 사진을 찍으면, 흑백 사진에서도 컬러 풍경의 어떤 것이 드러나게 됩니다. 아시겠어요?"

"모르겠는데요."

남자의 표정에는 고집이 배어 있었다. 그의 아내가 끼어들었다.

"에밀, 왜 모르겠다는 거야? 사진사 아저씨 말이 맞아. 이 아저씨는 흑백으로 컬러 사진을 만드는 거야. 사진사 아저씨, 우리 집 양반 말을 섭섭하게 생각하지 마세요. 이 양반이 워낙 시(詩)하고는 좀 거리가 멀거든요."

∽

 손님들이 나가자 무스타파는 스튜디오를 정돈하기 시작했다. 자기가 쓸모 있는 사람임을 보여주고 싶어하던 이드리스는 그를 거들었다. 무스타파는 잠시 묵묵하게 손을 놀리다가 이드리스와 앞서 나누던 이야기를 다시 꺼냈다.
 "그러니까 어떤 금발머리 여자가 네 사진을 찍었단 말이지?"
 이드리스는 얼른 대답했다.
 "네. 그 여자는 어떤 남자가 운전하는 랜드로버를 타고 다녔어요."
 "그래 사진이 네 마음에 들었어?"
 "몰라요. 사진을 아직 보지 못했거든요."
 "그래서 그 여자와 사진을 찾으러 파리에 가는 거냐?"
 "다시 만나게 될 거라고 생각하세요?"
 "아 그것 때문이구나. 여자들과 사진들을 보러 파리에 간다

이거지? 아! 내가 너처럼 젊다면 좋겠다. 파리, 좋지! 빛의 도시, 이미지의 도시야. 여자들과 이미지들이 지천으로 널려 있지. 물론 너는 여자든 사진이든 네가 원하는 것을 찾아낼 거야. 그건 당연해. 다만 그런다고 해서 네가 지금보다 행복할지는 확실치 않아."

그렇게 말하면서 무스타파는 무언가를 열심히 찾고 있었다. 예비로 보관하고 있는 배경막들 가운데 하나를 찾는지, 눈썹을 찡그린 채 그것들을 뒤적거렸다. 마침내 자기가 원하던 것을 찾아내자, 그는 체경을 옮겨다가 사진기가 있던 자리에 세웠다.

"사진을 찍으려는 게 아냐. 그냥 한번 보기만 할 거야."

그는 알쏭달쏭한 표정을 지으며 자기가 고른 배경막을 펼쳤다. 그건 파리의 야경이었다. 에펠탑과 개선문과 물랭루주에다 센 강과 노트르담 성당까지 한데 모아놓는 데 성공한 자못 환상적인 파노라마였다.

"자아 여기 서봐!"

무스타파는 스포트라이트 하나를 켰다.

"봐라! 넌 지금 빛의 도시 파리에 있는 거야. 운이 좋은 줄 알아! 네 모습이 어떠냐?"

이드리스는 무슨 말을 해야 할지 몰랐다. 거울에 비친 자그마한 잿빛 실루엣이 보였다. 수를 놓은 기다란 웃옷을 청바지와 셔츠 위에 걸쳐입고 군용 단화를 신은 차림의 실루엣이었다. 그 뒤에 펼쳐진 짙푸른 야경 속에서는 환하게 불을 밝힌 기념 건축물들이 반짝이고 있었다.

무스타파가 놀리는 듯한 어조로 말했다.

"네가 십오 디나르를 낼 수 있다면, 사진을 찍어줄게. 그러면 너는 그냥 집으로 돌아가도 될 거야. 네 여행이 여기에서 끝나는 거지. 그게 지중해를 건너는 것보다 덜 피곤하긴 할 거야. 하지만 그게 아무리 분별 있는 행동이라도 너에게 그걸 권하는 건 부질없는 짓이야. 너는 내 말을 듣지 않을 테니까 말이야. 젊은이들은 저희 마음 내키는 대로 행동하기 일쑤지. 따지고 보면, 젊은애들 생각이 옳은 것일 수도 있어."

그러더니 무스타파는 거울과 파리 밤경치를 담은 배경막을 제자리에 도로 갖다놓으면서 둥을 달았다.

"너만 괜찮다면, 오늘하고 내일 밤에 이 소파에서 자도 돼. 내일은 나를 좀 도와주고, 모레는 내가 십 디나르를 줄 테니까 그거 가지고 오랑 가는 버스를 타거라."

 이드리스는 버스가 출발하기 한 시간 전에 정류장으로 나갔다. 놀랍게도 그보다 먼저 와 있는 승객들이 많았다. 보아하니 어린아이들을 데리고 모든 식구가 다같이 여행하는 몇몇 가족은 숫제 거기에서 밤을 보낸 모양이었다. 그들 곁에는 갖가지 손짐과 봇짐, 신선한 대추야자가 담긴 광주리, 살아 있는 닭들을 가두어놓은 고리바구니 따위가 놓여 있었다. 그는 자기처럼 일행이 없어 보이는 한 노파 옆에 쪼그리고 앉았다. 노파는 이가 빠져서 턱이 코밑까지 올라붙은 탓에 고집스럽고 냉담해 보였다. 빈자 중의 빈자인 이드리스는 거기에서 꼼짝 않고 참을성 있게 기다렸다. 기다림이란 가난한 사람들이 화수분처럼 지니고 있는 자질인 것이다.

버스가 도착하자 군중이 반색을 하며 술렁거렸다. 하지만 그 기쁨은 이내 불만으로 변했다. 그들이 기대했던 것과는 정반대로 버스가 이미 만원이었던 것이다. 도대체 저 자리 도둑들은 어디에서 오는 거지? 벌써 저렇게 좌석을 차지하고 지붕의 짐받이를 자기들 짐으로 채워놓았으니 우리는 어쩌지?

곧이어 그 초라하고 끈질긴 군상, 가난하기에 덩치 큰 짐들이 더 많을 수밖에 없는 그 사람들을 버스가 빨아들이기 시작했다. 그것은 길고도 느린 흡수 작전이었다. 십오 분쯤 지나자 그 많던 사람들이 용하게도 모두 버스 안으로 들어갔다. 지붕의 짐받이에는 크고 작은 봇짐과 가방으로 이루어진 피라미드가 하늘 높이 솟아 있었다. 마침내 버스가 전조등을 밝히고 움직이기 시작했다. 경적을 요란하게 울리며 시 쿠이데르 광장 쪽으로 방향을 잡은 버스는 광장을 가로질러 우즈다 행 가도로 접어들었다.

버스 안에 짐짝처럼 실린 사람들은 남녀노소 할 것 없이 처음 얼마 동안은 저마다 자기에게 주어진 비좁은 자리를 한껏 활용하려고 애썼다. 그 와중에 더러 볼멘소리로 대거리가 벌어지기도 했고, 웃음소리와 서로 타협하는 소리가 들리기도 했다. 그러다가 저마다 자기 체구에 맞게 자리의 크기를 조정하고 나자, 모두가 진득한 침묵에 빠져들었다. 잠이 들어버린 사람들도 적지 않았다. 이드리스는 창가에 앉아 있었다. 정류장에서 보았던 합죽이 노파의 옆자리였다. 노파는 몸집이 작고 가냘픈데다가 아이를 데리고 있지도 않았다. 한마디로 옆 사람에게 폐를 끼치지 않는 승객이었다. 하지만 노파는 말 건네기가 무서울 만큼 무뚝뚝해 보였다. 이드리스는 이따금 어두운 차창에서 눈을 돌려 노파 쪽을 흘깃거렸다. 노파는 냉랭하고 무심한 표정을 지은 채 조각상처럼 꼼짝 않고 있었다. 뱀눈처럼 생긴 그 눈을 깜박이는 법도 없었다.

새벽빛이 밝아오고 창백한 아침햇살이 비끼기 시작하자, 버스 안에 약간의 소동이 일었다. 승객들은 먹을 것이 담긴 바구니들을 열었다. 잠에서 깨어난 아기들이 칭얼거리자 여기저기에서 젖병이 나타났다. 껍질 벗긴 오렌지의 진한 향기가 버스 안의 공기를 가득 채웠다. 이드리스는 한쪽에 김이 서린 차창 너머로 황막한 두메가 펼쳐지는 것을 바라보고 있었다. 버스가 자전거를 탄 사람이나 나귀를 앞지를 때마다 경적이 울렸지만, 승객들은 이제 그 소리에 무감해져 있었다. 이드리스는 노파 쪽으로 고개를 돌렸다가, 노파가 왼손으로 오렌지 한 개를 내미는 것을 보고 깜짝 놀랐다. 노파는 속눈썹이 없는 눈으로 그를 빤히 쳐다보고 있었다. 하지만 뼈가 앙상하게 드러난 얼굴에 웃음기는 전혀 어려 있지 않았다. 이드리스는 오렌지를 받아들고 주머니칼을 꺼내어 정성스럽게 껍질을 벗겼다. 그런 다음 자기는 그저 노파가 바라는 것을 해줄 뿐이라는 듯, 오렌지 조각을 하나씩 건네주었다. 노파는 두번째 조각까지만 받고 나머지는 그를 위한 것이라는 뜻의 손짓을 보이며 거절했다.

한 시간 뒤에 버스는 아인 세프라에서 몇 킬로미터 떨어진 유칼립투스 숲 가장자리에 정차했다. 승객들은 밖으로 흩어지면서 자연스럽게 두 무리로 나뉘었다. 한쪽에는 여자와 어린아이들이 있었고, 다른 쪽에는 남자 어른들과 청소년들이 있었다. 이드리스는 본능적으로 남자들의 무리로 다가갔다. 젊은이들 한 패가 깔깔거리며 이야기에 열을 올리고 있었다. 그들은 이드리스를 살피고 있는 눈치였다. 그 또래의 한 젊은이가 말했다.

"랄라 라미레스 할머니의 친구 분이 오시네!"

그 말에 모두가 더 큰 소리로 웃어댔다. 이드리스는 의아한 표정을 지으며 그들 사이에 끼어들었다.

"그 할머니 재수 없으니까 조심하는 게 좋을 거야. 얘기하자면 너무 기니까 이것만 알려주는 거야."

"그 할머니하고 가까이 지내는 사람들은 운수가 사나워져. 그러다가 그들이 죽으면, 그 할머니가 돌봐주긴 하지."

이드리스가 물었다.

"랄라 라미레스가 누군데?"

"누구긴, 너를 자식 바라보듯이 빤히 바라보는 그 늙은 마녀지."

"사악한 눈으로 너를 바라봤잖아!"

"너에게 오렌지도 주었고 말이야."

이드리스는 그들의 우스갯소리와 빗댄 말들을 통해서 마침내 그 노파의 사연을 짐작하게 되었다. 먼저 그가 알게 된 것은 노파가 엄청난 부자였고 행색은 초라해 보여도 여전히 상당한 부자라는 사실이었다. 그다음은 노파의 남편과 자식들에 관한 이야기였다. 남부 지방 태생—남부 어디인지는 확실치 않지만—인 노파는 처녀 적에 오랑의 한 건축업자를 매혹시켰다. 에스파냐 출신의 이 남자가 신도시 건설에 참여하느라고 베샤르에 머물던 때의 일이었다. 남자는 그녀를 오랑으로 데려가 기독교식으로 혼례를 올렸다. 이 부부에겐 오래지 않아 여섯 자녀가 생겼다. 부부는 아이들을 데리고 정기적으로 오랑과 베샤르 사이를 오갔다. 그런데 몇 년 전부터는 그 일을 랄라 혼자서 계속하고 있었다. 모질고 모진 액운이 이 가족을 덮쳐, 남편과 여섯 아이들이 잇달아 죽고 그런 재앙의 와중에 용케 태어났던 두 아기마저 세상을 떠났기 때문이었다. 질병, 살인, 사고, 자살 등 온갖 재앙이 겹치고 또 겹쳐서 여러 공동묘지에 흩어져 있는 아홉 기(基)의 무덤 한복판에 오로지 그녀만을 세워둔 것이었다. 노파는 죽은 남편과 자식들을 만나기 위해 여행을 계속하고 있었다. 그래서 그녀가 자주 이용하는 기차역과 버스 노선에서는 모두가 그녀를 알아보고 두려워하게 되었다.

"이제 알았으니 조심해!"

"설마 얘가 그 노파 곁에 남아 있겠어?"

"하지만 목숨에 연연하지 않는 애라면 그럴 수도 있잖아?"

"혹시 얘는 죽은 사람들에게 마음이 끌리고 있는 게 아닐까?"

"아냐, 아냐. 할머니들이나 죽은 사람들에게 마음을 두지 젊은이들은 안 그래."

버스 운전수가 경적을 울려 출발을 알리고 있었다. 승객들은 저마다 자기 자리를 되찾으려 애썼다. 이드리스는 랄라 라미레스 왼쪽의 자기 자리로 돌아갔다. 그는 이제 노파가 누구인지 알고 있었다. 그런데 이상하게도 노파는 한결 친근한 태도로 그를 바라보는 듯했다. 조금 뒤 주위의 승객들이 모두 간단한 식사를 하고 있을 때, 노파는 자기 좌석 밑에서 신문지로 싼 길쭉한 꾸러미를 꺼내어 말없이 이드리스에게 건넸다. 그것은 속에 메르게즈*를 끼워넣은 빵 토막이었다. 이드리스는 잠시 망설이다가 노파가 눈길을 붙박고 지켜보는 가운데 아귀아귀 먹었다. 이 할머니는 무얼 바라고 나에게 이러는 걸까? 마치 노파가 요술을 부리기라도 한 것처럼 그녀의 소매에서 두번째 오렌지가 나왔

---

* 쇠고기나 양고기에 향신료를 첨가하여 만드는 북아프리카 식의 가느다란 소시지.

다. 이미 메르게즈 빵을 얻어먹은 마당에 그것을 사양할 수는 없는 노릇이었다. 이드리스는 오렌지를 먹고 나서 의자 등받이에 편하게 몸을 기대고 풍경의 변화를 살폈다. 이젠 황량한 사막이 아니었다. 사막의 풍경과는 거리가 멀었다. 평원에 아라비아고무나무 수풀이 여기저기 흩어져 있을 뿐 아니라, 커다란 농장과 채소밭이 보이고 광활한 경작지들이 잇따랐다. 버스는 트랙터와 농기계들을 앞지르기 위해 끊임없이 속도를 늦추고 경적을 울려댔다. 바야흐로 곡물이 많이 나는 평야를 가로지르고 있는 중이었다. 이드리스는 그 풍요로움에 놀라지 않을 수 없었다.

이윽고 오랑 교외의 공동주택들이 모습을 드러내기 시작했다. 발코니에서 말리는 갖가지 빛깔의 빨래들이 꽃을 매단 줄처럼 건물들을 장식하고 있었다. 이따금 놀이에 방해를 받은 사내아이들이 소리를 지르면서 버스를 따라왔다. 버스는 행정 센터를 따라 달리다가 새로 지은 이슬람 사원을 지나고 마타 모하메드 엘 하비브 대로를 거쳐 11월 1일 광장에 다다랐다.

버스가 멈추자 이드리스는 옆에 앉은 노파 쪽으로 고개를 돌렸다. 노파의 뱀눈이 그에게 쏠려 있었다. 처음으로 그녀의 입술에 희미한 미소가 어린 듯했다. 승객들은 요란하게 기지개를 켜면서 버스의 문 쪽으로 몰려갔다. 이드리스도 그들을 따라 밖으로 나섰다. 삽상한 공기가 온몸을 휘감아왔다. 구름이 일매지게 낀 잿빛 하늘이 건물들 위로 펼쳐져 있었다. 지붕들 위로 비죽비죽 솟아오른 텔레비전 안테나들이 이드리스에게는 너무나 커 보였다. 이게 바로 북부의 모습인가? 낯빛이 창백한 사내아이들 몇 명이 칠이 너덜너덜 벗어진 건물 벽에 공을 튀기며 놀고 있었다. 공이 벽에 부딪힐 때마다 주먹질을 하는 듯한 소리가 울렸다. 이 도시의 분위기에는 무언가 난폭하고 파괴적인 것과 활기가 뒤섞여 있었다. 마음을 상하게 하면서도 들뜨게 하는 분위기였다. 버스 지붕의 짐받이로 올라간 운전수가 보따리와 가방을 내려주자 몇몇 젊은이가 그것들을 받아 보도에 가지런히 늘어놓고 있었다. 오랑에서 이드리스가 묵을 곳은 어떤 이민자 합숙소였다. 그는 합숙소의 주소뿐 아니라 그곳의 한 종업원에게 보여줄 소개장도 지니고 있었다. 그는 느긋한 마음으로 대도시의 그 낯선 광경을 지켜보고 있었다. 그때 한쪽 귓전에 누군가의 숨결이 느껴졌다.

"이스마일, 택시를 잡아서 나를 에스파냐 사람들의 묘지로 데려다줘."

랄라 라미레스였다. 노파는 그렇게 말하면서 두 번 접은 오십 디나르짜리 지폐 한 장을 그에게 내밀었다. 버스가 도착한 것을 알아차린 택시들이 잇따라 오가면서 일정한 길이의 행렬을 유지하고 있었다. 모든 게 낯설기만 해서 반쯤 얼이 빠져 있던 이드리스는 거절할 생각조차 못 하고 가장 가까이에 있는 택시로 뛰어들었다. 랄라도 뒤따라 택시에 올라탔다. 그녀가 운전수에게 행선지를 일러주었다. 생루이 성당 묘지. 그런데 이 할머니가 왜 나를 이스마일이라고 부른 거지? 이드리스는 뒤늦게 그것에 생각이 미쳤다.

그들은 성당 앞에서 택시를 세웠다. 성당은 몇 년 전부터 폐쇄되어 있었다. 하지만 성당에 딸린 묘지는 관리 상태가 좋았다. 랄라는 딴사람이 된 듯 갑자기 말보를 터뜨렸다.

"이 성당은 카를 5세 때에 최고 종교재판관을 지냈던 히메네스 데 시스네로스 추기경이 세운 거야. 성당의 내진(內陣) 입구에 아직도 그의 문장(紋章)이 모셔져 있지."

그런 다음 랄라는 이드리스를 납골당들과 에스파냐 사람들의 사자 숭배 문화가 만들어낸 호화롭고 기이한 기념물들 사이로 데려갔다. 그들은 오벨리스크 모양의 검은 대리석 기념탑 앞에서 걸음을 멈추었다. 기념탑의 밑받침에 새겨진 이름과 사진이 보였다. 이스마일 라미레스 1940~1957. 그 이름뿐 아니라 사진에도 두툼한 금테가 둘려 있었다. 밑받침 주위에 잿빛 자갈이 긴 네모꼴로 깔려 있고 그 둘레에 굵다란 사슬을 쳐놓았기 때문에, 이드리스는 사진을 자세히 들여다보기 위해 사슬 너머로 몸을 기울였다. 사진의 주인공은 그 나이 또래의 소년이었고, 그와 똑같은 갈색머리였다. 소년의 갸름한 얼굴에는 불안한 기다림과 상처받기 쉬운 섬세함이 담겨 있었다. 일견 여리고 약해 보이지만, 실제로는 어떤 고난에도 굴하지 않는 강단이 있을 법한 얼굴이었다. 내가 정말 이 애를 닮았을까? 이드리스는 자신의 얼굴에 대해서 그저 어렴풋한 느낌만 가지고 있던 터라 그것을 판단할 수가 없었다. 하지만 랄라는 요지부동의 확신에 사로잡혀 있는 듯했다. 노안의 애잔한 눈길이 구시가지의 평평한 옥상들과 둥근 지붕들을 따라 내려가다가 멀리 항구에 가서 닿았다. 지브가 꺾여 있는 기중기와 뱃도랑과 정박해 있는 화물선이 눈에 들어왔다. 이제 막 드리우기 시작한 황혼의 어스름 속에서 화물선의 불빛이 반짝이고 있었다.

랄라가 이드리스의 어깨에 손을 얹으면서 말했다.

"이스마일, 내가 마침내 너를 다시 찾았구나. 이제 나랑 같이 살자. 영원히 헤어지지 말고. 나는 지금 혼자 살고 있어. 하지만 돈은 많아. 너를 양자로 삼을 거야. 이제부터 네 이름은 이스마일 라미레스야."

이드리스는 말없이 고개를 가로저으면서 노파를 바라보고 있었다. 하지만 노파는 그의 눈길을 외면하고, 저녁안개에 잠긴 건물들 중의 하나를 말끄러미 내려다보고 있었다. 그러다가 턱짓으로 시가지 쪽을 가리키며 말을 이었다.

"저기 저 집이 보이지? 저게 우리 집이야. 방이 열한 개에 테라스가 세 개, 무화과나무가 자라는 에스파냐 식 안뜰이 하나 있고, 지하에는 주방들이 있어. 자그마한 기독교 예배당까지 갖추고 있지. 나는 모든 것을 다시 열고 청소하고 수리할 거야. 이스마일 너를 위해서 말이야. 그리고 내 남편과 자식들의 무덤을 찾아다니며 이 기쁜 소식을 전하고 네가 돌아온 것을 함께 축하하기로 하자. 네가 돌아온 것처럼 그들도 돌아올 수 있다면 좋겠다. 혹시 아니? 정말 그런 일이 생길지."

이드리스는 고갯짓으로 계속 '아뇨'를 외치고 있었다. 실성한 노파가 자기에게 죽은 사람의 탈을 뒤집어씌우려고 악착을 떠는 것이 너무나 두려웠다. 금방이라도 토할 것 같은 기분이 들었다. 그는 자기 어깨를 누르고 있는 갈퀴진 손을 홱 뿌리치고, 뒤로 한 걸음 물러섰다.

"나는 이스마일이 아니에요. 난 이드리스예요. 내일모레 나는 프랑스로 일하러 가요. 나중에 돌아올게요, 아마 그럴 거예요…… 나중에요……"

그는 랜드로버를 타고 온 여자가 찍은 사진을 생각하고 있었지만, 그 얘기를 굳이 입에 올리지 않았다. 그날은 이스마일의 사진으로 족했다. 그는 마치 어린아이나 미쳐 날뛰는 짐승을 달래듯이 뒤로 물러서며 되뇌었다.

"나중에…… 나중에…… 나중에……"

그러다가 등을 돌려 잰걸음으로 달아났다. 그는 묘지를 빠져나와 주소만 알고 있는 합숙소를 찾아나섰다.

∽

이튿날 이드리스는 알제리 인력 관리청* 사무실에 들러서 여권을 받기로 되어 있었다. 그가 타고 갈 카페리 '티파사호'는 다음날 오전 열시에 출발해서 그 다음다음 날 오전 열시에 마르세유에 도착할 예정이었다. 여권을 찾으러 가는 일만 빼면 출발하기 전까지 하루가 온전히 남아 있는 셈이었다. 그는 인력 관리청 사무실에서 두 시간 동안 줄을 서서 기다린 끝에 자기 서류에 증명사진 두 장이 빠져 있다고 알려주는 소리를 들었다. 일 디나르만 내면 즉석에서 필요한 사진을 구할 수 있는 자동 촬영 박스가 있다고 했다. 그는 한 번도 와본 적이 없는 거리에서 역시 한 번도 본 적이 없는 물건을 찾아 오랫동안 헤매고 다녔다. 그러다가 철물장수들이 가대에 주방기구들을 늘어놓고 파는 어떤 건물의 현관에서 문제의 박스를 발견했다. 박스는 심하게 파손되어 있

---

* 알제리 인력 관리청(ONAMO)은 1973년까지 해마다 평균 삼만 명의 알제리 노동자를 프랑스에 보냈다. (원주)

었다. 이드리스보다 먼저 박스를 차지한 두 사내아이가 서로 떠밀며 카메라 앞에서 얼굴을 찡그리고 있었다. 마침내 그들이 떠나자, 이드리스는 그들이 앉았던 자리에 앉은 다음 커튼을 쳤다. 잠시 후 플래시가 번쩍 하고 터졌다. 그는 박스에서 나와, 인화된 사진들이 떨어지는 구멍 속을 살폈다. 사진 한 장이 남아 있었다. 눈을 모로 뜬 채 혀를 내밀고 있는 사내아이의 사진이었다. 이드리스는 더 기다렸다. 다른 사진 두 장이 떨어졌다. 수염을 기른 남자의 사진이었다. 그는 박스 앞에 서서 금이 간 거울에 자신을 비추어 보았다. 그의 얼굴에는 수염이 없었다. 까짓 것, 타벨발라를 떠나기 전에는 수염이 있었다고 하지 뭐. 사진 속의 얼굴에 수염이 있다고 해서 여권이 안 나오지는 않겠지.

  그에게는 한 가지 중요한 것을 발견하는 일이 남아 있었다. 그는 바다를 향해 걷기 시작했다. 사람들이 바다에 관해서 이야기하는 것을 들은 적이 있었다. 금빛 모래벌판으로 맑은 물이 너울거리며 밀려든다고 했다. 그렇다면 바다는 모래언덕이 구불거리는 사막과 비슷하지 않을까 싶었다. 그런 풍광은 타벨발라에서도 보았고 베니 아베스에서도 보았다. 특히 베니 아베스에서 황금빛 모래언덕이 아스라이 펼쳐져 있는 것을 보았을 때, 그는 바다의 모습이 그와 같으려니 하고 생각했다.

  그는 걸음을 재촉했다. 라흐마니 칼레드 거리를 따라 항구 쪽으로 내려가다보니, 유람선들의 미끈한 돛대가 벌써부터 눈에 들어왔다. 썰물 때라서 끈적거리는 물이끼로 덮인 부두 아랫부분이 거뭇하게 드러나 있었다. 이드리스는 부두에 앉아 두 발을 물거품으로 덮인 수면에 닿을락 말락 하게 내려뜨렸다. 수면에는 플라스틱 병들과 밀짚으로 만든 병 싸개들이 둥둥 떠다니고 있었다. 바다가 이런 거로구나! 근처의 요트들은 일렁이는 물에 스스로를 내맡긴 채 잠을 자고 있었다. 먼 해수면에도 정박한 배들이 여기저기 흩어져 있었다. 바다는 아스라하게 하늘까지 펼쳐져 있었다. 하늘 역시 잿빛으로 무겁게 내려앉아 있어서 수평선 어름에서는 어디가 하늘이고 어디가 바다인지 분간할 수가 없었다.

이드리스는 그 음산하고 실망스러운 풍경으로 자신의 눈을 가득 채우고 있었다. 그와 동시에 그에게는 자기가 태어난 땅을 새롭게 보는 안목이 생겨나고 있었다. 그는 처음으로 타벨발라를 윤곽이 뚜렷하고 갈피가 분명한 하나의 실체로 머리에 떠올렸다. 멀리 떨어져나오자 비로소 어머니와 양떼, 집과 종려나무 숲, 살라흐 브라힘의 트럭이 서는 장터, 형제와 사촌들의 얼굴 등이 기억 속에서 하나로 결집되고 있었다. 메마른 오열이 울컥 솟았다가 목에 걸려 스러졌다. 길을 잃은 느낌, 버림받은 느낌, 저승처럼 어두운 그 잿빛 바다 앞에 내팽개쳐진 느낌이 들었다.

"이스마일 라미레스." 그는 나직한 목소리로 혼잣말을 했다. 죽은 사람들을 돌보는 랄라 할머니가 이 음울한 도시에 나를 위한 자리를 하나 마련해주겠다고 하지 않았는가? 내일 나는 거대한 카페리를 타고 신비의 땅으로 떠난다. 그건 삶에서 벗어나기 위한 것일까, 아니면 무한 속으로 들어가기 위한 것일까?

그는 셔츠의 깃 안쪽으로 집게손가락을 밀어넣어 목걸이의 줄을 잡아당겼다. 따뜻하고 부드러운 황금 구슬이 나타났다. 그는 그것을 얼굴 앞으로 가져가 잿빛 바다를 배경으로 가만가만 흔들었다. 제트 조베이다의 수수께끼 같은 노래가 다시 들려왔다.

잠자리는 물 위에서 날개를 떨고
메뚜기는 돌 위에서 날개를 비빈다
잠자리는 죽음의 간계를 헤살하고
메뚜기는 삶의 비밀을 드러낸다

한소끔 밀려온 잔물결이 부두에 부딪혀 부서지면서 그의 온몸에 물을 튀겼다. 그는 바닷물이 묻은 손을 입으로 가져갔다. 다른 건 몰라도 바닷물이 짜다는 점에서는 사람들 말이 맞았다. 사람들이 말하지 않았던가. 바닷물은 짜고 마실 수가 없으며 뭍의 생명을 말려 죽인다고……

카페리의 쩍 벌어진 뱃속으로 오토바이와 승용차와 트럭들이 몰려 들어가는 광경은 으레 할 일 없는 구경꾼들과 사내아이들을 꼬여들게 했다. 세미 트레일러는 특히나 좋은 구경거리였다. 차체가 길고 후진이 쉽지 않아서 승선 작업에 애를 먹이기 일쑤였기 때문이다. 하지만 카페리의 선창(船倉)은 무제한의 수용 능력을 가진 것처럼 보였다. 대형 트럭들 사이로 관광객들의 승용차와 금발머리 여자의 랜드로버와 비슷한 사륜구동 자동차들이 미끄러져 들어갔다. 여기저기 땜질을 한 구형 소형차 한 대가 마스토돈 같은 대형차들 사이에 자리를 잡으려고 팔짝거리며 나아가자, 구경꾼들은 안쓰러워하면서 웃었다. 자동차의 운전자들과 승객들은 선창 밖으로 다시 모습을 드러내지 않았다. 선창에서 시작되는 계단을 통해 갑판으로 바로 올라가기 때문이었다. 마침내 자동차가 없는 여행자들의 승선이 시작되었다. 승객들은 저마다 세관원에게 보여줄 탑승권과 여권을 손에 들고 있었다. 여권은 사진이 붙어 있는 면을 펼쳐서 제시하도록 되어 있었다. 이드리스의 여권에 부착된 사진 속의 남자는 수염을 기르고 있었기 때문에 그의 모습과는 사뭇 달랐다. 하지만 세관원은 그 기이한 불일치를 지적조차 하지 않았다.

이드리스는 삼등칸의 '공동 침실'에 열을 지어 들어차 있는 팔걸이의자들을 일별하고, 다른 승객들과 함께 기도실과 '셀프 서비스' 식당을 가로질러 부두가 내려다보이는 후갑판으로 나갔다. 부두에는 원색의 옷을 걸친 군중이 밀집하여 부산을 떨고 있었다. 뭍에 남은 가족들이 요란한 몸짓을 보이며 '자기네' 승객을 불러대고 있었다. 하지만 이들의 목소리가 갑판의 승객에게 들릴 가능성은 전혀 없었다. 이것은 부두에 배웅을 나온 사람들과 배에 탄 사람들이 서로에게 마음을 전하려고 헛되이 애를 쓰는 기이하고도 몽환적인 소통 방식이었다. 갑자기 갑판 바닥이 떨리기 시작했다. 배의 꽁무니에서 물이 부글거렸다. 바야흐로 이드리스가 처음으로 아프리카 대륙을 떠나는 순간이 오고 있었다. 그때 한 젊은이가 느닷없이 그에게 말을 걸었다. 젊은이는 격한 환희 때문인지 미끈하고 곱상한 얼굴을 일그러뜨리고 있었다.

"보아하니 너는 부두에 배웅 나온 사람이 아무도 없구나! 나도 마찬가지야. 아무도 없어. 그래, 떠날 때는 이렇게 혼자서 떠나야지! 이게 진정한 출발이라고. 손수건으로 눈물을 훔칠 필요도 없고 손을 흔들 필요도 없지. 아무 미련 없이 그냥 떠나는 거야."

요란한 사이렌 소리가 그의 말을 중단시켰다. 소리에 놀란 갈매기들이 떼를 지어 항구 위로 날아올랐다. '티파사 호'가 천천히 부두에서 떨어져나가고 있었다.

젊은이가 갈수록 흥분된 기색을 보이며 말을 이었다.

"봐! 부두가 멀어져가고 있어. 이제야 아프리카가 마음에 들어. 이렇게 배 뒤로 멀어져가는 것을 보게 되니까 말이야. 빌어먹을 아프리카! 저기에서 이 년을 썩었어. 이 년 동안 군 복무를 했지. 사막에서 돌을 깨느라고 이 년 동안 죽을 고생을 했어. 금은(金銀) 세공을 업으로 삼고 있는 내가 말이야. 우리 집안은 다섯 세대 전부터 귀걸이 만드는 일을 가업으로 이어왔어. 내 손을 봐. 이건 금장이의 손이지 돌멩이를 깨는 손이 아니라고. 빌어먹을 아프리카! 그런데 너는 어디에 가니?"

"나? 일단 마르세유에 갔다가, 그다음엔 파리로 갈까 해. 거기에 친척 형이 있거든."

"마르세유든 파리든 별로 멀지 않아. 사막의 자갈밭에서 그리 멀지 않다고. 나는 브뤼셀, 암스테르담, 런던, 스톡홀름 같은 도시가 좋아. 난 금장이거든. 알겠어?"

그는 입을 다물었다. 갑판이 조용해졌다. 승객들은 모두 멀어져가는 오랑 시를 바라보고 있었다. 정박지에 닻을 내리고 있는 배들을, 거대한 팽이처럼 생긴 빨간색과 초록색의 거대한 부표가 불룩한 배를 수면에 댄 채 춤추고 있는 모습을, 그리고 멀리에서 도시를 굽어보고 있는 무르자조 산과 그 등성이에 옛날 에스파냐 사람들이 세워놓은 요새와 거기에서 펄럭이는 알제리 군대의 깃발을.

이드리스는 다른 승객들과 함께 여객실의 미로 속으로 들어갔다. 좁다란 통로, 계단, 상점가, 스탠드바. 이건 그야말로 물에 떠 있는 작은 도시였다. 기계들 때문에 단 한 순간도 진동을 멈추지 않는 도시였다. 가족이 함께 여행하는 승객들은 저희끼리 모여 있었다. 그들은 보따리와 가방으로 자리 표시를 해서 선실의 한쪽 구석이나 팔걸이의자의 한 줄을 통째로 차지하기가 일쑤였다. 어떤 승객들은 벌써 먹을 것을 풀어놓고 있었다. 한 여자가 작은 가스버너를 켜고 요리를 하려고 하자, 남자 승무원이 와서 불을 끄라고 엄하게 타일렀다. 아직 이른 시각인데도 스탠드바에 모인 대형 트럭 운전수들은 시끄럽게 웃고 떠들면서 벌써 강술을 마시고 있었다. 승객들은 이제 두 부류로 확연히 갈려 있었다. 한 부류는 평평 쓸 돈이 있는 사람들이었고, 다른 부류는 쓸 돈이 없는 사람들이었다. 첫번째 부류에 해당하는 일등칸 승객들에게는 현창이 나 있는 개인 선실이 있었고, 테이블에 하얀 식탁보가 깔린 식당이 있었다. 하지만 그들은 눈에 보이지도 않았고 가까이할 수도 없었다. 이물 쪽 제2갑판의 빗장 걸린 문들 뒤에 저희끼리만 따로 모여 있기 때문이었다.

배가 아주 가볍게 앞뒷질을 하고 있었다. 난바다로 들어섰다는 뜻이었다. 그때 스피커를 통해서 무에진의 목소리가 울려퍼졌다. 이슬람교도를 기도실로 불러모으는 소리였다. 기도실에는 그날의 세번째 살라트를 위해서 기도용 융단이 깔려 있었다. 이드리스는 같은 세대의 젊은이들 대부분이 그러하듯 종교의식에 별로 관심이 없었기 때문에, 신앙심 깊은 군중이 엎드려 절하는 모습을 멀리서 지켜보기만 했다. 군중이 흩어지기 시작했을 때, 이드리스는 그들 속에 금장이 청년이 끼어 있는 것을 보고 깜짝 놀랐다. 금장이가 그에게 다가와서 물었다.

"너는 이슬람의 가르침을 따르지 않니?"

이드리스는 언짢은 기분으로 대답했다.

"어떤 가르침이든 다 따르지는 않아."

"이건 너를 위해서 하는 말인데, 네가 예배에 동참하면 좋겠어. 우리가 떠나온 곳보다는 가는 곳에서 종교가 더 필요하거든. 너는 곧 낯선 사람들과 무관심한 사람들과 적들에게 둘러싸이는 처지가 될 거야. 절망과 가난에 맞서 싸우는 너를 도와줄 것은 아마 코란과 모스크밖에 없을 거야."

"하지만 아까는 '빌어먹을 아프리카'라고 하면서 우리가 떠나온 곳을 저주했지 않아?"

금장이 청년은 일렁이는 해면을 바라보며 잠시 침묵을 지켰다.

"우리 가운데 다수는 조국에서도 살 수 없고 외국에서도 살

수 없어. 비극이지."

"그렇다면 그들에게 남아 있는 것은 뭐지?"

"불행이 기다리고 있을 뿐이지."

"나는 타벨발라에 그냥 남을 수도 있었어. 타벨발라 사람들은 아무것도 가진 게 없어. 하지만 아쉬운 것도 전혀 없어. 오아시스는 그런 곳이야."

"그런데 너는 왜 떠나왔니?"

"떠나야 하니까 떠난 거지. 우리 오아시스에는 두 부류의 사람들이 있어. 때로는 한 가족 내에도 두 부류가 섞여 있어. 첫번째 부류는 자기들이 태어난 땅에 남는 사람들이야. 두번째 부류는 떠나야 하는 사람들이야. 나는 두번째 부류에 속해. 떠나야만 하는 사람이었지. 그뿐이 아냐. 어느 날 어떤 금발머리 여자가 내 사진을 찍었어. 그 여자는 내 사진을 가지고 프랑스로 돌아갔지."

"그럼 너는 네 사진을 찾기 위해 떠난 거야?"

금장이 청년은 놀리는 듯한 표정으로 그를 바라보고 있었다.

"내 사진을 찾기 위해서냐고? 아니, 정확히 말해서 그건 아냐. 그거하고는 달라. 뭐랄까, 헤어졌던 내 사진을 다시 만나러 간다고나 할까……"

"세상에, 이제 보니 굉장한 철학자로구만! 프랑스에 네 사진이 있는데, 마치 자석이 쇠붙이를 끌어당기듯 그 사진이 너를 끌어당기고 있다 이거로구나."

"사진이 프랑스에만 있는 건 아냐. 나는 베니 아베스와 베샤르와 오랑에서도 이미 그것을 찾아냈어."

"여행 도중에 네 사진의 조각들을 찾아내어 그것들을 다시 붙이고 있다는 거야?"

"말하자면 그래. 하지만 지금까지는 내가 찾아낸 조각들이 나를 닮지 않았어. 자아, 예를 들어서 이걸 봐."

이드리스는 자기 여권의 사진 면을 펼쳐서 보여주었다. 금장이 청년은 걱정스러워하는 표정으로 그를 바라보았다.

"자칫하다가 큰 말썽이 생길지도 몰라. 아마 수염을 기르는 게 네 신상에 좋을 거야."

"그게 더 고약할 수도 있어. 나는 수염이 거의 없거든. 그리고 어쨌거나 내가 내 사진을 닮아갈 필요는 없어. 내 사진이 날 닮아야 하는 거 아냐?"

"그렇게 생각하니? 하지만 이미 네 경험이 그 반대의 경우를 보여주고 있어. 이미지는 나쁜 힘을 지니고 있어. 너는 이미지가 충실하고 헌신적인 하녀 같은 것이기를 바랄지 모르겠다만, 이미지는 그런 하녀가 아냐. 겉으로 보기에는 어느 모로 보나 영락없는 하녀지. 하지만 실제로는 음흉하고 거짓말 잘하고 오만한 여자야. 순종하기는커녕 고약하게도 너를 노예로 만들겠다는 열망을 품고 있어. 이슬람은 이 점에 대해서도 가르침을 주고 있지."

이드리스는 귀 기울여 듣고 있었다. 금장이의 말을 온전히 이해하고 있는 것은 아니었다. 하지만 금발머리 여자를 만난 뒤로 겪은 나쁜 일들이 이상하게도 말귀를 알아듣도록 도와주고 있었다.

점심때 금장이가 그를 셀프서비스 식당으로 데려갔다. 이드리스는 약간 성가신 그 연상의 청년으로부터 초대를 받고, 한편으로는 시장기가 돌면서도 다른 한편으로는 거북함을 느꼈다. 그들은 한 트럭운전수와 같은 식탁에 앉았다. 그는 눈이 청잿빛을 띠고 있는 금발의 거구였다. 우람한 두 팔에는 상스러운 문신들이 새겨져 있었다. 그는 마그레브에서 온 두 젊은이에게 말을 걸더니, 붉은 포도주를 마시라고 강권했다. 금장이는 활기차게 대화에 응했다. 뿐만 아니라 트럭운전수와 함께 술잔을 잇달아 비움으로써 이드리스를 깜짝 놀라게 했다. 이슬람이 음주를 금하고 있다는 사실은 안중에도 없는 듯했다. 트럭운전수가 농담을 하면, 그는 제때에 웃음으로 맞장구를 치고 다른 농담으로 답례를 했다. 그러다가 이드리스를 대화에 끌어들이려고 그에게도 프랑스어로 말을 하기 시작했다. 이제껏 그들끼리는 베르베르말만 했던 터였다. 정말이지 금장이 청년의 반지빠른 변신에는 경탄을 금할 수가 없었다. 이드리스는 자기도 장차 프랑스 사람들을 그토록 친근하게 대할 수 있게 될지 궁금했다. 트럭운전수는 그들에게 커피를 대접하고 나서, 낮잠을 자고 싶다며 이등칸의 자기 선실로 물러갔다. 마그레브 연안의 도로를 따라 열 시간 동안 야간 운전을 했으니 마땅히 낮잠을 즐겨야 한다는 게 그의 설명이었다.

어둠이 깔리기 시작할 무렵, 승객들이 웅성거리면서 갑판 위와 좌현의 좁다란 통로로 몰려나갔다. 배가 이비사 섬의 해안을 따라 나아가는 중이었다. 해안에서는 벌써부터 불빛이 하나둘 반짝이고 있었다. 조금 뒤 어둠이 제법 짙어졌을 때, 승객들은 좌현에서 발레아레스 군도의 가장 큰 섬인 마요르카의 불빛을 앞 다투어 가리켰다. 그러고 나서 배는 깊이를 알 수 없는 어둠의 바다로 접어들었다.

이드리스는 갈수록 높아지는 물결에 까불리면서 팔걸이의자에서 잠을 자고 있었다. 그러다가 가까이에 앉아 있던 한 여자의 신음 소리 때문에 잠에서 깨어났다. 여자의 머리가 좌우로 흔들렸다. 입에서는 거품이 일고 있었다. 여자는 마침내 자리에서 일어나더니 두 걸음을 걷다가 바닥에 털썩 주저앉았다. 그러고는 두 손으로 바닥을 짚고 웅크린 채 왝왝거리며 토악질을 하기 시작했다.

"뱃멀미하는 여자는 창피한 걸 모르지. 해산하는 여자가 창피하고 자시고를 따질 경황이 없는 거나 마찬가지야."

금장이 청년이었다. 그 뒤에서는 예의 트럭운전수가 몸을 건들거리며 히죽히죽 웃고 있었다. 금장이가 프랑스어로 말한 것은 바로 그를 배려한 것이었다.

트럭운전수가 말했다.

"내 선실엔 현창이 없어. 이건 말이 안 돼. 안에 들어가면 꼭 관 속에 갇혀 있는 기분이 들어. 그러니까 자네들 두 사람 말이야, 내 침대를 쓰고 싶으면 거기로 가봐. 나는 의자가 더 좋아."

"갈까?"

금장이가 권하자 이드리스는 자리에서 일어나 그를 따라갔다. 트럭운전수가 다시 그들에게 소리쳤다.

"샤워도 하고 싶으면 해!"

아닌 게 아니라 밤이 이슥한 그 시각에 선실은 무덤 속 같았다. 밖을 내다볼 수 있는 현창 하나 나 있지 않은 방이었다. 두 개의 금속제 침대 틀이 강철 벽에 고정되어 있었다. 잠에 곯아떨어진 세 남자의 모습이 눈에 들어왔다. 작은 샤워실도 보였다. 축축한 공기가 진동하는 가운데 이 모든 것 위로 상야등(常夜燈)의 음산한 불빛이 비치고 있었다. 두 젊은이의 등 뒤로 선실

문이 쿵 하고 닫혔다. 그들은 잠시 망설였다. 금장이가 옷을 벗기 시작했다. 알몸이 된 그가 샤워실로 가자, 이드리스는 그를 따라했다. 비좁은 샤워실에 둘이 들어가 있으려니 그들은 서로 몸을 바싹 붙여야만 했다. 샤워를 끝내고 물기가 채 가시지 않은 몸으로 딱 하나 비어 있는 간이침대에 누웠을 때도 마찬가지였다. 이드리스는 금장이의 몸에 바싹 달라붙으면서 위안을 느꼈다. 가족을 떠나온 뒤로 몸과 마음이 심한 고독을 겪어왔다는 생각이 들었다. 모든 육정과 연정의 바탕에는 신체 접촉에 대한 강렬한 욕구가 있다. 어머니와 자식 간의 사랑과 연인들의 성애도 이 욕구의 특별한 발현 형태일 뿐이다. 이드리스는 눈을 감은 채, 너울대는 물결에 흔들리고 윙윙거리는 기계 소리를 자장가로 들으며 그 무덤 속 같은 미광 속에서 이브라힘을 생각하고 있었다. 엘 호라 우물의 밑바닥으로 사라져버린 옛 친구를. 그는 잠 속으로 빠져들고 있었다. 그때, 금장이가 그에게서 조금 떨어지며 한쪽 팔꿈치를 괴더니 희미한 상야등 불빛에 이드리스의 황금 구슬을 비춰 보았다.

"이게 뭐야?"

"사하라의 부적이야."

"아니 이거 금으로 된 거잖아!"

"아마도……"

금장이는 눈썹을 찡그리며 빛 속에서 그 길동근 구슬을 굴려 보고 있었다.

"누가 이걸 너에게 주었는지 모르지만, 아주 훌륭한 선물을 했구나."

"아무도 이것을 나에게 주지 않았어."

"불라 아우레아."

"뭐라고?"

"라틴어야. 불라 아우레아, 황금 구슬이라는 뜻이지. 금장이라면 누구나 이 보석을 알 거야. 이것의 기원은 고대 로마, 심지어는 고대 에트루리아로 거슬러올라가. 그렇게 먼 옛날부터 통용되던 상징이 사하라의 몇몇 부족에 오늘날까지 남아 있는 거야. 고대 로마의 귀족 자제들은 신분의 증표로 이 황금 구슬을 고리에 달아 목에 걸고 다녔어. 그러다가 가장자리에 자줏빛 띠가 둘린 하얀 토가를 벗고 성인용 토가를 입을 때가 되면, 이 불라 아우레아도 풀어서 가문을 수호하는 조상신들에게 바쳤지."

"너는 아는 게 참 많구나!"

"금은 세공은 손재주만 가지고 하는 일이 아냐. 전통적인 교양도 필요해."

금장이가 다시 등을 대고 누우면서 동을 달았다.

"네가 알고 싶다면 피불라, 펠타, 솔로몬의 인장, 파티마의 손등에 대해서도 이야기해줄 수 있어.*"

"그러면 내 황금 구슬은 무슨 뜻을 담고 있지?"

"네가 자유로운 아이라는 것을 말해주고 있어."

"그다음에는 내가 어떻게 되는 거지?"

"그다음엔…… 어른이 될 거야. 그러면 알게 되겠지. 네 황금 구슬과 너 자신에게 무슨 일이 일어날지를……"

∽

이튿날 정오 무렵, "텔레비전 나온다!" 하고 외치는 소리가 객실 여기저기로 퍼져나가자 승객들이 식당에 모여들었다. 세 대의 수상기에 하나의 영상이 번쩍 나타났다 사라지더니, 조마조마하게 깜박거리며 다시 나타났다.

프랑스에서 직접 날아온 이미지를 처음으로 대면하는 순간이다! 앙상한 얼굴, 그늘진 눈매의 이민자들이 한데 모여 '약속의 땅'에서 전해오는 그 첫번째 메시지를 지켜보고 있다. 화면이 바르르 떨리더니 불빛이 꺼졌다가 다시 켜진다. 풍경과 실루엣

---

* 피불라는 고대의 브로치, 펠타는 고대 그리스에서 사용했던 반달 모양의 작은 방패, 솔로몬의 인장은 삼각형 두 개를 엇갈려 포갠 육각 별 모양의 상징이다. 파티마의 손에 대해서는 45쪽의 주석을 참조.

과 얼굴이 어지럽게 일렁거리다가 차분하게 제 모습을 드러낸다. 남녀 한 쌍이 초원에서 걷고 있다. 그들은 젊고 아름답다. 애정 어린 얼굴로 서로에게 미소를 짓는다. 눈부시게 환한 아이 두 명이 풀과 꽃을 헤치면서 그들 쪽으로 달려간다. 긴 포옹. 행복한 정경. 갑자기 영상이 정지된다. 근엄한 표정의 안경잡이 남자가 오버랩으로 나타난다. 그는 자기 얼굴 높이로 생명보험 계약서를 들어올린다. 그다음에는 프로방스 지방의 예쁜 집이 보인다. 수영장을 앞에 두고 온 가족이 웃으며 아침식사를 하고 있다. 행복한 정경. 이번의 행복은 '햇살'이라는 이름의 가루비누 덕분이다. 비가 내린다. 한 멋쟁이 여자가 우산을 쓴 채 걷고 있다. 그녀는 어떤 가게의 진열창 앞을 지나면서 자기 모습이 너무나 멋져 보이는지 제풀에 싱긋 웃는다. 아 어쩌면 이가 저렇게 반짝반짝 빛날 수 있을까? 행복한 정경. '빛나니' 치약을 사용해야 하는 것이다. 화면이 어두워진다. 이제 아무것도 보이지 않는다. 삼등칸의 남녀 승객들은 서로를 바라본다. 프랑스가 이런가? 그들은 저마다 느낀 바를 서로에게 이야기한다. 하지만 이내 모두가 입을 다문다. 영상이 다시 나타났기 때문이다. 화면 밖 목소리의 설명에 따르면, 경찰 기동대가 파리 소르본 대학 근처에서 시위를 벌이던 대학생들에게 최루탄을 쏘며 맞섰다고 한다. 헬멧과 방독면을 쓰고 투명 합성수지 방패를 든 기동대원들은 중세 일본의 사무라이들과 비슷하다. 학생들은 그들에게 돌을 던진다. 그러다가 그들 사이에서 최루탄이 터지자 달음박질을 치며 흩어진다. 아주 앳된 여학생의 피 묻은 얼굴이 클로즈업된다. 화면이 다시 꺼진다.

그 뒤로 두 시간이 지나자 프랑스의 해안이 시야에 들어왔다. 가족 단위 여행자들은 아이들을 불러모으고 짐을 챙기기 시작했다. 이드리스는 금장이 청년과 나란히 갑판 난간에 팔꿈치를 괴고 이프 섬의 성채가 지나가는 것을 보고 있었다. 아마도 일등칸의 관광객들을 위한 것이었겠지만, 스피커에서 유적에 관한 안내 방송이 나오기 시작했다. 이프 섬의 요새는 옛날에 감옥으로 쓰였고, 루이 14세의 쌍둥이 형제였을지도 모르는 '철가면'이며 알렉상드르 뒤마의 소설에 나오는 유명한 몬테크리스토 백작과 파리아 신부가 거기에 갇혀 있었다는 얘기였다. 마그레브 출신의 군중은 무슨 말인지 이해할 수 없어서 더욱 대단한 것으로 여기며 그 정보를 받아들였다.

금장이가 말했다.

"나는 파리에 가서 일할 거야. 어떤 보석 상인이 운영하는 비밀 작업장에서 말이야. 트럭운전수 에티엔이 나를 데려다주겠대. 우리가 언제 다시 만나게 될지 모르겠어. 헤어지기 전에 너에게 이 얘기는 꼭 해주고 싶었어. 금장이란, 말 그대로 금의 대장장이야. 하지만 벌써 오래 전부터 금장이들은 금을 포기하고 그저 은세공만 하고 있어. 팔찌, 쟁반, 향로 등 모든 것을 은으로 만들고 있지. 왜냐고? 우리 금장이들의 대다수가 오늘날 금세공을 거부하고 있어. 사실 그들은 금과 관련된 특별한 기술을 알지 못해. 하지만 또다른 이유가 있어. 우리는 금이 불행을 가져온다고 생각해. 은은 순수하고 소박하고 정직해. 금은 지나치게 비싼 탓에 탐욕을 자극하고 도둑질과 폭력과 살인을 불러일으키지. 너에게 이런 이야기를 하는 것은 네가 불라 아우레아를 지닌 채 모험에 나서고 있다는 것을 알기 때문이야. 불라 아우레아는 자유의 상징이야. 하지만 황금은 불길한 금속이 되어버렸어. 너에게 신의 가호가 있기를!"

 그게 작별인사였다. 금장이는 세관 창구 앞으로 서둘러 몰려가는 군중 속에 섞여듦으로써 이드리스의 시야에서 사라져버렸다. 딸린 아이들도 많고 짐도 너무 많은 가족들에 비하면 이드리스가 치러야 할 절차는 지극히 간단했다. 그래서 여권 사진이 실물과 다르다는 문제가 있었음에도 그는 가장 먼저 카페리 터미널을 빠져나온 승객들 축에 들었다.
 드디어 프랑스 땅에 들어온 것이었다. 그는 땅이 얼마나 단단한지 시험해보기라도 하듯 두 발로 바닥을 더듬더듬 디뎠다. 그런 다음 마르세유와 알제리의 오랑이 어떻게 다른지 알아보려고 눈을 크게 떴다. 과연 그는 어떤 차이를 발견했을까? 마르세유는 오랑에 비해 조금 더 활기차고 화려하고 개방적인 느낌을 주

었다. 하지만 아프리카 북부에서 지중해를 건너 프랑스 남부에 왔는데도 별로 낯선 기분이 들지 않았다. 요컨대 실망이었다. 그러다가 조금 뒤 카페리의 매표소 건물을 장식하고 있는 거대한 포스터와 맞닥뜨렸을 때, 그는 큰 충격을 받았다.

내 차로 떠나는 사하라 여행
연말 연휴는
오아시스의 낙원에서

이드리스는 사하라의 오아시스로 제시되어 있는 그림을 홀린 듯이 바라보았다. 종려나무 잎들과 터무니없이 큰 꽃들이 무더기를 지어 강낭콩 모양의 수영장을 둘러싸고 있었다. 터키옥 빛깔의 풀 주위에서는 손바닥만 한 비키니를 입은 금발머리 아가씨들이 교태를 부리면서 운두 높은 유리잔에 담긴 음료를 구부러진 빨대로 빨아 마시고 있었다. 두 마리의 가젤도 보였다. 집짐승으로 길들여진 이 가젤들은 오렌지와 자몽과 파인애플로 가득 찬 거대한 바구니 쪽으로 우아한 머리를 숙이고 있었다. 이게 사하라의 오아시스라고? 타벨발라야말로 사하라의 오아시스가 아닌가? 그리고 나 이드리스로 말하자면, 오아시스의 순수한 산물이 아닌가? 꿈속의 정경 같은 그 오아시스의 이미지 속에는 그의 모습이 들어 있지 않았다. 전에도 이와 비슷한 일을 겪은 적이 있지 않은가? 살라흐 브라힘이 내 사진이라며 보여준 나귀 사진에는 내가 담겨 있지 않았다. 또한 내 여권 사진 속에는 내가 모르는 낯선 남자의 얼굴이 들어 있지 않은가?

이곳에서는 아프리카에서보다 날이 빨리 저무는 듯했다. 이드리스는 해거름의 선선한 공기를 느끼며 몸을 떨었다. 그의 호주머니에는 구겨진 종이 한 장이 들어 있었다. 여행 도중에 만난 므잡 사람이 수첩에 호텔 주소와 소개말을 적어 뜯어준 종이였다. 호텔 '라디오', 파르망티에 거리 10번지. 이드리스는 한 행인에게 길을 물었다. 행인은 전혀 모르겠다는 시늉을 하더니 쥘 게드 광장에 가보라고 했다. 거기에 가면 길을 알려줄 사람이 있으리라는 것이었다.

이드리스는 파리 대로로 접어들었다. 아랑 부두 쪽에서 오는 대형 트럭들이 연방 거리를 휩쓸며 지나갔다. 쥘 게드 광장은 마치 최근에 폭격이라도 당한 것처럼 황폐해 보였다. 개선문 같은 것을 둘러싸고 있는 공터 여기저기에 무너진 벽들이 솟아 있었다. 사막의 한 조각처럼 황량한 이 광장을 가로질러 베르나르 뒤부아 거리로 들어섰을 때, 이드리스는 자기가 아프리카에 와 있다고 생각했다. 공중목욕탕, 이슬람 서점, 북아프리카 헌옷 가게, 문에서 보면 전기 꼬치에 꿴 양의 머리가 돌아가는 것이 보이는 작은 식당 등이 있는 거리였기 때문이다. 계단식으로 건설된 탕크레드 마르텔 골목은 코란과 종교 서적을 팔면서 대서인(代書人) 노릇을 하는 사람들과 점쟁이들이 차지하고 있었다. 온 동네가 그야말로 작은 길—프티트 마리 거리, 욕조 거리, 초록 융단 거리, 롱그 데 카퓌생 거리 등—로 이루어진 미궁이었다. 카레 냄새와 향내와 지린내가 진동하는 그곳에서 그는 마침내 파르망티에 거리와 라디오 호텔을 찾아냈다. 아직 이른 시각이었는데도, 한참 동안 노크를 하고 나서야 문이 열렸다. 주인 유세프 바가바가는 경계심을 보이며 그를 안으로 들게 했다.

"만원이라서 손님을 더 받을 수가 없어."

하지만 주인은 므잡 상인이 써준 소개말을 어렵사리 읽어내자마자 한결 친절한 태도를 보였다.

"방이 하나 남아 있기는 해. 하지만 숙박료는 선불이야. 하룻밤에 십 프랑. 그리고 우리 호텔은 밤 열한시가 되면 문을 닫아."

침대는 넓고 정갈했다. 하지만 창문이 어두운 마당 쪽으로 나 있어서 밤이나 낮이나 전구를 켜놓아야 했다. 전구는 천장 아래로 길게 늘어뜨린 전선 끝에 달려 있었고, 와플 모양의 돋을무늬가 들어간 유리 등갓이 씌워져 있었다. 이드리스는 침대커버 위에 누운 채로 이내 잠이 들었다.

타벨발라에 날이 밝아오고 있었다. 진작 일어나 양들과 염소들을 한데 모았어야 하는데, 이드리스는 눈을 뜨지 않고 마음껏 게으름을 피우고 있었다. 어머니가 베타, 즉 피망과 양파를 넣은 밀기울 수프를 끓이면서 왔다 갔다 하는 소리가 들렸다. 울타리 안에 갇힌 암양 한 마리가 유난스럽게 계속 울어댔다. 어디를 다치기라도 한 것일까? 어서 일어나 가봐야지. 이드리스는 어머니가 필시 암양의 울음소리를 들었을 텐데도 자기를 깨우러 오지 않는 것이 의아했다. 다시 애처로운 울음소리가 들려왔다. 자아 일어나자! 이드리스는 부스스 깨어났다. 그가 있는 곳은 아침햇살이 찬란한 타벨발라가 아니었다. 그는 자신이 낯선 나라, 낯선 도시, 낯선 방에 있음을 새삼스레 깨달았다. 갑자기 불안감이 엄습하면서 목구멍으로부터 오열이 새어나왔다. 집으로 돌아가자! 나를 이 침대까지 몰고 온 그 기나긴 여행을 되짚어 다시 하자! 그때 마당 쪽에서 암양의 울음소리가 들려왔다. 적어도 그 점에서는 꿈이 생시와 똑같았다. 그는 친숙한 동물이 그렇게 가까이에 있다는 사실에 갑자기 마음이 든든해지는 것을 느꼈다. 그가 묵고 있는 객실 창문 아래에 살아 움직이는 양 한 마리가 있었다. 관습에 따라 주말에 제물로 바치려고 데려다놓은 양일까?

이드리스는 자리에서 일어나 계단을 내려간 다음 내처 호텔을 나섰다. 낮에는 어두컴컴했던 거리가 밤이 들자 오히려 진열창이며 간판이며 네온 광고 때문에 환해져 있었다. 파르망티에 거리는 콩발레상 거리로 통하고, 이 거리는 다시 아텐 대로로 통한다. 이곳에는 순회 흥행사들의 장터가 벌어져 있었다. 사격, 제비뽑기, 공 던져 인형 맞히기 등을 위한 가건물들 때문에 보도가 혼잡했다. 카페들은 황금빛 동굴처럼 열려 있었다. 거대한 거울 때문에 더욱 널찍해 보이는 카페의 안쪽에서는 셔츠 차림의 남자들이 초록색 당구대를 둘러싸고 진중하게 몸을 놀리고 있었다. 영화관의 입구 위쪽에 붙어 있는 거대한 포스터가 그의 눈길을 끌었다. 포스터 속에서는 한 쌍의 남녀가 서로 끌어안고 있었다. 그런 장면이 으레 그렇듯 여자는 아래쪽에 있고 남자는 위쪽에 있는 자세였다. 두 남녀의 입은 서로 들러붙어 있었고 눈에는 슬픈 기색이 어려 있었다. 하지만 이드리스는 배가 고팠기 때문에 그런 장면보다 맥도널드의 광고판에 나와 있는 어마어마하게 큰 음식에 더 마음이 끌렸다. 햄버거, 치즈버거, 피시버거, 빅맥, 애플파이, 세 가지 향 밀크셰이크. 이 모든 것이 그에게는 너무 비쌌다. 그러나 먹고 싶은 것을 참고 버티자니 너무나 비참한 기분이 들었다. 푸짐한 식사는 가난뱅이들의 유일한 사치이다. 그는 혼자서 호사스런 잔치를 벌였다. 우선은 그냥 배가 고팠기 때문이었고, 나아가서는 자신의 불안감을 가라앉히고 프랑스에 도착한 것을 자축하기 위해서였다.

고향을 떠나오기 전에 사람들이 이르기를 바다를 건너면 추위와 안개의 나라로 들어가게 된다고 했다. 그 말을 증명하기라도 하듯, 맥도널드를 나서니 가랑비가 내리고 있었다. 하지만 장터의 가건물들은 여전히 사람들로 붐볐다. 싸구려 장신구로 뒤덮여 있는 세네갈 사람들, 어깨에 융단 한 묶음을 짊어지고 가는 모로코 사람들, 머리엔 너울을 쓰고 맨살이 드러난 발에는 샌들을 신은 채 뒤뚱뒤뚱 걸어가는 여자들. 이들이 있기에 이슬비가 추적추적 내려도 아프리카에 온 듯한 분위기는 달라지지 않았다. 이드리스는 좁은 길들에 가득 차 있는 활기에 이끌려 걷다가 튀바노 거리로 들어섰다. 살갗이 새카맣고 옷차림이 곡마단의 말들처럼 요란스러운 가나 여자들이 보였다. 그녀들은 보도 가장자리에 꼼짝 않고 서서, 혹은 수상쩍은 호텔의 현관문에 태평하게 등을 기대고 선 채로 물부리를 빨면서 그가 지나가는 것을 지켜보고 있었다. 그는 그녀들을 제대로 바라볼 수가 없었다. 술에 취한 남자 하나가 시끄럽고 담배연기가 자욱한 카페에서 느닷없이 나오더니 그의 팔을 잡고 카페 안으로 끌고 들어가려 했다. 이드리스는 사내의 손아귀에서 빠져나왔다. 그는 다른 여자들과 사뭇 달라 보이는 여자 하나를 발견하고서야 발걸음을 멈추었다. 여자는 옷 가게의 거울 앞에서 화장을 하고 있었다. 기다란 금발의 여자였다. 미니스커트와 검은 롱부츠, 굵다란 넓적

다리의 윤곽을 그대로 드러내는 망사 스타킹만 빼면 랜드로버의 여자와 생김새가 비슷했다. 여자는 거울에 비친 그를 보았는지, 몸을 돌려 그에게 말을 걸어왔다.

"어이 나의 귀염둥이! 금발머리에 관심이 있는 모양이지? 겁내지 말고 이리 와봐."

이드리스는 다가갔다.

"세상에, 애송이잖아 이거. 애티가 풀풀 나는데. 게다가 북아프리카의 오지에서 방금 온 게 틀림없어. 나의 귀염둥이, 안 그래? 사하라의 뜨거운 모래 냄새가 아직도 나는 걸."

이드리스는 맨살이 드러난 여자의 포동포동한 어깨에 넋을 잃었다. 랜드로버의 여자는 약간 남자 같은 느낌을 주는 반팔 블라우스를 입고 있었기 때문에 어깨가 그렇게 드러나지 않았었다. 그는 뽀얗고 향기로운 그 살을 만지려고 한 손을 쭈뼛쭈뼛 들어올렸다.

"어허, 이 손 치우시지! 보아하니 수중에 돈 한 푼 없는 개털 같은데. 먼저 지갑을 좀 보여줘."

이드리스는 말귀를 알아듣지 못한 채 손을 도로 내렸다.

"뭐야, 신분증 넣어가지고 다니는 지갑 없어? 어서 내놔봐, 빌어먹을!"

이드리스는 그제야 말귀를 알아들었다. 여자가 명령을 하고 있는 것이었다. 그는 고분고분하게 지갑을 꺼내어 여자에게 내밀었다. 그녀는 지갑 속을 한 번 쓱 보고는 도로 내주었다.

"내가 이럴 줄 알았다니까. 무일푼이야. 호주머니를 다 뒤져도 푼돈밖에 안 나올 거야. 그런데 말이야, 그 목에 두르고 있는 것은 괜찮은 거니? 어디 좀 보자!"

이드리스의 목에 걸린 황금 구슬이 그녀의 눈에 띈 것이었다. 그는 두 손을 들어 막는 시늉을 했다. 여자는 그 동작에 아랑곳하지 않고 암원숭이처럼 민첩하게 손을 놀려 목걸이를 끌러낸 다음 불빛 쪽으로 들어올렸다.

"세상에, 이거 멋진데! 순금인가봐. 너 이거 어디에서 훔친 거야?"

여자는 자기 목에 목걸이를 두르고 모양새가 어떤지 보기 위해서 진열장의 거울 쪽으로 몸을 돌렸다. 그러고는 거울만 보면 단장을 하고 싶어지는 버릇에 따라 손가방을 열고 다시 화장을 하기 시작했다. 이드리스는 그녀가 보랏빛이 도는 붉은 립스틱을 입술에 바르고 색깔이 골고루 퍼지도록 입술 전체를 오므렸다 폈다 하는 모습을 지켜보았다. 입술 화장이 끝나자 여자는 아주 자그마하게 생긴 검은 솔로 가짜 속눈썹을 문지르기 시작했다. 그녀가 볼을 토닥거리며 분을 바르고 있는 동안, 이드리스는 쿠카 아주머니 앞에 앉아 몸단장을 하던 어머니를 떠올렸다. 쿠카 아주머니는 양털 붓에 사프란 물감을 묻혀 어머니의 얼굴에 예식에 맞는 기호들을 그려넣고 있었다. 살결이 거무스름해서 사프란의 노란 색조가 더욱 두드러져 보였다. 이마에는 넓은 가로줄 두 개가 눈썹과 나란하게 그려져 있었고, 두 눈 사이에는 두 개의 점이 찍혀 있었다. 아랫입술 한복판에서 시작된 세로줄은 턱의 끄트머리까지 이어졌다. 그런가 하면 각각의 눈 아래에 찍힌 반점은 가시철사 모양의 세로줄에 의해 아래쪽으로 이어지고 있었다. 세 개의 가시철을 끼운 이 세로줄은 굵은 눈물방울이 흘러내린 자국처럼 보였다. 사실 타벨발라의 결혼한 여자들은 이런 식으로 얼굴에 그림을 그린다. 이것은 입술을 핏빛으로 물들이거나 눈구멍을 숯검정처럼 어둡게 만드는 행위가 아니라, 누구나 이해할 수 있는 기호들을 나타내 보이면서 오랜 전통을 이어나가는 것이다.

"자아 내 모습이 어때? 네 마음에 들어?"

여자는 다시 몸을 돌려 이드리스를 바라보고 있었다. 그는 황금 구슬을 되찾으려고 그녀의 목 쪽으로 손을 내밀었다. 여자는 그 머뭇거리는 손을 밀어냈다. 그러고는 그에게 미소를 지어 보이며 블라우스의 단추를 끌러 자기 젖가슴을 드러냈다. 이드리스는 두 손을 들어 그 탐스러운 속살 쪽으로 내밀었다. 여자는 웃음기를 싹 거두고 풀어헤친 가슴을 잽싸게 여미더니 이드리스를 길 건너편에 있는 한 건물의 계단 쪽으로 이끌었다.

이드리스가 라디오 호텔의 문을 두드렸을 때는 문 닫는 시각이 한참이나 지나 있었다. 그는 벨생스 산책로에 있는 벤치에 웅크리고 앉아서 남은 밤 시간을 보냈다.

 파리행 열차의 출발 시각은 열한시 사십팔분이었다. 이드리스는 아침부터 생샤를 역에 나가 어정거렸다. 그는 역의 부산한 분위기에 기분 좋게 취했다. 열차가 떠나거나 다다를 때마다 벌어지는 이별과 재회의 장면들은 홀로 버림받은 기분에 젖어 있던 그에게 다시 힘을 주었다. 그는 유럽의 지리에 관한 자신의 빈약한 지식을 동원하여, 제노바나 툴루즈나 클레르몽페랑 쪽으로 떠나는 열차들의 도정을 머릿속에 그려보았다. 그러면서 그 도시들과 철도청 포스터에 나와 있는 몽생미셸이나 아젤리도, 베르사유, 라 곳 같은 관광 명소들 사이에 어떤 관계가 있는지를 이해하려고 애썼다. 프랑스 사람들이 자랑하는 그런 유적지나 명승지는 왜 노동자들을 태운 열차들이 가는 대도시들과 일치하지 않을까? 프랑스에는 서로 다른 두 세계가 존재하는 듯했다. 한쪽에는 쉽게 도달할 수 있으나 험하고 단조로운 현실 세계가, 다른 쪽에는 부드럽고 화려하나 너무 먼 곳에 자리하고 있는 환상의 세계가 있었다.

열한시에 파리행 열차가 플랫폼에 들어왔다. 이드리스는 많은 승객이 자리를 잡을 때까지 기다렸다가 열차에 올랐다. 그 문명인들 속에 끼어서 자신의 미개함을 드러내지 않으려면 관찰하고 흉내내고 남들이 하는 대로 해야 하는 것이었다. 그는 통로 쪽 좌석 하나를 찾아냈다. 다른 승객에게 불편을 주지 않고 칸막이 객실을 드나들 수 있는 자리였다. 열차가 출발하기 직전에 한 젊은이가 불쑥 뛰어들어왔다. 그의 태도에는 이드리스처럼 조심스러워하는 기색이 없었다. 그는 쿵쿵거리며 창문 쪽으로 가더니 창유리를 내리고 플랫폼에 머물러 있던 다른 젊은이들과 즐겁게 재잘거렸다. 기차가 움직이기 시작하자, 아우성이 일고 손과 손이 맞닿고 거창한 작별의 몸짓이 오고갔다. 젊은이는 작별 뒤끝의 아직 상기되어 있는 표정으로 이드리스 맞은편에 남아 있는 빈 자리에 털썩 주저앉았다. 그는 여전히 미소를 머금은 채 이드리스에게 눈을 주었다. 하지만 이드리스를 보고 있는 것은 아니었다. 이드리스는 그를 찬찬히 뜯어보았다. 내 또래의 이 프랑스 젊은이는 얼마나 야무지고 똑똑하고 자신만만해 보이는가!

얼마 뒤 열차가 아를 역에 정거했을 때, 젊은이는 다시 창문으로 가서 플랫폼 쪽으로 몸을 숙였다. 마치 자기 친구들을 또다시 만날 수 있지 않을까 해서 그러는 것만 같았다.

이드리스는 눈을 감고 열차의 규칙적인 주행 리듬에 몸을 내맡긴 채 가만가만 흔들렸다. 제트 조베이다의 음악이 다시금 뇌리에 떠올랐다. 검은색과 붉은색의 옷을 입은 그녀가 눈앞에 삼삼했다. 악사들이 그녀를 에워싸고 부르던 수수께끼 같은 노래가 귓전에 맴돌았다.

잠자리는 물 위에서 날개를 떨고
메뚜기는 돌 위에서 날개를 비빈다
잠자리는 죽음의 간계를 헤살하고
메뚜기는 삶의 비밀을 드러낸다

제트 조베이다의 춤은 열차가 아비뇽에서 정거하는 바람에 중단되었다가, 이내 다시 이어졌다.

잠자리의 날갯짓은 한 편의 풍자시
메뚜기의 날갯짓은 한 편의 글월

이드리스는 황금 구슬을 기억에 떠올렸다. 춤추는 제트 조베이다의 목에서 뱅글뱅글 돌던 모습이며 끊어진 줄의 끄트머리에 매달린 채 햇살 속에서 흔들리던 모습이 눈에 선했다. 마르세유에서 만난 창녀의 목소리가 다시 들리는 듯했다. "세상에, 이거 멋진데! 순금인가봐." 그 여자가 허벅지를 벌렸을 때 드러난 것은 가무스레한 거웃이 난 가무잡잡한 성기였다. 여자의 연한 금발은 물론 염색한 머리였다. 그 가짜 금발 때문에 이드리스는 오아시스의 부적이자 자유의 상징인 '불라 아우레아'를 잃고 말았다. 그는 이제 열차의 리듬에 맞추어 이미지의 본고장을 향해 나아가고 있었다.

열차가 발랑스라는 도시 가까이에 이르렀을 때, 이드리스는 푸시시 일어나 칸막이 객실을 나섰다. 그런 다음 통로의 창문 앞에 가로질러놓은 손잡이 쇠막대로 다가가서 팔꿈치를 괴었다. 석회질이 많은 황무지, 올리브 재배지, 라벤더 밭 등으로 이루어진 프로방스 지방의 풍경이 펼쳐지고 있었다. 이드리스와 같은 객실에 있었던 젊은이도 그의 옆자리로 나왔다. 젊은이는 친절한 눈길로 그를 일별하고 마치 혼잣말을 하듯이 말문을 열더니 차츰차츰 이드리스에게 직접 말을 건네왔다.

"아직 프로방스야. 북쪽에서 불어오는 미스트랄로부터 경작지를 보호하기 위해 울타리처럼 늘어서 있는 사이프러스, 로마식 기와를 얹은 지붕이 그걸 말해주고 있어. 하지만 조금 더 가면 이런 풍경이 끊길 거야. 이곳 발랑스가 남부 지방의 경계이거든. 여기서부터는 기후가 달라지고 풍경과 건축이 달라지지."

"그래도 여전히 프랑스 땅 아냐?"

"똑같은 프랑스가 아냐. 내 고장 북부가 시작되는 거지."

젊은이는 자기 신상에 관한 이야기를 시작했다. 그의 이름은 필립이었다. 집안의 소유지가 있는 피카르디 지방의 아미앵 근처에서 태어나 파리에서 자랐다고 했다.

"나에게 남프랑스는 바캉스의 고장이야. 정겹지만 약간 경박한 호기심과 사투리와 마르세유 식 허풍이 있는 곳이지. 프로방스 사람들은 발랑스의 경계를 넘어가면 마치 타국에 가는 기분이 드나봐. 나는 그 기분을 이해할 수 있어. 북부는 흐린 날이 많고 날씨가 추워. 사람들의 말투도 달라. 뾰족뾰족하고 딱딱 부러지는 깍쟁이 억양이야."

"깍쟁이 억양?"

"그래, 리옹이나 파리 같은 곳에서 들을 수 있는 억양 말이야. 남프랑스 사람들이 보기에 자신들에겐 특이한 억양이 없어. 자기들 말이 정상적인 거라고 생각하지. 특이한 억양은 오히려 북쪽 사람들에게 있어. 그게 바로 깍쟁이 억양이야. 반면에 북부 사람들은 남프랑스 사람들에게 특이한 억양이 있다고 생각해.

재미있고 감칠맛이 나지만 진중한 느낌이 들지 않는 억양, 이를테면 마리우스*의 억양이지."

"북아프리카 사람들이 쓰는 말은 어때?"

"피에누아르**들이 쓰는 말? 어휴, 그건 훨씬 고약하지. 그걸 파타우에트라고 하는데, 정말 지독한 사투리야. 그 사람들, 진짜 프랑스어를 배우지 않으면 안 될 거야."

"아니, 피에누아르 얘기를 하는 게 아냐. 아랍인들이나 베르베르 사람들은 어떠냐는 거지."

필립은 조금 놀란 기색을 보이며 이드리스를 찬찬히 살펴보았다.

"그들의 경우는 다르지. 그들은 외국인이잖아. 아랍어든 베르베르어든 그들에겐 자신의 언어가 있어. 그들은 프랑스어를 외국어로 배우는 거야. 너는 어느 쪽이지?"

"나는 베르베르 사람이야."

"그렇다면 너는 정말 외국에 와 있는 거로구나."

---

* 프로방스 출신의 작가 마르셀 파뇰의 '마르세유 3부작'에 속하는 4막 희극 〈마리우스〉의 주인공. 쾌활하고 호탕하고 허풍을 잘 떠는 남프랑스인의 상징.
** '검은 발'이라는 뜻으로 원래는 배의 석탄 저장소에서 맨발로 일하는 화부(火夫)를 가리키는 말이었으나, 지중해를 오가는 프랑스 배에서 주로 알제리 사람들이 화부 일을 했던 것과 결부되어, 알제리의 프랑스인들을 가리키는 말로 바뀌었다.

"그래도 독일이나 영국에 있는 것보단 외국에 와 있다는 느낌이 덜하지. 알제리에서 늘 프랑스 사람들을 보았거든."

"그래, 우리는 서로 익숙하지. 프랑스 사람은 누구나 알제리와 사하라에 관해서 자기 나름대로 안다고 생각하지. 거기를 가본 적이 없는 사람들조차 말이야. 우리 프랑스 사람들은 알제리와 사하라를 동경하지."

"어떤 프랑스 여자가 내 사진을 찍었어."

"사진이 잘 나왔어?"

"몰라. 아직 보지 못했거든. 하지만 고향을 떠난 뒤로 갈수록 더 걱정이 돼. 그 사진이 나에게 불행을 가져다주고 있는 게 아닐까 하고 말이야. 내가 기대했던 사진은 아닐 거라는 생각이 들어."

"나는 여행할 때 언제나 많은 사진을 지니고 다녀. 사진이 내 길동무 노릇을 하는 셈이야. 사진을 지니고 있으면 마음이 든든해져."

그는 이드리스를 칸막이 객실로 데리고 들어갔다. 그러더니 자기 여행가방에서 작은 앨범을 꺼냈다.

"자아, 이건 내 형제자매와 함께 찍은 거야."

이드리스는 사진을 들여다보았다. 그러다가 실물과 비교하느라고 필립을 바라보았다.

"이건 정말 너야. 하지만 더 어려 보여."

"이 년 전에 찍은 사진이야. 오른쪽에 있는 사람들이 내 형제들이고, 뒤에 있는 분이 아버지야. 이 노부인은 우리 할머니야. 지난봄에 돌아가셨지. 이건 아미앵 근처에 있는 우리 시골집이야. 집 앞에 있는 개는 정원사가 기르는 피포야. 나는 바로 이 산책로에서 걸음마를 배우고 자전거 타는 법을 배웠어. 이건 우리 소유지에 딸린 숲으로 온 가족이 소풍을 갔을 때 찍은 거야. 그리고 이건 내 첫영성체 때 찍은 사진이야. 왼쪽에서 세번째에 있는 아이가 바로 나야. 아 그리고 이 사진, 이건 비밀이야!"

그는 사진을 감추는 시늉을 하면서 웃었다. 그러더니 다시 진지한 표정을 지으며 이드리스에게 사진을 건네주었다.

"내가 사랑하는 여자, 파비엔이야. 우린 결혼을 약속했어. 공식적으로 약혼식을 올린 건 아니지만 말이야. 파비엔은 나와 마찬가지로 시앙스포* 입학시험을 준비하고 있어. 하지만 나이는 나보다 세 살이 많아. 그렇게 보여?"

이드리스는 사진을 뚫어져라 들여다보았다. 필립의 약혼녀는 금발머리였다. 랜드로버를 탄 사진작가나 마르세유의 창녀와 같은 유형에 속하는 여자였다. 이드리스는 어두운 표정을 지으며

---

* 파리 정치학연구소의 통칭. 1872년에 창설된 정치학 자유 학교의 후신으로 전문 경영인과 고위 행정가를 양성하는 명문학교.

앨범을 필립에게 돌려주고 경계심이 어린 눈길로 그를 찬찬히 살펴보았다. 이 프랑스 젊은이가 자기 자신과 가족과 집과 고향에 관해서 말한 모든 것이 여자의 사진을 통해 구체화되고 있었다. 그것은 그가 이드리스와 어떤 점에서 다른지를 분명하게 보여주는 사진이었다. 필립은 사진과 황금 구슬을 훔치는 금발머리 여자들과 같은 부류에 속해 있었다. 그는 친절하고 성의 있게 이드리스를 대했고, 샌드위치를 나눠주었다. 또한 열차가 비바레 지방의 고지대와 보졸레 지방의 완만한 골짜기와 전나무 숲이 많은 샹파뉴 지방의 평원을 통과할 때는 이러저러한 설명을 해주기도 했다. 하지만 그 어느 것도 이드리스의 마음에 어두운 그늘을 만들고 있는 확신, 즉 자기를 둘러싸고 있는 것은 오로지 낯선 사람들뿐이며 정체를 알 수 없는 어떤 위험이 닥쳐오고 있다는 확신을 흩뜨리지 못했다.

마침내 열차가 파리의 리옹 역에 도착했다. 필립은 벌써 그를 잊어버린 듯, 플랫폼에 운집한 군중 속에서 자기 가족과 친지를 찾는 데만 신경을 쓰고 있었다. 이드리스는 그의 뒤를 따라 열차에서 내렸다. 이내 한 무리의 사람들이 필립을 둘러싸고 재회의 기쁨을 표시했다. 그때 그는 깨달았다. 짧은 동안이나마 그들을 가까워지게 했던 묵계가 깨졌다는 것을.

그는 인파에 떠밀려 역 앞의 보도까지 나아갔다. 보도를 따라서 택시들이 길게 늘어서 있었다. 날은 이미 저물었고, 공기는 맑지만 약간 쌀쌀한 느낌을 주었다. 디드로 대로와 더 멀리 보이는 리옹 거리에서 온갖 불빛이 반짝거렸다. 전조등, 네온사인, 진열창, 카페의 테라스, 삼색의 신호등 따위가 지천이었다. 이드리스는 잠시 망설이다가 그 이미지의 바다 속으로 빠져들어갔다.

이드리스보다 열 살이 많은 친척 형 아슈르는 씩씩하고 쾌활하고 두름성이 좋은 청년이었다. 그는 오 년 전에 타벨발라를 떠나왔고, 비록 간격이 들쭉날쭉하긴 했지만 가족에게 낙천적인 내용의 편지와 소액의 우편환을 보내기도 했다. 모가뎀 삼촌은 그에게 편지를 보내어 이드리스를 보살펴달라고 부탁하는 일을 맡아주었다. 이드리스는 그의 답장을 기다리지 않고 타벨발라를 떠나왔다. 그럼에도 파리 18구의 미라 거리에 있는 소나코트라* 기숙사에서 아슈르를 만났으니 여간 다행스러운 일이 아니었다. 아슈르는 아파트 같은 집의 침실 하나를 차지하고 있었다. 이 집

---

* 이민 노동자를 위한 주택 건설 공사. (원주)

에는 침실 다섯 개가 더 있었고, 세면실과 공동 주방이 딸려 있었다. 공동 주방에는 맹꽁이자물쇠로 잠그게 되어 있는 냉장고 여섯 대와 가스버너 여섯 개가 갖춰져 있었다. 기숙사는 독신자 여섯 명이 함께 쓰도록 되어 있는 이런 집 열두 채에다 기도실과 텔레비전 실을 포괄하는 공동주택이었다. 아슈르는 이드리스를 기숙사 사감에게 소개했다. 사감은 알제리에서 살다가 돌아온 프랑스인이었다. 모두가 그를 이지도르라고 부르고 있어서 그게 이름이겠거니 짐작하기가 십상이지만 사실 이지도르는 그의 성이었다. 그는 이드리스가 임시로 친척 형의 방에 얹혀 지내는 것을 용인해주었다. 흔히 있는 법규 위반을 눈감아준 것이었다.

아슈르는 기능사 자격증이 없다는 약점을 어떤 일이든 해낼 수 있는 무궁무진한 능력으로 벌충하고 있었다. 프랑스에 도착한 지 얼마 되지 않아서 그는 르노 자동차 공장에서 양성공 자리를 구했다. 하지만 그는 '감량 경영'의 일환으로 최초의 인원 감축이 행해지자 오히려 잘됐다 하면서 다시는 르노 공장이 있는 센 강 세갱 섬의 인도교를 건너가지 않았다. 그는 규칙적이고 단조롭고 빡빡한 일에 적합한 사람이 아니었다. 자기 인생의 그 슬픈 시기를 돌이키면서 그가 이드리스에게 들려준 설명은 이러했다.

"무엇보다 소음이 엄청나. 작업장에 들어서면 머리가 터질 것

같은 기분이 들어. 주물 공장이라는 데가 그래. 곳곳에서 수거해 온 낡은 엔진블록이 벨트 컨베이어에 실려 가서 용광로 속으로 차례차례 떨어져. 지옥이 따로 없다니까. 너도 알다시피, 나는 음악가야. 무용가이기도 하지. 그런 나에게 그런 일을 시키다니! 저녁에 공장을 나설 때는 아무 소리도 들리지 않았어. 그 일을 계속했으면 나는 귀머거리가 되었을 게 틀림없어. 더 고약한 건 그런 소음 속에서 일하는 노동자에 대한 멸시야. 소음을 줄이는 쪽으로 작업 환경을 개선해보려는 기술자가 한 사람도 없었어. 그들은 그 문제를 전혀 중요하게 생각하지 않았어. 노동자들은 감각이 둔한 사람들이니까 공연히 애쓸 필요가 없다는 식이었지."

그다음에 아슈르는 지하철 플랫폼의 청소부가 되었다. 짤막한 삽화 같은 그 시절에 관해서 그가 유일하게 기억하고 있는 것은 사 주 동안 계속된 미화원들의 파업이었다. 프랑스의 공공서비스 기관은 외국인을 직접 고용할 수 있는 권리가 없었다. 하지만 파리 지하철에서는 구백여 명의 아랍인과 베르베르인과 세네갈인이 미화원으로 일하고 있었다. 이들이 파리교통공사에 소속되어 있는 것은 민간 하청기업이 중간에 끼어 있기에 가능한 일이었다. 이런 사정 때문에 그들의 파업은 두 사용자를 상대해야 하는 불안정한 상황에 놓여 있었다. 두 사용자는 하나같이 성의

가 없고 기만적이었다. 파업 노동자들은 노조 회관에 모여 모두가 일괄적으로 프랑스 민노총에 가입했다. 덕분에 그들은 에드몽 메르*의 고무적인 방문을 받았다. 그들은 아프리카 식의 환성과 춤으로 그를 환영했다. 그러는 동안 세네갈에서 온 젊은이 하나가 장미꽃 다발을 그에게 선사했다. 그의 연설은 즉시 아랍어와 베르베르어와 투쿨뢰르 부족의 언어로 통역되었다.

"하지만 간단하지도 않고 분명하지도 않은 게 세상사야. 또다른 노동단체인 노동총연맹 소속의 철도 미화원들이 파업에 들어감으로써 사태가 복잡해진 거야. 그들은 연대파업이라고 말했지만, 사실 그것은 민노총을 견제하기 위한 공작이었어. 우리의 요구는 철도 미화원들의 요구와 공통되는 점이 전혀 없었거든. 결국 그들의 파업 때문에 모든 게 뒤죽박죽이 되고 말았지."

이드리스는 귀담아듣고 있었지만, 프랑스 민노총에 소속된 지하철 미화원들과 노동총연맹에 속한 철도 미화원들 사이의 갈등에 대해서는 전혀 이해할 수가 없었다.

그다음에 아슈르가 들려준 경험담은 코르스 섬에서 귤을 따며 보낸 끔찍한 12월에 관한 것이었다. 이드리스는 그 얘기를 들으면서 현실의 냉혹함을 다시금 깨달았다. 아슈르는 매일 열

---

* 프랑스 노동조합 운동가(1931~). 1971년에서 1978년까지 프랑스 민주주의 노동총연맹의 위원장을 지냈다.

네 시간씩 일하면서, 서른 명쯤 되는 같은 부류의 따라지 인생들—주로 모로코에서 온 노동자들—과 함께 헛간에서 혹독한 야영 생활을 했다. 코르스의 농장주들은 그들을 인정사정 두지 않고 착취했다.

"거기에 갔다 온 뒤로는 귤을 보면 그냥 줄행랑을 치게 돼. 너도 명심해, 이드리스. 프랑스의 남부나 코르스 섬으로 내려가면 안 돼. 우선 겨울에 그곳은 프랑스의 다른 어느 곳보다 추워. 코르스의 12월 밤은 정말 지독해! 나는 거기서 죽는 줄 알았어. 그다음은 사람들이야. 살빛이 검고 머리가 곱슬곱슬해서 우리와 생김새가 비슷한 자들일수록 우리를 대하는 태도가 더 거만해. 혹시 누가 스웨덴이나 핀란드로 귤을 따러 가자고 하면 한번 생각해보겠어. 하지만 내가 보기에 그런 날은 절대 오지 않을 거야."

귤 따기에 이어서 아슈르가 한 일은 접시 닦기였다. 그는 유아원, 밀크 바, 회사 구내식당, 패스트푸드 식당, 셀프서비스 음식점, 학교 식당 등 여러 곳에서 일했다. 이 일에 한 가지 매력이 있다면 일하는 시간이 짧고 일거리가 제비뽑기 방식으로 할당된다는 점이었다. 고용 관리 사무소에서는 접시 닦기 지망자들에게 1번에서 1천 번까지 순번을 배당했다. 그런데 일거리가 가뭄에 콩 나듯이 나기 때문에 자기 차례가 오기까지는 몇 주일, 심지어 몇 달이 걸릴 수도 있었다. 물론 의욕을 상실해버리거나 다른 데에서 일거리를 얻은 지망자들이 지레 빠져나감으로써 차례가 앞당겨지는 경우도 종종 있었다. 아슈르는 자랑스러워하는 기색을 보이며 설명했다.

"나는 내 차례를 놓친 적이 없어. 우선 나는 기다리는 것을 좋아해. 일거리를 기다리는 것은 내가 경험한 어떤 일보다 덜 피곤해. 가장 덜 지저분한 일이기도 하지. 그건 일도 아냐. 나는 고용관리 사무소의 긴 의자에 죽치고 앉아서 번호가 불리는 소리를 들으며 하루하루를 보냈어. 내 차례가 오려면 아직 멀었기 때문에 며칠 동안 사무실에 나가지 않아도 되는 경우가 종종 있었지. 그때가 나에겐 휴가였던 셈이야. 내 앞 번호들이 차례차례 불려나가면서 나 없는 사이에 일거리가 저절로 만들어지는 기간이었지. 하지만 그런 경우라도 마냥 여유를 부릴 수는 없었어. 사무실에 다시 나가야 할 때를 놓쳐선 안 되는 것이었지. 그것과 관련해서 나는 거의 동물적인 직감을 가지고 있었어. 내 차례가 다가오고 있는 것이 느껴지더라고. 나는 단 한 번도 내 번호가 불리고 나서 뒤늦게 출두한 적이 없었어. 그렇게 내 차례를 맞고 보면 뜻밖의 일터가 나를 기다리고 있었어. 내가 어디로 가게 될지는 전혀 예상할 수 없었어. 나폴리 식 피자집이 걸릴 수도 있었고, 브르타뉴 식 크레프 가게나 '투르 다르장' 같은 고급 레스

토랑이 걸릴 수도 있었지. 그런데 이 일에는 한 가지 문제가 있었어. 식사를 제대로 할 수 없다는 게 바로 그것이었어. 농담처럼 들릴지 모르지만, 정말이지 요식업계의 난점은 식사야. 먼저 시간이 문제야. 당연히 식사 시간에는 손님들을 접대하느라고 눈코 뜰 새 없이 바빠. 그러니 우리 자신은 어중간한 시간에 식사를 할 수밖에 없어. 오후 여섯시나 자정에 저녁을 먹어야 하는데 나는 그런 리듬에 도저히 적응이 안 되더라고. 어떤 경우에는 식욕이 동하지 않아서 못 먹어. 또 어떤 경우에는 다섯 시간 내내 더러운 접시들과 혐오스러운 음식 찌꺼기들을 처리하고 나면 음식만 봐도 구역질이 나. 이래저래 나는 먹지를 못했어. 몸무게가 몇 킬로그램이나 줄었지. 그런 일을 오래도록 계속할 수는 없었어."

그 뒤로 아슈르는 갖가지 일자리를 전전했다. 애완견 미용사와 샌드위치맨("나처럼 낯을 가리는 사람에게는 남의 눈에 전혀 띄지 않는다는 게 장점이야. 마치 투명인간이 된 듯하지. 정말이야! 행인들은 내가 어깨에 메고 다니는 광고판을 볼 뿐이야. 그들 눈에는 내가 보이지도 않는다고!") 노릇도 했고, 포스터 붙이는 일을 하기도 했다. 한번은 할머니들이 산보를 할 수 있도록 곁부축하는 일을 한 적도 있었다.

"정말 친절한 할머니가 한 분 있었어. 나는 착하고 효성이 지극한 아들처럼 할머니를 부축하면서 할머니 걸음걸이에 맞춰 천천히 걸었어. 그러던 어느 날 매우 충격적인 일이 벌어졌지. 제생 소공원 앞을 지나가고 있는데, 할머니가 나한테 이러는 거야. '저 공원에 들어가지 마! 부뇰*들이 우글우글해.' 그 할머니 말이야, 내 얼굴을 한 번이라도 쳐다본 적이 있었을까?"

아슈르의 직업 유전(流轉)은 그것으로 그치지 않았다. 불꽃놀이 행사 보조원으로 일했는가 하면("프랑스혁명 기념일 전야의 불꽃놀이를 위해서는 손이 많이 필요하거든. 하지만 일을 한 철밖에 못 한다는 게 문제야"), 수영장에서 수영코치 노릇을 한 적도 있고("내가 수영을 할 줄 모른다는 사실을 두 달 동안이나 숨길 수 있었어. 대단한 기록 아냐?"), '투투'라는 값비싼 개먹이의 판매원 노릇을 하기도 했다("사장은 우리보고 가게 손님들이 보는 앞에서 '투투' 통을 딴 다음 숟가락으로 듬뿍듬뿍 퍼서 냠냠거리며 먹으라고 강요했어. 그러고 나서 점심을 먹으러 가야 한다는 것을 상상해봐!"). 창유리 청소부, 세차원, 영안실의 염장이로 일한 적도 있었다("원 세상에, 살다보니 죽은 사람의 몸을 씻기는 일까지 하게 되더라고! 문제는 이렇게 별의별 것을 다 씻으면서도 정작 자기 몸은 잘 안 씻게 된다는 거야. 창유리

---

* 마그레브 사람들을 비하해서 일컫는 명칭의 하나.

든 자동차든 시신이든 무언가를 씻는 일을 하는 자들은 돼지처럼 더럽기가 십상이지").

아슈르는 이제 거리 청소부로 일하고 있었다. 파리 18구청에서 임시로 미화원 자리를 하나 구한 것이었다. 그는 도로관리과 사무실에서 간단히 교섭을 벌여 자기 친척 동생을 조수로 붙일 수 있게 되었다. 그리하여 이드리스는 파리 시 미화원의 제모를 쓰고 가슴에 진홍색 리본을 단 더없이 소박한 모습으로 파리의 삶을 처음으로 접했다. 콧수염이 희끗희끗한 고참 미화원 한 사람이 이드리스에게 호의를 보였다. 미화원 일이 정말 좋아서 그 나이에도 비질을 계속하고 있다는 그는 자작나무의 파릇파릇한 잔가지들을 검은딸기 줄기로 묶어서 좋은 비를 만들 수 있다고 가르쳐주었다. 아슈르와 이드리스는 하나의 팀을 이루고 있었기 때문에 쓰레기 봉지와 삽과 빗자루를 운반하는 작은 카트 한 대가 그들에게 딸려 있었다. 그들은 보도에 널려 있는 기름때 묻은 종이와 개똥을 주워담고 길도랑에 물이 잘 흐르도록 오물을 치워야 했다. 뿐만 아니라 그들이 맡은 구역에 설치되어 있는 열일곱 개의 쓰레기통도 비워야 했다. 이드리스는 아슈르를 졸라서 길도랑의 수도꼭지를 풀거나 잠그는 입방체 모양의 열쇠를 맡았다. 물을 콸콸 흘려보내는 것은 기분 좋은 일이었다. 물이 오물의 장벽이나 세워둔 자동차의 타이어에 끊임없이 방해를 받으며 흘러가는 것을 지켜보는 것도 재미있었다. 그 광경은 페가지르라는 지하 관개시설을 통해 물이 공급되는 타벨발라 종려나무 숲의 물도랑을 살피고 바닥에 쌓인 모래를 파내며 물길을 틔우던 일을 생각나게 했다. 하지만 그저 청소를 하기 위해 길도랑에 물을 흘려보내는 광경은 그에게 여간한 충격이 아니었다. 이 도시는 늘 저 자신의 배설물에 묻혀 질식해버릴 수도 있는 위험한 상황에 놓여 있었고, 쓰레기를 빨리빨리 배출해야 한다는 강박관념에 사로잡혀 있었다. 오아시스는 그저 가난하고 모자라고 비어 있어서 고통을 겪고 있는데, 이 도시는 쓰고 남은 것들이 자꾸 쌓여서 곤란을 겪고 있는 셈이었다.

아슈르는 비질 사이사이에 이드리스에게 세상 물정을 가르치고 자신의 이민 경험을 전해주는 것도 소홀히 하지 않았다.

"여기는 우리 고향과 달라. 우리 고향 사람들은 가정과 마을에 갇혀 있어. 거기에서 네가 결혼을 한다고 생각해봐! 너는 네장모의 소유물이 될 거야. 여기에서는 그렇지 않아. 여기에는 자유가 있어. 그래, 자유란 참 좋은 거야. 하지만 조심해야 돼! 자유란 아주 무시무시한 것이기도 해. 여기엔 가정도 마을도 장모도 없어. 넌 완전히 혼자야. 무수한 군중이 네 곁을 스쳐가지만 아무도 널 바라보지 않아. 네가 땅바닥에 넘어져도 행인들은 그냥 가던 길을 계속 갈 거야. 아무도 널 일으켜주지 않아. 자유란 그런 거야. 냉혹한 거지. 아주 냉혹해."

그가 보기에 이드리스는 숫기가 없고 어쩌다 우연히 찾아온 기회를 잡는 데 서툴며 누가 자기에게 관심을 보인다 싶으면 경계심을 갖고 퉁기는 버릇이 있었다. 파리에서 살아남으려면 변화가 필요했다.

"여기에서 너는 물에 떠 있는 코르크 마개와 같아. 물결에 이리저리 휩쓸리면서 무자맥질을 하고 있는 거야. 그러니까 너는 네 앞에 무엇이 나타나든 그것을 이용해야 해. 예를 들어, 너는 어리고 귀염성이 있어. 만일 누가 너를 보고 싱긋 웃거든 머뭇거리지 말고 같이 웃어줘. 그게 아마도 너를 위해서 좋을 거야. 여자처럼 굴면 안 돼. 여자라면 평판도 생각하고 명예도 지켜야 해. 여자는 함부로 행동을 하면 안 돼. 그랬다가는 영원히 돌이킬 수 없는 실수를 하게 되지. 하지만 넌 여자가 아냐. 너는 잃을 게 전혀 없어. 어쨌거나 이 나라에서 우리 같은 사람들은 까다롭게 굴 권리가 없어."

물론 그들에게 비비댈 언덕이 전혀 없는 것은 아니었다. 소나코트라 기숙사와 사감 이지도르와 다른 이민자들이 있었다. 사감은 십오 년 전 알제리의 바트나에서 제분소를 운영하던 시절에 아랍 노동자들과 맺었던 가부장적이고 전제적인 관계를 파리 한복판에서 기숙사의 이민자들을 상대로 다시 살려냈다. 그는 형사들이 정기적으로 현장 조사를 나올 때마다 이렇게 장담했다. "비코*들은 내가 잘 알아요. 내가 말하면 그들은 말귀를 알아들어요. 내가 있으니까 말썽 같은 건 없을 거요." 사실 이민자들은 그의 감독에 대해서 이러고저러고 불평할 필요를 느끼지 않았다. 그의 감독은 분명 성가시고 시시콜콜했지만 따지고 보면 효과가 매우 좋은 셈이었다. 아슈르는 이렇게 설명했다.

"프랑스인들이 우리를 좋아하지 않는다고 생각할 필요는 없어. 프랑스인들은 자기들 나름의 방식으로 우리를 사랑해. 하지만 그건 우리가 땅바닥에 머물러 있을 때의 얘기야. 우리는 궁상맞고 초라해야 해. 부유하고 권세가 있는 아랍인, 그건 프랑스인들에게 용납이 되지 않아. 예를 들어 프랑스에 석유를 파는 아랍 에미리트의 토후들 말이야, 프랑스인들은 그들을 몹시 싫어하지. 그래, 아랍인은 가난해야 하는 거야. 프랑스인들은 가난한 아랍인들에게 자비롭지. 특히 좌파 성향을 지닌 사람일수록 인정이 많아. 그들은 스스로를 자비롭다고 느끼면서 크나큰 기쁨을 얻지."

아슈르의 관점에는 과격함과 지나친 권리 주장의 측면이 없지 않았다.

---

* 북아프리카의 아랍인과 베르베르인을 비하해서 일컫는 명칭의 하나.

"어쨌거나 어느 프랑스인도 이 점을 인정하지 않을 수는 없을 거야. 현대의 프랑스를 건설한 것은 바로 우리 부뉼들이라는 사실 말이야. 3천 킬로미터에 달하는 고속도로, 몽파르나스 빌딩, 국립 산업·과학기술 센터, 마르세유 지하철을 건설한 게 바로 우리야. 곧 지어질 루아시 공항과 더 나중에 완공될 수도권 고속 전철의 건설에도 우리가 주역으로 참가하고 있다고!"

그런 자긍심도 헛된 생각에 젖어 있는 소극적인 다른 이민자들을 대하면 물거품이 되기가 일쑤였다.

"기숙사의 친구들을 봐. 나는 가끔 그들의 머릿속에 뭐가 들어 있는지 궁금해. 그들과 앞날에 관한 이야기를 나눠보면 알겠지만, 그들이 받아들일 수 없는 게 두 가지 있어. 첫째는 고향으로 돌아가는 거야. 그건 결코 있을 수 없는 일이지. 그들은 아주 떠나온 거니까. 개중에는 고향으로 돌아갈 생각을 하고 있는 사람들도 있어. 하지만 그건 아주 오랜 세월이 흘러 그들의 고향이 지상낙원 같은 곳으로 바뀔 때의 이야기야. 그런 날은 영원히 오지 않는다고 봐야 해. 그런데 그들은 여기에서도 행복하지 않아. 그들은 자기들이 환영받는 존재가 아니라는 것을 잘 알고 있어. 그러니 여기에 영원히 머물 수 있겠어? 그건 결코 있을 수 없는 일이지. 고향으로 돌아갈 것도 아니고 프랑스에 뿌리박을 것도 아니라면, 그들은 대관절 무엇을 원하는 것일까? 어느 날 한 친구가 이러더라고. 여기는 지옥이지만, 고향은 죽음이라고. 그들은 무슨 생각을 하고 있을까? 그들 자신도 그걸 모르고 있어."

당연한 얘기지만, 이드리스는 자신이 사진을 찍힌 일에 관해서 그에게 자초지종을 이야기했다. 아슈르는 걱정 어린 표정으로 그의 이야기를 들었다. 그러더니 침울한 어조로 결론을 내렸다.

"결국 네 사진을 찍은 그 금발머리 여자는 함정이었어. 아주 커다란 허방다리였던 거야. 너는 그 함정에 거꾸로 처박혔어. 불쌍한 녀석! 네가 함정에서 빠져나올 수 있을까?"

하지만 이드리스는 마르세유의 사창가에서 잃어버린 제트 조베이다의 황금 구슬에 대해서는 아슈르에게 한 마디도 하지 않았다.

 소규모의 영화 촬영 팀이 리숌 거리에서 분주하게 움직이고 있었다. 팀을 이끌고 있는 사람은 모두가 '마주 감독님'이라고 부르는 뚱뚱한 인물이었다. 그들은 보도의 측벽에서 배수구 하나를 찾아냈다. 카메라맨은 파노라마 촬영이 가능하도록 이동의 폭을 넉넉하게 잡으면서 파인더를 그 구멍에 고정시켰다. 하지만 정작 구경꾼들의 눈길을 끌고 있는 것은 한 사람의 어릿광대였다. 빨간 종이 코를 붙이고 엄청나게 큰 구두를 신은 이 서커스의 어릿광대는 촬영중인 시퀀스의 유일한 배우인 듯했다. 우중충한 빛깔의 옷을 입은 창백한 사람들 속에 끼어 있으니 그는 마치 감자 더미 속의 자몽처럼 단연 돋보였다. 마주 감독은 갑자기 동작을 멈추더니 타고난 사시(斜視)를 더욱 두드러져 보이게 하는 진지한 표정으로 이드리스를 바라보았다. 이드리스 자신은 빗자루를 짚고 서서 어릿광대를 구경하고 있는 중이었다. 마주 감독은 자기 곁에 있는 반백의 남자에게 손짓을 했다.

"저 어린 청소부 보이지? 저 애를 고용해."

"저 애를 고용하라고? 그래서 뭐 하게?"

"뭘 하긴, 비질을 시키는 거지! 길도랑에서 말이야."

반백의 남자는 이드리스에게 다가갔다. 그러더니 지갑에서 이백 프랑짜리 지폐 한 장을 꺼내어 그에게 내밀었다.

"비질을 해. 자아, 어서 쓸어! 다른 건 신경 쓰지 말고. 자아 연습 한번 해볼 테니까 모두 자기 자리로 가!"

이드리스는 무슨 영문인지 알 수가 없었지만 그냥 그런가보다 하고 길도랑에서 비질을 하기 시작했다. 어릿광대는 눈으로 무언가를 찾으면서 자신 없는 발걸음으로 머뭇머뭇 나아왔다. 그러다가 판자 울타리를 보고 냉큼 달려가서 그 너머를 건너다보더니 그쪽 길을 포기하고 길도랑과 이드리스의 빗자루를 찬찬히 살폈다. 그러고는 보도의 배수구 앞에서 걸음을 딱 멈추었다. 그는 팔랑거리는 몸짓으로 그 구멍 둘레에 반원을 그려 보였다. 그런 다음 구멍으로 다가가더니 아스팔트 바닥에 무릎을 꿇었다. 그의 얼굴에는 불안과 희망과 기대의 표정이 어려 있었다. 그는 배수구에 바싹 다가들어 몸을 웅크리고는 구멍 속에 한쪽 손을 집어넣었다. 이어서 한쪽 팔이 통째로 구멍 속으로 들어갔다. 무언가를 집으려고 애쓰는 기색이 역력했다. 하수도의 악취가 나는 검은 구멍 속 아주 깊은 곳에 그가 찾는 물건이 있는 모양이었다. 마침내 어릿광대의 얼굴에 희색이 돌았다. 헤벌쭉거리는 웃음으로 얼굴이 환하게 빛났다. 그는 한쪽 손에 탐스런 장미 한 송이를 든 채 천천히 몸을 일으켰다. 그런 다음 두 다리를 엇걸고 아무것도 들지 않은 다른 쪽 손으로 허공을 휘젓더니, 장미꽃 향기를 맡으면서 쾌감에 젖은 듯 두 눈을 감았다.

마주 감독이 소리쳤다.

"아주 좋았어! 그렇게 찍자고. 모두 자기 자리로 가서 준비해. 어이, 거기 미화원, 아까 비질을 시작했던 자리로 돌아가. 뭐 해, 가서 다시 비질을 하라니까!"

"그러니까 그 사람들이 너를 영화에 출연시켰다 이거지?"

아슈르는 놀라서 입을 다물지 못하고 있었다.

"이백 프랑을 주기까지 했다니까!"

이드리스는 지갑을 꺼내면서 목소리에 힘을 주었다.

"타벨발라에서 오자마자 영화계의 스타가 됐네! 나는 누구보다 어려움을 잘 헤쳐나가고 있다고 자부했는데, 너야말로 재능을 타고난 게 아닌가 하는 생각이 들어."

이드리스는 한 술 더 떴다.

"감독이 나를 좋게 본 모양이야. 명함을 주면서 전화하라고 하던데."

아슈르는 이드리스가 건네준 연보라색 명함을 읽었다.

아실 마주
영화감독
파리 18구, 샤르트르 거리 13번지

그는 명함을 코밑으로 가져갔다.

"색깔과 냄새로 미루어보건대, 틀림없이 대단한 인물이야. 게다가 사는 곳이 여기에서 멀지 않아. 곧 전화할 거지?"

"나 말이야?"

이드리스는 갑자기 너무 벅찬 일을 떠맡은 기분이 들었다. 전화기를 사용한다는 것, 게다가 중요한 인물로 보이는 미지의 사람과 통화를 한다는 것은 그에게 너무나 어려운 일이었다.

"글쎄. 나중에 봐서."

"그런 것을 놓치면 안 돼."

"또다른 게 생기겠지 뭐."

"태평하기는! 너 때문에 내가 웃어야 할지 울어야 할지 모르겠다. 너는 이제 막 왔기 때문에 아마도 앞으로 얼마간은 행운이 따를 거야. 네가 세상 물정을 전혀 모른다는 게 네 얼굴에 씌어 있어. 그리고 무엇보다 중요한 것은 네가 아직 사막과 오아시스의 냄새를 풍기고 있다는 거야. 너는 짐작도 못 하겠지만, 이미 파리 사람이 다 되어버린 나는 분명히 느끼고 있어. 네 주위에는 사람들의 마음을 잡아끄는 어떤 기운이 감돌고 있어. 마력 같은 것이 너를 둘러싸고 있다는 얘기야. 하지만 그것은 오래가지 않을 거야. 지금 그 마력을 이용해야 해."

"나는 이미 마르세유에서 많은 것을 잃었어. 거기에 도착했던 날 밤에. 어떤 창녀와 함께 말이야."

아슈르는 놀리듯이 웃으며 말했다.

"그게 뭐 그리 대수로운 일이라고! 어차피 일어날 일이었으니까 그게 오히려 잘 된 거야. 그래도 조금 걱정이 되기는 한다. 설마 그 일 때문에 무언가 이상한 것이 네 몸에 생긴 건 아니겠지?"

"생기긴 뭐가 생겨! 잃어버렸다니까, 잃어버렸다고."

아슈르는 영문을 모르는 채 그를 바라보았다. 하지만 이드리스는 단 한 마디의 설명도 보태지 않았다.

채색 장식과 아라베스크 무늬가 들어간 차림표에는 정성스럽게 쓴 글씨로 이렇게 적혀 있었다.

하얀 군모의 집
메슈이, 타진, 쿠스쿠스* 전문점
무어 풍의 실내장식

---

* 세 가지 모두 북아프리카의 대표적인 요리이다. 메슈이는 양고기를 꼬챙이에 꽂아 통째로 구운 것이고, 타진은 고기 또는 생선에 채소와 갖가지 양념을 넣고 오지그릇에 찐 요리이며, 쿠스쿠스는 좁쌀처럼 굵게 만든 밀가루 알갱이를 증기로 쪄낸 다음 고기(또는 생선)와 채소로 만든 소스에 적셔 먹는 요리.

식당의 정면에는 북아프리카의 요새와 이슬람 성자의 무덤과 천일야화에 나오는 궁전이 그려져 있었다. 마그레브 사람들의 셰샤 모자를 쓰고 헐렁한 바지를 입은 남자 종업원이 문을 지키고 있었다. 이드리스는 차림표로 다가가서 그것을 읽는 데 열중했다. 눈앞에서 음식 이름들이 춤을 추는데 그것들이 정확하게 무엇을 가리키는지 머릿속에 떠오르는 바가 전혀 없었다. 계피 향 비둘기 브스틸라, 우유 섹수, 꿀 브릭스, 달걀 샤크슈카, 허브 향 쇼르바, 양파 부레크, 베르미첼리 막트파, 고추 돌마……

"어때요, 닭고기 쿠스쿠스와 양고기 쿠스쿠스 중에서 어느 것이 더 맛있나요?"

누가 뒤에서 말을 걸어왔다. 이드리스는 몸을 돌렸다. 깡마른 얼굴의 젊은이가 깊이 박힌 옴팡눈에 짓궂은 장난기를 담고 그를 빤히 바라보고 있었다.

이드리스는 더듬더듬 대답했다.

"몰라요. 쿠스쿠스를 먹어본 적이 없어요."

젊은이는 이드리스를 찬찬히 살펴보았다.

"이런! 아랍 사람인 줄 알았어요."

"아녜요. 나는 베르베르 사람이에요."

"아랍 사람이나 베르베르 사람이나 그게 그거 아닌가요?"

"아뇨."

"그럼 어디에서 왔는데요?"

"사하라에서요. 사하라의 북서쪽에 있는 한 오아시스에서 왔어요."

"사하라에서 왔는데 쿠스쿠스를 먹어본 적이 없다고?"

"네, 전혀요. 타벨발라에서는 다들 너무 가난해서 닭고기도 양고기도 먹을 수가 없어요. 우리가 흔히 하는 말 중에 이런 것이 있죠. 뱃구레가 비어 있어도 철이 들면 그것을 가죽부대처럼 묶을 줄 알게 된다."

"그럼 사하라의 대표적인 요리가 뭐지?"

"사하라를 대표하는 요리가 있을까 싶군요. 우리가 가장 많이 먹는 것은 타주예요. 하지만 그건 정말이지 대표 요리라고 할 만한 게 못 돼요."

"타주?"

"굵은 밀가루 알갱이를 쪄서 당근, 피망, 양배추, 누에콩, 고추, 가지, 호박 따위와 함께 먹는 거죠……"

"그렇게 먹으면 입안이 여간 얼얼하지 않겠는걸! 그럼 고기는?"

"먹을 고기가 없어요. 낙타의 뼛조각이라면 모를까……"

몇 분 뒤, 그들은 푸짐한 생선 쿠스쿠스를 마주하고 식당의 나지막한 테이블에 웅크리고 앉아 있었다. 호사스런 조명의 은은 한 미광 때문인지 이드리스의 새 친구는 몽환과 회상 속으로 점점 빠져들고 있었다.

"너를 보고 있으니, 사하라가 내게 왔구나 하는 생각이 들어."

"나는 사하라를 프랑스에서 배웠어. 내가 떠나온 곳에서는 사하라라는 말을 쓰지 않거든."

"사하라가 익숙하지 않으면 그냥 사막이라고 하지 뭐."

"우리 오아시스에는 사막에 해당하는 말이 없어."

"좋아, 말은 아무래도 상관없어. 괜찮다면, 내가 사하라에 관해서 설명해줄게."

"프랑스 사람들은 언제나 모든 것을 설명하려고 들지. 하지만 나는 그 설명들을 전혀 이해할 수가 없어. 어느 날 금발머리의 프랑스 여자 한 사람이 우리 오아시스 근처로 지나갔어. 여자는 내 사진을 찍었어. 그러고는 '사진을 보내줄게' 하고 말했지. 나는 끝내 아무것도 받지 못했어. 그래서 지금 이렇게 파리에 와서 일을 하고 있는 거야. 여기 와보니까 어디에 가나 사진이 보여. 아프리카의 사진들도 있어. 사막과 오아시스를 찍은 사진들 말이야. 그런데 나는 아무것도 알아보지를 못하겠어. 사람들은 내게 말하지. '이게 네 나라야. 이게 너야' 하고. 하지만 내가 보기엔 내 나라나 나를 닮은 구석이 전혀 없어!"

"그건 네가 모르기 때문이야. 배워야 해. 프랑스 아이들이 학교에서 프랑스에 관해 배우는 것처럼 말이야. '사하라의 이드리스'가 어떤 사람인지 내가 가르쳐줄게."

"네가 어떤 사람인지도 가르쳐줄래?"

"아참, 내 정신 좀 봐! 내 소개를 안 했지? 나는 시지스베르드 보퐁 후작이야."

그러면서 그는 반쯤 일어나 이드리스에게 허리를 굽혔다.

"프랑슈콩테 지방의 유서 깊은 가문에서 태어났지. 하지만 가문 따위는 나에게 아무 소용이 없어! 나는 어린 시절부터 반항아였고 아웃사이더였고 학교생활에 적응하지 못하는 아이였어. 그래서 파시 유치원을 시작으로 뇌유 가톨릭 초등학교, 퐁투아즈 오라토리오 수도회 학교, 에브뢰 예수회 학교, 셀레스타 성(聖)나자로 수도회 학교, 알랑송 이뇨랑탱 수도회 학교에서 퇴학당했지. 열일곱 살 때 세번째로 가출을 해서 알제리의 시디 벨 아베스로 갔어. 거기에서 가짜 서류를 가지고 프랑스 외인부대에 지원했지. 아! 이드리스, 외인부대 얘기를 어떻게 하면 좋을까? 하얀 군모들의 그 대서사시를 말이야. 참, 이 식당의 주인아저씨도 외인부대 출신이야. 그래서 식당 이름이 '하얀 군모의 집'이지. 우리는 명령에 살고 명령에 죽는 사람들이었어. 카메론*을 피로 물들인 전사들의 후예지. 뒤비비에 감독이 만든 영화 중에 '라 반데라'라는 게 있어. 에스파냐 외인부대 사령관이었던 프랑코 장군에게 바쳐진 작품이야. 장 가뱅이 이 영화에서 처음으로 주연을 맡아 피에르 르누아르와 대결을 벌이지. 그의 이런 대사가 생각나. '나를 죽이고 싶어했으니 일주일 동안 나를 영창에 처넣으시오. 그리고 나를 죽일 기회가 있었는데 그러지 못했으니 다시 일주일 동안 나를 가두시오.' 피에르 브누아의 동명 소설을 영화화한 파프스트 감독의 〈아틀란티스〉도 생각나. 이 영화에서 여주인공 앙티네아 역을 맡은 브리기테 헬름이 이런 말을 해. '참으로 힘겨운 하루였어! 밤은 또 얼마나 갑갑한지…… 정신을 못 차리겠어. 뭐가 뭔지 하나도 모르겠어……' 그러면 생타비로 나온 피에르 블랑샤르가 멀리에서 들리는 음성으로 이렇게 말하지. '그래, 숨이 막힐 듯이 갑갑한 밤이야. 내가 모랑주 대위를 죽였던 밤만큼이나 갑갑해.' 이 모든 작품의 배후에는 사하라의 성자 샤를 드 푸코** 신부의 신비주의적인 관점이 있어. 푸코 신부는 말했지. '네가 순교자로 죽으리라고

---

* 멕시코 전쟁 때의 격전지. 1863년 4월 30일, 프랑스 외인부대의 병사 예순네 명이 멕시코군 이천 명에 맞서 싸웠다. 이 전투를 기리는 뜻으로 4월 30일은 외인부대의 경축일이 되었다. (원주)

** 프랑스의 탐험가이자 선교사(1858~1916). 프랑스군 장교로 모로코를 탐험하고 2천 킬로미터 이상의 새로운 여로를 찾아냈다. 군대를 떠난 뒤 가톨릭 사제가 되어 사하라의 베니 아베스와 타만라세트 등지에서 선교 활동을 벌였다. 사하라의 유목 부족이 사용하는 투아레그어에 관한 중요한 저술(문법서, 사전 등)을 남기기도 했다.

생각하라. 모든 것을 빼앗기고 누구인지 알아볼 수 없을 만큼 피와 상처로 뒤덮인 채 땅바닥에 쓰러져 잔인하고 고통스럽게 죽임을 당하리라고 생각하라. 그리고 그날이 바로 오늘이기를 바라라' 하고 말이야."

시지스베르는 자신의 이야기에 스스로 도취해 있었다.

"그런데 말이야, 이드리스, 사하라 서사시의 모든 에피소드 중에서 내 마음에 가장 강렬하게 다가온 것은 라페린 장군의 죽음이야. 그는 1920년 3월 알제와 니제르 사이의 항공로를 개척하려다가 세상을 떠났지. 그런데 참으로 이상한 게 있어. 오아시스 지구의 전직 사령관이자 샤를 드 푸코 신부의 길벗이자 사하라 부대의 창설자인 그가 목숨이 걸린 이 모험에 휘말린 것은 그저 우연이었다는 거야. 나는 장군이 탔던 비행기의 조종사였던 알렉상드르 베르나르 대령을 만난 적이 있어. 그가 생애를 마감한 프랑스 동부 브레스 지방에 있는 한 농장에서였지. 그는 그 비극적인 사건을 내게 이야기해주었어. 이드리스, 잘 들어봐, 이거야말로 진정한 서사시야!"

시지스베르의 어조에는 자신감이 넘쳤다. 마치 자기가 직접 겪은 일을 이야기하고 있는 사람 같았다.

"그러니까 문제는 사하라 이북의 백색 아프리카와 사하라 이남의 흑색 아프리카를 잇는 항공로를 개척하는 것이었어. 각기 세 대의 비행기로 이루어진 두 개의 비행 소대가 이 장거리 시험 비행에 참가하기로 되어 있었지. 한 비행 소대는 프랑스에서, 다른 비행 소대는 알제에서 출발할 예정이었어. 그런데 프랑스에서 출발한 세 대의 비행기 가운데 한 대는 지중해를 건너기도 전에 이스트르에서 추락하고 다른 한 대는 페르피냥에서 곤두박질쳤기 때문에 나머지 한 대만 알제에 도착했어. 따라서 2월 16일에 알제에서 이륙한 비행기는 모두 네 대야. 알렉상드르 베르나르가 조종하던 비행기에는 원래 알제의 제19군단을 통솔하던 니벨 장군이 타기로 되어 있었지. 하지만 문제가 끊이질 않았어. 니벨 장군은 파리로 긴급히 소환되는 바람에 예정을 취소했어. 게다가 비행기는 정비가 제대로 되지 않아 이륙한 지 한 시간 만에 알제로 돌아가야만 했어. 그 시절의 비행기는 나무와 천으로 되어 있었고, 밧줄과 벌이줄이 이리저리 매여 있었어. 밤이 되면 일교차 때문에 밧줄과 벌이줄이 느슨해지기 십상이었지. 그래서 이륙하기 전에 느슨해진 것을 다시 당겨주고 흐트러진 것을 바로잡아주어야만 했어. 마치 연주회 전에 바이올린의 현을 조율하듯이 말이야.

첫번째 기착지는 라페린 장군이 머물고 있던 비스크라였어. 라페린 장군은 니벨 장군이 시험 비행을 포기할 수밖에 없다는 것을 알아차리고 서둘러 베르나르가 조종하는 비행기의 자리를 차지했어. 그런데 어찌 보면 자리라는 말은 너무 좋게 말한 거야. 사실 비행기의 동체에 사람이 들어가 앉을 수 있는 구멍은 두 개밖에 없었어. 하나는 조종사를 위한 것이었고, 나머지 하나는 정비사를 위한 것이었지. 그때의 정비사는 마르셀 바슬랭이라는 스물다섯 살짜리 총각이었는데, 라페린 장군은 바로 이 바슬랭의 무릎에 앉아야만 했어. 그 때문에 세차게 몰아치는 바람을 과도하게 쐬고 말았지. 비행기는 시속 130킬로미터로 날고 있었고, 다섯 시간 동안 연속 비행을 할 수 있었어. 계기판에는 회전 속도계와 고도계, 시계, 수온계 등이 있었지. 하지만 같은 부대의 대원들과 연락하기 위한 무선전신기나 마이크 따위는 없었고 나침반도 없었어. 라페린 장군은 이따금 종이쪽지에 뭔가를 끼적거려서 조종사에게 건네주라고 시켰지.

다음 기착지는 인 살라흐였어. 이 오아시스에는 일찍이 비행기가 착륙한 적이 없었어. 그래서 이 사건을 축하하기 위한 성대한 행사가 벌어졌지. 그런 다음 두 대의 비행기는 다시 알제로 돌아가고, 나머지 두 대만 남쪽으로 비행을 계속하기로 했어. 한 대에는 뷔유맹 장군이 타고 있었고, 베르나르가 조종하는 다른 비행기에는 라페린 장군과 정비사 바슬랭이 타고 있었지. 인 살라흐에서 타만라세트까지는 690킬로미터야. 이 거리를 쉬지 않고 한 번에 날아갈 수는 없었어. 그래서 기복이 심한 협곡지대의 아라크라는 곳에 다시 기착했다가 이튿날인 2월 18일에 타만라세트에 도착했지. 이렇듯 처음의 2천 3백 킬로미터를 이상적인 기상 조건에서 기록적인 비행 속도로 날고 난 뒤에 우리는 자신감을 갖게 되었어. 위험천만한 자신감이었지."

시지스베르는 이제 베르나르의 이야기를 전하는 것이 아니라, 자신이 숫제 베르나르가 되어 이야기를 하고 있었다.

"우리는 만족감에 도취해 있었어. 알제와 니제르 간의 시험 비행이 실망스러울 정도로 쉽게 진행되고 있다고 생각했지. 하지만 타만라세트에서 남하하는 것은 미지의 세계로 빠져들어가는 일이었어. 물론 사전에 원주민들에게 메시지를 보내서 땅바닥에 그림을 그리거나 덤불에 불을 질러서 길을 안내해달라고 부탁해놓기는 했지. 그러나 비행을 시작한 지 한 시간이 지나고부터 우리는 짙은 모래안개 속에 묻혀버렸어. 우리 비행기는 뷔유맹 장군의 비행기보다 빨랐어. 반면에 무(無)급유 비행시간은 그쪽이 길었지. 그쪽은 열 시간 비행할 수 있는 가솔린을 싣고 있었지만, 우리에게는 다섯 시간 비행할 수 있는 양밖에 없었어. 두 팀은 서로를 시야에서 놓치고 말았어. 라페린 장군은 고도를 3천 미터 이상으로 높여서 다시 그들과 연락을 취해보라고 내게 명령했지. 아무 소용이 없었어. 장군은 나에게 메시지를 잇달아 보내왔어. '바람 때문에 우리가 동쪽으로 편류하고 있는 게 틀림없다' 하는 식의 쪽지를 보냈지. 하지만 나는 다른 데에 신경을 쓰고 있었어. 연료 탱크가 거의 비어 있었거든. 어디에든 착륙하지 않으면 안 되는 상황이었어. 정오 무렵에 나는 활공을 시작했어. 그 바람에 우리 비행기의 편류가 더욱 심해졌지. 차라리 소용돌이 모양으로 하강하는 편이 낫지 않을까 하는 생각이 들었어. 땅바닥은 괜찮아 보였어. 마침내 비행기가 땅에 닿았어. 처음엔 순조롭게 달렸지. 그런데 비행기의 속도가 느려짐에 따라 바퀴들이 모래 바닥을 점점 더 무겁게 눌러대더니 갑자기 땅거죽이 푹 꺼져버렸어. 바퀴들은 모래 속에 파묻히고 비행기는 곤두박질을 하며 뒤집히고 말았어. 바슬랭의 무릎에 간신히 균형을 잡고 앉아 있던 라페린 장군은 땅바닥으로 튕겨나갔지. 처음엔 장군이 중상을 입었을 거라고 생각하지 않았어. 바슬랭과 나는 비행기에서 빠져나왔어. 우리 비행기는 등을 대고 누운 채 다리를 허공으로 들어올리고 있는 커다란 새처럼 보였어. 라페린 장군은 왼쪽 어깨의 통증을 호소했어. 나는 당시에 아주 인기가 있었던 '아르크뷔즈'라는 물약을 장군의 어깨에 바르고 문질러주었지. 그런데 장군은 이내 기절하고 말았어. 그의 빗장뼈가 부러지고 갈비뼈 몇 개가 내려앉았다는 것을 우리는 나중에 가서야 알게 되었지. 그는 다시 정신이 들자 작전 지휘의 책무를 온전하게 이행해나갔어. 먼저 서쪽으로 정찰을 나가자는 결정이 내려졌어. 그러고 나서 우리 존재를 알리는 데 유리한 비행기 쪽으로 돌아오자는 것이었지. 그 결정에 따라 우리는 몇 시간 동안 걸었어. 우리가 걸음을 옮길 때마다 메마른 땅바닥이 무너져내렸어. 가도 가도 눈에 띄는 것은 전혀 없었어. 우리는 녹초가 되어 발걸음을 멈췄지. 우리는 혹시나 하면서 총을 잇달아 세 방 쏘았어. 그건 이런 경우에 으레 보내는 조난 신호야. 그런 다음 발길을 돌려 왔던 길을 되밟아갔지. 만일 바람이 우리 발자국을 지워버렸다면, 우리가 비행기를 다시 찾아낼 수 있었을까 싶어. 우리가 마실 물의 대부분이 비행기에 있었는데 말이야. 우리는 비행기의 라디에이터에 18리터의 물이 들어 있다는 것을 알아차렸어. 천만다행으로 우리 수통에 담긴 것보다 훨씬 많은 물이 남아 있었던 거야. 라디에이터는 입구가 아래를 향한 채 엎어져 있었지만 요행히 물은 한 방울도 새지 않았더라고. 라페린 장군은 물을 마시는 방식을 결정했어. 각자 세 시간마다 그의 은잔으로 한 잔씩 마시기로 했지. 그 은잔은 1843년 압델 카데르[*]에게 결정적인 패배를 안겨주었던 오말 공작의 선물이었대. 장군은 어디를 가든 그 은잔을 지니고 다녔어. 이드리스, 네가 보기엔 어때? 라페린 장군이 오말 공작에게서 받은 은잔으로 세 시간에

---

* 알제리의 반(反)프랑스 저항운동 지도자(1807~1883).

한 번씩 물을 마시게 한 것 말이야.

그렇게 우리의 기다림이 시작되었어. 하루하루가 전날과 완전히 똑같았지. 밤에는 혹한이 찾아들고 한낮엔 불더위가 맹위를 떨쳤어. 처음 며칠 동안은 조금씩이나마 먹는 게 가능했어. 하지만 탈수가 진행됨에 따라 여드레째부터는 딱딱한 것을 전혀 삼킬 수가 없었어. 보름째 되던 날 라페린 장군의 입이 피투성이가 되어 있더군. 이튿날 그는 헛소리를 하기 시작했어. 그러더니 그다음 날 아침에는 더이상 움직이지 않았어. 그의 휘둥그런 눈 위로 개미들이 달리고 있는 게 보였어. 그가 세상을 떠난 거야. 우리는 비행기가 지나가면서 파놓은 고랑에 그를 묻고, 천 조각으로 그 자리를 덮었어. 그러고는 한 가지 기묘한 것을 생각해냈지. 그 천에 비행기의 예비 바퀴를 올려놓고 거기에 다시 장군의 모자를 얹었던 거야. 그때에는 아직 모르고 있었지만, 우리를 구해준 게 바로 그 죽음이야! 우리는 하루에 마시는 물의 양을 반으로 줄이는 영웅적인 결정을 내렸어. 우리의 탈수를 벌충하기 위해서는 하루에 6,7리터의 물을 마셔도 시원치 않을 판국이었는데, 3분의 1리터로 스물네 시간을 버티기로 한 것이었지. 이십사 일째 되던 날에는 우리에게 한 방울의 물도 남아 있지 않았어. 우리는 예의 '아르크뷔즈'라는 물약과 나침반에 들어 있는 액체, 그리고 요오드팅크든 장뇌유든 설사약으로 쓰이는 아편,

장뇌, 아니스팅크든 유리병에 든 야전 구급약은 모조리 마셔버렸어. 치약까지도 먹어치웠지. 마침내 우리는 스스로 목숨을 끊기로 결심했어. 어떻게 목숨을 끊느냐고? 달리 무슨 방법이 있겠어, 마시면서 죽는 수밖에. 뭘 마시느냐고? 우리 자신의 피를 마시지. 면도날이 하나 있었어. 우리는 손목을 깊숙하게 베었어. 그런데, 실망스럽게도 피가 한 방울도 흐르지 않았어. 베인 자리가 그냥 하얗더라고. 우리 몸의 탈수가 너무 심했던 거야. 자아 이것 봐."

그는 자기의 두 손목을 이드리스에게 내밀었다.

"살갗에 남아 있는 이 하얀 줄들이 보이지. 이게 그때 생긴 상처야!"

이드리스는 고지식하게 대답했다.

"아니, 아무것도 보이지 않는데."

"여기 조명이 너무 안 좋아서 그래."

시지스베르는 잠시 침묵을 지키다가 자신의 몽상을 이어나갔다.

"그 하얀 상처에서 결국 피가 흐르긴 흘렀어. 하지만 그건 우리를 구조해준 사람들이 사흘 내내 물을 먹이면서 돌봐준 뒤의 일이었어. 우리가 구조되었던 날이 생각나. 3월 25일이었어. 바슬랭이 낙타 울음소리가 들린다고 하더군. 나는 그가 헛소리를 한다고 대답했지. 그런데 이내 사막의 광물성 정적을 뚫고 생명의 소리가 내 귀에도 들려오는 거야. 나는 내 소총이 있는 곳으로 펄쩍 몸을 날려 허공으로 세 방을 쏘았어. 우리가 들었던 소리는 정말 구조대가 낸 소리였어. 프뤼보스트 중위가 이끄는 구조대였지. 하지만 내가 총을 쏘자 그들은 우리를 구하러 달려오지 않고 오히려 경계 태세를 취했어. 그들은 낙타들을 웅크려 앉게 한 다음, 사수들이 한 줄로 전투 대형을 지은 채 우리에게 다가왔어. 우스꽝스러운 장면이었지. 하지만 우리는 그렇게 목숨을 건졌어.

너에게 해줄 얘기가 아직 두 가지 더 있어. 정말 믿기 어려운 얘기야. 구조대원들이 나에게 물이 담긴 가죽부대 하나를 던져주었어. 나는 물을 마셨지. 그런데 놀랍게도 오말 공작의 은잔으로 딱 한 잔 되는 분량만 마셨어. 단 한 방울도 더 마시지 않더라고! 한 번에 그만큼 마시고 몇 시간씩 버티는 게 버릇이 되어서, 실컷 마실 물이 있는데도 더 마시지 않았던 거야. 목마를 때 실컷 물을 마셔 갈증을 푸는 것에 다시 익숙해지기까지는 어느 정도 시간이 필요했어.

그보다 훨씬 중요한 얘기가 남아 있어. 네 생각엔 구조대가 나타났을 때 바슬랭과 내가 무척 기뻐했을 것 같지? 천만의 말씀이야. 사실 그들은 너무 늦게 왔어. 그래, 너무 늦었어. 우리는 이미 죽음의 길로 한창 접어들고 있었거든. 우리는 이미 반쯤 죽어 있었어. 그런데 온전히 살아 있는 그 사람들이 보급품을 실은 낙타들과 함께 소란을 피우면서 우리를 방해했던 거야. 우리는 대가를 치를 만큼 치렀으니까 평화롭게 죽을 권리가 있었어, 안 그래?

우리는 그 뜻밖의 구조 때문에 우리가 어떤 지옥에 떨어졌는지 이내 깨달았어. 우리는 걸을 수도 없었고 낙타에 올라탈 수도 없었어. 그래서 구조대원들은 우리를 위해 임시변통으로 들것 비슷한 것을 만들어서 낙타의 옆구리에 붙들어 맸어. 그러고는 그 한심한 장비에 우리를 태워서 타만라세트로 데려갔지. 그것도 한 번에 내리 간 게 아냐. 그 끔찍한 들것에 실린 우리가 너무 지쳐서 죽을 염려가 있었기 때문에 때로는 며칠 동안 쉬었다 가지 않으면 안 되었어.

이드리스, 앞서 말했듯이, 우리는 이루 말할 수 없는 고통에 시달리다가 삶에서 벗어나기 위한 행동을 벌였어. 그것이 이 사건에서 가장 강한 인상으로 나에게 남아 있어. 그런데 메하리[*]를 타고 온 그 고약한 구조대원들이 갑자기 나타나 우리의 발을 잡고 자기네 쪽으로 끌어당긴 거야. 그럼으로써 우리를 삶 속으로, 인생의 온갖 불행 속으로 다시 떨어뜨린 거지……"

---

[*] 빠르게 걷도록 길들인 북아프리카의 단봉낙타.

 강철 구슬이 다시 한번 슈퍼보너스의 통로로 들어가자 커다란 표시판의 카우보이 복장을 한 여자 주위로 빛과 소리의 신호가 쏟아진다. 강철 구슬은 단자들의 유도에 따라 5천 점짜리 컵들 중 하나에 살며시 들어앉는다. 그러더니 거기에서 다시 튀어나오며 유리판에 부딪혔다가 중앙의 버섯처럼 생긴 물건에서 튕겨나가 비탈의 꼭대기 쪽으로 올라간다. 그런 다음 온 판을 가로지르며 빠른 속도로 제로 구멍 쪽으로 내려간다. 바로 이 대목에서 누구도 따라갈 수 없는 조브의 뛰어난 솜씨가 발휘된다. 손바닥으로 핀볼 게임기 가두리를 아주 가볍게 치자 찰나의 차이로 진로를 바꾼 구슬이 한쪽 플리퍼에 내려앉는다. 조브는 구슬이 플리퍼의 3분의 2까지 미끄러져 내려가게 내버려두었다가 탁

쳐올린다. 판의 윗부분으로 튕겨올라간 구슬이 다시 슈퍼보너스의 통로로 들어간다. 계산기에 점수 올라가는 소리가 들린다. 공짜로 몇 판의 게임을 더 할 수 있는지 알려주는 소리다. 게임기 주위로 몰려든 청소년들이 마마 때문에 얽은 조브의 얼굴을 올려다본다. 이는 그를 따르는 젊은이들이 그의 경이로운 기량에 탄복하며 바치는 무언의 열렬한 찬사이다. 한 젊은이가 "이거 정말 뿅 가게 하는데!" 하고 중얼거린다. 조브의 표정에는 아무런 변화가 없다. 그런 칭찬에 마음을 쓰고 있는지 도통 알 수가 없다. 그의 눈꺼풀은 둥그렇게 불거져나온 눈을 내리덮은 채 미동도 하지 않는다. 입아귀가 아래로 처지도록 꾹 다문 입술에서는 웃음기를 찾아볼 수가 없다. 그는 이제 한 손으로만 게임을 하고 있다. 게임에 싫증이 났음을 분명하게 알리고 있는 것이다. 그러더니 홀연히 게임기에서 떨어져나오며 구경하는 젊은이들에게 완전히 자리를 내준다. 젊은이들은 그가 따놓은 다섯 판의 무료 게임을 대신 하겠다고 서로 떼밀며 자리다툼을 벌인다. 이드리스는 경탄하는 마음으로 꼼짝 않고 서서 그가 장화를 끌며 멀어지는 것을 지켜본다.

카페 '엘렉트로니크'는 기 파탱 거리와 샤펠 대로가 만나는 모퉁이에서 여러 색깔의 네온으로 휘황하게 빛나고 있다. 시간대에 따라 차이가 있긴 하지만, 이 카페의 주된 단골들은 바르베스 고가(高架) 역을 이용하는 도시철도 승객들과 라리부아지에르 병원의 직원들이다. 하지만 이드리스의 발길을 붙잡는 이곳의 오락실은 늘 젊은이들로 붐빈다. 헬멧을 쓰고 장화를 신고 짧은 바지를 입은 비슷비슷한 차림의 이 젊은이들은 스코피톤*과 주크박스를 틀어 영상과 음악이 나오게 하고 핀볼 게임을 즐긴다. 이드리스는 자기 또래의 그 젊은이들에게 받아들여지기를 꿈꾼다.

"이리 와, 미니축구 놀이 한 판 시켜줄게."

이드리스는 몸을 돌린다. 젊은이들 중의 하나가 그렇게 권해 왔다면 더할 나위 없이 기뻤을 것이다. 하지만 목소리의 주인공은 나이가 지긋하고 육덕이 좋은 남자다. 연회색 플란넬 재킷에 핑크색 셔츠를 받쳐 입은 차림이다. 셔츠 깃이 벌어져 있는 목에는 연보라색 스카프까지 두르고 있다. 경도의 사시라서 시선이 똑바르지 않은 그가 굵은 테의 안경 너머로 이드리스를 살핀다.

"아니 전에 만났던 어린 청소부 아냐?"

남자는 이드리스의 어깨를 잡고 다정하게 흔든다. 아실 마주, 이드리스에게 단역을 시키고 이백 프랑을 주었던 영화감독이다. 명함을 주면서 전화하라는 말까지 했던 바로 그 사람이다. 아슈

---

* 예전에 카페나 바에서 삼 분짜리 뮤직비디오를 방영하는 데 쓰이던 일종의 주크박스.

르는 이드리스가 여태 전화를 걸지 않았다고 핀잔을 주었다. "그 사람은 얼마 안 가서 너를 잊어버리고 말 거야!" 하면서.

보아하니 마주는 이드리스를 잊지 않은 모양이다. 전화를 하지 않았다고 책망하는 기색도 보이지 않는다. 그는 손목시계를 들여다보더니, 갑자기 생각을 바꾼다.

"여기에 계속 있을 게 아니라, 내 아파트에 가서 한잔하기로 하자."

이드리스는 그에게 이끌려 가면서 이의를 단다.

"난 술을 마시지 않아요."

"그럼 다른 걸 줄게. '종려나무 숲'이라는 이름의 음료수야. 너 엘렉트로니크에 오는 젊은애들 잘 알아?"

"아뇨. 걔들은 저에게 말을 걸지 않아요."

"나는 그 애들을 모두 알아. 걔들도 나를 알지. 사람들 앞에서는 나에게 말을 걸지 않지만 말이야. 우리가 같이 나가는 걸 걔들 모두가 알아차렸을 거야. 보도에서 어슬렁거리던 조브까지도 눈치챘을걸. 앞으로도 걔들하고 말하지 마. 엘렉트로니크에는 되도록 가지 않는 게 좋을 거야."

"하지만 감독님은 거기에서 저를 찾아내셨잖아요?"

"그래, 네가 거기에 가지 않았으면 나를 만나지 못했을 거야. 그건 맞아. 하지만 이제 나를 만났으니까 다시는 가지 마. 알았지?"

그들은 샤펠 대로를 건너 고가 도시철도 아래로 지나갔다. 그런 다음 카플라 거리를 거쳐 파리의 메디나[*]라고 할 만한 동네로 들어선다. 아프리카 사람들이 모여 사는 동네다. 마주 감독은 갑자기 걸음을 멈추더니 샤르트르 거리를 표시하는 파란 판을 가리킨다.

"봐, 샤르트르야! 이 거리를 보고 샤르트르 대성당의 거대함을 헤아릴 수 있겠어? 플로베르 식으로 말해서 에노르미테^{**}를 가늠할 수 있겠냐고? 오를레앙 출신의 작가 샤를 페기는 말했지. '나는 보스^{***} 사람, 샤르트르는 나의 대성당!' 가엾은 페기! 그가 이름만 멋진 이 초라한 거리를 본다면 뭐라고 할까? 이곳엔 대성당이 없어. 그래도 나는 여기에 작은 사랑의 둥지를 마련했지. 13번지에 말이야. 13은 내 행운의 숫자야. 나에게는 모든 게 거꾸로 되어 있거든."

그는 불결한 인상을 주는 한 건물 앞에서 걸음을 멈춘다. 때가

---

* '도시'를 뜻하는 아랍어 마디나에서 나온 말로 북아프리카 도시에서 원주민이 거주하는 구(舊)시가지를 가리킨다.
** hénaurmité. 플로베르가 시인 루이즈 콜레에게 보낸 편지(1854년 1월 2일)에서 '거대하다'는 뜻의 에노름(énorme)을 변형시켜 처음으로 사용한 에노름(hénaurme)이라는 형용사를 명사화한 것.
*** 파리 분지의 평야 지방. 샤르트르에서 오를레앙에 이르는 곡창 지대임.

끼어 거무튀튀해진 현관이 길 쪽으로 나 있다.

"건물이 어떻게 들어앉아 있는지 한번 봐. 마당이 사방으로 열려 있어. 현관을 지나면 마당이 나와. 오토바이를 타고 곧장 마당으로 들어올 수도 있어. 내 말이 무슨 뜻인지 알겠어?"

"아뇨."

"조금 전에 너와 함께 엘렉트로니크에 있었던 젊은 애들은 모두 오토바이를 가지고 있어. 마당에서 오토바이 소리가 나면 나는 방문객이 있다는 것을 알게 돼. 내 아파트의 창문 세 개가 마당 쪽으로 나 있으니까 말이야. 하지만 용돈이 필요해서 찾아온 사람이 누구인지 알아보기 위해 창밖을 내다볼 필요는 없어. 헬멧 때문에 모두가 비슷해 보이거든. 나는 설레는 마음으로 기다려. 4층으로 올라와 내 아파트 문을 두드리는 사람이 누구인지 알게 될 때까지 말이야. 그런 기다림은 뜻밖의 기쁨을 안겨주지. 흥미로운 것은 내 예상이 언제나 빗나간다는 사실이야. 하지만 결국엔 그 애들 모두가 돌아가면서 와. 이 집이 와볼 만한 곳이라는 것을 모두가 알고 있지. 딱 한 사람, 조브를 빼고는 모두가 와. 사실 그 애는 상판으로 보나 몸뚱이로 보나 팔 만한 게 별로 없어. 그럼에도 조브는 아쉬운 게 전혀 없는 애야. 내가 그 점을 깨닫기까지는 상당한 시간이 걸렸어. 처음엔 몰랐는데 가만히 보니까 모든 게 너무 순조롭게 돌아가고 있더라고. 결국 그래서 알아차렸지. 너무 순조롭게 돌아간다는 게 무슨 뜻이냐고? 말하자면 이런 거야. 여럿이 한꺼번에 찾아와서 마당이나 계단을 소란하게 만드는 경우가 있을 법도 한데, 그런 일이 전혀 없는 거야. 또 너무 동안이 뜨도록 아무도 찾아오지 않는 경우가 있었느냐 하면, 그런 적도 없었어. 방문이 질서정연하게 이어지고 있었어. 모두가 돌아가면서 규칙적으로 찾아왔지. 이상하지 않아? 그래서 나는 볼테르가 그랬던 것처럼 하늘을 보면서 이렇게 말했지. '우주는 나를 난처하게 한다. 이런 시계가 존재하는데, 이것을 만든 시계공이 존재하지 않는다고 생각할 수 있겠는가?' 나는 시계를 만든 자가 누구인지 알고 싶었어. 그래서 방문객들을 상대로 조사를 벌인 끝에 마침내 찾아냈어. 그게 누구인지 알아? 바로 조브야. 당연한 얘기지만, 그 애는 자기가 만든 시계를 가지고 돈을 버는 시계상이야. 다시 말하면 엘렉트로니크에 오는 애들이 내 집을 돌아가면서 방문할 수 있도록 규칙을 세운 대가로 그 애들에게서 돈을 받고 있다는 거야."

그는 4층의 계단참에서 걸음을 멈추더니, 열쇠를 찾으면서 이드리스에게 묻는다.

"내가 왜 너한테 이런 얘기를 하는지 알겠니?"

"아뇨."

"정말이지 내 사생활의 비루한 면면을 뻔뻔하게 늘어놓는 게 좋아서 이러는 게 아냐. 네가 다시는 엘렉트로니크에 가지 않기를 바라기 때문에 하는 얘기야. 조브는 고약한 놈이야. 네가 원하든 원치 않든 너를 자기 똘마니로 삼으려 할 거야. 무슨 말인지 알겠니?"

"이해가 잘 안 되는 것도 있어요."

그들은 작은 아파트 안으로 들어선다. 건물이 초라한 것에 비하면 내부의 시설은 너무나 편리하고 안락해 보인다.

"너도 보았다시피, 바깥은 때가 덕지덕지하고 악취가 진동해. 그야말로 더러운 진창이지. 하지만 내 아파트의 현관문을 열고 안으로 들어서면 모든 게 호사롭고 아름답고 그윽하고 감미로워. 이제 이해가 좀 되지 않니? 거기 앉아라. 어디 얼굴 좀 보자. 대관절 너는 어디에서 왔기에 이토록 순진하냐?"

"미라 거리의 소나코트라 기숙사에 묵고 있어요."

"아니, 내 말은 그 전에 살았던 데가 어디냐는 거야. 알제, 본[*], 오랑?"

"타벨발라요."

"타…… 뭐라고?"

"타벨발라요. 사막 한복판에 있는 오아시스예요."

---

[*] 알제리 북동부에 있는 도시 아나바의 예전 이름.

마주 감독은 자리에서 벌떡 일어섰다. 그러더니 이드리스에게 다가들어 자세를 낮추고 뚫어져라 바라본다. 그러고 있으니 사시가 더욱 심해진다.

"사막 한복판이라…… 모래벌판에서 왔다 이거지?"

"모래가 많기는 하지만, 그보다 돌멩이가 더 많은 곳이에요. 그래서 흔히 암석사막이라고 부르죠."

마주 감독은 당황한 기색으로 다시 몸을 일으킨다. 그러고는 비틀거리는 듯한 걸음으로 책상 쪽으로 가더니 도화지 한 장과 노란 펠트펜을 가지고 돌아온다.

"부탁이야, 나에게 낙타를 그려줘."

"뭐라고요? 낙타를요?"

"그래, 낙타를 그려줘."

이드리스는 고분고분 그림을 그리기 시작한다. 마주 감독은 서가 쪽으로 가더니 그림책 한 권을 빼어들고 와서 이드리스를 마주하고 앉는다. 그러고는 안경을 바꿔끼고 큰 소리로 읽는다.

그렇듯이 나는 진정한 이야기 상대가 없어서 혼자 살았다. 그러다가 육 년 전에 사하라 사막에서 내 비행기가 고장을 일으켰다. 엔진 어딘가에 망가진 데가 있었던 것이다. 나는 정비사도 탑승자도 거느리고 있지 않았으므로, 엔진을 수리하는 어려운 일을 혼자서 해내보려고 채비를 차렸다. 나에게는 생사가 걸린 문제였다. 마실 물은 겨우 일주일분이 남아 있을 뿐이었다. 첫날 저녁에 나는 사람이 사는 땅으로부터 천 마일이나 떨어진 모래벌판에서 잠이 들었다. 내 처지는 대양 한복판에서 뗏목에 몸을 싣고 있는 조난자보다 훨씬 고독했다. 사정이 이러하니 날이 밝을 무렵 작고 이상야릇한 목소리가 나를 깨웠을 때 내가 얼마나 놀랐을지 상상해보라. 그 목소리는 이렇게 말했다.

이드리스는 자기가 그린 것을 그에게 주면서 말한다.
"염소, 양, 낙타 따위는 내가 잘 알아요. 어린 시절 내내 그런 것만 보았거든요."
마주 감독은 눈을 들어 이드리스를 바라보며 말을 잇는다.
"바로 이런 식이야. 내 엔진이 망가져서 한창 고독해져 있을 때 네가 이렇게 오는 걸 봤어. 사막의 어린 왕자인 이드리스, 네가 말이야."
이드리스는 환상을 몰아내기 위해 자리에서 일어선다. 환상이 마치 이미지의 그물처럼 또다시 그를 사로잡으려 한다.
"이해할 수 없는 이야기를 또 하시네요. 사막을 떠나온 뒤로 사막에 관한 이야기를 숱하게 들어왔어요. 베니 아베스에서는 사막을 박물관에 들어앉혔더군요. 베샤르에서는 사막을 사진관의 배경막에 그려놓았고요. 마르세유에서는 오아시스의 낙원을 선전하는 포스터를 봤어요. 어떤 후작과 저녁식사를 했는데, 그는 브누아 씨의 소설에 나오는 앙티네아라는 여주인공과 라페린 장군과 푸코 신부와 외인부대에 관해서 이야기했어요. 그런데 이제 감독님은 어린 왕자 얘기를 하고 있어요. 저로선 도무지 이해할 수 없는 이야기들뿐이에요. 제가 태어난 곳이 바로 그 사막인데도 말이에요."

"어쨌거나 문제는 고독이야. 나의 고독이 문제라고. 너는 이 고독을 어떻게 할래?"

"고독이라는 건 또 뭐죠?"

"내가 말했잖아. 엔진은 망가지고 나에겐 아무도 없었다고. 그래 아무도 없었어! 그때 갑자기 네가 온 거야. 내가 참으로 좋아하는 마그레브 젊은이의 작고 귀여운 얼굴로 말이야!"

마주 감독은 그의 어깨를 잡았다. 그러고는 그를 다정하게 흔들어대면서 한 손으로 그의 두 뺨을 죄었다.

"자아 내 말 잘 들어, 내 심장의 이드리스, 내 엉덩이의 이드리스. 너는 불쌍한 거지야. 곱슬머리에 까무잡잡한 얼굴을 하고 빈손으로 이 나라에 왔으니까 말이야. 나는 돈도 있고 힘도 있어. 나는 텔레비전 영화를 만들어. 그게 내 직업이야. 나는 파리의 명사들을 두루두루 알고 있어. 이브 몽탕, 장 르 풀랭, 미레유 마티외와 너나들이를 해. 마르셀 블루발이나 베르나르 피보와는 점심을 같이 먹는 사이야.* 하지만 진실을 솔직하게 말하자면, 나 역시 불쌍한 거지야. 나에겐 네가 필요해. 네가 필요하다고, 알겠어? 내가 뜻밖의 얘기를 하고 있지, 안 그래?"

"무엇을 하실 건데 제가 필요하죠?"

"무얼 할 거냐고? 너 바보인 척하는 거야, 아니면 정말 바보야? 네가 왜 필요하겠어? 당연히 살기 위해서지!"

그는 이드리스에게서 물러나 방 안을 서성인다. 그러다가 다시 돌아와 앉더니 한결 차분한 목소리로 말을 잇는다.

"나 내일부터 프랑쾨르 스튜디오에서 시에프를 찍을 거야. 너를 고용할게. 너는 이미 내 영화에 출연한 적이 있어. 봐라, 내 영화를 위해서도 네가 필요하잖아."

이드리스는 다시 그를 마주보고 앉았다. 마주 감독은 직업의

---

* 이 소설이 발표될 무렵에는 모두 생존했던 유명인사들. 이브 몽탕은 가수 겸 영화배우(1991년 사망), 장 르 풀랭은 배우 겸 연극연출가(1988년 사망), 미레유 마티외는 6, 70년대를 풍미했던 여가수이다. 한편 마르셀 블루발은 TV영화를 전문으로 만드는 감독인데, 이 소설에 실명으로 나온 것이 인연이 되어 1990년에 이 소설을 영화로 만들었다. 끝으로 베르나르 피보는 언론인이자 문학평론가로서 1970년대부터 삼십 년 넘게 TV의 문학 대담 프로그램을 진행하면서 프랑스 문단에 막대한 영향력을 행사해온 인물이다.

식이 발동하여 설명을 늘어놓는다.

"과즙 청량음료 시에프야. '종려나무 숲'이라는 음료를 위한 거지. 그래 그 꼴답잖은 것의 이름이 '종려나무 숲'이라고. 냉장고에 견본품이 있을 거야. 다음 여름에는 내 덕분에 프랑스의 온 국민이 '종려나무 숲'을 마시게 될 거야. 이 시에프는 사막에서 시작돼. 두 탐험가가 낙타 한 마리를 끌고 사막을 가고 있는데 목이 말라서 반쯤 죽어 있어. 그러다가 갑자기 목숨을 건지는 거야!"

∞

"사팔뜨기가 너한테 얼마 주대?"

이드리스는 샤르트르 거리로 혼자서 다시 내려왔다. 이튿날 프랑쾨르 스튜디오에서 마주 감독이며 그의 팀과 만나기로 약속을 하고 나오는 길이다. 하지만 그는 멀리 가지 못했다. 장화를 신고 헬멧을 쓴 세 명의 젊은이가 그의 동정을 살피고 있었던 모양이다. 그들은 이드리스를 붙잡아 어떤 집의 문간으로 끌고 들어간다. 신문을 하는 자는 왕초 조브다. 그들이 헬멧을 쓰고 있음에도 이드리스는 이내 그를 알아보았다.

"네가 사팔뜨기랑 같이 올라가는 거 봤어. 너한테 얼마 줬지?"

"사팔뜨기?"

"그래, 마주 감독 말이야. 엘렉트로니크에서는 다들 그렇게 불러. 다 알면서 어수룩한 척하지 마. 어서 돈 내놔!"

"아무것도 안 받았어. 정말이야!"

"뒤져봐!"

다른 두 젊은이가 호주머니를 뒤지려고 덤벼들자 이드리스는 그들의 손을 뿌리치려고 한다. 그러다가 따귀를 한 대 얻어맞는 바람에 뒤통수가 문에 부딪히고 만다. 하지만 그의 호주머니를 뒤져서 나온 것은 동전 몇 개뿐이다. 조브는 경멸에 찬 눈길로 동전들을 바라보다가 보도에 내던진다.

"야 이 한심한 놈아, 내가 지금부터 말하는 걸 대가리 속에 잘 넣어둬. 사팔뜨기는 우리 거야. 네가 독차지한다는 건 있을 수 없는 일이야. 그자에게서 뜯어낼 수 있을 만큼 뜯어내는 것은 좋아. 그다음에 엘렉트로니크에 들러서 네가 받은 것을 다 내놓기만 하면 되는 거야. 모두 내놓는 거야, 알겠지? 나한테 주든지 아니면 여기 있는 이 두 친구 가운데 한 사람에게 줘. 그러고 나면 우리가 네 몫을 떼어줄게."

그 단호한 가르침에 다짐을 두려는 듯 뺨따귀에 손찌검이 또 날아온다. 그들 트리오는 굽 높은 장화를 끌며 멀어져간다. 이드리스는 다시 몸을 일으키고 얼굴을 문지른다. 그런 다음 보도의 포석들 사이에서, 그리고 길도랑에서 자기 동전들을 찾는다.

∽

아슈르는 슬픈 표정으로 고개를 가로저으며 이야기를 듣고 있다.

"그래서 걔들이 너를 때렸어?"

"조금, 그리 많이 때리지는 않았어."

"마주 감독이 다른 말은 안 했어?"

"이런 말도 했어. '걔들은 나를 사팔뜨기라고 불러. 내 눈매에 애교 비슷한 게 있어서 그러는 거야. 하지만 내 눈이 사팔눈이라고 말하는 것은 순전한 중상이야' 하더라고."

"잘 기억해봐. 그 사람이 뭘 마시게 했니?"

"응, 새로 나온 청량음료를 주었어. 음료 이름이 '종려나무 숲'이래. 맛은 괜찮은 편이었어. 알코올은 들어 있지 않더라고. 그 음료를 광고하기 위한 영화를 나와 함께 찍을 모양이야. 삼십 초짜리 광고래. 마리오라는 가수도 나올 거야."

"그 사람 담배 피우던?"

"아니. 나한테 담배를 권하긴 했어. 나는 피우지 않는다고 말했지. 그러니까 이러더라고. '나도 안 피워. 마지막 담배를 피운

게 이십 년 전의 일이야. 이제는 담배 냄새를 남자애들의 입을 통해서만 다시 맡곤 하지. 나에겐 담배 냄새가 욕망의 냄새가 되었어.' 그게 무슨 뜻이지?"

"너 기억력이 대단하다. 그 사람이 한 말을 그대로 외우고 있네. 하지만 말뜻을 제대로 이해하고 있는 건 아니로구나."

"그 사람이 말하는 걸 반밖에 이해하지 못하기 때문에 모조리 외워버리는 거야. 그러면 좀 벌충이 될까 싶어서 말이야."

"마주 감독이 또 뭐라고 하던?"

"이런 말도 했어. '남자애들의 눈을 보면 나를 어떻게 생각하는지 알 수 있어. 그들의 눈에 비치는 내 모습은 사팔뜨기에 돈이 많고 감상적인 뚱뚱이 탕트*야. 나는 내 모습이 정말 그러한지 확신할 수가 없어' 하고 말이야."

"그 사람 정말 돈이 많대?"

"본인이 그렇다고 하던데. 애들도 그러고. 정말인가봐. 돈에 관해서는 이런 얘기를 했어. '돈은 섹스와 기가 막히게 잘 어울려. 어떤 젊은 남자에게 돈을 주는 것은 그의 소유자가 되는 것이고 그것만으로 이미 그와 사랑을 나누는 거야. 어떤 경우에는 그저 돈을 주는 것만으로 충분할 수도 있어. 그가 내게서 훔쳐간

---

* 원래는 아주머니라는 뜻이지만, 여기에서는 여자 역을 하는 호모를 가리킨다.

돈은 그의 것이야. 섹스는 소유의 경계를 무너뜨리지.' 이게 다 무슨 뜻이야?"

"또 무슨 말을 했어?"

"만나기로 약속을 했으니까 꼭 나오라고 했어. 나는 약속 장소와 시간을 적어놓았어. 프랑쾨르 거리 27번지, 내일 아침 열시."

"그는 다른 종류의 약속을 생각하고 있었을 거야. 하지만 이건 너에게 너무 복잡한 얘기야."

"그건 내 잘못이 아냐. 어쨌거나 나는 갈 거야."

아슈르는 한 가지 생각을 좇느라고 잠시 침묵을 지킨다. 무언가 반짝하고 떠오른 것이 있는데 윤곽을 분명히 하기가 쉽지 않다.

"내가 한 가지 깨달은 게 있는데 말이야. 좋아, 얘기할게. 너는 타지에서 온 사람이야. 타벨발라에서 왔지. 그건 나도 마찬가지야. 그런데 이상해. 내 사진을 찍는 사람은 아무도 없었어. 그리고 내가 여기에 왔을 때 사람들은 나를 가만히 내버려두었어. 반면에 너의 경우에는 랜드로버를 타고 와서 네 사진을 찍은 금발머리 여자와 함께 일이 시작되었어. 그 뒤로도 비슷한 일이 계속 벌어지고 있어. 너 영화관에 가봤니?"

"아니. 가볼 생각은 종종 했는데, 매번 기회를 얻지 못했어."

"그것 참 놀라운 일이네! 가진 게 아무것도 없는 우리 같은 사람들은 그저 살아남을 생각만 하면서 살아가지. 그런데 영화는 우리에게 꿈을 줘. 영화는 우리를 부유하고 세련된 사람으로 만들어줘. 멋진 컨버터블 승용차를 몰고 다니고 니켈 도금이 번쩍거리는 욕실에서 목욕을 하고 보석으로 잔뜩 치장한 향내 나는 여자들의 입에 키스를 하는 남자로 말이야. 영화는 우리를 가르치는 학교 선생님이야. 북아프리카의 오지에서 온 우리에게 많은 것을 가르쳐주지. 보도에서는 어떻게 걸어야 하는지, 레스토랑에서는 어떻게 자리를 잡아야 하는지, 여자를 품에 안을 때는 어떻게 해야 하는지도 가르쳐줘. 우리 같은 사람들 중에 오로지 영화에서만 섹스를 경험한 사람이 얼마나 많을까! 넌 모를 거야. 우리 누이들에게는 영화가 매우 위험하기까지 해. 여자애들이 영화에서 배운 것을 따라서 하기 때문이야. 그러면 아버지들과 오라버니들은 여자애들이 영화관에서 가져온 더러운 것들을 몰아내기 위해서 주먹이나 몽둥이로 그 애들을 때리지. 그런데 너는 참 대단해. 너는 영화관에 가는 게 아니라 영화를 만들고 있잖아! 사람들이 네 사진을 찍고 너를 영화에 출연시켰어. 내일은 또다른 일이 기다리고 말이야."

"그건 내 잘못이 아냐" 하고 이드리스는 되뇐다.

 촬영은 프랑쾨르 스튜디오의 5번 플로어에서 행해지고 있었다. 일은 순조롭지 않았다. 가수 마리오의 갈기 같은 검은 장발과 제우스 풍의 수염은 이제 여유작작한 낙천주의를 발산하지 못하고 있었다. 파운데이션을 바른 그의 가슴에서는 땀이 번들거렸다. 종이 종려나무 잎 치마 위로 늘어진 그의 뚱뚱한 배가 서글퍼 보였다. 마주 감독은 얼굴을 찡그린 채 그를 마주 대하고 있었다. 이날 촬영의 성패를 좌우하는 순간이 온 것이었다. 이럴 때 절망에 빠진 감독이 생각해낼 수 있는 해결책은 한 가지뿐이다. 모든 배우의 연기를 자기가 떠맡는 것이 바로 그것이다. 이미 카메라맨과 조명기사와 녹음기사의 역할을 대신했던 것처럼 연기에도 팔을 걷어붙이고 나서야 하는 것이다. 아실 마주 감독은 그렇게 부담이 큰 상황에서 오히려 자신의 천재성을 가장 온전하게 발휘했다. 그는 강렬한 영감에 사로잡힌 채 느닷없이 대중가요 가수로 변신하고 있었다. 마리오, 넘치는 활기로 사람들에게 힘을 준다 해서 이 광고에 섭외된 진짜 마리오가 되어가고 있는 것이었다. 가수가 넋을 잃고 지켜보는 가운데 마주 감독은 몸을 비틀면서 노래를 불렀다.

"종려, 종려, 종려, 종려나무 숲! 자아 보세요, 난 힘차고 쾌활하고 마냥 즐거워요. 이유가 뭐냐고요? 종려, 종려, 종려나무 숲을 마시기 때문이죠…… 자아, 음악 틀어줘!"

확성기를 통해서 종려나무 숲의 주제 음악이 흘러나왔다. 마주 감독은 광란의 몸짓으로 춤을 추었다. 안경 너머로 보이는 그의 사시가 무시무시한 느낌을 줄 정도로 심해지고 있었다. 그때 갑자기 그가 동작을 멈추었다.

"스톱! 조용히 해! 그 쓰레기처럼 너절한 것 당장 꺼버려!"

정적이 찾아들었다. 마주 감독은 자세를 바로 하더니, 갑자기 의젓하고 엄숙하고 무언가에 영감을 받은 듯한 표정으로 말했다.

"다들 잘 들어봐! 종려나무 잎…… 이런 제목의 시가 있어. 폴 발레리의 절창 가운데 하나지.

너무 아름다워 오히려 무섭고
찬연한 광채 이루 다 가릴 수 없는 천사,
부드러운 빵과 담백한 우유를
내 식탁에 놓는다.
그가 눈꺼풀로 신호를 보낸다.
자기의 시현(示顯)을 보고 있는 나에게
이렇게 이르는 것이다.
가만, 가만, 가만히 있어!
종려나무 잎 하나가 얼마나 풍요로운지
그 무게를 느껴봐!

성(聖) 발레리여, 우리의 수치스런 행위를 용서하소서! 자아, 처음부터 다시 하자. 모두 자기 자리로. 조감독, 시작해!"

조감독은 슬레이트를 들고 카메라 앞으로 냉큼 달려가서 "종려나무 숲, 제1신, 테이크 14!" 하고 소리쳤다.

골판지로 만든 사하라에서 두 사람의 '탐험가'―카키색 옷, 열대 식민지풍의 모자―가 신음 소리를 내며 기신기신 걷고 있다. 피골이 상접한 낙타 한 마리가 그들의 뒤를 따른다. 두 탐험가 중의 하나가 털썩 쓰러진다. 동행자가 그를 부축한다. 그가 끙끙거리면서 말한다. "음료다! 음료야!" 그러자 동행자가 묻는다. "음료라고? 무슨 음료?" 쓰러졌던 탐험가는 갑자기 환한 얼굴로 다시 일어서더니 지평선을 가리키며 소리친다. "종려나무 숲이다!" 동행자가 되묻는다. "종려나무 숲이라고?" "그래, 종려나무 숲이야. 우린 살았어!"

그때 마주 감독이 소리친다.

"컷! 이건 전혀 아냐! 생각해봐. 당신들이 더 확신을 갖고 하지 않으면, 이 광고는 재미가 없어. 웃기는 건 좋아. 하지만 확신의 힘으로 웃겨야 돼! 그게 좋은 광고의 비결이야."

그러고 나서 감독은 두 사람의 역할을 자기가 직접 연기해 보인다.

"음료, 음료? 무슨 음료? 종려나무 숲이다! 종려나무 숲이라고? 그래, 종려나무 숲이야. 우린 살았어! 자아, 다시 시작한다. 모두 제자리로 가. 조감독, 테이크 15야. 자아 좋아, 낙타 등장시켜. 낙타 어디 갔어?"

감독은 낙타를 찾아서 무대장치 속으로 뛰어든다. 그는 마침내 스튜디오의 한 구석에서 이드리스와 함께 있는 낙타를 찾아낸다. 이드리스는 낙타를 쓰다듬으면서 낙타에게 말을 하고 있다.

"아! 그래, 넌 당연히 낙타에게 말을 할 줄 알겠지. 그런데 무슨 언어로 이야기를 하는 거야? 낙타 언어야?"

"아뇨. 베르베르말이에요. 이게 내 언어죠."

"좋아. 그럼 낙타에게 베르베르말로 이렇게 말해. 이 시퀀스를 처음부터 다시 찍는다고 말이야. 자아, 모두 자기 자리로 가. 조감독!"

두 탐험가는 멍한 표정으로 낙타와 함께 다시 사막을 걷는다. 그리하여 그들은 플라스틱 꽃들로 이루어진 무대장치에 다다른다. 마리오가 이끄는 일군의 가수들과 여자들이 그들을 맞아준다. 모두가 샘 주위에서 '종려나무 숲'을 노래한다. 이 샘에서는 금속성 광채를 내는 초록색 액체가 넘쳐난다. 그때 마주 감독이 그들을 제지한다.

"컷! 이것도 아냐. 진짜처럼 해야 해, 알겠어? 오페레타를 하듯이 하면 안 돼. 파는 사람이 상품을 믿지 않으면, 팔 수가 없어. 그게 광고의 에이비시야. 광고는 정직한 거라고!"

그러고 나서 감독은 지치지도 않고 모든 역할을 동시에 연기해 보인다. 그러다가 숨을 헐떡이며 동작을 멈추더니 누군가가 내미는 음료를 병째로 들이마신다.

"푸우! 이건 뭐야? 맛도 더럽게 없네. 종려나무 숲이야? 진작 알았어야 하는 건데. 누구 맥주 가진 거 없어? 자아 다시 시작하는 거야. 먼저 힘을 내기 위해 구호 한 번 외치자고. '종려나무 잎을 종려나무 숲에게!*' 다같이 나를 따라서 해봐. 무대장치 담당자들도. '종려나무 잎을 종려나무 숲에게!' 이제 모두가 함께

황금 구슬 251

마시는 거야. 하나, 둘, 셋, 큐! 그런데 낙타는? 낙타가 또 사라졌어. 이드리스, 네 낙타! 낙타도 마셔야 해. 그뿐이 아냐. 자아 이거, 더 실감이 나게 빨대로 마셔야 해! 이드리스, 가서 낙타 데려와. 그리고 빨대로 종려나무 숲을 마셔야 한다고 녀석에게 베르베르말로 말해줘!"

∽

밤이 이슥한 시각, 종려나무 숲의 시에프 촬영이 끝난 것을 축하하기 위해 촬영 팀 전원이 프랑쾨르 카페에 모여 있었다. 다들 피곤할 텐데도 분위기는 마냥 행복해 보였다. 배우들과 스태프가 마주 감독을 둘러싸고 작은 무리를 짓고 있었다. 그들은 비판적이면서도 우호적인 추종자들이었다.

"나는 오늘 찍은 걸 어떻게 편집할지 궁금해요. 찍을 때 보니까, 시간 배정의 필요성을 분명하게 고려하고 있는 것 같지는 않더라고요. 우리는 사십오 초짜리 시에프를 만들어야 해요. 그걸 염두에 두고 찍은 건가요?"

"아니, 찍으면서 그걸 생각한다는 건 불가능해."

---

* 칸 영화제의 황금종려상에서 보듯 종려나무 잎은 승리와 영광의 상징.

가만히 듣고 있던 마주 감독이 손을 들면서 이렇게 말했다.

"영화의 걸작들은 편집 테이블에서 탄생한 거야!"

"분명한 건 시에프가 영화의 극치라는 거예요. 기술, 예술, 심리 등 모든 관점에서 말이에요."

"그래, 맞아. 나는 텔레비전에서 광고만 봐. 광고에 비하면 나머지 것들은 보잘것이 없지."

"나도 그래요. 비디오가 있어도 오로지 시에프를 녹화하는 데에만 써요. 그렇게 녹화한 것을 가끔씩 날을 잡아 밤이 이슥하도록 마음껏 보죠."

이런 말들을 듣고 기분이 흐뭇해진 마주 감독이 환한 표정으로 말했다.

"다들 참 착해! 나 기분 좋으라고 하는 소리지? 내가 누구인지 안다 이거로군. 그래, 난 광고계의 에이젠슈테인이지!"

"요전에는 광고계의 오손 웰스라고 하더니."

"그게 어때서? 다음에는 광고계의 아벨 강스라고 할 거야."

"마주 감독, 정말 너무하는데! 당신만 중요하다고 생각하나 본데, 그럼 우린 뭐야? 우린 있으나 마나 한 사람들인가? 시에프를 당신 혼자 만드는 줄 알아?"

"천만에, 그럴 리가 있나? 영화예술 작품은 고딕 대성당과 같은 거야. 헤겔이 말했듯이 고딕 대성당은 협동의 소산이지. 하지만…… 하지만 말이야…… 어느 팀에든 두뇌는 반드시 있게 마련이야!"

그 말에 야유가 터져나왔지만, 반백의 자그마한 남자가 오는 바람에 이내 소동이 가라앉았다. 스튜디오 매니저인 이 남자에게는 제작 관리와 관련해서 아직 처리해야 할 일들이 남아 있었다. 그가 마주 감독 쪽으로 몸을 기울이며 말했다.

"저, 감독님, 낙타 말인데요, 녀석을 어떻게 하죠? 지금 스튜디오 마당에 매여 있어요."

"낙타? 무슨 낙타?"

마주 감독은 종려나무 숲이며 그와 관련된 모든 것을 벌써 과거의 일로 치부하고 있었다.

"시에프에 나오는 녀석 말이에요. 종려나무 숲 낙타요. 녀석을 어떻게 하죠?"

"어떻게 하긴 뭘 어떻게 해? 주인에게 돌려주면 되지. 촬영하는 동안만 쓰려고 빌린 거 아냐?"

"전혀 그렇지 않은데요. 우리는 그냥 빌리려고 했지만 서커스 단장은 그러고 싶어하지 않았어요. 그자는 낙타를 우리에게 아주 팔아버렸어요. 이미 다 말씀드렸잖아요. 그자는 낙타를 처분하게 되어 얼씨구나 했죠. 생각해보세요, 나이 많고 허약한 낙타를 뭐에 쓰겠어요?"

마주 감독은 질겁하며 묻는다.

"그럼 우리가 주인이란 말이야?"

"그렇다니까요. 감독님 낙타예요. 이놈을 어떻게 하죠?"

조감독 한 사람이 끼어든다.

"결국 그 낙타는 이민 노동자들과 같은 신세가 되고 말았군요. 우리는 그들을 빌려왔다고 생각했고 필요가 없어지면 그들 나라로 돌려보낼 수 있다고 믿었죠. 그러다가 이제야 우리가 그들을 샀고 그래서 프랑스에 계속 머물게 해야 한다는 사실을 깨닫고 있는 거죠."

마주 감독은 깊은 생각에 잠겨 있었다. 하지만 늘 그랬듯이 그의 생각은 엉뚱한 쪽으로 새고 말았다.

"무엇보다 먼저, 용어 문제에 관해서 합의를 보는 게 좋겠어. 지금 우리가 이야기하고 있는 낙타가 샤모야 드로마데르야?*"

감독의 느닷없는 질문에 스크립트 걸이 대답했다.

"혹이 하나밖에 없으니까 샤모죠."

"아냐, 샤모는 혹이 두 개야. 저 녀석은 혹이 하나밖에 없어. 그러니까 드로마데르야."

---

* 프랑스어에서 샤모는 통상 드로마데르를 포괄하는 말이다. 하지만 동물학적으로 엄격하게 말할 때는 샤모와 드로마데르는 서로 반대가 된다. 즉 샤모는 쌍봉낙타를, 드로마데르는 단봉낙타를 가리킨다.

감독이 반박하자 카메라맨이 끼어든다.

"아니에요. 저 녀석은 샤모예요."

감독은 자기 주장을 굽히지 않는다.

"드로마데르라니까. 샤모의 샤는 '둘'이라는 뜻이고 모는 '혹'이라는 뜻이야. 그러니까 샤모는 쌍봉낙타지."

"천만에요, 그 반대예요. 드로마데르의 드로는 '둘'을 뜻하고 마데르는 '혹'을 뜻해요. 마데르* 군도는 대서양 해면에 혹처럼 떠 있죠. 그러니까 드로마데르가 쌍봉낙타예요.**"

마주 감독은 식탁을 탁 쳤다.

"다들 조용히 해! 여기에서 낙타에 관해 제대로 알고 있는 사람은 딱 한 사람뿐이야. 그런데 그 사람은 테이블 끄트머리에 묵묵히 앉아 있어. 애야, 이드리스, 너는 우리 팀의 낙타지기야. 그러니 네가 그 샤모인지 드로마데르인지를 데리고 가……"

이드리스는 벌써 일어서 있었다.

"어디로 데려가죠?"

"정말, 이 애보고 낙타를 어디로 데려가라는 거예요?"

마주 감독은 신음 소리를 냈다.

---

* 포르투갈령 마데이라 군도의 프랑스어 이름.
** 샤모의 진짜 어원은 '낙타'를 뜻하는 그리스어 카멜로스이고, 드로마데르의 진짜 어원은 '달리는 자'를 뜻하는 그리스어 드로마스이다.

"이런 젠장, 지금은 어디나 문을 닫았겠지? 누가 전화번호부 좀 갖다주겠어?"

몇 차례 왕래가 있은 뒤에 전화번호부가 건네졌다. 마주 감독은 안경을 갈아끼고 엄지손가락에 침을 묻힌 다음 전화번호부를 넘기기 시작했다.

"아베세, 아베세데르, 아바디, 아바주르, 아바주르, 아바주르…… 믿을 수가 없어. 파리에 아바주르* 공장이 이렇게 많다니! 파리는 등갓의 수도야. 이건 시인 폴 제랄디의 잘못이야. 그는 이렇게 노래했지.

등갓을 조금 낮출까?
마음과 마음은 어둑한 곳에서 이야기를 나누거든.
그리고 사물이 조금 더 적게 보여야
눈과 눈이 더 잘 보이는 법이거든……

아 내가 찾는 게 바로 이거야. 아바투아르**, 아바투아르. 이건 폴 제랄디의 영향을 받은 등갓처럼 많지가 않군. 파리에 도살장은 별로 없어. 어라, 여기에서 멀지 않은 곳에 하나가 있네. 보

---

* '등갓'이라는 뜻.
** '도살장'이라는 뜻.

황금 구슬 257

지라르 마육(馬肉) 도살장, 15구 브랑시옹 거리 106번지. 바로 여기로 낙타를 데려가면 되겠어!"

이드리스는 바로 떠나려고 했다.

"그렇게 급하게 가지 않아도 돼. 우리랑 더 있다가 가, 내 사랑 낙타지기!"

∽

어둠이 아직 걷히지 않은 시각이었다. 이드리스는 종려나무 숲의 시에프에 출연한 낙타의 껑충하고도 초라한 그림자를 끌고 프랑쾨르 스튜디오의 마당을 나섰다. 말 도살장을 찾는 데 도움을 주겠다고 사람들이 푸지게 쏟아낸 정보가 그의 머릿속에서 어지럽게 착종하고 있었다. 어쨌거나 이 정보들을 바탕으로 그가 내린 결론은 파리 시내를 북쪽에서 남쪽으로 관통해야 하리라는 것이었다. 거리가 멀다는 것은 걱정이 되지 않았다. 그리고 그에게 시간은 얼마든지 있었다. 하지만 낙타는 자전거가 아니다. 비가 부슬거리는 파리의 새벽 어스름 속에 느닷없이 나타난 그 우스꽝스럽고도 애처로운 실루엣은 행인들을 경악케 하고 경관들을 짜증나게 했다. 도로로 나서자마자 한 경관이 이드리스에게 명령을 내렸다. 보도에서 차도로 내려가 길가에 주차되어 있는 자동차들을 따라 걸어가라는 것이었다. 하지만 그 자동차들 옆에 배달 트럭들이 늘어서서 또 하나의 줄을 이루고 있는 경우에는 차도로 걷기가 위험했다. 한 트럭에는 채소가 실려 있었다. 이드리스는 낙타가 지나는 길에 꽃양배추 한 포기를 슬쩍 물어 올리는 것을 보고 기겁을 했다. 낙타는 자기의 포획물을 보란 듯이 높이 쳐들고 있었다. 채소장수들이 보면 한바탕 난리가 날 판이었다. 이드리스는 낙타가 길도랑에서 꽃양배추를 먹고 가도록 걸음을 멈추었다. 낙타는 만족스러운 울음소리를 내면서 아주 천천히 먹었다. 그리고 나서 그들은 다시 길을 떠났다.

이따금 낙타의 말랑말랑한 발바닥이 기름때 묻은 포석 위로 미끄러졌다. 가랑비가 낙타의 털에 방울방울 맺히고 있었다. 거대하고 투미한 이 낙타와 함께 걸으면서 이드리스는 이상하게도 든든한 기분을 느꼈다. 그는 타벨발라의 암석사막과 베니 아베스의 모래언덕을 생각하고 있었다. 자동차들을 에돌아가기도 하고 빨간 신호등에 멈춰 서기도 하고 이따금 지하도로 들어서기도 하면서, 그는 마음속으로 제트 조베이다의 노래를 듣고 있었다.

잠자리는 물 위에서 날개를 떨고
메뚜기는 돌 위에서 날개를 비빈다

잠자리는 날개를 떨되 노래를 부르지 않고
메뚜기는 날개를 비비되 말을 하지 않는다
그래도 잠자리의 날개는 한 편의 풍자시
그래도 메뚜기의 날개는 한 편의 글월
이 풍자시는 죽음의 간계를 헤살하고
이 글월은 삶의 비밀을 드러낸다

그들은 높다란 담벼락 앞에 다다랐다. 담벼락 뒤에는 나무가 우거져 있는 듯했다. 전깃불 아래에서 남들이 피워대는 담배 연기를 마시며 밤을 보낸 터라 이드리스는 공원에서 쉬고 싶었다. 그는 커다란 문 하나가 열려 있는 것을 보고 그리로 들어갔다. 수목이 무성하기는 했지만 그곳은 공원이 아니라, 몽마르트르 공동묘지였다. 이른 아침이라서 묘지에는 인적이 전혀 없었다. 새김장식이 많은 납골당들 옆에 그냥 네모진 돌덩이 형태로만 되어 있는 무덤이 몇 개 있었다. 이드리스는 그 중 하나에 누워서 이내 잠이 들었다. 얼마나 잤을까? 잠깐 눈을 붙였다 싶었는데, 그는 어느새 다른 공동묘지에 가 있었다. 랄라 라미레스 할머니가 그를 데려갔던 오랑의 그 묘지였다. 할머니가 보였다. 야윈 팔 끝에 달린 손을 흔들며 거칠게 그를 불러댔다. 그런데 할머니는 프랑스어를 쓰고 있었다. 게다가 목소리도 남성의 저음이었다. 마침내 할머니가 그의 어깨를 잡고 흔들었다.

콧수염을 기르고 챙이 반들반들한 제모를 쓴 남자가 이드리스 위로 몸을 숙이고 있었다. 남자는 낙타를 데리고 당장 나가라고 퉁명스럽게 명령했다. 이드리스는 몸을 일으켜 묘석에 앉았다. 그러자 이웃한 무덤에 새로 갖다놓은 꽃들을 낙타가 엉망으로 만들고 있는 게 눈에 들어왔다. 낙타는 마침내 제 입맛에 맞는 화관 하나를 찾아내더니 꽃잎을 차근차근 뜯어먹기 시작했다. 제모를 쓴 남자는 기막히다는 듯한 표정을 짓고는 분묘 모독 운운하면서 형법 360조를 들먹였다. 이드리스는 벌떡 일어나 낙타를 국화꽃에서 떼어내고 추모 기념물들의 미로에서 출구를 찾지 않으면 안 되었다.

그들은 광장과 시장과 버스 정류장을 지났다. 일찍이 이드리스는 바르베스 역으로부터 그토록 멀리 가본 적이 없었다. 하지만 그는 낙타를 버려두고 미라 거리의 기숙사로 돌아가겠다는 식의 생각을 단 한 순간도 하지 않았다. 어떤 점에서는 자기가 낙타와 굳게 결속되어 있다는 느낌이 들었다. 낙타 때문에 그 음울하고도 우스꽝스러운 산책을 하고 있지만, 사하라 유목민의 피가 아직 흐르고 있는 그에게 낙타는 그런 식으로 동행해줄 만한 가치가 있었다.

한편, 서민들의 동네를 떠나 부티가 흐르는 구역으로 들어감에 따라 한 가지 현상이 분명하게 느껴졌다. 그를 보고도 못 본 척하는 행인들이 점점 많아지고 있다는 게 그것이었다. 생라자르 역부터 나타난 이 현상은 마들렌 광장에 다다르자 한결 심해졌다. 루아얄 거리 어름에서는 출근을 서두르는 군중 속에 섞인 이들의 기이한 모습을 아무도 눈여겨보지 않는 듯했다.

콩코르드 광장을 위태위태하게 건너고 나서, 이드리스는 교통지옥을 피해 센 강의 둔치로 내려가고 싶은 유혹에 이끌렸다. 검푸른 강물 위에 안개가 올이 풀린 천 조각들처럼 떠 있었다. 알렉상드르 3세 다리 밑에서 쓰레기를 태우는 작은 불 주위에 몰려 있던 거지들이 빈 포도주병을 흔들며 반갑게 말을 걸어왔다. 바지선(船)에 빨래를 널고 있던 여자는 손길을 멈추고 낙타를 보라며 아이를 불렀다. 개 한 마리가 컹컹거리면서 그에게 달려왔다. 사회적 관계를 짜고 있는 올이 성글어지자, 그가 다시 사람들 눈에 보이는 것이었다.

그는 유람선들을 따라가다가 다시 강변도로로 올라가서 에펠탑을 바라보며 알마 다리를 건넜다. 그러고는 고개를 뒤로 젖히고 얼키설키한 철골들을 정신없이 바라보며 에펠탑의 배 아래로 지나갔다. 낙타는 그때까지 무엇이 나타나든 놀라거나 겁먹는 기색을 보인 적이 없었다. 그러던 낙타가 갖가지 색깔의 풍선을 한 다발 들고 있는 노인 앞에서는 거친 소리로 으르렁대며 갑자기 비켜났다.

마침내 보지라르 거리가 나타났다. 그 이름이 이드리스의 귀에 각별하게 울렸다. 마치 몇 시간 전부터 헤매고 있는 미궁에서 빠져나갈 수 있게 해줄 열쇠를 얻은 기분이었다. 길을 떠나기 전에 사람들이 일러주지 않았던가. 보지라르 거리 다음에 브랑시옹 거리를 찾으라고. 이 거리 106번지에 말 도살장이 있다고.

그는 보지라르 거리를 벗어나 모리용 거리를 따라 나아가고 있었다. 그때 느닷없이 소들이 떼를 지어 나타났다. 그런 곳에 낙타가 출현한 것도 적이 놀라운 일이었지만, 머캐덤 포장도로를 울리는 소들의 요란한 발굽 소리와 우렁우렁한 울음소리와 소들에게서 진동하는 두엄 냄새도 그에 못지않게 놀라웠다. 낙타는 소 떼의 출현을 민감하게 받아들이는 듯했다. 몸을 바르르 떨며 웅숭그리는 것이 그 점을 말해주고 있었다. 낙타는 이드리스를 앞질러가더니, 빠른 걸음으로 휘청휘청 나아가 소 떼에 합류했다.

그들은 그렇게 모리용 거리 40번지의 정문 앞에 다다랐다. 정문 위에는 금도금한 쇠붙이로 된 쇠머리가 올려져 있었다. 알고 보니 이곳도 도살장이었다. 말들이 브랑시옹 거리를 거쳐 죽음의 장소로 들어간다면, 소들은 모리용 거리를 거쳐 지옥으로 가는 셈이었다. 하지만 맨 처음 언뜻 보기에 이곳은 지옥으로 보이지 않았다. 친근하고 든든한 느낌마저 드는 곳이었다. 그도 그럴 것이 이드리스가 들어선 곳은 나무와 짚으로 된 아주 넓고 따뜻한 축사였다. 꼴과 쇠똥에서 좋은 냄새가 났고, 평온한 음매 소리와 콧김과 나른한 몸놀림이 어우러져 아늑한 분위기를 풍겼다. 그런데 외양간의 다른 쪽 끝에 작은 문이 하나 있었다. 소들은 이 문으로 마치 착유장이나 방목장으로 나가듯이 태연하게 한 마리씩 차례차례 빠져나가는 중이었다. 이 문을 나서면 거대한 홀의 입구로 올라가는 비탈진 구름다리가 기다리고 있었고, 홀의 입구에는 단두대처럼 오르내리는 내리닫이문이 있었다.

소들은 구름다리로 올라가 앞선 소의 엉덩이에 머리를 댄 채 차례를 기다린다. 무슨 일이든 감수하겠다는 듯 표정이 자못 의연하다. 손에 바구니를 들고 가게 앞에 줄을 서 있는 숫된 아낙네들 같은 모습이다. 내리닫이문이 올라간다. 맨 앞에 선 소가 나아간다. 내리닫이문이 그 소의 뒤로 다시 떨어진다. 소는 바닥에서 조금 높이 올라가 있는 틀 속에 갇히고 만다. 도살자는 애처로운 표정을 짓고 있는 소의 머리가 알맞은 위치에 놓이기를 기다린다. 그러다가 불안하게 자기를 올려다보고 있는 커다란 두 눈 사이의 이마 한복판을 칼로 찌른다. 소는 무릎을 꺾으며 털썩 무너져내린다. 소를 가두고 있는 틀의 왼쪽 널빤지가 치워지자, 경련이 스치는 커다란 몸뚱이가 바닥의 철제 격자로 내려간다. 그러자 도살자는 몸을 숙여 소의 경동맥을 자른다. 그런 다음 소의 오른쪽 뒷다리를 공중의 레일에서 내려와 있는 사슬에 묶는다. 사슬이 팽팽하게 당겨지면서 소의 몸뚱이를 한 다리로 번쩍 들어올린다. 거인 사냥꾼이 토끼 한 마리를 들어올리는 것만큼이나 사뿐해 보인다. 몸뚱이가 레일을 타고 미끄러져가는 동안 붉은 핏물이 철제 격자를 적신다. 왼쪽 뒷다리가 허공에서 발작적으로 움직인다. 아직 꿈틀거림이 남아 있는 이 따뜻한 몸뚱이는 커다란 방에 가득 걸려 있는 다른 몸뚱이들 사이로 섞여든다. 흰 방수포로 된 모자와 옷과 장화를 착용한 남자들이 칼과 전기톱을 들고 죽은 소들에게 달려든다. 가죽을 벗겨내자 번들거리는 근육과 알록달록한 점막이 엄청난 광택을 발하며 드러난다. 김이 모락거리는 연보라색과 초록색의 내장이 나무통 속으로 흘러내린다. 한 종업원이 호스로 물을 뿜는다. 그 물에 씻긴 날고기 찌꺼기와 핏물이 바닥을 흘러 배수구의 격자 덮개로 빠져나간다. 그때 갑자기 놀라운 일이 벌어진다. 종업원은 일손을 놓고 동료를 부른다. 낙타의 껑충한 실루엣이 문간에 나타난 것이다.

"이봐! 와서 저것 좀 봐! 원 세상에! 여기에서 사막의 베두인 사람이 끌고 온 낙타를 다 보다니. 이러니까 프랑스가 예전 같지 않다는 얘기가 나오는 거라고!"

이내 도살장 종업원 서너 명이 모여들어 이드리스와 낙타를 에워싸고 농지거리를 던진다.

"아니, 낙타를 끌고 와서 비프스테이크를 만들어달라는 거야? 이 녀석 정말 겁나는 게 없구먼!"

"자네 낙타 잡아본 적 있어?"

"나? 날 뭘로 아는 거야? 그리고 낙타 고기 찾는 고기장수 봤어?"

조금 전에 소를 죽이던 종업원이 작업대에서 내려와 이드리스에게 말을 건다.

"내가 소하고 말은 많이 잡아봤어. 하지만 나보고 코뿔소를 잡으라면 못 잡지. 낙타를 죽이려면 어디를 때리는 거야? 혹을 때리나?"

"자아 내가 좋은 방법을 일러줄게. 이놈을 아프리카로 데려가. 이 녀석은 거기를 떠나오지 말았어야 해. 제 나라로 데려다 주라고."

"아니면 유실물 관리사무소에 맡기든가 여기에서 아주 가까워. 바로 모리용 거리에 있거든."

이드리스는 길을 나선다. 그런데 떠나기 전에 운수 사납게도 양들을 도살하는 방을 거쳐가게 되었다. 스무 마리쯤 되는 양들이 숨이 끊어진 채 다리 하나로 매달려 있다. 이들은 마치 미사 때 제단 앞에서 흔드는 향로처럼 흔들리면서 벽이며 사람들에게 피를 뿌린다. 슬프고도 기괴한 공중 발레다.

이드리스는 낙타를 데리고 어디로 가야 할지 기분이 막막하다. 간밤에 쌓인 피로가 한꺼번에 두 어깨를 짓눌러온다. 그는 발길 닿는 대로 아무 길로나 접어들어 몇 개의 대로를 가로지른 끝에 센 강을 다시 건넌다.

그는 막연하게나마 미라 거리의 기숙사로 돌아갈 요량을 하고 있다. 하지만 어느 쪽으로 가야 할지 도무지 갈피를 잡을 수가 없다. 그때 그는 갈수록 많아지는 나무에 마음이 끌린다. 나무들이 진짜 무성한 곳까지는 아직 한참을 더 가야 한다. 그는 마침내 호화로운 건물들의 철책을 따라 나 있는 산책로에 다다른다. 푹신한 흙바닥을 밟으며 걸으니 마음이 한결 편안해진다. 파란색과 초록색으로 된 이상하게 생긴 작은 기차가 방울을 요란하게 울리며 지나간다. 낙타는 가까스로 그 기차를 피한다. 아이들이 개표구 앞으로 몰려간다. 알고 보니 이곳은 동물원이다.

이드리스는 아이들을 따라간다. 그는 표가 없다. 하지만 직원들은 그가 그냥 들어가도록 내버려둔다. 아마도 낙타 덕분일 것이다. 그는 맹금류 사육장과 '마법의 강' 사이에서 잠시 망설인다. 그때 놀랍게도 또다른 낙타, 정확히 말해서 암낙타가 나타난다. 암낙타는 환영의 뜻으로 작고 동그란 귀를 옴죽거린다. 두 낙타는 서로 옆구리를 바싹 붙이고 비벼댄다. 그들의 슬프고도 거만한 머리가 아주 높은 허공에서 서로 만나고, 축 늘어진 커다란 입술이 서로 닿는다. 이드리스는 초가지붕을 얹은 헛간에 눈길을 보낸다. 안장을 얹고 마구를 씌운 당나귀 두 마리가 보인다. 니스 칠을 한 작고 귀여운 나무 수레에는 염소 두 마리가 매여 있다. 터번, 짧은 비단 반지, 가죽 신발 등으로 터키 사람처럼 분장한 젊은이들이 이드리스의 낙타를 에워싸고 분주하게 움직인다. 낙타 등에는 자수 담요를 얹고, 두 귀에는 방울 달린 모자를, 입 주위에는 부리망을 씌운다. 낙타 옆구리에 커다란 빨간 사다리가 놓이자 어린아이들이 앞 다투어 모여든다. 아이들은 사다리를 타고 올라가 낙타 등에 걸터앉는다.

이드리스는 피로감과 행복감에 취한 채 멀어져간다. 그는 상을 일그러뜨리는 구면(球面) 거울의 궁전을 따라 걸으며 거울에 자신을 비춰본다. 그의 모습이 풍선처럼 부풀어 오르는가 하면 실오리처럼 가늘어지기도 한다. 허리 높이에서 모습이 둘로 나뉘는 경우도 있다. 이제껏 경험한 그 자신의 많은 이미지에 또 다른 이미지들이 더해지고 있다. 그는 거울에 나타난 기괴한 영상들을 향해 혀를 날름 내민다. 그의 장난에 화답하기라도 하듯, 싱그러운 웃음의 합창이 들려온다. 그는 두고 온 낙타 쪽을 돌아본다. 한껏 모양을 내고 여자아이들을 등에 다닥다닥 태운 낙타가 위풍당당하게 지나간다. 여자아이들의 웃음소리가 자지러진다. 나뭇잎 사이로 햇빛이 부챗살처럼 퍼진다. 허공에 음악이 감돈다.

이드리스는 베니 아베스의 사하라 박물관에서 처음으로 진열창을 구경했다. 하지만 파리에 와보니 쌔고 쌘 게 진열창이었다. 그는 파리에 온 뒤로 그야말로 진열창에서 진열창으로 전전하며 시간을 보냈다. 어떤 쇼윈도의 장식으로 눈요기를 하고 난 뒤에도 길을 건너면 또다른 쇼윈도를 구경하기가 일쑤였다. 맞은편 가게의 쇼윈도가 다시 그를 불러 세우기 때문이었다.

바르베스 대로의 가게들은 보도를 침범하여 신발, 속옷, 통조림, 향수병 따위의 진열대를 행인들의 손길이 닿도록 내놓는다. 진열창은 그보다 수준이 높은 가게에서만 볼 수 있다. 또한 진열창은 가게 안을 들여다보는 단순한 유리창이 아니다. 가게 주인과 계산대와 손님들의 일거일동을 살필 수 있는 유리창이 곧 진열창이라고 말할 수는 없는 것이다. 진열창이라는 이름에 걸맞은 공간은 칸막이로 닫혀 있어야 한다. 진열창은 시선에 완전히 노출되어 있으면서도 손길이 닿을 수 없는 닫힌 공간을 이룬다. 진열창은 침투할 수 없는 동시에 비밀도 없는 장소이며, 오로지 눈으로만 닿을 수 있지만 엄연히 실재하는 세계이다. 사진이나 텔레비전의 세계와 같은 헛것의 세계는 전혀 아닌 것이다. 진열창은 잘 부서질 듯하여 사람들의 욕심을 자극하는 금고와 같다. 그래서 불법 침입을 야기하는 것이다.

이드리스가 진열창 때문에 겪을 일은 아직도 숱하게 남아 있었다. 그날 밤 본누벨 대로를 벗어나 생드니 거리로 접어들었을 때, 그는 성욕을 부추기는 소리와 냄새가 도처에서 일고 있음을 감지했다. 마르세유의 튀바노 거리가 생각났다. 두 거리 모두 '홍등가'이지만, 둘 사이에는 분명한 차이가 있었다. 우선 여자들이 달랐다. 생드니 거리의 여자들이 한결 젊어 보였다. 나이는 어떤지 몰라도 덜 뚱뚱한 것은 분명했다. 또 생드니 거리에는 아프리카 사람처럼 생긴 여자가 한 사람도 없었다. 하지만 무엇보다 생드니 거리를 달라 보이게 하는 것은 현란한 불빛이 번쩍거리는 가게들과 그것들의 입구를 가리고 있는 무거운 벽걸이 천들이었다. 그런 것들로 해서 생드니 거리는 들썩하고 호사스러우면서도 은밀한 분위기를 풍겼다. 섹스숍, 라이브쇼, 핍쇼. 이

세 단어가 번갈아가며 가게들 정면의 전광판에서 번쩍거렸다. 이 삼중의 붉은 추파는 고독과 가난 때문에 금욕 생활을 할 수밖에 없는 젊은 독신자에게 음란한 이미지들로 욕구를 채워주겠다고 약속하고 있었다. 이드리스는 가게 세 곳을 지나친 다음 네 번째 문을 가리고 있는 커튼을 밀어올렸다.

처음에 그는 자기가 서점에 들어온 것이라고 생각했다. 가게 벽들이 온통 책으로 덮여 있었다. 책들의 표지는 지나치게 요란했고, 제목들은 '아내는 레즈비언' '난교 파티' 'X 야(夜)' '불붙이는 여자 셋에 시가 한 대' '꼬리를 문 머리' '사랑, 그 희열과 오르가슴' '여자는 원숭이의 후예' '달의 이면' 하는 식으로 한결같이 알쏭달쏭했다. 이드리스는 그 단어들을 어렵사리 읽어내기는 했지만 그것들 때문에 머릿속에 떠오르는 것은 전혀 없었다. 반면에 표지의 사진들은 적나라하고 치기만만한 에로티시즘을 드러내고 있었다. 아름다움이나 매력을 내세우기보다는 천박함과 우스꽝스러움에 기대는 에로티시즘이었다. 그래도 노출의 강렬함을 누그러뜨리는 요소가 없지는 않았다. 즉 성기의 노출이 심해져 그 구조가 세세하게 드러나면 드러날수록 얼굴의 노출은 적어지고 있었다. 많은 사진에서는 얼굴이 아예 보이지 않게 되어 있었다. 얼굴을 숨기는 것은 성기를 노골적으로 드러내는 것에 대한 보상인 듯했다. 사진 속의 남자나 여자는 자기들 몸뚱이의 아랫부분을 사진에 내맡기는 대신 자기들 인격의 핵심을 감춘 게 아닌가 싶었다. 아랫도리의 속살을 그렇게 노출했다 해도 얼굴을 드러내지 않았다면, 이 사진은 결국 익명의 사진이다. 속살을 가장 적게 드러낸 얼굴 사진보다 이런 익명의 사진이 오히려 당사자의 인격에는 덜 해로운 것이 아닐까?

가게의 진열대와 선반을 채우고 있는 물건들은 이드리스의 상상력에 그저 미미한 반향을 불러일으킬 뿐이었다. 레이스 팬티, 가터벨트, 망사 스타킹, 브래지어 따위의 '섹시 란제리'는 보잘것없는 추억만을 상기시켰다. 하지만 진동기와 인공 음경은 그를 완전히 아연케 했다. 일제 진동기 세트는 손가락처럼 가는 것부터 팔뚝처럼 굵은 것까지 굵기가 제각각이었다. 인공 음경은 그냥 밋밋한 것, 줄무늬가 새겨진 것, 고리무늬가 들어간 것, 작은 결절이 있는 것, 까끄라기가 있는 것 등 생김새가 다양했다. 쓰임새를 짐작할 수 없는 물건들을 왜 그렇게 다양하게 갖춰 놓고 있는지 이드리스로서는 도무지 이해할 수가 없었다. 그것들에 비하면 쇠가죽 띠를 꼬아서 뱀처럼 만들어놓은 '사디스트용' 채찍 세트는 한결 친숙하게 느껴질 뿐 아니라 든든한 기분마저 들게 했다. 작은 계단의 발치에는 공기를 넣어서 부풀리는 실물 크기의 인형이 탱탱하고 포동포동하고 살가운 모습으로 서 있었다. 탄력적인 몸매와 여체의 매력적인 요소를 골고루 갖춘 인형이었다. 이드리스는 핍쇼 장으로 통하는 작은 계단을 올라갔다.

계산대에 앉아 있는 남자가 지폐를 오 프랑짜리 동전으로 바꾸어주더니, 빨간 전등에 불이 들어와 있지 않은 6호실의 문을 가리켰다. 방은 아주 작았다. 가려진 창문을 마주하고 놓인 커다란 가죽 의자가 방을 거의 다 차지하고 있었다. 이드리스는 의자에 앉아 주위를 둘러보았다. 바닥이 끈적거렸다. 물기가 마르지 않은 얼룩과 구겨진 티슈가 바닥 여기저기에 흩어져 있었다. 오른쪽 벽에 붙어 있는 금속 상자에는 동전 넣는 구멍이 뚫려 있고, '5프랑×2=300초'라는 간결한 안내문이 적혀 있었다.

이드리스는 지시대로 동전 두 개를 구멍에 밀어넣었다. 즉시 시간 표시등에 불이 들어오고 300이라는 숫자가 나타나더니 일 초마다 수가 감소하기 시작했다. 그와 동시에 방의 전등이 꺼지고 창문을 가리고 있던 막이 올라갔다. 나른한 음악을 배경으로 채찍 소리가 한 차례 울렸다. 무대는 노란 불빛에 잠겨 있었다. 무대를 둘러싸고 있는 방들의 창문은 각기 다른 방에 있는 관객들이 서로를 볼 수 없도록 매직미러로 되어 있었다. 각각의 거울들 앞에서 조금씩 뜸을 들여가며 무대의 둥근 플로어가 천천히 돌아가고 있는 중이었다. 암사자처럼 분장한 여자가 플로어를 가로질러 모로 누워 있었다. 여자는 냉소를 흘리듯 입을 비죽거리며 탐스런 황갈색 머리채를 흔들어댔다. 허리에 착 달라붙는 금빛 모피 옷을 걸쳤지만, 엉덩이와 붕긋한 젖가슴이 그대로 드러나 있었다. 여자는 두 손으로 젖가슴을 받치고 눈초리가 올라간 초록색 눈을 이글거리며 바라보다가, 한쪽 뺨을 젖무덤에 대고 문지르더니 창문들 중의 하나를 바라보며 애원하는 표정으로 젖무덤을 내밀었다. 마치 어머니가 자기를 구원해줄지도 모르는 어떤 사람에게 자기 자식들을 내밀고 있는 듯한 모습이었다. 이어서 여자는 고통 때문인지 쾌감 때문인지, 아니면 성적인 쾌감이 주는 고통 때문이지 바닥에 누워 몸을 비틀었다. 마치 달착지근한 음악과 거울 뒤에 감춰진 시선의 애무를 받고 있는 듯한 몸놀림이었다. 그때 음악 소리에 다시 날카로운 채찍 소리가 섞여 들었다. 여자는 몸을 바르르 떨었다. 기묘한 웃음을 머금고 있던 커다란 입이 벌어지면서 조용한 울부짖음이 새어나왔다. 여자는 허리를 들어올려 윗몸을 뒤로 젖혔다. 그러고는 허벅다리를 벌려 거웃을 갓 깎아낸 음부를 벌쭉 드러냈다. 한쪽 손의 빨갛고 뾰족한 손톱들이 그 위를 눌러 왔다. 그러고 나서 여자는 배를 깔고 엎드리더니 음악에 맞춰 엉덩이를 너울너울 움직였다.

창문의 차폐물이 내려오고 방의 전등이 다시 켜졌다. 이드리스는 채우지 못한 욕구 때문에 몸을 부들거리며 자리에서 일어섰다.

"그 여자를 다시 만나고 싶다고? 너 미쳤구나? 그런 여자는 세상에 존재하지 않는 거나 마찬가지야!"

아슈르가 그렇게 말했지만 이드리스는 주장을 굽히지 않았다.

"아냐, 그녀는 세상에 존재해. 유리창 너머에 분명히 있었어. 내가 지금 형한테 말하듯이, 그 여자에게 말을 걸 수도 있었다고!"

"그 여자는 잠시 보라고 있는 것이었지 손으로 만지라고 있는 게 아니었어. 여기에 있는 모든 것은 눈을 위한 거야. 손을 위한 것은 아무것도 없어. 진열창은 영화나 텔레비전과 마찬가지로 눈을 위한 거야. 오로지 눈만을 위한 것이라고! 세상 물정이 이렇다는 걸 알아야 해. 되도록 일찍 깨닫는 게 네 신상에 좋을 걸!"

이드리스는 세상 물정이 그렇다는 것을 아직 깨닫지 못했다. 이튿날 아침이 되자마자 다시 생드니 거리로 갔으니 말이다. 그는 전날 밤에 갔던 섹스숍을 어렵지 않게 찾아냈다. 하지만 핍쇼의 전광판이 꺼져 있다는 사실은 미처 알아차리지 못했다. 그는 가게로 들어갔다. 공기를 넣어 부풀리는 인형만이 작은 계단의 발치에서 여전히 탱탱하고 포동포동하고 살가운 모습으로 그를 맞아주었다. 그는 계단을 올라갔다. 관객들이 들어가는 작은 방들의 문은 모두 열려 있었다. 그 방들 중의 하나에서 대걸레를 놀리고 있는 청소부의 뒷모습이 보였다. 여자는 회색 가운을 입고 있었는데, 옷자락 아래로 드러난 오금이 정맥류 때문에 올록볼록했다. 여자는 대걸레질을 멈추고 구겨진 티슈로 가득 찬 쓰레기통을 비우기 위해 몸을 돌렸다. 마침내 이드리스가 그녀의 눈에 띄었다.

"꼬마 총각이 무슨 일로 왔지?"

여자는 희끗희끗한 머리를 아주 짧게 깎은 모습이었다. 화장을 지운 얼굴은 까칠해 보였다. 여자는 이드리스를 찬찬히 살펴보느라고 눈살을 모았다. 이드리스는 아연히 그녀를 바라보고 있었다. 눈초리가 약간 올라간 그 초록색 눈이 그에게 무언가를 상기시키고 있었다.

"핍쇼를 볼 생각이라면 나중에 다시 와. 다섯시부터 시작하니까."

그러고 나서 여자는 청소하던 방으로 대걸레와 물 양동이를 가지러 갔다. 이드리스 앞을 지나가면서 그녀가 다시 말했다.

"남자들 말이야, 얼마나 추접한지 말도 못 해! 그걸 아무데나 싸질러댄다니까. 의자건 벽이건 바닥이건 가리질 않아. 심지어는 유리창에 튀기는 작자들까지 있어!"

그 마지막 말을 내뱉을 때 여자의 커다란 입은 채찍질당하는 암사자의 흉내를 내던 여자의 냉소를 머금었다.

마마두가 내게 말했지
마마두가 내게 말했어
당신들은 레몬에서 즙을 짜냈으니
이제 껍질을 버릴 수도 있다고.
레몬이란 바로 검둥이야
아프리카에서 온 모든 깜씨들*

새로운 이민 세대의 우상은 이제 베르베르 사람 이디르도 아

---

* 프랑스의 반체제 가수 프랑수아 베랑제(1937~2003)가 작사, 작곡한 노래 〈마마두가 내게 말했지〉의 첫머리 가사. 1979년에 발표한 앨범 〈내 신경 가지고 장난치지 마〉에 실린 작품.

니고, 자멜 알람이나 멕사도 아니다.* 여전히 그들의 노래를 듣고 낡아빠진 스코피톤으로 그들의 뮤직비디오를 보는 사람들이 없는 것은 아니다. 하지만 그들은 이제 이해를 받지 못한다. 오늘날의 젊은이들은 베랑제나 르노 같은 가수들의 리듬과 독설에서 공감을 느낀다. 이 가수들은 주변인으로 살아가는 자의 고통, 한 발은 실업에 다른 발은 범죄에 들이민 채 살아가는 일의 괴로움을 노래하고 있다. 그것도 프랑스어로 말이다.

> 내 이름은 슬리만, 열다섯 살이야
> 파리 변두리에서 노친을 모시고 살지
> 나는 범죄 자격증을 땄어
> 내가 쓸모없는 놈이 아니라는 걸 보여줬지
> 우리 패거리에서는 내가 왕초야
> 팔에는 능구렁이의 문신을 새겼지**

주크박스는 동전을 계속 삼키면서, 가진 자들의 음모에 맞선

---

* 이디르, 자멜 알람, 멕사는 모두 알제리 출신으로서 1970년대에 프랑스에서 대중적인 인기를 누렸던 가수들이다.
** 프랑스의 인기가수 르노(본명 르노 세샹, 1952~)가 작사, 작곡한 노래 〈제2세대〉의 첫머리 가사. 1983년에 발표한 작품.

희망 없는 반항을 젊은이들에게 부추기고 있다. 도시철도 바르베스 고가 역에서 내려온 손님들이 카페의 스탠드로 몰려든다. 그들은 등 뒤에서 터져나오는 격렬한 노래를 귓등으로 듣고 있다.

이드리스는 스탠드 근처의 구석자리에 앉아서 만화잡지를 읽는 데 몰두해 있다. 그가 한 페이지 한 페이지 읽어나가고 있는 모험담에 카페의 분위기가 조금씩 섞여든다. 주위에서 들려오는 대화와 탄성과 사람을 부르는 소리가 말풍선 안에 적혀 있는 소리 없는 말들의 효과음 구실을 하고 있는 듯하다.

이게 꿈인가 생시인가? 만화 속 이야기의 여주인공이 랜드로버의 금발머리 여자와 비슷하다. 마르세유의 창녀와도 닮았다. 게다가 여자는 타벨발라의 암석사막에서 사납게 생긴 남자가 모는 랜드로버를 타고 다닌다. 여자가 갑자기 남자에게 요구한다. 차를 세워 오던 길로 돌아가자는 것이다. 여자는 뭔가 사진에 담고 싶은 것을 보았다. 남자는 마지못해 차를 돌린다. 랜드로버는 젊은 목동을 에워싸고 있는 염소와 양의 무리를 향해 곧장 돌진하다 차가 멈춰 선다. 여자가 차에서 뛰어내린다. 그녀의 연한 금발머리가 어깨 위로 찰랑거린다. 여자는 맨살의 팔과 다리를 드러내고 있다. 여자가 사진기를 들어올린다.

그녀의 입에서 나온 말풍선에서 소리가 터져나온다.

"어이 꼬마야! 너무 움직이지 마. 너를 찍을 거야."

"하다못해 애가 어떻게 생각하는지 물어보기라도 해야 하는 거 아냐? 사진 찍히는 걸 좋아하지 않는 사람들도 있다고."

남자의 말풍선이 그렇게 툴툴거리자 여자의 말풍선이 되받는다.

"물어보고 싶으면 당신이 물어봐! 그게 바로 당신 일이니까."

가수 르노의 목소리가 갑자기 크게 들려온다.

밤이면 우리는 주차장을 어슬렁거려
우리가 찾는 건 너무 망가지지 않은 베엠(BM)
그걸 빌려서 한두 시간 타고 다니다가
도편 시문(市門) 근처에 버리고 가지
그러곤 똥치들에게 가. 그냥 보러 가는 거지
밤에 잠자리에서 그 여자들을 생각하려고[*]

남자의 말풍선이 빈정거린다.

"착각하지 마. 저 애는 당신이 아니라 자동차를 보고 있는 거라고!"

사진기가 클로즈업으로 나타난다. 여자 얼굴의 4분의 3이 사

---

[*] 앞에서 말한 노래 〈제2세대〉의 한 대목(다음에 인용된 가사도 같음).

진기에 가려진다. 사진기에서 말풍선 하나가 나온다. "찰칵." 여자가 사진을 다 찍은 것이다.

"사진 나 줘요!"

목동이 여자 쪽으로 손을 내밀면서 그렇게 말풍선을 띄운다. 여자는 자동차에서 꺼낸 지도를 목동에게 보여준다. 여자의 두 손에 들린 지도가 클로즈업된다. 사하라 이북을 나타낸 지도다. 타벨발라, 베니 아베스, 베샤르, 오랑이 표시되어 있다.

"파리에 가서 네 사진을 보내줄게. 자아 이 지도를 봐라. 우리는 지금 여기에 있어. 오랑에서 카페리를 타고 스물다섯 시간 걸려서 바다를 건너면 마르세유야. 다시 고속도로로 8백 킬로미터를 더 가. 그러면 파리야. 거기에서 다른 사람 시켜서 필름을 현상하고 네 사진을 인화해야 해."

리베*에 광고를 냈지
일을 해서 나를 먹여 살릴
괜찮은 여자 하나 구해보려고
내가 일자리를 얻으려면
손가락이 남보다 배는 많아야 할걸

---

* 프랑스의 전국적인 일간지 가운데 하나인 '리베라시옹(해방)'의 준말. 젊은 독자층을 많이 거느린 진보적인 성향의 신문.

그러니, 어느 세월에 취직을 하겠어!

자동차가 구름먼지를 일으키며 다시 떠난다. 하지만 만화는 자동차를 따라가며 계속된다. 남자와 여자가 주고받는 말이 자동차 밖으로 빠져나온다.

남자: 봐, 당신은 저 애를 실망시켰어. 솔직히 말해봐. 당신은 쟤한테 사진을 보낼 생각이 전혀 없어.
여자: 난 말이야, 당신이 내 사진을 숱하게 찍었지만 한 번도 사진을 달라고 한 적이 없어.
남자: 당신이야 그럴 수밖에 없지. 내가 당신에게 주려고 사진을 찍는 건 아니니까. 내가 찍는 사진은 원하는 고객들이 따로 있지.
여자: 그런데 꼭 사하라 한복판에 가서 모래언덕과 종려나무 숲을 배경으로 사진을 찍어야만 했던 거야?
남자: 할 건 해야지. 그런 사진에 마음이 동하는 남자들이 있어. 어떤 프랑스 남자들은 이국정취를 물씬 풍기는 배경을 좋아하지. 그런가 하면 산유국의 부자들 중에는 금발머리 여자를 좋아하는 자들이 있지. 내가 오아시스에서 당신 사진을 찍었으니 그들 모두가 좋아할 거야.

여자: 모두가 좋아하겠지. 사진에 찍힌 금발머리 노예를 빼고는 말이야.

남자: 그 금발머리 노예는 자신의 노예 상태를 달게 받아들이고 있지. 자신을 부자로 만들어주는 노예 상태니까 말이야. 당신은 안락한 새장과 자유가 주는 가난 중에서 새장을 선택했어. 그리고 그것을 불만스럽게 여기지도 않아.

여자: 사람이 살아가는 데는 안락한 것 말고도 중요한 게 있어. 그리고 당신이 찍어서 널리 퍼뜨리고 있는 그 선정적인 사진들은 다른 어떤 것보다 내 평판을 나쁘게 만들어. 나는 그 사진들을 영원히 떨쳐버릴 수 없을 것 같은 기분이 들어. 그건 내가 문신을 한 것보다 더 고약해. 문신은 적어도 내가 간직할 수 있어. 남의 눈에 띄지 않게 감출 수도 있지. 하지만 그 사진들은 아무데나 돌아다녀. 어쩌다 내가 운이 좋아서 나를 사랑하는 정직한 남자를 만나게 된다고 생각해봐. 나는 혹시라도 어느 날 갑자기 내 사진들이 그 남자 눈에 띨까봐 하루도 마음 편한 날이 없을 거야.

식민지 개척자들은 본국으로 떠났어
그들의 짐 속에는 노예들이 있었어
배 몇 척에 노예들을 싣고 떠났지

일손이 부족하지 않게 해줄 노예들을
배 몇 척에 노예들을 싣고 떠났지
거리거리에 비질을 해줄 노예들을
노예들은 모두 생김새가 비슷해
그들은 모두 방한모를 쓰고 있지
그들은 모두 살갗이 시려
그리고 마음은 더더욱 시려*

이드리스는 고개를 든다. 만화 속의 남자와 여자가 스탠드에 팔꿈치를 괴고 있는 것을 보고서도 그는 전혀 놀라지 않는다. 그들은 랜드로버를 타고 있을 때와 옷차림이 다르다. 하지만 이드리스는 그들을 알아본다. 그들이 거기에 있는 것도, 큰 소리로 계속 말다툼을 벌이고 있는 것도 지극히 당연한 일이다.

남자: 어쨌거나 내가 돈이 엄청나게 많은 고객 한 사람을 찾아냈어. 당신 말마따나 어느 날 갑자기 당신 사진이 그 사람 눈에 띈 모양이야. 그에게 전화를 해서 약속을 잡아야겠어. 웨이터, 여기 공중전화 토큰 좀 줘!

---

* 앞에서 말한 프랑수아 베랑제의 노래 〈마마두가 내게 말했지〉의 한 대목.

여자: 돈이 엄청나게 많다는 그 고객의 사진을 내가 볼 수는 없을까? 이번만큼은 나도 내가 어디로 가는지 좀 알았으면 좋겠어.

남자: 당신 뭘 잘못 먹은 거 아냐? 돈을 내는 건 내가 아니라 그 사람이야. 사진들을 보고 선택하는 것도 그 사람이고. 어쨌거나 까탈 부리지 말고 해오던 대로 하는 게 좋을 거야.

여자: 당신이 원하거나 말거나 언젠가는 내가 선택을 할 거야. 그러더라도 난 사진을 보고 선택하지는 않을 거야. 인생을 살아가는 참모습을 보고 선택할 거야.

남자: 그건 오늘내일 이루어질 일이 아니야. 먼저 내가 들인 돈을 갚아야 할 테니까 말이야. 나는 일껏 투자한 것을 다 날리고 싶은 생각이 없어. 아, 이제 그만 하자! 나 전화하고 올게. 여기서 기다려.

이드리스는 자기가 꿈을 꾸고 있는지 실제의 광경을 보고 있는지 종잡을 수가 없다. 랜드로버의 금발머리 여자가 혼자 스탠드에 기대어 서 있다. 그녀의 눈길이 그가 앉아 있는 쪽으로 쏠린다. 하지만 그녀의 눈에는 그가 보이지 않는 듯하다. 그녀의 눈이 나쁘거나 그가 투명인간이 되었기 때문일 것이다. 주크박스가 더욱 큰 소리로 울부짖는다.

경찰관 한 사람이 다치거나 죽으면
나라의 기강이 무너진다며 전투태세를 취하고
국가비상사태를 선포하고 국장을 치르지
이런 일이 되풀이되어서는 안 된다며
가치관을 바로 세우자고 난리를 떨지
그러면 난 엎드려서 토악질을 해
난 모든 걸 때려 부수고 싶어······*

이드리스는 자리에서 일어나 여자에게 다가간다. 용단을 내려 만화 속으로 불쑥 들어간 것이다. 그는 만화 주인공처럼 사뭇 대담하다.

"나 모르겠어요? 타벨발라에서 내 사진을 찍었잖아요."

여자는 말귀를 알아듣지 못한다.

"뭐라고? 애가 지금 무슨 소릴 하는 거야?"

"나예요. 타벨발라의 이드리스. '네 사진을 보내줄게' 하고 내게 말했잖아요. 봐요, 여기 잡지에 써 있어요."

그는 여자에게 만화 잡지를 보여준다.

---

* 프랑수아 베랑제의 또다른 노래 〈난 더 알고 싶지 않아〉의 마지막 대목. 이 노래 역시 1979년에 발표한 앨범 〈내 신경 가지고 장난치지 마〉에 실려 있다.

"얘 미쳤어. 이게 도대체 무슨 소리야?"

여자는 잡지를 힐끗 보고는 도움을 청하기라도 하듯 주위를 둘러본다.

"나랑 같이 가요. 그 남자는 나빠요. 당신을 팔아버리려고 해요. 가요!"

여자는 뒤로 물러나다가 스탠드에 부딪히며 자기 술잔을 엎는다. 손님들이 대화를 중단한다. 이드리스는 그녀의 한쪽 팔을 잡아끌려고 한다.

"자아, 함께 떠나요. 그 남자는 당신 사진을 찍어서 당신을 팔고 있어요."

문제의 남자가 공중전화 박스에서 돌아오더니 여자를 도우러 후다닥 달려온다.

"이 아랍 놈은 뭐야? 왜 숙녀를 귀찮게 하는 거지? 이 주먹으로 상판대기를 맞고 싶어서 그래?"

그때 손님 한 사람이 끼어든다. 이드리스는 그 와중에도 손님의 얼굴을 알아본다. 그는 기사도적인 열의로 가득 차 있는 왕츠조브다.

"그래요, 손을 좀 봐주시는 게 좋을 거예요. 내가 조금 전부터 애를 살펴봤는데요, 이 숙녀 분을 끌고 가려 했어요."

이드리스는 남자에게 계속 맞선다.

"당신은 나쁜 놈이야. 이 숙녀 분을 팔고 있어. 사진을 찍어서 말이야."

"아니 뭐라고? 다들 들었지? 이 아랍 놈 오지랖도 참 넓지 않아?"

남자는 이드리스의 얼굴에 주먹을 날린다. 여자는 혹시라도 불상사가 생길까 싶어 비명을 지른다. 이드리스는 조브의 딴죽걸이에 몸의 균형을 잃고 손님들 한복판에 있는 식탁 위로 고꾸라진다.

∞

"그러고 나서 경찰서로 끌려간 거야?"

아슈르가 그렇게 물었다.

"응. 어찌 된 영문인지 모르겠는데, 경찰관들이 금세 왔더라고. 나는 코피를 흘리고 있었어. 모두가 동시에 소리를 질러댔지. 특히 그 여자가 말이야."

"이 동네에서는 경찰관들이 언제나 멀지 않은 곳에 있어. 근데 어쩌다 너한테 그런 일이 생긴 거야, 세상에!"

"경찰서에서 나한테 이것저것 물었어. 한 경찰관이 타자기를 두드려대면서 내가 말하는 것을 모두 기록하더라고. 내 이름, 내가 언제 프랑스에 왔는지, 내가 어디에 사는지 등등을 말이야. 작은 공에 입김을 불어넣으라고 해서 시키는 대로 했어. 손가락에 잉크를 묻혀서 판지에 찍으라고 하기에 그것도 했어. 그다음에는 사진을 찍더라고. 정면으로도 찍고 옆얼굴도 찍었어."

"또 사진을 찍혔네!"

"내가 무엇을 어떻게 한 것도 아닌데, 모두가 내 사진을 찍고 있어."

"코에는 피가 잔뜩 묻어 있고 눈에는 멍이 들어 있었으니 그야말로 살인자의 얼굴이었겠다! 그다음엔?"

"그다음엔 그들이 우리 기숙사로 전화를 걸었어. 이지드로가 전화를 받았지. 십 분 뒤에 그가 경찰서로 와서 경찰관들하고 무슨 얘기를 나누었어. 그러자 경찰관들이 나를 풀어주었어."

"이지드로는 언제나 믿을 수 있는 사람이야. 근데 어쩌다 너한테 그런 일이 생긴 거야, 세상에!"

"만화 때문이야. 카페에서 쾅쾅 울리던 음악과 그 금발머리 여자 때문이기도 해. 사실은 이런 생각도 들어. 조브가 일부러 그 모든 일을 꾸민 게 아닐까 하고 말이야."

그들은 자기들 방의 간이침대에 앉은 채 둘 다 입을 다문다. 그러고는 운명의 무게에 지친 표정으로 방바닥을 내려다본다.

"공사장에서 일하려면 멜빵 달린 작업복이 필요해. 타티 의류 전문점에 가서 한 벌 구해. 면으로 된 파란색 멜빵바지를 사. 지퍼가 달리고 가슴받이에 호주머니가 있는 걸로 말이야."

이드리스는 아슈르가 이르는 대로 받아적은 뒤에 로슈슈아르 대로로 갔다. 하지만 그는 자기가 들어간 곳이 타티 여성복 매장이라는 것을 이내 알아차렸다. 남성복 매장으로 가려면 유리로 덮인 구름다리를 이용해 벨롬 거리를 건너야 했다. 이드리스는 그 사실을 몰랐기 때문에 또다시 실수를 했다. 로슈슈아르 대로의 보도에서 왼쪽으로 돌아 타티 아동복 매장으로 들어간 것이다. 초등학생용 덧옷과 체크무늬 반팔셔츠와 독특하게 디자인한 운동복의 진열대들에서 맑고 싱그러운 분위기가 풍겨났다. 파란 눈에 금빛 속눈썹을 단 사내아이 모양의 밀랍 인형들이 주름 종이로 만든 잔디밭에서 부자연스러운 동작으로 팔을 벌린 채 노는 시늉을 하고 있었다. 가짜 잔디밭에는 풍선과 테니스 라켓이 여기저기 흩어져 있었다. 이드리스는 발길을 멈추었다. 두 남자가 그 마네킹들을 보면서 이야기를 나누고 있었다.

"이것들이 유행에 뒤지거나 쓸모가 없어지면 어떻게 처리하죠? 쓰레기통에 버리나요?"

약간 공격적인 말투로 질문한 남자는 젊은 수탉 같은 느낌을 주었다. 머리털이 부스스하게 일어서 있는데다가 코는 뾰족하고 순진한 분개심에 눈까지 동그랗게 뜨고 있기 때문이었다.

"일단 우리 창고에 넣어두고 기다리죠. 재수가 좋으면 지방의 의류 가게에 되팔 수도 있으니까요. 마메르스나 이수아르나 카스텔노다리 같은 소도시에서 작은 가게의 주인들이 정기적으로 찾아와요. 남녀 어른들과 아이들의 마네킹을 구하러 말이에요. 어찌 보면 '노예 시장'과 비슷해서 묘한 재미가 있죠."

상대편 남자는 말주변이 좋았고, 간간이 냉소를 흘려 자기 말의 조롱기를 강조했다. 옷차림이며 거리낌 없는 말투가 대형 매장 진열창 장식 책임자의 일을 그저 재미난 심심풀이로 하고 있다는 인상을 주고 있었다. 대수롭게 여길 만한 것이 전혀 없는 일, 자기의 야망과 능력에 훨씬 못 미치는 일을 하고 있다는 투였다. 그는 자기에게 맞서고 있는 진지하고 열정적인 남자를 호기심 어린 눈길로 살폈다. 너무나 별쫑맞아서 오히려 재미있다는 눈길이었다.

"그런데 실례지만, 이 마네킹들이 어떤 점에서 손님의 흥미를 끄는 거죠?"

남자는 자신감 넘치는 어조로 대답했다.

"저는 마네킹을 수집하고 있습니다. 에티엔 밀랑이라고 합니다. 사진작가입니다. 여기에서 아주 가까운 구트도르* 거리에 살고 있습니다."

"쇼윈도 마네킹들을 수집하고 있다고요?"

"아무거나 수집하는 건 아닙니다."

"아이들 마네킹을 수집하나요?"

"남자아이들 마네킹을 수집하죠. 그것도 1960년대 것만요."

그 말에 디스플레이 책임자는 아연함을 감추지 못하고 불안한 눈길로 주위를 둘러보았다. 마치 자기의 일상적인 환경이 변하지 않고 그대로 있음을 확인하려는 사람 같았다. 그러다가 이

---

* 파리 18구에 있는 거리. '황금 방울' 또는 '황금 구슬'이라고 한다. 이 소설의 제목과 이름이 같다. 이름이 주는 느낌과는 달리, 아프리카의 이민자들이 모여 사는 가난한 동네이다. 거리 초입에 작은 금은방이 하나 있기에 주인에게 이 소설에 나오는 황금 구슬 같은 장신구가 있느냐고 물었더니, 그런 것을 본 적이 없다고 했다.

드리스와 눈이 마주쳤다. 이드리스는 본의 아니게 그들의 대화를 듣고 있던 터였다.

"그런데 왜…… 하필이면 1960년대 거죠?"

"내가 1950년에 태어났으니까요."

"그러니까 손님이 모으신다는 십 대 소년의 마네킹들이란……"

"그래요, 바로 나예요."

디스플레이 책임자의 눈이 동그래지고 아래턱이 떨어져나갈 듯했다. 조반니 보나미라 불리는 이 시칠리아 출신의 진열창 장식 책임자는 '무엇에도 당황하지 않는 세련된 기품'을 가꿔온 사람이었다. 하지만 이토록 엄청난 괴짜 앞에서는 그 역시 기가 막혀 입을 딱 벌리지 않을 수 없었다.

사진작가가 말을 이었다.

"마네킹들을 모아놓은 창고에 들어가볼 수 있을까요?"

그러더니 여전히 자기 앞에 꼼짝 않고 서 있는 이드리스를 보면서 말했다.

"우리랑 같이 갈래요? 내가 손을 좀 빌려야겠어요."

그들은 승강기를 타고 가게 건물의 지하 3층까지 내려갔다. 아주 나지막한 천장에 달린 여러 개의 형광등이 달빛처럼 창백하면서도 강한 빛을 발산하고 있었다. 그 빛 속에 펼쳐진 광경이

자못 기괴했다. 그것은 수백 명의 벌거벗은 인물들이 한데 모여서 벌이는 거대한 부동의 발레였다. 인물들은 하나같이 우아하고 한껏 멋을 부린 자세로 꼼짝 않고 있었다. 털이 전혀 나지 않은 그들의 몸뚱이는 파르스름한 기운이 돌 만큼 반질반질했다. 분을 바른 것처럼 뽀얗고 앳된 얼굴들에는 미소가 어려 있었다. 작은 머리통들이 머리카락 한 올 없이 반짝반짝 빛나고 있어서, 그러잖아도 이상한 얼굴들이 더욱 기이해 보였다.

사진작가 밀랑이 중얼거렸다.

"이렇게 모아놓은 걸 보니까 숨이 막힐 듯한 에로티시즘이 느껴지는군요."

그러자 보나미가 말했다.

"경찰청에서 우리에게 명령서 보낸 거 알고 있어요? 진열창에서 마네킹에 옷을 입히거나 벗길 때 행인들의 눈에 띄지 않게 하라고 명령을 내렸어요. 그래서 우리 진열창 장식가들은 반드시 커튼을 치고 일을 하죠. 예전에 커튼을 치지 않고 일할 땐, 별난 스트립쇼를 보고 분개한 사람들이 고발을 하기도 했어요. 도대체 성적인 수치심의 한계가 어디까지인지 모르겠다니까요!"

밀랑이 사뭇 퉁명스럽게 반박했다.

"그건 성적 수치심의 문제가 아닙니다. 마네킹들에 대해서도 존중할 건 존중해야 한다는 것이죠."

보나미는 진열창 장식이라는 자기 영역의 한복판에서 그렇게 반박을 당하자 기분이 나빠진 듯했다. 그가 상당히 격한 어조로 지적하고 나섰다.

"내가 보기에 손님은 조각상과 마네킹을 혼동하고 있어요. 그것들이 옷과 맺고 있는 관계는 서로 정반대의 양상을 보이죠. 조각가에게는 알몸이 일차적입니다. 조각상은 보통 나체상이죠. 옷을 입고 있는 형상을 빚어야 한다면, 조각가는 먼저 나체상을 빚고 그다음에 옷으로 알몸을 덮을 것입니다. 마네킹과 옷의 관계는 그 반대입니다. 여기에서는 옷이 일차적이죠. 마네킹은 옷의 부산물일 뿐입니다. 옷의 분비물 같은 것이죠. 마네킹은 옷을 입고 있지 않으면 흉해 보입니다. 조각상은 인체와 마찬가지로 알몸일 수가 있어요. 하지만 마네킹에게는 알몸이라는 말이 어울리지 않아요. 그저 옷을 벗었다고 말할 수 있을 뿐이죠. 여기 보이는 이것들은 사람의 몸이 아닙니다. 인체의 이미지들이라고 할 수도 없어요. 이것들은 조끼 갖춘 슈트의 엑토플라즘이고 드레스의 유령이며 치마의 망령, 파자마의 허깨비예요. 그래요, 허깨비. 아마도 이게 가장 잘 어울리는 말일 겁니다."

밀랑은 보나미의 장광설을 귓등으로 듣고 있는 듯했다. 그는 주위에 꼼짝 않고 서 있는 기이한 군상을 빠르게 살피고 있었다. 그러자 진열창 장식가는 이드리스 쪽으로 몸을 돌리더니, 고향이며 직업이며 사는 곳 따위를 상냥하게 물어보기 시작했다.

"달리 할 일이 없다면, 일거리 하나를 권할까 싶은데요."

그러고 나서 그는 단호하고 거침없는 자신의 말재주에 이끌려 이렇게 덧붙였다.

"단순한 일거리가 아니라, 기이하고 감동적이고 매우 독특한 경험이 될 거예요."

이드리스는 무슨 말인지 도통 모르겠다는 표정으로 그를 바라보았다.

"말하자면 이런 거예요. 우리 고객의 대다수는 아프리카 사람들이죠. 특히 마그레브 사람들이 많아요. 그래서 내가 마그레브형 마네킹을 제작하자고 아이디어를 냈죠. 무슨 말인지 알겠어요? 파리 북동쪽의 팡탱이라는 도시에 공장이 하나 있어요. 살아 있는 모델들의 거푸집을 만드는 곳이에요. 얼굴과 몸의 형(型)을 뜨는 곳이죠. 일단 거푸집이 만들어지고 나면, 폴리에스테르로 된 마네킹을 원하는 만큼 제작할 수 있어요. 내가 보기에 젊은이는 모델이 될 수 있겠어요. 보수는 상당히 좋아요. 마음이 내키거든 나중에 나를 찾아와요. 하지만 너무 늦게 오면 안 돼요. 곧 작업에 들어가야 하니까."

"저 두 마네킹, 내가 가져가도 될까요?"

밀랑은 벽 아래에 포개져 있는 두 개의 마네킹을 가리키고 있었다.

"세상에, 자비심도 많으셔라! 저 불쌍한 두 아이는 없애버리기로 되어 있었어요. 그런데 이제 목숨을 건졌네요!"

"저것들 말고는 관심이 가는 게 없네요."

보나미는 그 마네킹들을 치우려고 준비에 들어갔다. 그가 마네킹들의 팔과 다리를 우악스럽게 잡아당기자, 밀랑이 그에게 달려들었다.

"그만! 얘들이 아프겠어요. 내가 할게요."

밀랑은 마치 중상자를 대하듯 조심스럽게 무릎을 꿇었다. 그런 다음 한 마네킹의 머리를 들어올려 한쪽 아래팔로 받치고 마네킹의 허리 밑으로 다른 쪽 손을 밀어넣었다. 그러고는 팔다리가 탈구된 몸뚱이를 다정한 눈길로 내려다보며 다시 일어섰다. 갖은 정성을 다 기울이는 그 모습에 보나미는 입을 다물어버렸다. 밀랑은 이드리스 쪽으로 몸을 돌리더니 소년 마네킹을 그의 품으로 넘겼다. 그러고 나서 두번째 마네킹 쪽으로 몸을 숙였다. 그가 보나미에게 물었다.

"두 마네킹 값으로 얼마를 드릴까요?"

"아 그것들이요, 그냥 가져가세요! 폐품인데요, 뭐."

"정말이지 얘들은 고생을 많이 했군요. 얘들에게 속눈썹과 머리털을 다시 달아줄 거예요. 뺨과 입술에는 색칠을 다시 할 거고요. 물론 옷도 이것저것 모아서 입혀야죠!"

밀랑은 새로 얻은 두 아이를 위해 오랜 시간 공을 들일 생각을 하며 행복한 한숨을 내쉬었다.

파리 사람들은 웬만한 것을 보고서는 놀라지 않는 것으로 정평이 나 있다. 아무리 그렇다 해도, 그들 두 사람에게 행인의 눈길이 쏠리지 않을 수는 없었다. 저마다 누더기 차림의 이상한 사내아이를 품에 안은 채 짐짓 심각한 표정으로 걷고 있었을 뿐 아니라, 품에 안긴 사내아이들의 다리는 허공에서 건들거리고 있었으니 말이다. 그들은 바르베스 대로를 따라가다가 반대편으로 건너가 구트도르 거리로 들어섰다. 어떤 행인들은 두 사람이 안고 가는 게 다친 아이들 같기도 하고 시체나 마네킹 같기도 해서 더욱 눈을 동그랗게 떴다. 충격을 받고 돌아보는 사람들도 있었고 그냥 웃으면서 지나가는 사람들도 있었다. 이드리스는 낙타와 함께 도살장을 찾아 파리 시내를 가로질렀던 일을 떠올렸다. 하지만 이번에는 노정이 한결 짧았다. 밀랑이 임시로 버팀목들을 받쳐놓은 낡은 건물 앞에서 걸음을 멈추었던 것이다.

"여기야."

그러면서 그는 현관문을 무릎으로 밀었다. 그들은 어둑어둑한 계단을 통하여 3층으로 올라갔다. 계단 난간은 시우쇠로 되어 있었다. 이 건물도 왕년에는 괜찮았다는 것을 말해주는 증거였다. 문에 포스터가 한 장 붙어 있었다. 뤽상부르 공원의 인형극을 익살스럽게 홍보하는 포스터였다. 그들이 들어간 방에서는 접착제와 니스 냄새가 났다. 두 짝의 네 다리 받침대 위에 놓인 널빤지가 작업대 혹은 수술대 구실을 하고 있었다. 관절이 있는 커다란 나무 인형이 그 위에 놓여 있고, 붓이며 팔레트 칼, 물감 튜브, 긁개, 작은 병 따위가 여기저기 흩어져 있었다. 밀랑은 무릎을 꿇고 자기 짐을 야전침대에 내려놓았다. 이드리스가 들고 온 마네킹도 넘겨받아 그 옆에 뉘었다. 그러고는 다시 일어서며 마네킹들을 향해 잠시 측은한 눈길을 보냈다. 그가 회상에 젖으며 말했다.

"꼭 쌍둥이 같아. 내가 저 나이였을 때, 우리 반에 쌍둥이가 있었어. 그들 형제는 너무나 똑같이 생겨서 서로 오인되기가 일쑤였지. 따로따로 떼어놓고 보면 그 애들은 아주 정상적인 보통의 아이들이었어. 그러다가 둘이 함께 있게 되면 갑자기 비정상으로 보였어. 서로 완벽하게 닮은 그 애들의 모습은 보는 사람을 아연케 했을 뿐만 아니라 약간 희극적인 느낌도 주었어. 마치 마네킹들을 보고 있을 때처럼 왠지 불안하기도 하고 우습기도 했어. 어찌 보면 쌍둥이와 마네킹은 서로 비슷해. 한 존재와 똑같이 생긴 다른 존재가 있다는 점에서 그래. 마네킹을 만들 때는 하나의 모델을 복제함으로써 똑같은 것을 여러 개 만들거든"

그들은 몇 걸음을 떼어놓았다.

"방이 두 칸밖에 없어. 여기는 작업실이고 옆방은 침실이야."

밀랑은 옆방을 가리고 있던 커튼을 들어올렸다. 그러고는 이드리스가 안으로 들어갈 수 있도록 비켜섰다. 마치 이드리스 혼자서 충격을 견뎌보라고 그러는 것 같았다. 그 방은 살육의 현장, 혹은 식인귀의 식품 창고를 연상시켰다. 한쪽 구석에 작은 간이침대와 머리맡 전등이 처박혀 있는 것으로 보아 주인 말대로 침실인 것은 분명했다. 하지만 토르소 더미와 팔들의 다발, 벽에 기대어 가지런하게 늘어놓은 다리들의 묶음은 이 방을 아주 청결하고도 건조한, 특별한 종류의 시체 유기 장소로 보이게 했다. 선반에는 볼이 발그레하고 얼굴에 미소를 머금은 머리들이 줄지어 놓여 있어서 방의 분위기가 한층 기묘하게 느껴졌다.

이드리스가 놀라는 기색을 보이며 물었다.

"이런 데서 잘 수 있어요?"

밀랑은 아무 대꾸도 하지 않았다. 조각조각 나뉘어 있는 자기 인형들에게 마음을 온통 빼앗긴 모양이었다. 그는 토르소 하나를 들어올리더니 그것의 반질반질한 표면을 손가락으로 두드렸다.

"들리지? 속이 비어 있어. 석고로 된 껍데기야. 나는 석고를 좋아해. 잘 부서지고 다공질이고 습기에 민감하지만, 제작하기 쉽고 분장하거나 아름답게 꾸미기가 용이한 물질이거든. 석고로 이루어진 세계에서 살 수 있다면 좋겠어. 화가와 조각가의 누드는 해부학과 생리학의 관점에서 살펴보는 것이 가능하지만, 마네킹은 달라. 우리는 그것이 비어 있다는 것을 미리 알고 있어. 마네킹은 해부와 분석의 대상이 아냐. 어떤 아이가 셀룰로이드로 만든 아기 인형 속에 무엇이 들어 있는지 알아보기 위해 배를 가른다고 생각해봐. 그 아이는 바보이거나 장래에 사디스트가 될 녀석이야. 그 아이는 아무것도 찾아내지 못해서 실망하고 말 거야. 마네킹도 그 인형과 마찬가지로 속에 감춘 것이 없어. 살아 있는 사람들의 살갗 속에는 다소 혐오스런 비밀들이 숨겨져 있지만, 마네킹에게는 그런 것들이 없어. 마네킹은 겉으로 드러낸 것 이외에는 아무것도 가진 게 없는 존재지."

그들은 작업실로 돌아왔다.

"그런데 이 마네킹들을 가지고 뭘 하세요?"

"뭘 하냐고? 꼭 뭘 해야 하나? 나는 그저 얘들과 함께 사는 것만으로도 만족할 수 있을 것 같아. 수집가들은 자기들의 컬렉션을 가지고 뭘 할까? 그들은 자기들이 모은 물건에 둘러싸여 그것들을 손질하고 먼지를 털어주지. 나는 내 마네킹들을 돌봐줘. 때로는 토르소에 팔과 다리와 머리를 짜맞춰서 새로운 마네킹을 만들어. 그러다보면 서로 어울리지 않을 법한 것들이 결합되어 뜻밖의 감동을 주기도 해. 가슴 벅찬 순간들이지. 아버지가 된 느낌이라고나 할까…… 이렇게 마네킹을 모으는 사람이 나만 있는 건 아냐. 나와 편지를 주고받는 동호인들이 있어. 동호인이라고는 하지만, 사실 그들과 나의 취미가 완전히 같다고 볼 수는 없어. 그들의 대다수는 여자 마네킹에만 관심이 있거든. 여자아이의 마네킹에 관심을 갖는 사람들은 그나마 나은 경우라고 볼 수 있지. 우리는 서로 편지를 주고받아. 때로는 새로 발견한 것들을 교환하기도 해. 하지만 그들은 감각이 없어. 기막힌 게 있다고 그들이 알려줘서 부리나케 달려가보면, 전혀 신통한 게 없어. 진짜 훌륭한 건 나만 알지! 여름이 되면 나는 애들을 데리고 프로방스로 내려가. 뤼베롱 산자락이 내 고향이야. 부모님은 여전히 거기에 사셔. 그분들은 간호가 필요한 병약한 아이들을 맡아서 키우고 계셔. 나의 이 취미생활은 성년이 된 뒤에 시작되었어. 나이가 들면서 나는 바깥세상의 어둠 속으로 내몰렸지. 나는 내 마네킹들을 위해서 부모님 댁 근처에 오두막 하나를 지었어. 거기에 내려갈 때는 자동차를 이용해. 겨울 동안 모으고 수선한 마네킹들을 내 소형차에 가득 태우고 가지. 우리는 천천히 달려. 도중에 몇 차례 휴식을 취하면서 말이야. 우리의 인기는 대단해. 정말이야! 사람들은 깜짝 놀라면서 내가 진짜 사람인지 알고 싶어해. 사람이 아니라 마네킹이 자동차를 운전하고 있는 것처럼 보이는 모양이야. 사실 마네킹들과 함께 여행을 하다보면 나 역시 마네킹이 되는 듯한 기분이 들어. 그러니 사람들 눈에 내가 마네킹으로 보이는 것도 무리는 아니지. 어쨌거나 마네킹들을 데리고 프로방스에 내려가는 것은 경이로운 일이야. 나는 프랑스의 북부에서 온 그들에게 올리브 밭과 라벤더 밭을 보여줘. 그러면서 그들의 화장한 얼굴에 기쁨과 놀라움의 기색이 어리는 것을 지켜보지. 부모님 댁에 도착하면, 부모님의 보살핌을 받는 아이들이 우리를 둘러싸. 아이들은 호기심 어린 눈으로 나의 길동무들을 이리저리 살피지. 대다수 아이들은 이해를 못 하고 겁을 먹어. 하지만 내 놀이에 참가할 아이가 언제나 한두 명은 내 눈에 띄어. 사실 그 애들을 알아보는 것은 어렵지 않아. 내 마네킹들을 닮은 아이들이니까 말이야. 볼이 토실토실하고 눈이 아몬드처럼 갸름하며 옆 가르마를 타서 금발을 정성스럽게 빗어넘긴 아이들, 사람에게서 오지 않은 어떤 범상치 않은 것을 지닌 아이들이지. 이 아이들은 내 동아리로 들어와 마네킹들과 뒤섞이게 돼…… 이튿날부터 축제가 시작되는 거야. 여름 내내 계속될 축제의 막이 오르는 거지. 우리는 상록 참나무로 덮인 석회암 언덕들을 차지해. 거기 사람들이 '가리그'라고 부르는 땅들을 말이야. 거기에서 공놀이며 배드민턴이며 술래잡기를 하지. 점심도 거기에서 먹어. 가장 더운 시간에는 낮잠을 자. 여자들이 입는 기다란 겉옷을 차양으로 삼고 방석을 침대삼아서 말이야.

프랑스혁명 기념일 전야에는 불꽃놀이도 하고 무도회도 열어. 촛불을 켜놓고 밤참을 먹기도 해. 그야말로 행복한 시간, 신나는 바캉스지. 내가 준비하고 있는 사진집의 제목도 바로 그거야. 나는 내 마네킹들과 함께 벌이는 그 모든 축제를 컬러 사진에 담고 있어."

"세상에! 마네킹 사진을 찍는다고요?"

이드리스는 그렇게 탄성이 터져나오는 것을 억누를 수가 없었다.

"그래, 당연하지. 그건 전통이야. 우리는 인생에서 기념할 만한 순간들을 모두 사진에 담아. 세례, 첫영성체, 혼인, 입대 같은 중요한 사건들이 있을 때 말이야. 나는 마네킹들을 이리저리 배치해서 구도를 잡은 다음, 장난삼아 살아 있는 사내아이 한두 명을 마네킹들 사이에 섞어놓아. 사진을 찍게 되면 처음엔 국부적이고 찰나적이던 축제가 보편적이고 영구적인 양상을 띠게 돼. 덧없는 시간이 사진을 통해 거룩해지고 영원해지는 것이지."

"마네킹을 사진에 담는다 이거죠?"

이드리스는 그 행위가 왠지 꺼림칙하다고 느끼면서 다시 물었다.

"그래. 하지만 마네킹만 찍는 건 아니고 약간의 풍경도 담지. 진짜 나무, 진짜 바위가 있는 진짜 풍경 말이야. 그런데 마네킹들과 풍경 사이에는 상호적인 감염 같은 것이 있어. 풍경의 사실성은 마네킹들에게 훨씬 강렬한 생기를 줘. 진열창에 들어 있을 때와는 비교가 안 될 만큼 생기가 넘쳐 보여. 거꾸로 마네킹들이 풍경에 영향을 미치기도 해. 나무들은 약간—완전히는 아니고 그저 약간—종이로 만든 것처럼 보이고, 바위는 골판지로 만든 느낌이 나. 그런가 하면 하늘은 배경막처럼 보이기도 하지. 마네킹들 자체가 하나의 이미지이므로 그것들을 찍은 사진은 이미지의 이미지야. 현실을 녹여버리는 이미지의 힘이 겹쳐지는 효과가 나타나. 그 결과 깨어 있는 상태에서 꿈을 꾸는 느낌, 진짜 환각에 빠진 느낌이 생겨나는 거야. 내가 찍는 사진들은 이미지 때문에 토대가 무너져내린 현실을 담고 있어."

이드리스는 한참 전부터 그의 이야기를 건성으로 듣고 있었다.

"제가 더 거들 일이 없다면, 타티 매장으로 돌아갈게요. 작업복을 한 벌 사야 하거든요."

"생각이 있다면, 나랑 점심 먹고 가렴. 그런데 미리 말해두지만, 난 채식주의자야."

"채식주의자가 뭔데요?"

"난 고기나 생선을 먹지 않아."

"내 고향 타벨발라에서는 다들 채소만 먹고 살아요."

"그래. 하지만 그건 살림살이 형편 때문에 하는 수 없이 그러는 거야. 나는 스스로 채식을 선택한 것이고. 고기가 남자라면 생선은 여자야. 나는 그 두 가지를 내 삶에서 제거해버렸어."

조금 뒤에 밀랑은 그들의 만남과 보나미가 이드리스에게 권했던 일거리를 다시 화제에 올렸다.

"저를 모델로 삼아서 아프리카 마네킹을 만들고 싶은가봐요. 자기네 진열창에 세워두려고요."

"그 사람이 너한테 그걸 권했어?"

밀랑은 두려움과 경탄이 뒤섞인 듯한 눈길로 그를 바라보았다.

"네, 그래요. 하지만 가야 할지 말아야 할지 잘 모르겠어요."

"가야 해, 알겠어? 꼭 가야 해! 그건 굉장한 경험이야."

"그렇게 흥미로워 보이면 직접 가시지 그래요!"

"우선 나는 마그레브 사람처럼 생기질 않았어. 알잖아, 우리는 둘 다 거기에 있었어. 그가 원하는 사람은 너야. 게다가 나는 너무 늙었어. 하려면 십오 년 전에 했어야 하는데, 그때 나는 뤼베롱 산자락에 사는 시골 소년이었어. 사람들이 나를 마네킹의 모델로 쓰지도 않았을 뿐 아니라, 사진도 별로 찍어주지 않았어. 몇 장 안 되는 사진조차 형편없는 것들뿐이었어. 우리 집의 가난이 나에게 보상으로 준 것은 딱 한 가지야. 어머니가 내 물건을 하나도 버리지 않았다는 것이지. 내 바지나 셔츠가 해어지면, 어머니는 혹시라도 무슨 쓸모가 있을까 싶어서 그랬는지 그것들을 따로 보관해두셨어. 덕분에 1960년대의 아이들 옷으로 가득 찬 커다란 트렁크 하나를 우리 다락방에서 찾아낼 수 있었지. 그건 내 보물이야. 나는 예외적으로 아주 중요한 행사가 있을 때에만 그 옷들을 꺼내서 내가 특별히 선택한 몇몇 마네킹에게 입혀줘."

이드리스는 그 중요한 행사라는 게 어떤 것들인지 굳이 알려고 하지 않았다. 그는 토마토를 곁들인 쌀밥과 양파 퓌레를 먹으면서 보나미가 권한 일거리를 생각하고 있었다. 자기가 그것을 마다하지 않으리라는 예감이 들었다. 그는 마네킹의 모델이 되면 자기에게 어떤 일이 벌어질지 상상해보려고 애썼다. 한 번에 열 개, 또는 백 개씩 복제되어 무수한 밀랍 인형으로 변해버린 자신의 모습이 눈에 선했다. 타티의 진열창 앞에 모여든 군중의 눈길을 받으며 우스꽝스러운 자세로 꼼짝 않고 있는 모습이. 그 변신은 어떻게 이루어지는 것일까? 그 점에 대해서는 아직 아는 바가 전혀 없었다.

밀랑은 헤어지기 전에 격려하는 듯한 미소를 지어 보이고 어깨를 토닥여주면서 다시 말했다.

"가야 해! 갔다 와서 나한테 꼭 얘기해줘!"

 이드리스는 거기에 갔다. 어느 날 아침 약속 장소인 샤펠 대로의 보도에서 보나미가 그를 자동차에 태워 장 조레스 대로 쪽으로 갔다. 보나미가 말한 대로 팡탱이라는 작은 도시에는 글립토플라스틱이라는 회사의 마네킹 제작소가 있었다. 이 회사는 옛날에 루이 토마 제롬 오주 박사의 인체 해부모형 공장이 있던 자리에 들어서 있었다. 한 세기도 더 지난 먼 옛날, 생토뱅 출신의 이 유명한 해부학자는 여기에 이상한 공장을 세웠다. 프랑스와 세계 도처의 의과대학에 완전한 조립식의 인체해부모형을 공급하는 공장이었다. 이 해부모형의 체내 기관들은 색깔까지 정교하게 복제되어 있었고, 추출과 조작이 가능하도록 되어 있었다. 제2차세계대전 직후에 글립토플라스틱 사는 그 제작 기술을 현대화하고 응용 범위를 확대했다. 이 회사는 그레뱅 박물관*과 영화 제작 회사에 납품을 하고 있었고, 실내장식가와 마술사 등에게도 제품을 팔고 있었다. 몇몇 장의사들도 고인의 전신상을 만들도록 유족을 설득하여 이 회사에 주문을 넣었다.

글립토플라스틱 사는 방문객들을 위해 자사의 견본을 사옥에서 전시하고 있었다. 이 견본은 화려한 명성을 자랑하던 과거의 것에서 신제품에 이르기까지 종류가 다양했다. 오주 박사 시대에 만들어진 것으로는 기관(氣管)으로 연결된 한 쌍의 진홍색 허파, 문정맥과 간정맥과 림프관들이 붙어 있는 금속성 갈색의 간이 마치 사냥 기념물처럼 벽에 걸려 있었다. 그리고 이유는 알 수 없지만, 여덟 개의 불그스름한 코가 삐죽삐죽 놓여 있는 판자도 하나 보였다. 각 코의 특징이 예쁘게 동글린 글씨로 이렇게 적혀 있었다. 곧은 코(그리스인), 사자코(흑색인종), 굽은 코(홍색인종), 늘어진 코, 납작코, 매부리코, 부르봉 코**, 들창코. 어떤 영화의 소도구로 제작된 물건들도 있었다. 이 영화는 일부 시퀀스의 무대가 한센병 요양소로 되어 있었다고 했다. 그래서 농포가 생긴 것처럼 오톨도톨하게 만든 말랑말랑한 가면세트, 손

---

* 파리 9구 몽마르트르 대로에 있는 밀랍 인형 박물관. 풍자 만화가이자 무대의상 디자이너였던 알프레드 그레뱅과 언론인 아르튀르 메예르가 1882년에 세웠다.
** 프랑스 부르봉 왕가 사람들 특유의 코. 끝이 약간 휘어진 기다란 코.

가락이 떨어져나간 가짜 손, 화농성 궤양 때문에 유방이 뭉개진 여자의 가슴 부위를 모방한 가슴받이 등이 제작된 것이었다. 그런가 하면 미소 띤 얼굴에 이가 반짝반짝 빛나는 반신상들도 있었다. 미용실의 쇼윈도를 장식하기 위한 제품들이었다. 먼지가 앉은 발레용 스커트로 살찐 몸매를 가리고 있는 무희도 보였다. 그레뱅 박물관에 전시된 인물들의 세대교체가 이루어질 때, 폐기되지 않고 살아남은 인형들도 있었다. 프랑스 대통령을 지낸 뱅상 오리올, 급진당 서기장이었던 에두아르 에리오 등의 인형들이었다.

전시실과 이웃한 방에서는 젊은 조각가 한 사람이 글립토플라스틱 사의 직원들에게 둘러싸인 채, 거푸집에서 갓 꺼낸 실물 크기의 그리스도 상을 소형 트럭에 싣고 가기 위해 가느다란 띠로 칭칭 감고 있었다. 할 줄 아는 것이라곤 통조림 깡통들을 한데 용접하여 추상적인 작품을 만드는 것밖에 없었던 이 조각가는 최근에 복원된 한 성당으로부터 180센티미터의 예수 십자고상을 갑자기 주문받게 되었다. 그는 주문을 놓치고 싶지 않아서, 글립토플라스틱 사에 도움을 청했다. 그리고 제작비를 절약하기 위해 자신이 직접 모델 노릇을 하기로 결정했다. 그럼으로써 이제 그는 자신을 본떠서 만든 그리스도를 십자가에 못 박으려 하고 있었다.

자기의 분신을 포장하면서 그가 다른 사람들에게 말했다.

"내 딴에는 직업의식을 최대한 발휘한 거예요. 나에게 신비주의적인 성향이 없었기에 망정이지, 그런 게 있었다면 이런 식의 장난이 어떤 식으로 발전했을지 아무도 몰라요."

보나미와 이드리스가 들어오는 바람에 이야기가 중단되었다. 그들은 거푸집 제작소로 안내되었다. 거푸집을 만들기 위해 모델이 들어가는 통은 투명 합성수지로 된 좁다란 공중전화 박스와 생김새가 비슷했다. 바로 이 제조기를 이용해서 전전날 조각가 자신이 모델로 나서 십자가에 못 박힌 예수상의 주형을 뜬 것이었다. 좁고 가파른 계단을 통해 위층으로 올라가자 액체가 들어 있는 탱크가 나왔다. 거기에 들어 있는 7백 리터의 알긴산염 — 일부 갈조류의 점액이 물과 만나서 만들어진 끈적끈적한 물질 — 은 섭씨 25도의 온도를 유지하도록 전기로 가열되고 있었다. 탱크는 바닥의 구멍으로 아래층과 연결되어 있었다. 유량을 조절하는 판(瓣)을 통해 구멍으로 흘려보낸 액체가 모델이 갇혀 있는 통으로 들어가도록 되어 있는 것이었다. 두 개의 다른 탱크에도 액체가 준비되어 있었다. 한 탱크에 들어 있는 것은 물을 50퍼센트 정도로 섞은 폴리에스테르 수지 60리터(이드리스의 몸무게에 해당하는 양)였다. 이것을 에멀션 상태로 유지하기 위해 윙윙거리며 돌아가는 믹서 소리가 실내에 가득했다. 또다른 탱크에 들어 있는 것은 알긴산염을 굳히기 위해 마지막 순간에 첨가될 80리터의 촉매제였다. 지붕 밑의 들보에는 무거운 것을 들어올릴 때 사용하는 호이스트가 고정되어 있었다. 끝에 그네의 밑싣개가 달려 있는 이 장치는 알긴산염의 굳어가는 덩어리에서 모델을 빼내는 데 쓰이는 것이었다.

제작소 책임자의 그 모든 설명은 이드리스의 이해를 도와주기는커녕 오히려 그에게 겁을 주고 말았다. 하지만 몇 분만 통에 갇혀 있으면 될 거라면서 다들 그를 안심시켰다. 그 몇 분이라는 것은 알긴산염이 빵 반죽처럼 꾸덕꾸덕해지는 데 걸리는 시간이다. 그다음에는 이드리스의 몸이 빠져나가면서 생긴 구멍에 폴리에스테르 수지를 붓는다. 이 수지가 서른여섯 시간 동안 냉각되고 나면 이드리스와 생김새며 몸무게가 똑같은 원형(原型)이 완성된다. 이 원형을 가지고 알루미늄으로 된 거푸집을 만든다. 그다음에는 이 거푸집을 이용해서 폴리에틸렌이나 폴리염화비닐로 된 마네킹을 무수히 제작할 수 있다.

하지만 그들에게 우선 필요한 것은 이드리스의 얼굴이었다. 얼굴의 모형을 떠야 하기 때문이었다. 이 일은 결국 몸의 거푸집을 만드는 작업의 가벼운 맛보기인 셈이었다.

이드리스는 그들이 시키는 대로 웃통을 벗은 채 탁자 앞에 섰다. 탁자 위에는 알긴산염이 담긴 넓적한 그릇이 놓여 있었다.

보조 기술자 한 사람이 촉매제를 붓고 알긴산염이 반죽처럼 굳어졌는지를 확인했다. 모델이 얼굴을 바로 담그지 않고 알긴산염이 더 굳을 때까지 기다릴 수 있는 것은 얼굴을 빼내는 데 아무런 어려움이 없으리라는 것을 알기 때문이었다. 알긴산염이 굳어진 뒤에 얼굴을 담그게 되면 담그고 있어야 하는 시간도 그만큼 줄어들 터였다. 마침내 이드리스는 숨을 멈추고 그릇에 코를 박았다. 누군가가 한 손으로 그의 목덜미를 눌러 귀까지 잠기게 했다. 이드리스는 되도록 오랫동안 버티라고 사전에 부탁을 받은 터였다. 그는 약 일 분이 지나서 반쯤 숨이 막혀 고개를 쳐들었다. 그런데 반죽이 예상보다 빨리 굳는 바람에 그의 눈썹과 속눈썹이 반죽에 달라붙어 뽑히고 말았다.

조수 가운데 한 사람이 우스갯소리를 했다.

"다시 자랄 거야. 그런데 말이야, 우리 물건을 털 뽑기 반죽으로 팔아도 되겠는걸."

이드리스는 이어서 완전히 발가벗고 통 속에 들어갔다. 보나미가 예술적인 감각을 내세우며 나선 게 바로 이때였다. 이드리스가 반죽 속에서 어떤 자세를 취하면 그것이 곧 모든 마네킹의 변함없는 자세가 될 터이므로 이때를 놓치면 안 되는 것이었다. 그의 개입은 길고도 세심했다. 오른쪽 다리는 조금 앞으로 내밀되 왼쪽 다리에 너무 힘을 주고 있으면 안 되었다. 윗몸은 약간 돌려야 하고 두 팔은 스스럼없는 환대의 몸짓을 보여주어야 했다. 생동감과 안정감, 세련미와 자연미, 우아함과 남성성을 조화시키지 않으면 안 되었다.

한편 글립토플라스틱 사의 기술자들은 다른 것을 걱정하고 있었다. 8백 킬로그램에 달하는 알긴산염 반죽은 모델이 빠져나간 뒤에 그의 몸이 남긴 자국 속으로 무너져내릴 염려가 있었다. 그래서 그들은 이드리스의 몸 주위에 기다란 금속 막대를 열 개쯤 배치해놓았다. 이 막대에 달린 똬리쇠들이 반죽을 '보강'하는 것이었다. 예전에 처음으로 이 기술을 시도하던 때에는 점착력이 강한 그 거대한 반죽으로부터 모델을 뽑아내지 못한 경우가 더러 있었다. 그들은 압축공기 탱크와 연결된 가느다란 대롱들을 이드리스의 발가락 사이에 놓아두었다. 반죽이 굳은 뒤에 이 대롱들을 통해 공기를 불어넣으면 몸의 자국이 조금 부풀어오를 것이고, 그러면 모델을 빼내기가 수월해질 것이었다.

글립토플라스틱 사의 기술자들은 모델의 지구력과 정신력이 작업의 성패를 가름하는 주된 요인이라는 것을 익히 알고 있었다. 그래서 그들은 이드리스를 그만 괴롭히라고 보나미를 만류하고 나섰다. 빨리 끝내고 다음 단계로 넘어가자는 것이었다. 제작소의 책임자는 나무 의자에 올라서서 이드리스가 들어가 있는 통 속을 들여다보았다. 그의 머리는 마네킹의 포즈를 취하고 있는 이드리스의 머리로부터 몇 센티미터밖에 떨어져 있지 않았다. 그의 손은 밸브의 손잡이에 놓여 있었다.

"이봐 꼬마 친구, 괜찮아? 자아 시작한다!"

푸드득 하는 소리와 함께 초록색 쇠똥 같은 것이 이드리스의 발 위로 떨어졌다. 그러더니 탱크 밑바닥의 구멍에서 끈적끈적한 알긴산염이 펑펑 쏟아져내리고, 촉매제가 거기에 섞여들었다. 이 반죽은 이드리스의 몸을 타고 아주 빠르게 올라왔다. 그것은 부드럽고 미지근했으며 전혀 불쾌하지 않았다. 하지만 반죽이 가슴에 차오르자 불안한 생각이 들기 시작했다. 이드리스는 사전에 기술자들이 일러준 대로 허파를 부풀렸다. 몸을 답답하게 죄어오는 반죽을 조금이라도 밀어내어 틈새를 만들기 위해서였다. 하지만 정작 겁나는 것은 발에서 시작하여 가슴이 다 덮이도록 차오른 반죽이 딱딱해지고 있다는 사실이었다. 마침내 반죽이 이드리스의 턱에 닿았다. 제작소·책임자는 탱크의 밸브를 닫아 알긴산염이 아주 조금씩만 통 속으로 흘러들게 했다. 그가 이드리스에게 말했다.

"반죽이 입에까지 차오르더라도 겁내지 마라. 콧구멍에 닿기 전에는 멈출 거니까."

이드리스는 벌써 눈을 감고 있었다. 자기의 숨이 끊어지고 심장 박동이 중단되어버린 것만 같았다. 초록색 반죽이 입을 막기 전에 그가 한 마디를 내뱉었다.

보나미가 물었다.

"저 친구, 뭐라고 했어요?"

"모르겠어요. 사람 이름을 말하지 않았나 싶어요. '이브라힘'이라던가……"

"어쨌거나 기절을 하면 안 되는데."

"그런 불상사야 없겠죠! 하지만 반죽이 꾸덕꾸덕하게 굳으려면 적어도 삼 분 동안은 참고 기다려야 해요. 그러지 않으면 모든 걸 처음부터 다시 해야 돼요."

"달걀을 반숙으로 익힐 정도의 시간이군요."

"말이 재밌네요!"

일 초 일 초가 매우 느리게 흘러갔다. 제작소 책임자는 알긴산염이 얼마나 굳었는지를 가늠하기 위해 수시로 검지를 담가보고 있었다.

마침내 그가 말했다.

"이 정도면 되겠어. 압축공기를 보내."

가벼운 바람 소리가 나더니 이어 깊은 울림을 지닌 트림 소리 같은 것이 들려왔다. 공기가 이드리스의 몸을 따라서 빠져나갈 길을 만들어가고 있었다. 제작소 책임자가 소리쳤다.

"그네 내려!"

그는 이드리스의 두 팔을 빼내고 이드리스가 그네의 밑신개를 잡을 수 있도록 도와주었다. 위층에서는 두 남자가 전력을 다해 호이스트의 밧줄을 잡아당기고 있었다. 그네는 천천히 다시 올라갔다. 이드리스는 두 남자의 도움을 받아 두 손으로 밑신개를 꼭 쥐고 있었다. 그의 몸이 알긴산염 덩어리로부터 빠져나오면서, 방귀 소리 같기도 하고 빠는 소리나 삼키는 소리 같기도 한 요란한 소리가 났다.

보나미가 경탄하며 말했다.

"마치 아기의 탄생을 지켜보고 있는 기분이에요."

"그보다는 암소의 뱃속에서 송아지를 빼내는 것과 비슷하죠."

2층의 남자들은 호이스트의 밧줄을 놓고 이드리스가 발을 디디고 서도록 도와주었다. 그는 점액이 묻어 번들번들 빛나는 알몸으로 마치 조난자처럼 비틀거렸다.

"그 애를 샤워장으로 데려가. 옷도 갖다주고. 그동안 나는 그 애가 빠져나온 자리에 폴리에틸렌 수지를 부을 테니까."

한 시간 후, 보나미는 이드리스를 미라 거리로 직접 데려다주었다. 그는 좀처럼 흥분을 가라앉히지 못하고 있었다.

"좀 힘들었지? 하지만 이 얼마나 흥미진진한 일이야! 한 아이가 태어났어. 그래, 한 아이가 태어난 거야! 앞으로 한 달이 채 안 돼서 쌍둥이 형제처럼 서로 닮은 스무 명의 이드리스가 내 진열창과 진열대를 가득 채우게 될 거야. 그건 그렇고 나한테 한 가지 아이디어가 있는데, 이것에 대해서 네 의견을 듣고 싶어. 그게 뭐냐 하면, 네가 자동인형 흉내내기를 배우면 어떨까 하는 거야. 우리는 너에게 마네킹처럼 옷을 입힐 거야. 네 쌍둥이 형제들처럼 말이야. 그리고 우리는 너에게 무대 화장을 해줄 거야. 네 얼굴이며 머리며 손이 가짜처럼 보이게 하려는 거지. 내 말 무슨 뜻인지 알겠어? 그다음에 너는 진열창 속에 말뚝처럼 뻣뻣하게 서서 몇 가지 동작을 보여주는 거야. 자동인형의 움직임처럼 각이 진 동작, 불규칙하게 끊어졌다 이어졌다 하는 동작 말이야. 그 정도면 일은 다 된 거나 마찬가지야. 성공은 확실하게 보장되어 있어. 진열창 앞에 온종일 사람들이 모여들 거야. 일은 상당히 쉬운 편이야. 하지만 사람들이 보통 생각하는 것보다 고될 수도 있어. 무엇보다 눈의 고생이 심하지. 눈을 깜박거리면 안 되거든. 그래, 눈을 계속 뜨고 있어야 해. 처음에는 눈알이 건조해져서 고생을 할 거야. 하지만 곧 익숙해져. 어때, 한번 해보겠어? 잘 생각해보고 결정해. 보수는 아주 좋을 거야. 마음이 내키거든 날 찾아와."

이드리스는 이러저러한 시련에 지친 터라, 그 뒤로 며칠 동안 미라 거리의 기숙사 밖으로 거의 나가지 않았다. 바깥세상으로부터 자신을 지켜야 한다는 느낌이 들었고, 도처에서 튀어나오는 덫과 신기루를 피하고 싶었다. 기숙사는 오후 내내 잠들어 있다가 노동자들이 돌아오는 저녁 여섯시가 지나서야 활기를 띠었다.

사감 이지도르는 낮 시간을 틈타서 방들을 점검했다. 만능열쇠로 문을 따고 들어가 방을 둘러보고 나서는 그날 저녁에 방의 거주자들에게 지적해줄 사항을 마음속에 적어두었다. 어떤 방들은 구석구석까지 세심하게 정돈이 되어 있었다. 반면에 어떤 방들은 도발적이다 싶을 만큼 지저분했다. 이지도르는 자기가 데리고 있는 자들을 잘 알고 있었다. 북아프리카 오지에 가족을 두고 온 이 젊은이들 중에는 빨래와 설거지가 저절로 되는 게 아니라는 사실을 모르는 자들이 더러 있었다. 또 쓰레기를 거리에 쉽게 버리기 위해 창유리를 깨는 것은 온당치 못한 짓이라는 사실을 모르는 자도 있는 듯했다. 이지도르 영감은 오랜 경험을 바탕으로 인자하고도 엄격하게 그들을 감독하고 있었다.

퇴직 연금을 받고 있는 몇몇 늙은 이민자들은 기숙사에 아예 눌러앉아버렸다. 기숙사의 행정적인 취지는 양로원이 되는 게 아니었지만, 이지도르 영감은 이 노인들을 가장 좋아했다. 그들이 가장 조용하고, 가장 세심하고, 가장 다루기 쉬운 거주자들이기 때문이었다. 그들은 공동 거실의 차 달이는 질화로 주위에 모여서, 드문드문 말을 주고받으며 도미노 놀이를 하거나 카르바가라는 아프리카 체커를 두었다. 이지도르 영감은 한산한 시간에 이따금 노인들이 모여 있는 곳으로 갔다. 그들은 그렇게 한데 어울리면 서로 짤막한 암시를 주고받으며 자기들 젊은 시절의 알제리를 회상했다.

이지도르와 어울려 노는 이 고참들은 더 나이 많은 이민자들과 더불어 라디오 청취자 집단을 형성하고 있었다. 이들은 텔레비전에 열광하는 젊은이들과는 한 세대, 또는 두 세대 차이가 나는 사람들이었다. 텔레비전은 이미지이자 현대적인 삶이자 프랑스어였고, 나아가서는 미국식 삶이라는 매혹적인 세계로 열려 있는 창이었다. 반면에 라디오는 카이로나 트리폴리나 알제리였고 아랍어였다. 특정한 시간대에만 들을 수 있고 때로는 수신기에 한쪽 귀를 갖다대고 들어야 하는 이 라디오는 다른 무엇이기에 앞서 코란이었고 정치 연설이자 전통 음악이었다.

유쾌하지 않은 사건들을 겪으며 세상의 참모습을 알아가고 있던 이드리스는 그 선참 이민자들과 어울리고 싶었다. 그들은 그를 따뜻하게 맞아주었고, 대기의 전리권을 이용하는 눈에 보이지 않는 세계, 즉 라디오의 세계에 입문하게 해주었다. 덕분에 그는 조금씩 깨달아가고 있었다. 이미지가 사악한 힘으로 눈을 유혹할 때, 귀를 일깨우는 소리 신호가 그 힘에 맞서는 방책이 될 수 있다는 것을. 그는 열정적인 안내자도 한 사람 찾아냈다. 이집트 출신의 재단사 모하메드 아무진이 바로 그 사람이었다.

아무진은 제2차세계대전 직후에 프랑스에 왔다. 언젠가는 돌아오리라고 생각하면서 고향을 떠나왔지만, 그는 끝내 고향 마을로 돌아가지 못했다. 고향에 남은 가족이 살아갈 수 있도록 타관에서 돈을 보내주는 것이 그의 운명이었던 것이다. 하지만 그는 늘 향수에 젖어 있었다.

"칠천 년 전부터 나일 강 유역에 뿌리박고 살아온 이집트인들은 온 아랍 세계에서 유목민 기질을 가장 적게 타고난 농경민이야. 그들에게는 고향을 떠나는 것보다 더 혐오스러운 일이 없어."

아무진은 라디오를 통해 이집트에서 벌어진 중대한 사건들의 소식을 접했다. 1948년 이집트 군이 이스라엘에 맞서 처음으로 패배했을 때, 1952년 파루크 왕이 퇴위당했을 때, 1956년 수에즈 운하의 국유화에 이어 프랑스와 영국과 이스라엘이 비열하게 침공했을 때, 1967년의 '6일 전쟁', 특히 1970년 9월 28일 이집트 국민을 크나큰 슬픔에 빠뜨렸던 나세르 대통령의 서거와 5백만의 군중이 모인 어마어마한 장례식. 아무진은 라디오에 한쪽 귀를 대고 두 손을 코란에 얹은 채 극도의 흥분 상태에서 그 모든 사건을 겪었다. 그가 이드리스에게 설명한 바에 따르면, '아랍의 소리' 방송이 매일 내보내는 정치 연설은 장중하고도 고무적인 아름다움을 지니고 있었다. 비록 과장된 어조에 실린 그 자신만만함이 현실과 동떨어져 있기는 하지만, 이슬람 세계의 잠재력과 아주 잘 어울린다는 것이었다.

그러나 무엇보다 아무진을 열광시키는 것은 움 칼숨의 고결한 목소리였다. '델타의 꾀꼬리' '오리엔트의 별' 등으로 불렸고, 나중에는 그냥 '여사님'이라는 뜻의 '아스 세트'라고 불렸던 이 가수가 화제에 오르면, 아무진의 이야기는 끝이 없었다. 1904년생인 그는 움 칼숨과 동갑이었다. 게다가 그는 이집트 북부 지중해 연안의 다칼리야라는 지방에 있는 심발라웬 근처에서 태어났는데, 그녀 역시 다칼리야 출신이었다. 이런 사정 때문에 그는 스스로를 그녀의 고향 사람, 그녀의 오라비나 다름없는 사람으로 여기고 있었다.

움 칼숨은 여덟 살 때부터 혼례식이나 공적인 종교의식이 거행되는 곳에서 노래를 불렀다. 노래는 여자가 할 일이 아니라고 생각했던 아버지는 움 칼숨에게 남자아이처럼 옷을 입혔다. 노래가 끝나면 사람들은 답례의 뜻으로 아이에게 과자를 주었고, 아이는 지친 몸으로 아버지 품에서 잠이 들었다. 아이는 반주가 전혀 없이 노래를 불렀다. 목소리야말로 신께서 주신 유일한 악기이기 때문이다. 아이는 아름다운 목소리로 예언자를 찬양함으로써 가족들의 잔치를 더욱 아름답고 거룩하게 만들었다. 이 베두인족 아이의 명성은 나날이 높아갔다. 그러던 어느 날 아이의 사진이 처음으로 신문에 실리면서 말썽이 생겼다. 그건 영광의 시작이었지만, 아이의 아버지가 보기엔 지울 수 없는 치욕이었다. 그 뒤로 움 칼숨은 자신의 사진을 몰래 찍어 사생활을 시시콜콜하게 폭로하려는 탐욕스런 카메라맨들에 맞서 평생토록 싸움을 벌였다.

움 칼숨의 청중은 거의 전부가 남자들이었다. 그리고 그녀에게는 남자가 없었다(그녀는 나중에 자기를 돌봐주는 의사와 결혼하게 된다). 그녀는 스스로 모든 아랍인의 아내, 일종의 마돈

나, 혹은 온 국민의 숫처녀가 되고자 했다. 그녀는 자신의 노래가 사랑 노래인 동시에 애국의 노래가 되어야 한다고 생각했다. 남편들은 자기들만 이 여가수의 노래를 들으러 가는 까닭을 설명하기 위해 아내들에게 '이 공연은 정치 집회 같은 거야'라고 말했다. 딴에는 일리가 있는 말이었다. 칼숨은 '깃발'이라는 뜻이었고, 그녀는 공연 중에 언제나 커다란 손수건을 오른손에 들고 마치 너울이나 깃발처럼 흔들어댔다. 손수건은 그녀의 상징이었다. 또한 그녀를 감싸주고 그녀의 눈물과 땀을 받아주는 존재이기도 했다.

움 칼숨은 그렇게 출현했다. 갑상선종 때문에 튀어나온 눈을 커다란 선글라스로 가리고, 머리에 스카프를 두른 채(아랍의 전통이 몸에 배어 머리를 가리는 것이 더 편하기 때문에), 그리고 통통한 손으로 손수건을 흔들며.

그녀는 문장에서 쓰는 정통 아랍어로 노래하기를 거부하는 대담성을 보였다. 그럼으로써 라디오에서 이집트 방언으로 노래를 부른 최초의 가수가 되었다. 그러자 기적이 일어났다. 이집트뿐 아니라 온 아랍 세계가 그녀의 노래를 듣게 된 것이었다. 그녀의 리사이틀이 라디오로 생중계될 때면 카이로, 카사블랑카, 튀니스, 베이루트, 다마스쿠스, 하르툼, 리야드 등지의 거리와 저자가 일제히 텅 비어버렸다. 군중은 그녀에게 환호와 갈채를 보내면서, "그대는 우리 모두의 여자요. 그대는 내 평생의 애인이오. 그대를 알고부터 나는 그대의 목소리 말고는 아무 소리도 듣지 못하는 귀머거리, 그대에 관한 이야기 말고는 아무 말도 하지 못하는 벙어리가 되었소!" 하는 식의 말들을 서슴없이 했다.

그때부터 움 칼숨의 목소리는 이집트 국민의 삶과 따로 생각할 수 없게 되었다. 그녀는 이집트뿐 아니라 온 아랍 세계의 영혼이었다. "이집트 사람들은 어떻게 지내고 있습니까?" 하는 물음에 이런 대답이 나올 정도였다. "아주 잘 지내고 있습니다. 일주일에 사흘은 축구 덕분에, 사흘은 움 칼숨 덕택에, 하루는 고기를 먹기 때문에 말입니다." 1952년 7월 22일, 일군의 젊은 장교들이 장구한 세월에 걸친 외세의 압제에 종지부를 찍었다. 파라오들의 시대 이후 이집트가 처음으로 독립을 한 것이었다. 이 거사를 주도한 나기브 장군과 나세르 대령조차 움 칼숨의 명성을 무시할 수가 없었다. 그들이 보기에 '오리엔트의 별'이 리사이틀을 통해 자기들의 혁명을 기리는 것은 당연한 일이었다. 나기브와 나세르는 객석의 맨 앞줄에 앉아 있었다. 6일 전쟁에서 참패를 당한 뒤인 1967년 6월, 절망에 빠진 '비크바시'*가 하야하겠다는 뜻을 밝혔을 때, 움 칼숨은 다시 그를 위해 노래를 불

---

* 나세르 대통령의 애칭. 1952년 쿠데타를 일으켰을 때 그의 계급이 비크바시(대령에 해당)였기 때문에 그런 별명이 생긴 것.

렀다. 그가 물러나지 않도록 하기 위해 이렇게 노래한 것이다.

그대 다시 일어나 내 심장에 귀를 기울여요
내가 곧 국민이잖아요
가지 마세요, 그댄 우릴 보호하는 댐이에요
가지 마세요, 그댄 온 국민에게 남아 있는 유일한 희망이에요
그댄 우리의 행복이자 빛이고, 운명에 맞서는 인내심이에요
그댄 정복자이고 진정한 승리자예요
가지 마세요, 그댄 우리나라의 사랑
온 국민의 사랑이자 우리 모두의 동맥![*]

1969년 3월 21일, 나세르의 영향을 받은 이웃나라 리비아의 장교 카다피와 잘루드가 국왕 이드리스를 몰아내고 권력을 잡으려 했다. 거사를 성공시키기 위한 조건은 두루 갖춰진 듯했다. 다만 한 가지가 문제였다. 공교롭게도 그날 저녁 '델타의 꾀꼬리'가 벵가지에서 노래를 하기로 되어 있었던 것이다! 이 공연은 쿠데타와 양립할 수 없는 거국적인 사건이었다. 쿠데타를 모

---

* 작사: 살레흐 가우다트. 이자벨 사이아흐 저 『움 칼숨』(드노엘 출판사 간)에서 재인용. (원주)

의했던 군인들은 공연장에 가서 자기들의 우상에게 환호와 갈채를 보내지 않을 수 없었다. 그들은 거사를 취소해야 했고, 다시 유리한 조건이 모두 갖춰질 때까지 육 개월을 기다려야 했다.

움 칼숨은 파리에서 두 차례 콘서트를 가졌다. 1967년 11월 15일과 17일에 올랭피아 극장에서 열린 이 기념비적인 공연을 아무진은 지치지도 않고 자꾸자꾸 화제에 올렸다.

11월 15일, 올랭피아 극장이 있는 카퓌신 대로의 보도에는 어마어마한 군중이 운집해 있었다. 아무진이 자리를 구할 가망은 거의 없어 보였다. 물론 수상쩍은 사람들이 군중을 헤치고 다니며 암표를 팔고 있긴 했다. 하지만 그 표들의 가격은 한 가족의 생계를 책임지고 있는 노동자의 벌이에 비해 턱없이 비쌌다. 그때 운명이 기적처럼 개입하여 그를 도와주었다. 그는 한 맹인이 하얀 지팡이를 가만가만 짚으며 보행자들 사이로 돌아다니는 것을 보았다. 터번을 두르고 북아프리카 사람들의 기다란 통옷을 입은 아랍 노인이었다. 처음에 아무진은 이 노인을 그냥 도와주기 위해 사심 없이 달려갔다. 하지만 그는 후한 인정이 자신에게 도움이 될 수 있다는 사실을 이내 깨달았다. 그는 맹인의 한쪽 팔을 잡고 재빨리 말했다. "저랑 같이 가세요. 제가 안내해드릴게요." 그런 다음 아무진은 맹인을 앞세우고 "좀 비켜주세요!"라는 말을 되풀이하면서 군중을 헤치고 나아갔다. 세계 어느 나라에서든 맹인은 경외감을 불러일으킨다. 아프리카인들이 대다수를 차지하는 인파 속에서는 더더욱 그러하다. 아무진과 그의 피보호자는 빠르게 객석으로 들어가 맨 앞줄의 풋라이트 바로 근처에 자리를 잡았다. 그건 그야말로 기적이었다. 아무진은 그 일을 회상할 때마다 여전히 기쁜 기색을 보이며 웃었다. 하지만 기적은 그것으로 그치지 않았다. 훨씬 더 의미심장하고 감동적인 또 하나의 기적이 일어난 것이다!

막이 올라갔다. 움 칼숨의 반주를 도맡아온 소규모 악단이 등장하여 여느 때처럼 서곡을 길게 연주했다. 바이올린이 굽이치는 단선율을 연주한 뒤에 카눈과 류트가 그 선율을 되받아 변주를 들려주고 끝으로 전자오르간이 주제를 강조했다. 그러고 나자 마침내 움 칼숨이 투광기의 빛다발에 감싸인 채 무대에 등장하여 마이크 쪽으로 천천히 걸어갔다. 그녀는 영감에 사로잡힌 듯한 표정으로 고개를 들고 긴 스카프를 한 손으로 잡아 축 늘어뜨렸다. 그토록 기다리던 그녀가 무대에 등장했건만 객석에서는 그녀를 부르는 소리나 박수갈채가 일지 않았고, 어떤 감정도 표출되지 않았다. 움 칼숨은 고개를 조금 숙였다. 객석의 어둠을 응시하고 있는 듯했다. 그녀는 아랍 나라들 밖에서는 순회공연을 거의 하지 않는 편이었다. 그녀는 나일 강의 델타에 너무 깊이 뿌리를 박고 있던 터라, 유럽의 수도들이나 미국의 대도시들

같은 낯선 서녘 땅에 가는 것을 별로 좋아하지 않았다. 파리의 청중을 마주하고 있는 그녀의 태도에서도 그 점이 느껴졌다. 그녀는 어두운 객석에서 어떤 얼굴을 찾고 있는 듯했다. 자기에게 자신감을 주고 자기와 청중 사이에 마음이 통하게 해줄 어떤 시선을 찾고 있는 게 아닌가 싶었다. 마침내 그녀가 한 얼굴을 찾아냈다. 하지만 그것은 시선이 없는 얼굴이었다. 1층 객석의 맨 앞줄에 하얀 지팡이를 든 맹인이 한 사람 앉아 있었다. 터번을 두르고 기다란 통옷을 입은 아랍인이었다. 그녀는 그를 바라보며 들릴 듯 말 듯한 목소리로 중얼거렸다. "내 노래는 당신을 위한 거예요." 다른 사람들도 그 말을 들었을까? 그건 확실치 않았다. 하지만 늙은 맹인은 그 말에 몸을 부르르 떨었다. 앞을 보지 못하기 때문에 더욱 어두워 보이던 그의 얼굴에 환한 미소가 번졌다. 그는 그녀의 숨소리 하나도 놓치지 않으려고 귀를 잔뜩 기울였다. 움 칼숨이 자기를 위해서 노래한다는데 어찌 그러지 않을 수 있었으랴! 맹인 옆에 앉아 있던 재단사 아무진은 환희와 경이감에 사로잡혀 말없이 이 기적을 지켜보았다. 그는 이 기적의 증인이기도 했고 자기 나름대로 한몫을 한 조연이기도 했다.

"공연이 끝나고 맹인과 함께 밖으로 나오자, 군중은 정중하게 비켜서서 우리에게 길을 열어주었어. 나는 맹인이 움 칼숨을 어떻게 상상하고 있는지 궁금해서 견딜 수가 없었어. 정신이 얼떨떨한 상태에서 앞도 못 보는 그에게 이런 질문을 했지. 그녀가 어떻게 보이는가 하고 말이야. 내가 그렇게 엉뚱한 질문을 했는데도, 그는 마치 당연한 질문을 받기라도 한 것처럼 주저 없이 대답했어. '초록색으로 보여요!' 하고 말이야. 날 때부터 눈이 먼 이 노인은 우리의 국민 가수를 하나의 색깔로 보고 있었던 거야. 그것도 초록색으로! 그가 설명하더구나. '움 칼숨의 목소리에는 자연의 온갖 녹색만큼이나 많은 색조가 있어요. 그리고 녹색은 예언자의 빛깔이죠' 하고 말이야."

아무진은 그렇게 맹인의 말을 옮기더니 이드리스를 바라보며 말없이 미소를 지어 보였다. 아직 어린 이드리스가 그 미소의 뜻을 이해했을까? 말이란 눈먼 사람을 보게 할 만큼 강하다는 것, 기호의 세계란 맹인의 머릿속에 초록색이 떠오르게 할 만큼 풍부하다는 것을 그가 깨달았을까?

이드리스는 그 맹인과 마찬가지로 움 칼숨을 본 적이 없었다. 아무진이 지갑 속에 넣어 가지고 다니는 신문 스크랩에서 커다란 선글라스로 얼굴을 가린 뚱뚱한 부인을 보기는 했다. 하지만 그 사진만으로는 그녀의 참모습을 상상할 수가 없었다. 하지만 그는 몇 시간 동안 아무진의 이야기에 귀를 기울였다. 그러노라면 제트 조베이다에 대한 기억이 점차 뚜렷하게 되살아났다. 그녀의 목소리 역시 여자의 음성치고는 매우 낮은 편이었다. 움 칼숨이 노래를 처음 시작하던 무렵에 베두인 남자아이의 복장을 하고 냈던 바로 그 목소리였다. 가슴을 에는 듯한 슬픔과 관능이 서린 그 목소리가 다시 들리자, 검은색으로 번들거리던 제트 조베이다의 배가 눈앞에 삼삼했다. 그녀의 몸에서 유일하게 노출된 이 배는 정숙하게 가려진 다른 모든 부분을 대변하는 입이었다. 움 칼숨의 노래처럼 그녀의 노래에도 분명한 조음(調音)과 또박또박한 발음이 있었고, 코란의 낭송 규칙에 따라 하나하나 끊어서 발음된 단어들이 있었다. 또한 조를 바꾸어가며 주제를 되풀이하는 그 방식, 현기증이 일거나 최면에 빠질 때까지 억양을 달리해가며 똑같은 구절을 자꾸자꾸 되풀이하는 것도 비슷했다.

 잠자리의 날갯짓은 한 편의 풍자시
 메뚜기의 날갯짓은 한 편의 글월
 이 풍자시는 죽음의 간계를 헤살하고
 이 글월은 삶의 비밀을 드러낸다……

아무진은 이드리스를 아랍 서예의 대가 아브드 알 가파리에게 소개해주기도 했다.

네가 할 말이 침묵보다 아름답지 않거든
차라리 입을 다물라!

문의 상인방에 아랍 서예 글씨로 그런 말이 적혀 있었다. 꼿꼿하고 각이 진 기하학적 모양의 쿠피 체로 씌어진 이 명령은 이드리스가 받은 최초의 가르침이었다. 실제로 아브드 알 가파리 선생은 수업 시간의 4분의 3이 지날 때까지는 학생들에게 입을 열지 않도록 권하고 있었다.

아틀리에에서 쓸 잉크를 만드는 작은 방의 벽에는 또다른 글귀가 적혀 있었다. 그것은 예언자의 말씀이었다. 가파리 선생의 가르침에 따르면, 기독교에 고유한 고통과 죽음의 숭배와 이슬람의 지혜 사이에 분명한 차이가 있음을 보여주는 말씀이었다.

순교자들의 피보다는 학자들의 잉크에 더 많은 진리가 담겨 있다.

이드리스가 다음으로 배운 것은 바로 그 학자들의 잉크를 만드는 법이었다. 먼저 물 반 리터에 소금 5그램, 아라비아고무 250그램, 구워서 가루를 낸 오배자(五倍子) 30그램, 황산철 40그램, 꿀 30그램을 섞는다. 이것을 은근한 불에 올려놓고 간간이 저어가면서 두 시간 동안 가열한다. 그런 다음 기름 검댕 20그램을 첨가하고 다시 한 시간 동안 가열한다. 마지막으로 쳇불이 아주 고운 거르개로 잉크를 받는다.

그는 갈대를 자르는 것도 연습했다. 서도를 배우는 자는 모름지기 자신의 도구를 스스로 만들어야 한다. 그리고 한 번 사용한 도구는 다시 사용하지 말아야 한다. 갈대 펜은 길이가 한 뼘이 되게 잘라야 한다. 먼저 펜으로 만들고자 하는 갈대 토막을 상아나 자개나 대모갑으로 된 도마에 올려놓고 한쪽 끄트머리를 비스듬하게 자른다. 이렇게 잘린 갈대는 타원형의 구멍을 가리고 있는 뾰족한 부리 모양이 된다. 끝으로 펜촉에 해당하는 이 부리에 가느다란 칼자국을 낼 때는 한복판이 아니라 너비의 5분의 4쯤 되는 곳에 내야 한다. 또한 손이 무거운 사람을 위해서는 짧게 째고, 손이 가벼운 사람을 위해서는 길게 째는 것이 바람직하다. 갈대를 자르는 법은 서체—쿠피, 네스키, 툴티, 로카, 파르시, 디와니, 이자사—에 따라 다르고, 글자의 굵기에 따라서도 다르다.

그런데 조용하고 단조로운 이 잗다란 일들은 사실 갈대 펜을 놀려 글자를 쓰는 본격적인 서예 연습의 서막일 뿐이었다. 처음으로 글자를 쓰던 날부터 이드리스는 고향 타벨발라에서 경험했던 무량한 시간 속으로 다시 빠져드는 기분을 느꼈다. 아주 고요하게 느릿느릿 흐르던 그 시간이야말로 어린 시절의 선물이었다는 것을 그는 비로소 깨닫고 있었다. 이제부터 사심을 버리고 서도(書道)를 배우고 익혀 그 시간을 되찾을 생각이었다. 서도에서는 몇몇 글자를 가로 방향으로 길게 늘이는 것이 허용된다. 이것 역시 이드리스를 침묵의 지평, 고요와 휴식의 땅으로 이끌어 가고 있었다. 사막이야말로 바로 그런 지평, 그런 땅이 아닌가.

학생들은 손과 마찬가지로 호흡도 잘 다스려야 한다. 이드리스는 호흡과 서도가 서로 연결되어 있음을 설파한 아랍 서예가 하산 마수디의 다음과 같은 글을 마음에 새겼다.

글씨를 쓰는 사람의 호흡 조절 능력은 집필과 운필에 영향을 미친다. 서도에는 그 나름의 호흡법이 있다. 사람들은 대개 아무렇게나 숨을 쉰다. 하지만 서도를 하는 사람은 아무 때나 숨을 들이쉬고 내쉬면 안 된다. 글씨 공부를 하는 동안 계속해서 호흡법을 익혀야 한다. 획을 긋는 동안 숨을 멈추는 법이며 운필이 중단되었을 때 다시 숨을 쉬는 법을 배워야 하는 것이다. 운필을 할 때 숨을 들이쉬거나 내쉬면 밀거나 당기는 동작이 고르지 않게 된다. 긴 획을 그을 때는 숨을 멈춰야 동작에 흔들림이 없고 필치가 순수해진다. 한 글자나 단어를 쓰기 전에, 어떤 자리에서 숨을 다시 쉴 것인지를 미리 생각해두어야 한다. 이 자리는 갈대 펜에 잉크를 다시 묻히는 계제이기도 하다. 이러한 휴지(休止)는 설령 숨을 더 오래 참을 수 있고 갈대에 아직 잉크가 남아 있다 할지라도 규칙에 따라 정확한 자리에서 행해져야 한다. 그러니까 휴지란 단지 운필을 멈추는 것이 아니라 공기와 잉크를 다시 가득 채우는 때인 것이다. 전통적인 서법을 계승해가는 서예가들은 펜대 속에 잉크를 담을 수 있게 되어 있는 금속제 펜을 좋아하지 않는다. 이런 펜으로 글씨를 쓰면 펜촉으로 잉크가 계속 흘러나오기 때문에 호흡법의 숙련이 쓸모없게 되고, 시간의 무게를 느끼는 기쁨이 사라져버리는 것이다.

아랍어를 쓸 때는 오른손으로 우측에서 좌측으로 써야 하기 때문에, 방금 써놓은 줄을 손으로 문지르지 않도록 조심해야 한다. 손이 양피지 위에서 발레리나처럼 가볍게 춤을 추어야지, 쟁기로 밭을 가는 사람처럼 무겁게 움직여서는 안 된다.

서예는 텅 빈 것을 싫어한다. 마치 대기의 저기압이 바람을 끌어들이고 폭풍을 일으키듯이, 아무것도 적지 않은 빈 종이는 글씨를 끌어들이고 기호들의 폭풍을 불러일으킨다. 기호들은 구름처럼 몰려와 빈 종이에 내려앉는다. 마치 잉크로 된 새들이 눈밭에 내려앉는 것과 같다. 이 검은 기호들은 호전적인 병사들처럼 도열하여, 부리를 치켜들고 모이주머니를 부풀리고 날개를 안쪽으로 구부린 채, 한 줄 한 줄 행진을 하다가 정교한 대칭을 이루며 꽃부리나 장미꽃 문양처럼 한데 어우러진다.

조각가의 끌은 대리석 덩어리에서 젊은 여인이나 육상선수나 준마를 해방시킨다. 부호들은 모두 잉크와 잉크통의 포로들이다. 아랍 서예의 갈대 펜은 기호들을 해방시켜 종이에 놓아준다. 서예는 해방이다.

아브드 알 가파리 선생은 강의를 하면서 여러 차례 어떤 교훈적인 설화를 암시했다. 선생의 말로는 자기 가르침의 마지막 요체와 서도의 온갖 지혜가 담긴 이야기라고 했다. 이야기의 제목은 '금발머리 여왕의 전설'이었다. 하지만 젊은 제자들이 그 이야기의 의미를 깨닫고 정신의 양식으로 삼자면 아직 배움이 더 필요하리라고 했다.

서구의 대도시 속에 내던져진 모슬렘 젊은이들은 초상, 우상, 형상 따위의 온갖 공격에 시달리고 있었다. 이것들은 젊은이들을 노예로 만든다. 초상은 빗장이며, 우상은 감옥이고, 형상은 자물쇠다. 오직 하나의 열쇠만이 젊은이들을 속박하고 있는 사슬을 풀어줄 수 있다. 기호가 바로 그것이다. 이미지는 언제나 회고적이다. 이미지는 과거 쪽으로 돌려진 거울이다. 영안실의 영정, 데스마스크, 석관의 뚜껑에 새긴 고인의 얼굴보다 더 순수한 이미지는 없다. 하지만 유감스럽게도 이미지는 제대로 준비가 되지 않은 소박한 영혼들을 너무나 강력하게 홀린다. 감옥, 그것은 창살일 뿐 아니라 지붕이기도 하다. 빗장이란 내가 나가지 못하게 막기도 하지만, 밤중에 쳐들어오는 괴물로부터 나를 지켜주기도 한다. 묘석에 새겨진 얼굴은 아득한 과거의 어둠 속으로 아찔하게 빠져들고자 하는 욕구를 일깨운다.

이런 아편의 가장 통속적인 형태는 영화관에서 접할 수 있다. 거기에서는 남녀들이 어두운 실내의 불편한 의자에 나란히 앉아서 시간을 보낸다. 그들 앞에는 시야를 완전히 가리는 거대한 스크린이 놓여 있다. 그들은 몇 시간 내내 꼼짝 않고 앉아서 그 눈부신 스크린을 홀린 듯이 바라본다. 번쩍거리는 스크린에서는 죽은 이미지들이 움직인다. 이 이미지들은 그들의 마음속까지 파고 들어온다. 그들에게는 이미지들에 맞설 수 있는 방어 수단이 전혀 없다.

이미지는 그야말로 서구의 아편이다. 기호가 정신이라면 이미지는 물질이다. 아랍 서예는 영혼의 대수(代數)이다. 글씨를 쓰는 오른손은 우리 몸 중에서 가장 정신화한 기관이다. 아랍 서예는 눈에 보이는 것을 통해 눈에 보이지 않는 것을 예찬하는 행위이다. 글자로 아라베스크 무늬를 만들어 모스크를 장식하는 것은 모스크에 사막을 끌어들이는 것이다. 이 아라베스크 때문에 무한한 것이 유한한 것 속에 펼쳐진다. 사막은 시간의 침식작용에서 해방된 순수한 공간이다. 또한 사막은 한낱 인간 때문에 상대성을 띨 수 없는 절대의 신이다. 아랍 서예가는 독방의 고독 속에서 그 사막을 차지하여 기호로 가득 채운다. 그럼으로써 그는 과거의 불행과 미래의 불안과 다른 사람들의 지배력으로부터 벗어난다. 그는 불멸성이 느껴지는 분위기에서 신과 홀로 대화한다.

이드리스는 그렇게 저녁마다 아브드 알 가파리 선생의 가르침을 귀담아 들었고, 낮에 험한 일을 하느라 비천해진 손을 다시 고결하게 만들었다. 그러면서 치유의 길로 천천히 나아갔다.

그러던 어느 날 가파리 선생이 그와 다른 학생들을 자기 주위에 앉히고, '금발머리 여왕의 전설'을 들려주었다.

금발머리 여왕의 전설

 옛날 어느 곳에 여왕이 한 사람 있었다. 이 여왕은 찬란한 광채가 날 만큼 미모가 빼어났다. 그래서 남자들은 그녀를 보기만 하면 누구나 열애에 빠져버렸다. 그녀의 외모에는 남쪽 나라에서는 매우 보기 드문 기이한 특성이 하나 있었다. 아마도 그녀의 위험한 매력에서 한몫을 하고 있었을 그 특성이란 머리가 무르익은 밀처럼 금빛이라는 것이었다. 그녀 부모의 머리카락은 더없이 어두운 칠흑빛이었으므로, 그녀가 금발이 된 데는 필시 무슨 곡절이 있을 터였다.
 그녀의 부모는 어려서부터 서로 알고 지냈다. 그들은 이웃한 두 대갓집의 아들과 딸이었다. 하지만 두 집안은 서로를 경쟁자로 여기며 미워하고 있었다. 두 남녀는 남몰래 만나지 않으면 안 되는 처지였다. 그들은 모래에 휩쓸린 탓에 인적이 완전히 끊겨 버린 종려나무 숲에서 만났다. 그러던 어느 날 밤, 그들은 다른 어느 밤보다 열렬히 사랑을 나누느라고 날이 밝는 줄도 몰랐다. 어느새 돋는 해의 여린 빛살이 서로 부둥켜안은 남녀를 어루만지고 있었다. 바로 그때 그들은 첫 아기를 수태했다. 이는 품위 있는 집안의 법도를 심각하게 어긴 행위였다. 하늘이 번히 보이는 종려나무 숲에서 사슴이나 새처럼 야생적으로 사랑을 나눈 것이다. 그래도 두 집안의 어리석음과 증오 때문에 어쩔 수 없이 그랬던 것이니 용서를 받을 수도 있을 법했다. 그런데 문제는 이들이 햇살을 받으며 낮거리를 했다는 데 있었다. 그런 행위를 한 연인들에게 벌이 내린다는 것은 이 나라 사람 모두가 아는 바였다. 햇살을 받으며 수태된 아이는 금발로 태어날 수밖에 없다는 게 바로 그 벌이었다. 이 금빛은 부모의 불경한 행동을 폭로하는 빛깔이었고, 사람을 호리는 음란한 빛깔이었다.

그들의 딸이 바로 그런 금발의 아이였다. 자기에게 어떤 저주가 내렸는지 채 깨닫기도 전에 주위에 추문을 뿌리고 경멸을 사게 될 아이였다. 아이는 자라면 자랄수록 미색이 더욱 찬란해졌다. 금발도 갈수록 더 눈이 부셨다. 그러다 마침내 올 일이 오고야 말았다. 그 나라의 왕세자가 지나는 결에 그녀를 잠깐 보고는 사랑에 빠지고 만 것이었다. 왕세자는 혈통이 수상쩍고 머리 빛깔이 음란한 그 여자를 왕세자비로 맞게 해달라고 요구함으로써 왕실과 조정을 비탄에 빠뜨렸다. 그들의 혼례식은 성대했다. 왕세자의 대관식을 겸해서 거행된 의식이라 더욱 성대할 수밖에 없었다. 왕세자는 자기의 결혼을 흉측한 낙혼(落婚)으로 여기던 조정 대신들의 반대를 물리치기 위해 왕이 되기를 기다렸던 것이었다.

하지만 이 일을 어쩌랴! 이 젊은 왕과 왕비의 행복은 오래가지 않았다. 왕의 아우 때문이었다. 견문을 넓히기 위해 다른 나라 궁정에 머물다가 돌아온 왕제는 형수를 보자마자 턱없는 연심을 품었다. 그러더니 급기야는 형을 죽이기에 이르렀다. 형 대신 왕위에 오르고 왕비를 가로챌 요량으로 저지른 일이 아니었다. 그저 광적인 질투심에 사로잡혀, 형이 금발의 왕비에게 손을 대지 못하게 하려다가 벌어진 일이었다.

왕비가 입은 마음의 상처는 너무나 깊었다. 왕비는 동생이 형을 죽인 이 참극의 원인이 자신이라는 것을 알고 있었기에, 자기를 재혼시키려는 일체의 기도를 거부하고 여왕이 되어 혼자서 나라를 다스리기로 결정했다. 그리고 자신의 금발과 미색이 다시는 남자들을 고혹하지 못하도록 머리와 얼굴을 베일로 가렸다. 여왕은 자신의 처소에 돌아와 오로지 시녀들과 함께 있을 때에만 베일을 벗었다. 군주란 언제 어디서나 신민의 본보기가 되게 마련인지라, 이 왕국에서는 여자들이 여왕을 본받아 외출할 때는 반드시 베일을 쓰게 되었다.

바로 이 관습을 이용하여 대담한 계획을 성사시킨 젊은 화가가 있었다. 이스마일이라는 이름의 이 화가는 여왕의 초상화를 그려내지 못한다면 화가로서 해야 할 일을 다하지 못하는 것이라고 확신했다. 그는 내전의 나인 하나를 매수한 다음, 자기 얼굴을 베일로 가리고 그녀를 대신해서 나인 행세를 했다. 그리하여 그는 매일같이 여왕을 마음껏 볼 수 있었다. 그는 짬이 날 때마다 작은 방에 틀어박혀서 일생일대의 대작을 만드는 데 심혈을 기울였다.

이 그림은 여왕을 모델로 삼은 유일한 작품이 되고 말았다. 이스마일은 여왕의 얼굴을 그리고 나서 자기가 다시는 어떤 그림도 그릴 수 없으리라는 것을 깨달았다. 게다가 그는 희망 없는 사랑에 흠뻑 취해 있었다. 결국 그는 자기가 그린 초상화 옆에서 목을 매어 죽었다.

여왕은 늙어서 백발이 성성해진 채로 죽었다. 하지만 여왕의 초상화는 여왕 특유의 위험한 매력을 온전히 간직하고 있었다. 불가사의하게도 매력이 갈수록 더해가는 것처럼 보이기까지 했다. 초상화는 손에서 손으로 전해지면서 숱한 남자들의 마음에 희망 없는 절절한 연정을 불러일으켰다. 이 그림은 여러 세대에 걸쳐 군주들이 모아둔 보물들과 함께 궁궐의 보물실에서 한동안 전시되었다. 보물실 관리인은 무명씨들이 매일같이 금발의 여왕에게 보내오는 열정적인 연애편지에 질겁했다. 어느 날 아침, 보물실을 경비하던 위병들이 죽임을 당한 채로 발견되었다. 도둑들이 지붕에 구멍을 뚫고 보물실에 잠입했던 것이었다. 그런데 도둑들은 금도금한 은그릇이나 값비싼 보석이나 황금 메달 따위에는 손도 대지 않았다. 사라진 것은 오로지 여왕의 초상화뿐이었다.

이 년 뒤, 한 여행자가 왕국과 이웃한 사막을 건너다가 두 남자의 시체를 발견했다. 두 시신의 손에는 아직 무기가 들려 있었으므로, 그들이 서로 싸우다가 죽었다는 것을 금방 알 수 있었다. 그들은 무엇 때문에 그렇게 목숨을 걸고 싸웠을까? 그들 옆에서 그림 한 점이 사위스런 금빛을 발하고 있었다. 바로 여왕의 초상화였다.

신앙심이 깊었던 여행자는 말라버린 시신들을 묻어주고 그들을 위해 기도를 올린 다음 다시 길을 떠났다. 하지만 그는 문제의 초상화를 자기 짐 속에 챙겨넣었다. 압데르라는 이름의 이 여행자는 엄격한 종파에 속해 있었고, 도읍의 저잣거리에서 성상

(聖像)과 종교화를 팔고 있었다. 하지만 그는 금발머리 여왕의 초상은 가게에 내놓지 않고 자기네 부부 침실에 걸어두었다. 아내에게는 초상의 모델이 누구인지 모른다고 말했다. 사실 그는 그림 속의 여자가 누구인지 모르고 있었다. 아내 아이샤는 마음을 놓았다. 하지만 그녀는 그 초상이 남편의 마음을 얼마나 심하게 뒤흔들고 있는지 이내 깨달았다. 그림 속의 여자를 바라보는 남편의 눈에서 어두운 불꽃이 번득였다. 남편의 눈과 그 무거운 시선을 너무나 잘 알고 있는 그녀가 그것을 알아차리지 못할 리가 없었다. 아이샤는 그 불길한 그림을 없애버리려고 흉계를 꾸몄다. 어느 날, 한 판화가가 가게에서 작업을 하고 있을 때, 그녀는 황산이 들어 있는 유리병을 그에게서 훔쳤다. 그런 다음 여왕의 얼굴에 대고 황산 병을 깨뜨렸다. 그러자 참으로 불가사의한 일이 벌어졌다. 초상화에는 황산의 흔적이 전혀 나타나지 않았다. 반면에 아이샤는 얼굴이 불타는 듯한 지독한 통증을 느꼈다. 그날 저녁이 되자 그녀의 얼굴은 아주 흉측하게 일그러져 있었다. 그녀는 남편이 부부 싸움을 하다가 자기 얼굴에 황산을 뿌렸다고 모두에게 거짓말을 했다. 법정에 출두한 압데르는 자기변호를 거부했다. 자신의 결백을 주장하려면 아이샤의 허물을 들추어내고 초상화의 비밀을 폭로해야만 했다. 압데르는 그 일을 도저히 감내할 수가 없었다. 그의 침묵은 자백으로 간주되었고,

그는 재산을 모두 잃고 수도원에서 여생을 보내야 하는 형벌을 받았다.

여왕의 초상화는 몇 해 동안 자취를 감추었다. 그 사이에 다수의 불가해한 사건들이 터졌다. 끝내 의문으로 남은 그 사건들과 여왕의 초상화 사이에 모종의 연관이 있는 것은 아닐까? 그건 아무도 모르는 일이다.

그렇게 몇 해가 지난 뒤에 이웃나라 임금이 갑자기 이상한 행동을 보여 궁정을 불안케 했다. 이 임금에게는 밀실이 하나 있었다. 임금 말고는 아무도 들어갈 수 없는 방이었다. 임금은 매일 혼자서 그 방에 몇 시간씩 틀어박혀 있었다. 때로는 거기에서 밤을 꼬박 새우기도 했다. 방에서 나올 때면 그는 창백하고 초췌했다. 눈을 보면 임금이 많이 울었다는 것을 짐작할 수 있었다.

그러던 임금도 나이가 들었다. 임금은 기력이 점점 쇠잔해지고 있음을 느끼자, 조정의 대소 신료와 측근들을 불러 모으고 유언을 했다. 죽음을 맞이할 때 임금은 가장 충직한 시종 한 사람만 곁에 두었다. 임금이 시종에게 말했다.

"내가 죽거든 내 목의 황금 사슬에 매달려 있는 열쇠를 가져가거라. 밀실의 문을 여는 열쇠이니라. 밀실로 들어가되, 먼저 자루 하나를 들고 눈을 띠로 가려야 한다. 방으로 들어서거든 두 팔을 앞으로 내밀고 나아가거라. 그러면 초상화 한 점이 손에 닿을 것이다. 눈을 계속 가린 채로 그 초상화를 자루 속에 넣어라. 그런 다음 항구의 큰 방파제로 나가서 초상화가 담긴 자루를 파도 속에 던져버려라. 그러면 반세기 동안 내 삶의 행복과 불행을 만들었던 그 초상화가 다시는 힘을 행사하지 못할 것이다. 결국엔 사람을 해치고 마는 매우 사악한 힘을 말이다."

그 말을 끝으로 임금은 눈을 감고 숨을 거두었다.

충직한 시종은 임금이 명령한 것을 성실하게 이행했다. 먼저 밀실 열쇠를 손에 넣은 다음, 자루 하나를 들고 눈을 가린 채 밀실 문을 열었다. 그러고는 더듬거리며 찾아낸 초상화를 곧바로 자루에 담아 바다에 던져버렸다.

그로부터 얼마 뒤에 한 가난한 어부가 상어 한 마리를 잡았다. 안타르라는 이름의 이 어부는 당연히 상어의 배를 갈랐다. 물고기 가운데 가장 먹성이 좋아 아무거나 닥치는 대로 삼켜대는 상어는 저희를 잡는 어부들에게 종종 뜻밖의 행복한 선물을 안겨주기 때문이었다. 그런데 안타르가 잡은 상어의 배에서 나온 것은 그림 한 점이 들어 있는 자루였다. 안타르는 집에 돌아와 젊은 금발머리 여자의 초상을 보게 되었다. 여자의 얼굴은 너무나 아름다웠다. 어부는 두려움과 황홀함을 동시에 느끼며 즉시 깨달았다. 이제부터는 세상의 다른 어느 것도 자기 눈에 들어오지 않으리라는 것을.

이렇듯 한 임금의 행복과 불행을 만들었던 초상화가 이제는 그 임금의 가장 비천한 백성을 노예로 삼아 그의 삶을 풍요롭게 하는 동시에 황폐하게 만들고 있었다.

 안타르는 자기의 배와 그물을 사흘 동안 내팽개쳤다. 그러다가 아내와 자식들의 간청에 못 이겨 다시 고기잡이를 나가기로 결심했다. 하지만 그는 저녁마다 빈손으로 돌아왔다. 가족이 배를 곯고 있다는 것을 알 텐데도 그의 얼굴에는 기이한 미소가 어려 있었다. 쓸쓸하면서도 황홀한 그 미소는 바로 금발머리 여왕을 보고 사랑에 빠진 남자들이 짓는 미소였다.

 이 어부에게는 열두 살짜리 아들이 있었다. 맏이인 이 아이의 이름은 리아드였다. 아이는 학문과 예술에 아주 뛰어난 재능을 보였다. 그래서 현자이자 시인이자 서예가인 이븐 알 후다이다가 자기 지식을 전수하고자 아이를 문하생으로 삼았다. 어느 날 아이의 표정이 초췌한 것을 보고 스승이 까닭을 물었다. 라이드는 아버지에게 일어난 불상사와 아버지가 빠져 있는 기이한 무기력 상태에 관해서 숨김없이 말했다.

 현자가 아이에게 물었다.

 "그 금발의 여왕을 너도 봤느냐?"

 "천만의 말씀입니다! 아버지는 초상을 숨겨놓고, 혹시라도 남이 볼까봐 눈을 부라리며 감시하고 있습니다. 뿐만 아니라 제가 그것을 봐서 무얼 하겠습니까?"

"그래, 참으로 신통방통하구나. 적어도 당분간은 그래야 하느니라. 하지만 네 수양이 조금 더 깊어지면, 과감하게 그것을 바라보아야 할 게야. 네 아버지를 사악한 마력에서 끌어내기 위해서라도 말이야."

"제가 어떻게 해야 합니까?"

"문제는 이미지이니라. 다시 말해서 살 속에 깊이 박힌 선들이 한데 어우러져 만들어내는 형상이 문제인 거야. 이 선들은 자기들의 지배 아래에 들어온 자들을 모두 물질의 노예로 만든다. 이미지는 사람의 정신을 마비시키는 광채를 지니고 있어. 자기와 눈이 마주친 자들을 모두 돌로 변화시킨다는 메두사의 머리와 같은 거지. 하지만 그런 마력은 기호를 읽을 줄 모르는 자들에게만 통하는 거야. 사실 이미지란 기호들이 복잡하게 얽혀 있는 것에 지나지 않아. 이미지의 사악한 힘은 기호들의 의미가 서로 부딪치면서 어수선하게 겹쳐지기 때문에 생기지. 그건 마치 바다에서 솟은 수십억 개의 물방울이 한꺼번에 떨어지며 서로 부딪치면 무시무시한 포효가 들리는 것과 같아. 하지만 소리를 가려들을 줄 아는 귀를 가진 사람에게는 그 포효가 물방울들의 청아한 합창으로 들릴 수도 있어. 기호를 읽을 줄 아는 사람에게는 이미지가 말을 해. 이미지가 내지르는 야수의 울부짖음은 상냥한 말로 바뀌게 돼. 결국 중요한 것은 기호를 읽을 줄 알아야 한다는 거야."

그때부터 리아드는 기호 읽는 법을 배웠다. 스승 이븐 알 후다이다는 먼저 말과 글의 표정에 대해서 가르쳤다. 표정은 얼굴에만 있는 것이 아니라 발음과 구문과 낱말과 생각에도 있다.* 먼저 발음의 표정이라 함은 어두음 첨가, 어중음 첨가, 어말음 첨가, 어두음 탈락, 어중음 탈락, 어말음 탈락, 음위 전환, 모음 분리, 모음 융합, 음절 축약 등을 가리킨다. 구문의 표정이란 생략 어법, 멍에 어법, 겸용 어법, 전치 어법, 중복 어법 등을 말한다. 낱말의 표정, 다시 말해서 비유법에는 은유, 아이러니, 우의, 인유, 카타크레시스, 환치, 환유, 제유, 완곡어법, 바꿔부르기, 메탈렙시스, 반어 따위가 있다.** 끝으로 생각의 표정은 대조법, 돈호법, 감탄 종결, 예박법(豫駁法), 탄원법, 과장법, 곡언법, 활유법, 활사법(活寫法) 등의 이름으로 불린다.

---

* 프랑스어 '피귀르(figure)'는 얼굴, 표정, 모습 따위를 가리킬 뿐 아니라, 말이나 글에 어떤 표정을 부여하는 방법, 즉 수사법이나 비유법의 뜻으로도 쓰인다.
** 카타크레시스('남용'을 뜻하는 그리스어)는 어떤 낱말을 본래의 뜻에서 벗어나게 사용하는 것('풍차의 날개' 같은 말이나, '마우스'나 '골뱅이' 같은 컴퓨터 관련 용어들이 여기에 해당한다)이고, 메탈렙시스('전환'을 뜻하는 그리스어)는 환유의 일종으로서 원인을 결과로, 조건을 귀결로, 혹은 그 반대로 가리켜 비유하는 것이다.

"열둘의 세 배나 되는 이 많은 표정이 한 무리를 이루어, 네가 어디를 가든 너를 에워싸지. 마치 어떤 성인들의 그림에서 날개 달린 작은 천사들이 무리를 지어 성인을 따르고 있는 것처럼 말이야."

하지만 이런 것은 아직 이론적인 가르침일 뿐이었다. 스승은 비스듬히 자른 갈대를 리아드의 손에 쥐여주었다. 그리고 이 갈대에 오디의 즙을 묻혀 아랍어 알파벳 스물여덟 자(람과 알리프를 합친 람알리프를 하나의 글자로 보면 스물아홉 자*)를 양피지에 쓰는 법을 가르쳐주었다.

그날부터 리아드는 갈대 펜과 아랍 서예 글자들로 무장하고 이미지들의 무시무시한 세계로 나아갔다. 그건 마치 젊은 사냥꾼이 활과 화살을 들고 어두운 숲 속으로 돌진하는 것과 같았다. 스승은 모든 형상 중에서 가장 두려워해야 할 것이 사람의 얼굴이라고 가르쳤다. 기호를 읽을 줄 모르는 자들에게는 사람의 얼굴이 두려움과 부끄러움과 미움과 사랑의 가장 생생한 원천이라는 것이었다.

스승은 리아드에게 말했다.

"우리가 어떤 사람을 사랑할 때, 그것이 진짜 사랑인지 아닌

---

* 이는 일반적인 견해와 다르다. 아랍어 알파벳이 스물아홉 자라고 할 때는 대개 철자부호로 쓰이는 '함자(hamza)'를 또 하나의 글자로 포함시키는 것이다.

지를 가릴 수 있게 하는 확실한 징후가 있다. 그 사람의 얼굴이 몸의 다른 어떤 부분보다 우리의 육체적인 욕구를 불러일으킨다면 우리는 그를 사랑하는 것이다."

스승은 이런 얘기도 했다.

"얼굴이 지닌 힘의 비밀 가운데 하나는 좌우대칭의 형태와 관계가 있어. 얼굴은 똑같이 생긴 두 개의 반쪽으로 이루어져 있으며, 미간과 콧마루와 턱 끝을 지나는 정중선이 두 반쪽의 경계를 이루고 있지. 하지만 이 대칭은 그저 피상적인 것일 뿐이야. 얼굴을 형성하는 기호를 읽을 줄 알면, 좌우의 두 반쪽이 유사 모음의 반복과 공명으로 가득 찬 두 편의 시라는 것을 알게 될 게다. 이 시들은 서로 비슷하면서도 의미가 같지 않기 때문에 더욱 큰 소리로 울리지."

스승은 귀중품을 넣어두는 함에서 한 남자의 초상화를 꺼냈다. 수염을 기른 남자였는데, 표정이 근엄하고 오만했다. 사람이든 사물이든 자기가 가는 길에 있는 자들을 모두 굴복시키겠다는 의지로 충만해 있는 표정이었다.

스승이 물었다.

"이 얼굴을 보고 너는 무엇을 느꼈느냐?"

"경외감을 느꼈습니다. 마음 한쪽에서는 연민 같은 것이 느껴지기도 합니다. 이 남자에게 복종하고 싶은 마음이 듭니다. 하지만 단지 두려움 때문이 아닙니다. 할 수만 있다면, 이 사람을 얼마간 사랑하고 싶기도 합니다."

"아주 잘 봤다. 이것은 술탄 오마르의 초상화이니라. 그의 재위 기간은 폭력과 배신의 연속이었을 뿐이다. 하지만 너는 이제 예전과 다른 능력을 지니고 있으니, 이 초상화에서 발산되는 어두운 기운으로부터 벗어나야 하느니라. 내가 하는 것을 잘 보거라."

스승은 양피지 한 장을 펼쳐놓고 갈대 펜을 집어 들었다. 그러더니 양피지의 오른쪽 반에 걸쳐 아랍 서예 글씨로 다음과 같은 말을 큼직하게 썼다.*

아이는 어른의 아버지[1]

그다음에는 다른 양피지를 골라서 펼쳐놓고 사뿐한 손놀림으로 그 왼쪽 반면에 이렇게 썼다.

---

* 초상의 선들이 나타내는 말들은 여러 세기, 여러 천년에 걸쳐 무수히 언명되었던 영원한 진리들이다. 필자는 그 말들을 다음 작가들의 말에서 인용했다. 1은 윌리엄 워즈워스, 2, 7, 11은 이븐 알 후다이다, 3은 괴테, 4는 알랭, 5는 폴 발레리, 6은 제르맨 스탈, 8, 9, 10, 12, 13은 에트바르트 라인로트. (원주)

젊은 날의 상처가 위대한 인생을 만든다[2]

이어서 세번째 양피지의 오른쪽 부분에는 이런 말이 적혔다.

젊은 시절의 꿈들을 조심하라
끝내는 이뤄지고 말 꿈들이니[3]

그러고 나서 스승은 또다른 양피지의 왼쪽 반에 이런 글을 적었다.

권력은 사람을 미치게 한다
절대 권력은 사람을 절대적으로 미치게 한다[4]

끝으로 그는 마지막 양피지의 면 전체에 걸쳐 이렇게 썼다.

고독한 사람은 언제나
나쁜 사람들과 어울려 지내는 셈이다[5]

"자아 이제 잘 보거라."
리아드가 눈을 휘둥그렇게 뜨고 지켜보는 가운데, 이븐 알 후다이다는 아라베스크 모양의 서예 글씨로 덮인 반투명한 양피지 다섯 장을 겹쳤다. 그러자 한 얼굴이 비침무늬처럼 나타났다. 마치 잔잔한 호수의 밑바닥에 있는 얼굴을 보고 있는 듯했다. 그건 조금 전에 리아드에게 강한 인상을 주었던 술탄 오마르의 얼굴이었다. 매몰차고 사나워 보이지만, 한편으로는 여린 마음에 상처를 입은 것처럼 보이기도 하는 바로 그 얼굴이었다.

현자이자 서예가인 이븐 알 후다이다가 말을 이었다.

"이게 전부가 아니다. 다시 잘 보거라."

그는 양피지들이 겹쳐지는 순서를 세 번에 걸쳐 바꿔보았다. 순서를 바꿀 때마다 술탄의 표정에 미묘한 차이가 생겼다. 어떤 때는 저돌적인 의지가, 어떤 때는 잔인함이, 또 어떤 때는 애정이 결핍되어 있었던 어린 시절의 기억이 그의 표정을 지배했다.

"이건 당연해. 맨 위의 양피지는 맨 밑에 있는 것보다 한결 분명한 인상을 주게 마련이야. 나머지 세 양피지 역시 많건 적건 표정에 영향을 미치지. 이런 일은 그림에서뿐 아니라 실생활에서도 일어나지 않느냐?"

"정녕 그러합니다. 우리 각자의 내부에는 여러 사람이 있습니다. 그리하여 때로는 이 사람이, 때로는 저 사람이 우리의 얼굴에 표정을 불어넣습니다."

이븐 알 후다이다는 이렇게 말을 맺었다.

"얼굴이란 기호들의 집합체일 뿐이니라. 이 기호들은 우리가 이해할 수 있는 진리를 나타내고 있어. 하지만 사람들은 그 진리를 그저 대략적으로만 이해하지. 어떤 외침이나 위협이나 흐느낌 따위를 감지하듯이 말이야. 자아 이제, 가거라! 가서 여왕의 초상화에 과감히 맞서라. 그리하여 그것의 지배를 받고 있는 네 아버지를 구하도록 해라. 자아, 잉크와 양피지와 갈대 펜을 가지고 집으로 돌아가거라."

리아드는 자기네 집을 향해 힘차게 달려갔다.

아버지의 배는 물가의 마른 땅에 끌어올려져 있었다. 며칠째 배를 놀리고 있는 게 분명했다. 집의 반쯤 열린 문으로 어머니와 동생들의 가난한 생활이 드러나 보였다. 리아드는 집으로 들어가지 않고, 그물이며 선구 따위를 넣어두는 판잣집으로 갔다. 모든 일이 거기에서 벌어지고 있다는 것을 그는 알고 있었다. 아버지는 그곳에 다른 사람들이 드나들까봐 전전긍긍했다. 이 오두막은 사실상 금발머리 여왕의 신전이 되어 있었다. 리아드는 마음을 다잡고 문을 두드렸다. 아무 대답이 없었다. 문에는 빗장이 걸려 있었다. 하지만 벌레가 먹은 낡은 문이었다. 리아드는 어깨로 가볍게 툭툭 쳐서 빗장을 부수고 들어갈 수 있었다. 촛불 하나가 기도실의 상야등처럼 어둠을 밝히고 있었다. 떨리는 미광 속에서 보이는 것은 하나의 얼굴뿐이었다. 바로 금발머리 여왕의 얼굴이었다.

리아드는 자기도 어쩌지 못하는 사이에 초상화에 이끌려 미광 속으로 돌진했다. 그가 이 초상화를 본 것은 그때가 처음이었다. 그것의 사악한 힘이 그의 숫된 영혼을 완전히 뒤흔들고 있었다. 그는 마치 우상 앞에 몸을 던지듯 무릎을 꿇었다. 자기가 그 하얀 얼굴과 금빛 머리와 파란 눈의 심연 속으로 정신없이 빠져들고 있는 것만 같았다.

몇 분이 흘렀다. 미광에 눈이 익자, 오두막 안에 있던 다른 물건들이 보이기 시작했다. 부러진 노, 뒤엉킨 낚싯줄, 밑 빠진 바구니, 구멍 난 버들고리 통발. 한 사람의 생업이 결딴났음을 말해주는 그 스산한 광경 위로 여왕의 수수께끼 같은 미소가 떠돌고 있었다.

하지만 리아드는 곧 자기 발치에 떨어져 있는 양피지와 잉크와 갈대 펜을 보았다. 그림의 마력에 맞서 싸우게 해줄 작은 도구들이었다. 그는 책상다리를 하고 앉아서 양피지를 무릎에 올려놓고 갈대 펜을 집어 들었다. 그런 다음 초상화에 눈길을 붙박았다. 흐트러진 마음이 한데 모이면서 그의 시선은 새롭게 정화되어 있었다.

그는 오래 바라볼 필요도 없이 이내 한 가지 사실을 확인했다. 술탄 오마르의 얼굴이 그렇고, 살아 있는 모든 사람의 얼굴이 그렇듯이, 여왕의 얼굴은 정확한 좌우 대칭이 아니었다. 그는 먼저 왼쪽 눈을 찬찬히 살폈다. 그 눈은 분명 오른쪽 눈과 다른 것을 말하고 있었다. 저 왼쪽 눈이 무슨 말을 하고 있지? 리아드는 손을 능숙하게 놀려 왼쪽 눈을 이루고 있는 주된 선들을 그렸다. 그러자 그 선들이 모여 이런 뜻의 문장을 만들어냈다.

영광은 행복의 찬란한 죽음[6]

이어서 그는 다른 양피지에 오른쪽 눈을 모사했다. 다 그려놓고 보니, 이런 뜻의 말이 되었다.

모름지기 여왕은 맹인 행세를 할 줄 알아야 한다[7]

다음은 자그마하고 반듯한 코를 그릴 차례였다. 여왕의 코는 약간 오만한 느낌이 들도록 살짝 들려 있었다. 리아드는 그 선을 그대로 살려서 그렸다. 그러자 이런 뜻의 말이 나타났다.

후각은 때로 육감과 상치한다[8]

이렇듯 그는 사람 얼굴의 중심을 이루는 세 부위를 해독했다.

그가 다음으로 그린 것은 이마였다. 그 그림은 이런 뜻을 담고 있었다.

여왕의 명예는 발자국 없는 눈밭[9]

아래쪽으로 내려가 턱을 그리자, 그 단호하고 의지가 강해 보이는 윤곽은 이렇게 말하고 있었다.

여자가 무언가를 원하면,
남자는 자기도 그것을 원한다고 여긴다[10]

이제 여왕의 초상에서 가장 자극적이고 모사하기 어려운 부분만 남아 있었다. 그것은 왕관 아래로 힘차게 구불거리는 금빛 머리채였다. 리아드는 얼키설키한 기호들로 양피지 한 장을 채웠다. 모르는 사람의 눈에는 그저 윤기 나는 머리카락이 헝클어져 있는 모습으로 보일 법했다. 하지만 기호를 읽을 줄 아는 사람이 보면 그 복잡한 그림의 오른쪽에는 이런 뜻이 담겨 있었다.

금발의 여자는 천진하다[11]

그리고 왼쪽에서는 이런 말을 하고 있었다.

머리카락의 빛깔이 밝은 여자는 가볍다[12]

끝으로 리아드는 왕관을 그렸다. 금으로 된 둥근 테 위를 반듯하고 윤기 나는 덮개로 가린 왕관이었다. 그러자 금관에 차분하게 눌리고 빗질이 완벽하게 된 금빛 머리카락들이 이렇게 말하고 있었다.

정의, 충실, 맑은 마음[13]

"당신 누구야? 여기서 뭐 하는 거지?"
안타르의 검은 실루엣이 문간의 환한 빛 속에 뚜렷하게 나타났다. 리아드는 부들부들 떨면서 일어섰다. 어부는 움켜쥐고 있던 작살을 침입자에게 던질 태세였다. 어두워서 상대가 누구인지를 알아보지 못한 것이었다.
"그만 하세요, 아버지. 저예요, 아버지 아들 리아드라고요!"
"누가 문을 부수고 여기에 들어오라고 했느냐?"
어조는 여전히 위협적이었지만, 작살은 이미 바닥 쪽으로 내려가고 있었다.

"제 스승님에게서 여왕의 초상을 경배하는 새로운 방법을 배웠습니다."

"이 초상은 나 혼자만 보는 것이다. 내가 보지 말라고 이르지 않았더냐?"

"저는 이 초상을 더 볼 필요가 없습니다. 이제 훨씬 더 좋은 것을 가지고 있으니까요."

그러면서 리아드는 한 손에 들고 있던 양피지들을 아버지에게 보여주었다.

"그게 무슨 뜻이지?"

바로 이것이었다. 이것이야말로 리아드가 기다리던 질문이었다. 그는 문 쪽으로 나아가서 빛 속에 자리를 잡았다.

"바로 이겁니다, 아버지. 저는 금발머리 여왕의 의미를 해독하기 위해 갈대 펜과 잉크와 양피지를 가지고 왔습니다. 그래서 제가 찾아낸 것이 바로 이겁니다."

그는 아랍 서예의 기호들로 덮인 양피지 여덟 장을 겹쳐 허공으로 들어올렸다. 그러자 여왕의 얼굴이 나타났다. 아라베스크 무늬로 이루어진 얼굴, 반투명하고 차분하고 정신성을 띤 얼굴이었다.

안타르는 작살을 내려놓더니, 양피지들을 빼앗아들고 자세히 살펴보았다. 그는 새로운 초상화에 매료되었다. 그것은 오래 전부터 그를 노예로 삼아온 초상화의 신성한 변형이었다.

"이해할 수가 없구나."

안타르가 그렇게 중얼거리자 리아드가 설명했다.

"모두 다 이해가 되지는 않을 거예요. 아버지는 몇 가지 기호밖에 읽으실 줄 모르시니까요. 하지만 보시다시피 이 선들은 하나의 시를 낭송하고 있고, 자기 자신의 미모에 희생된 금발머리 여왕의 애가를 들려주고 있어요."

리아드는 자신의 청아한 목소리에 그 슬픈 노래를 실었다. 출생에 얽힌 수치스런 사연 때문에 제대로 사랑을 받지 못한 여자아이가 뭇 남자를 뇌쇄하는 위험한 여자로 성장한 뒤에, 어떤 자들에게서는 미움을 받고 어떤 자들에게서는 숭배를 받다가, 마침내 고독하고 엄격하게 권력을 행사하면서 일종의 평화를 얻게 된다는 내용의 노래였다.

리아드의 이야기는 끝이 없었다. 그의 아버지는 아들의 입술과 양피지들을 번갈아 보면서 아들의 입에서 나온 단어와 문장을 열심히 되뇌었다. 마치 어떤 저주를 풀기 위한 기도나 주문을 배우는 사람 같았다.

이튿날 리아드는 공부를 계속하러 스승에게 돌아갔다. 안타르는 다시 바다로 나갔다. 하지만 이들 부자는 저녁마다 오두막에서 만났다. 금발머리 여왕은 여전히 수수께끼 같은 미소를 짓고 있었다. 하지만 이제 그 미소는 위험하지 않았다. 그렇게 여왕이 지켜보는 가운데 아이는 아버지를 위대한 예술과 아랍 서예의 심오한 지혜로 이끌고 있었다.

아슈르는 뛸 듯이 기뻐했다.

"방돔 광장이란다! 오 아우야 네가 알지 모르겠다. 거긴 파리 생활의 극치를 보이는 곳이야. 보석 가게와 향수 가게가 즐비하고, 리츠 호텔과 법무부 청사가 있지. 그리고 무엇보다 원주 모양의 기념탑 꼭대기에 위대한 나폴레옹이 있어! 아냐, 내가 아무리 말해도 넌 상상을 못 할 거야. 이제 북아프리카에서 온 우리 띨서시늘이 거기에서 엄청난 일을 하게 되었어. 무슨 일이냐고? 우리 연장들을 가지고 가서 모든 걸 때려부순다 이거야!"

지하 주차장 건설 공사가 시작된다는 얘기였다. 자동차 9백 대를 수용할 수 있는 4층짜리 주차장이 파리에서 가장 호사스런 곳의 지하에 건설될 예정이었다. 공사는 몇 달에 걸쳐 계속될 거라고 했다. 이드리스는 그런 사정엔 별로 관심이 없었다. 그보다는 한 번도 써본 적이 없는 도구를 다루어야 한다는 게 마음에 걸렸다. 마그레브 노동자들의 상징이 되다시피 한 공기해머가 바로 그 도구였다.

날이 밝자마자 노란 헬멧을 쓰고 가죽장갑을 낀 일꾼들이 광장에 모여들었다. 트럭 몇 대와 압축기 트레일러도 왔다. 일꾼들은 석면 시멘트로 된 공공 토목공사용 가건물을 세우기 시작했다.

이드리스는 빈둥거리며 주위를 구경했다. 아슈르의 말은 거짓이 아니었다. 방돔 광장에서는 무엇을 대하든 멋과 돈과 유서 깊은 프랑스가 느껴졌다. 한쪽에는 리츠 호텔과 거만한 위용을 뽐내는 법무부 청사가 있었다. 다른 쪽에는 진열창들이 있었는데, 그 간소한 꾸밈새는 도리어 호화로움과 풍요와 사치를 뜻하는 듯했다. 이드리스는 눈앞에 펼쳐져 있는 상호들의 명성이 얼마나 대단한지를 전혀 모르는 채로 하나씩 읽어나갔다. 게를랭, 모라비토, 우비강, 뱅크 오브 인디아, 부슈롱, 스키아파렐리, 레뫼스트 드 카르티에, 레 부아 뒤 가봉. 그러다가 한 보석 가게 앞에서 발걸음을 멈췄다. 엄지손가락만큼 두툼한 진열창에 옅게 색깔이 들어가 있고 진동 감지기가 설치되어 있었다. 그런 진열창의 보호를 받으며 검붉은 비단 위에서 다이아몬드 목걸이 하나가 반짝반짝 빛나고 있었다. 사하라의 오아시스 타벨발라의 목동은 그 화려한 보석에서 풍겨나는 거만한 기운을 온몸으로 느꼈다.

이드리스는 일벗들이 있는 곳으로 돌아갔다. 그들은 기사와 설계자와 현장감독을 에워싸고 있었다. 사람들 사이에 짤막한 말들이 오고갔다.

"주차장 입구는 카스틸리오네 거리 쪽, 출구는 '평화의 거리' 쪽으로 날 겁니다."

"혹시 광장의 기념탑이 흔들리지는 않을까요?"

"아주 육중하고 튼튼한 건축물이라서 끄떡없을 겁니다. 그보다는 광장 주변 건물들의 외벽에 금이 가지 않도록 주의해야 합니다. 그런 일이 생기면 우리 꼴이 아주 우습게 되니까요."

압축기의 디젤엔진이 단속음을 내기 시작했다. 압축기와 공기해머를 탯줄처럼 연결하는 고무파이프가 광장의 작은 포석들 위에서 비틀리고 있었다. 아슈르는 공기해머를 얼른 차지하더니 이드리스에게 사용법을 가르쳐주었다.

"봐라, 아우야. 이렇게 잡는 거야. 여기에 배를 대지 않도록 조심해야 해. 자칫하면 심한 복통을 일으킬 수도 있으니까 말이야."

일꾼 한 사람이 격한 목소리로 끼어들었다.

"그래, 조심해야 돼. 이건 아랍인들을 죽이기 위해 발명한 아주 더러운 물건이야! 조심하지 않으면, 머리털이 날아가고 이빨이 빠질 거야. 네 밥통이 신발 속으로 떨어질 수도 있어!"

아슈르가 반박했다.

"아냐, 그렇게까지 고약하진 않아! 공기해머는 굉장한 기계야. 내 말을 믿어. 이건 네 좆이야, 알겠어? 어마어마하게 큰 좆이지. 너는 이걸 가지고 파리에 구멍을 뚫는 거야. 프랑스하고 씹을 하는 거란 말이다!"

주위 사람들이 모두 낄낄거렸다. 이드리스는 공기해머의 손잡이를 잡았다. 실린더와 배기구와 용수철 따위로 이루어진 몸체는 무게가 25킬로그램이나 나가는 강철 덩어리였다. 이렇게 커다란 몸체가 외다리처럼 뻗어나온 피스톤 막대 위에서 불안정하게 흔들렸다. 아래위로 움직이는 이 막대에는 정처럼 끝을 날카롭게 벼린 두툼한 날이 붙어 있었다. 이드리스가 공기해머를 시험삼아 사용해볼 수 있는 긴네모꼴의 무른 땅이 있었다. 그는 시동장치의 손잡이를 내렸다. 즉시 압축공기가 배출되면서 해머가 미친 듯이 덜덜거리기 시작했다. 이드리스는 노동자의 근육과 뼈가 제 역할을 하지 않으면 이 연장은 무용지물이 되고 만다는 것을 이내 알아차렸다. 사람의 근육과 뼈로 이루어진 탄력 있는 완충물이 한쪽 끝을 받쳐주지 않는다면, 다른 쪽 끝에 달린 날은 무엇을 부수거나 뚫고 들어가는 일을 해낼 수 없는 것이었다. 날이 땅속으로 30센티미터쯤 들어갔을 때, 이드리스는 압축공기의 유입을 차단하고 연장을 땅속에서 빼내려고 애썼다. 하지만 날은 땅에 꽉 박힌 채 꼼짝달싹도 하지 않았다. 농지거리를 하면서 그를 지켜보던 일꾼들은 다들 그럴 줄 알았다는 표정을 짓고 있었다. 날을 그렇게 깊이 박아넣기 전에 해머를 이리저리 움직여서 땅거죽을 깨뜨렸어야 하는 것이었다.

아슈르가 말로 그를 거들었다.

"해머를 다시 작동시키고 네 쪽으로 잡아당겨."

다시 폭음이 진동했다. 이드리스는 두 다리에 힘을 주고 버티면서 해머를 뒤로 잡아당겼다. 그러자 압축공기의 충격이 온몸으로 특히 허리 쪽으로 강하게 전해졌다. 이드리스는 배에 스트레이트를 잇달아 맞은 복싱선수처럼 얼이 빠진 채 해머를 껐다.

그동안에 현장감독은 근처의 보도에 백묵으로 이리저리 줄을 그려놓았다. 거기부터 파기 시작하라고 표시를 해놓은 것이었다. 이드리스는 해머의 고무파이프를 끌면서 그쪽으로 다가갔다.

크리스토발 상사

아프리카와 중동에서 온

보석과 귀금속

이드리스는 가장 가까이에 있는 진열창에서 그 글자들을 읽었다. 진열창에 전시되어 있는 장신구는 하나뿐이었다. 검은 벨벳을 배경으로 황금 구슬이 홀로 반짝이고 있었다. 이드리스는 자기 눈을 의심했다. 하지만 진열창에 있는 것은 분명 그가 제트 조베이다의 목에서 처음으로 보았고 마르세유의 홍등가에서 잃어버렸던 바로 그 불라 아우레아였다. 아래쪽이 조금 볼록한 알 모양의 장신구, 그 광채며 윤곽이 너무나 훌륭해서 주위의 모든 것을 무색하게 만드는 보물, 자유의 상징, 이미지가 사람을 노예화하는 것에 맞서는 해독제. 바로 그것이 그 간소한 진열창 너머에 걸려 있었다. 이드리스는 아스팔트를 뚫는 굉장한 도구에 몸을 기댄 채 그것을 바라보았다. 일벗들과 불뚝거리는 현장감독과 원주형 기념탑 꼭대기에 나폴레옹이 우뚝 서 있는 방돔 광장 따위는 이제 그의 안중에 없었다. 낭랑한 소리를 내는 패물들과 아무 소리도 내지 않는 황금 구슬로 몸을 치장하고 어둠 속에서 춤을 추던 제트 조베이다가 다시 눈앞에 어른거렸다. 그는 공기 해머의 끄트머리를 아스팔트 바닥에 대고 시동장치의 손잡이를 내렸다. 즉시 쨍쨍한 쇳소리가 온몸을 가득 채웠다. 그런데 이번에는 새된 금속성이 기총소사처럼 터져나오는 사이로 갑자기 나무 조각이 마구 맞부딪는 듯한 소리가 섞여들었다. 격렬한 충격음, 귀에 몹시 거슬리게 날카로운 캐스터네츠 소리, 요란한 방울 소리 같은 것이 뒤섞여 있었다. 아스팔트로 된 땅거죽은 마치 뱀 가죽처럼 쉽게 벗겨졌다. 이드리스는 공기해머를 계속 작동시키면서 옮겨 다녔다. 공기해머가 보도의 표면에서 그토록 가볍게 팔딱거린다는 사실이 놀라웠다. 그것은 이드리스의 무시무시한 댄스 파트너였고, 과격한 로봇으로 변한 제트 조베이다였다.

그는 자기 공기해머와 함께 춤을 추느라고 크리스토발 상사의 진열창이 위에서 아래로 갈라지는 것을 보지 못했다. 진동 감지기가 작동시킨 도난 경보기의 사이렌 소리도 듣지 못했다.

애앵, 애앵, 애앵. 이드리스는 여전히 춤을 추고 있다. 그의 머릿속은 잠자리와 메뚜기와 격렬한 춤사위에 흔들리는 보석들의 환영으로 가득 차 있다. 경찰 버스 한 대가 카스틸리오네 거리를 막아선다. 또다른 경찰 버스가 '평화의 거리'를 가로질러 멈춰선다. 헬멧을 쓰고 방탄조끼를 입은 경찰관들이 버스에서 쏟아져나와 바퀴살처럼 금이 나 있는 진열창 쪽으로 내달린다. 진열창은 마치 상처 입은 짐승처럼 계속 울부짖고 있다. 이드리스는 귀가 먹고 눈이 먼 채로, 공기해머를 파트너로 삼아 황금 구슬 앞에서 계속 춤을 춘다.

작가 후기

사하라는 우리가 흔히 알고 있는 사하라보다 한결 풍요롭다. 이슬람은 깊이를 헤아릴 수 없는 우물이다. 마그레브와 근동으로 여러 차례 여행을 다녀왔지만, 그 여행들 덕분에 내가 가늠할 수 있게 된 것은 무엇보다 나 자신의 무지이다. 이 소설을 쓰는 데 도움을 준 이들이 많지만, 이 자리에서는 그들 가운데 몇몇 분들의 이름만 밝히고자 한다.

도미니크 샹포. 그는 파리 인류 박물관의 백색 아프리카 부서를 이끌고 있다. 그의 저서 『타벨발라』*는 민족학 관련 전문연구의 한 모범이자 마르지 않는 정보의 샘이다.

---

* 국립학술연구센터 출판부 간.

살라흐 리자. 그는 『추방당한 자들의 헤지라』*를 썼을 뿐 아니라, 내가 파리 지역 마그레브 출신 노동자들의 합숙소를 탐방할 수 있도록 안내인 노릇을 해주기도 했다.

게르비. 그는 마르세유의 아프리카 구역을 내게 소개해주었다.

그리고 나보다 학식이 풍부하고 내가 질문을 할 때마다 기꺼이 대답해준 모든 사람들. 제르멘 틸리옹, 로제 프리종 로슈, 렐라 망샤리, 클로드 블랑게르농, 마르셀 이샤크, 그리고 움 칼숨에 관해서 모르는 것이 없는 이자벨 사이아흐**가 바로 그들이다.

알렉상드르 베르나르 대령의 회고담에 특별히 감사의 뜻을 표해야겠다. 나는 그가 세상을 떠나기 직전에 그가 여생을 보내고 있던 부르 앙 브레스 근처의 농장에서 그를 만났다. 스물여섯 살 나던 해인 1920년에 그는 라페린 장군의 비행기를 조종했다. 이 소설에 나오는 가공의 인물 시지스베르 드 보퐁은 자신을 알렉상드르 베르나르와 동일시하는 것에서 보듯이 몽상을 곧잘 현실로 착각하는 사람이다. 소설에서 그가 말한 것은 내가 녹음해 두었던 알렉상드르 베르나르의 이야기를 그대로 옮긴 것이다. 따라서 이야기 속의 세부적인 요소들은 모두 사실이다. 비행기 바퀴 자국을 파서 임시로 만든 라페린 장군의 무덤에 비행기 바

---

* 켄 프로덕션.
** 『움 칼숨』, 드노엘 출판사.

퀴 하나를 얹고 그 위에 장군의 모자를 씌운 일까지도 말이다. 시지스베르 드 보퐁이 자살 기도 때에 생긴 상처들을 보여주겠다며 손목을 드러냈을 때 이드리스는 물론 아무것도 보지 못했다. 나는 그 상처들을 베르나르의 두 손목에서 보았다.

끝으로 아랍 서예의 대가 하산 마수디 선생에게 감사를 표하고자 한다. 그는 아름다움이 진리나 지혜와 하나가 되는 전통 예술에 다가갈 수 있도록 나를 이끌어주었다.*

---

*『살아 있는 아랍 서예』, 플라마리옹 출판사.

대담

미셸 투르니에와 『황금 구슬』

이세욱

이스탄불의 페라 팔라스 호텔. 애거사 크리스티 덕분에 유명해진 이 호텔의 한 객실에서 할리치 만(灣)을 내려다보며 프랑스의 투르니에 선생 댁으로 전화를 걸었다. 선생의 스위스 강연 일정과 바캉스 일정을 피해 가까스로 대담 날짜를 닷새 뒤로 잡았다. 송수화기를 내려놓는데, 문득 선생의 최근 저서 『외면 일기』에서 읽은 한 대목에 생각이 미친다. 터키의 전통 명과(名菓) 로쿰과 작가 야샤르 케말의 노벨 문학상 수상을 연결시킨 재미난 일화. 야샤르 케말은 노벨상에 대한 집착이 남달라서 자비를 들여 자기 소설 중의 하나를 스웨덴어로 번역하게 했다. 이 번역 소설을 스웨덴 왕립 아카데미 회원들에게 한 권씩 보내기 위해 정성스럽게 포장을 하던 야샤르 케말은 무언가 빠진 게 있다고 느꼈다. 곰곰이 생각한 끝에 그는 책 꾸러미에 터키 과자 라하트 로쿰을 한 상자씩 넣었다. 일화의 말미에서 투르니에 선생은 자기가 만일 왕립 아카데미 회원이었다면 이 라하트 로쿰을 생각해서라도 야샤르 케말에게 노벨 문학상을 주었을 거라고 우스갯소리를 한다. 이왕 이스탄불에 왔으니 라하트 로쿰을 사서 투르니에 선생께 선물로 가져가야겠다는 생각이 들었다. 이스탄불의 번화가 이스티클랄 거리로 나가서 삼백 년 넘게 로쿰을 만들어왔다는 가게를 찾아갔다. 투르니에 선생의 책에 나온 과자 이름을 프랑스어 식으로 '라하 루쿰'이라고 말했더니, 주인이 '라하트 로쿰'이라고 정정해준다. '라하트'란 로쿰의 한 종류라기보다 아몬드 따위가 들어 있지 않은 단순한 로쿰을 두루 일컫는 말이라는 설명과 함께.

투르니에 선생이 일러준 대로 파리에서 B선 수도권 전철을 타고 종점인 생레미 레 슈브뢰즈 역에 내려 전화를 걸었다. 영국에서 온 친구들과 커피를 마시고 있는 중이라서 이십 분쯤 후에 데리러 나갈 테니 역 앞 카페에 들어가 커피를 마시고 있으라고 한다. 이십오 분쯤 지나자 낡은 소형차 한 대가 카페 앞에 멈춰 선다. 운전자석의 문이 열리고 안경을 쓴 노인이 구부정한 자세로 나오며 얼굴을 든다. 사진으로만 보았지만 전혀 낯설지 않은 얼굴. 아, 이 만남을 얼마나 오랫동안 꿈꿔왔던가! 선생이 내민 손을 잡는데, 묘하게도 마치 전에 자주 뵈었던 옛 스승을 다시 만난 듯한 기분이 든다(이는 아마도 한국에서 김화영 선생의 글과 말씀을 통해 투르니에 선생에 관해 많은 것을 알게 된 데 기인한 착각이리라). 팔순을 몇 달 앞둔 노대가의 모습이 너무나 소박하다. 허름한 잠바에 물이 하얗게 바랜 청바지를 입은 품이 정원 일을 하다가 읍내에 나온 듯한 영락없는 시골 노인이다. 얼굴에는 검버섯이 피어 있고, 한쪽 다리를 조금 절고 있다. 프랑스 문학의 가장 우뚝한 거목도 세월과 함께 찾아오는 노쇠의 운명은 피할 수가 없는 것이다.

선생은 이베트 골짜기와 보스 지방의 평원을 구경시켜주겠다며 일부러 먼 길로 돌아간다. "영국에서 손님들이 오신 모양인데, 제가 시간을 잘못 선택해서 방해를 한 건 아닌가요?" 했더니, 오늘 온 사람들이 아니고 며칠 전부터 와서 머물고 있는 사람들이니 전혀 방해될 게 없단다. 그러면서, 그 손님들이 영국의 여자 친구와 투르니에 전문가 마이클 워튼이라고 알려준다. 마이클 워튼?! 며칠 전에 전화를 하면서 내가 『황금 구슬』을 번역하고 있는 사람이라고 스스로를 소개했을 때, 선생은 "세상에, 당신도 『황금 구슬』이오?" 하며 놀라움을 표시했었다. 마이클 워튼이라는 이름을 들으니 선생이 왜 그렇게 말했는지 비로소 온전히 이해가 간다. 참으로 공교롭다. 내가 알기로 마이클 워튼은 『황금 구슬』에 관한 한 세계에서 가장 독보적인 연구자다. 프랑스에 체류하는 동안 그의 저서[*]를 반드시 구해 가리라고 마음먹고 있던 터였는데, 그가 슈아젤에 와 있다니!

슈아젤 마을의 자그마한 성당 옆에 붙은 사제관으로 들어서니, 정원에 앉아 책을 읽고 있던 두 남녀가 일어선다. 맑은 얼굴에 지성과 기품이 넘쳐나는 초로의 여인은 투르니에 선생의 친구이고, 조용하고 조심성이 많아 보이는 중년의 남자는 마이클 워튼이다. 나탈리라는 이름의 여인은 투르니에 선생 마을에 정착하기 위해 집을 구하러 왔다고 하고, 마이클 워튼은 슈아젤에 자주 와서 머무는 모양이다. 그가 이따금 투르니에 문학 세계의 비밀을 프랑스 연구자들보다 먼저 알아내는 이유가 거기에 있지 않나 싶다. 그들과 함께 거실로 들어가 마이클 워튼의 저서와 나의 번역 작업을 놓고 잠시 이야기를 주고받다가, 준비해 간 라하트 로쿰을 꺼내어 투르니에 선생께 드렸다. "이스탄불에서 선생님 글의 한 대목이 생각나서 산 겁니다" 하고 말하자, 선생은 내 말뜻을 단박에 알아차리고 "아하, 야샤르 케말의 라하 루쿰!" 하면서 파안대소를 한다.

거실 한복판에 산더미처럼 쌓여 있는 새 책들에 내 눈길이 자

---

[*] 『미셸 투르니에의 이미지와 기호』, 갈리마르, 1991 ; 『황금 구슬』, 글래스고 대학 출판부, 1992.

꾸 쏠리고 있음을 알아챈 선생이 묻기도 전에 설명을 해준다. "11월에 공쿠르상 수상작을 결정하기 위해 읽어야 할 신간들이오. 앞으로 적어도 2백 권은 더 읽어야 되는데, 이건 정말이지 엄청난 속박이오. 이 많은 책 중에서 정말 흥미로운 작품을 찾아낸다는 것은 대단히 어려운 일이지요." 공쿠르 아카데미의 회원이라는 명예가 마냥 달갑지만은 않은 모양이다.

두 영국인이 다시 정원으로 나가고 우리의 대담이 본격적으로 시작되었다.

이세욱 먼저 번역이라는 주제를 가지고 이야기를 시작하고 싶습니다. 최근에 일본과 터키를 잇달아 여행하면서 많은 서점을 둘러보았습니다. 도쿄와 이스탄불의 큰 서점에서는 어디에서나 선생님 책들의 번역본을 쉽게 구할 수 있더군요. 여기, 이것은 『황금 구슬』의 일본어판이고 이것은 터키어판입니다.

투르니에 아! 나도 하나 보여줄 것이 있소. 얼마 전에 아시아의 어떤 출판사가 보내온 책이오.

(서재에서 선생이 들고 나온 책은 한국의 S출판사에서 나온 『일곱 가지 이야기』이다.)

투르니에 어떤 언어로 된 것인지는 모르지만, 아주 멋지게 만들어진 책이오.

이세욱 『일곱 가지 이야기』의 한국어판입니다. 번역자 이원복 교수는 한국의 대표적인 투르니에 전문 연구자죠.

투르니에 아, 이게 한국어였군요. 책이 아주 멋있어요, 삽화도 예쁘고. 그런데, 책값이 너무 비싸지 않을까 걱정이 돼요. 나는 내 책을 되도록 싸게 만들어서 널리 보급하기를 원해요. 프랑스에서 『방드르디, 야생의 삶』이 젊은이들에게 널리 읽히면서 6백만 부 이상 팔린 것처럼 말이오.

이세욱 영어권에도 선생님 독자가 많은 것으로 아는데, 선생님 책이 모두 몇 개의 언어로 번역되었나요?

투르니에 정확하지는 않지만, 아마 25개 언어로 번역되었을 거요. 요즘에도 새로운 번역이 계속 나오고 있으니까 그 이상이 될지도 모르겠소. 작년에는 러시아에서 『방드르디, 야생의 삶』이 출간되었지요. 그것을 기념하기 위해 그쪽 출판사에서 나를 초청했어요. 모스크바에서 남쪽으로 백 킬로미터 떨어진 툴라라는 도시에 갔지요. 툴라는 인구가 50만 명쯤 되는 잘 알려지지 않은 도시인데, 구소련 때에는 칼라슈니코프 자동소총을 생산하던 금단의 도시였소. 툴라 사람들이 전문으로 삼고 있는 것은 칼라슈니코프와 프랑스어요. 내 강연을 듣기 위해 한 학교에 3백여 명의 아이들이 모여 있었는데, 그들 모두가 프랑스어를 알아들었소. 그들이 내게 준 선물이 있는데 한번 보겠어요?

(선생은 서재로 들어가더니, 액자 하나를 들고 나온다. 털실과 나뭇잎 따위를 붙여 고양이 얼굴을 형상화한 콜라주 작품이다.)

투르니에 어때요, 참 예쁘지 않소? (웃음) 내 책을 읽은 아이들로부터 이런 마음의 선물을 받는 것보다 더 기쁜 일은 없소. 그건 그렇고 한국에서는 어떤 책들이 번역되었나요?

이세욱 선생님 책이 한국에서 처음 번역된 것은 1980년대 초반입니다. 제가 알기로는 『마왕』과 『동방박사』가 가장 먼저 나왔고……

투르니에 『마왕』이 번역되었다고요?

이세욱 최초의 번역은 한국이 세계저작권협약에 가입하기 전이라 저작권 계약을 맺지 않고 출간되었을 수도 있습니다.

투르니에 해적판, 그거 굉장한 거요. 내 책의 번역 중에는 해적판이 많아요. 나는 그게 매우 자랑스럽소. 신통치 않은 작품의 해적판이 나오는 것 봤소? (웃음) 번역만 좋다면 나로서는 아무 문제가 없소.

이세욱 물론 그 뒤의 책들은 모두 계약을 맺고 출간되었지요. 김화영 교수의 번역으로 『방드르디, 태평양의 끝』과 산문집 『짧은 글, 긴 침묵』 『예찬』 『외면 일기』가 출간되었고, 『방드르디, 야생의 삶』과 『흡혈귀의 비상』 등도 다른 번역자들의 번역으로 나왔습니다. 『황금 구슬』과 단편집 『사랑의 야찬』도 곧 출간될 것이고요.

투르니에 내 책이 한국인들의 정신 세계에 잘 맞을지 모르겠어요. 나는 한국의 신화에 대해서는 전혀 아는 게 없소.

이세욱 선생님이 즐겨 다루는 주제 중에는 물론 한국 독자들에게 낯선 것이 있습니다. 그 때문인지 한국의 대중에게는 아직 선생님이 그다지 알려져 있는 편이 아닙니다. 문학을 좋아하는 이들은 대부분 선생님을 알고 있고, 선생님을 일컬어 현존하는 프랑스 최고의 작가라고 말하는 이들도 적지 않지만 말입니다.

투르니에 프랑스 최고의 작가라는 말은 하지 않는 게 좋을 겁니다. 다른 작가들이 들으면 기분이 좋을 리가 없으니까요. (웃음) 내가 들려주고 싶은 얘기가 하나 있소. 프랑스에서 가장 큰 사전의 최신판을 사람들이 내게 보내주었소. 바로 일곱 권짜리 『그랑 로베르』 사전이오. 최근에 이 사전의 편찬자들로부터 이런 통지를 받았소. 당신도 알다시피 이 일곱 권짜리 사전의 용례는 프랑스 문학의 명문장들로 이루어져 있소. 그런데 컴퓨터 프로그램으로 분석해보니까, 이 용례들 중에서 내 책에서 인용된 것이 모두 232개라고 합니다. 살아 있는 작가의 작품에서 이렇게 많은 문장이 사전에 인용된 경우는 많지 않을 거요. 나는 대중에게 별로 알려지지 않은 것을 불평하지 않소. 당신도 알다시

피, 작가가 글을 쓰는 것은 알려지기 위해서가 아니라 읽히기 위해서요. 나는 내 책들이 최대한 많이 알려지기를 원하지만 나 자신이 알려지는 것은 되도록 피하고 싶소. 내 사진이 여기저기에 나붙는 것을 나는 견디지 못할 거요. 나는 은막의 스타가 아니오. 거리에서 사람들이 나를 알아보는 것을 원치 않소. 프랑스 사람들 가운데 내 글을 읽는 사람은 쉰 명에 한 명 정도일 거요. 대부분의 사람들은 내 책을 읽지 않아요. 매우 지적인 사람들 중에도 내 책을 읽지 않는 사람들이 적지 않을 거요. 책을 읽는 사람들은 일종의 클럽을 이루고 있소. 골프 클럽이나 승마 클럽처럼 말이오. 대중의 작은 범주일 뿐이지요. 나는 그 범주를 벗어나서 사람들에게 알려지기를 바라지 않소. 나를 읽지 않는 사람들에게 알려지는 건 무의미한 일이오.

이세욱 선생님의 책을 한국어로 옮기기가 어렵다는 얘기도 들립니다. 실제로, 1998년 11월에 선생님을 주제로 열린 국제학술대회에서 한국의 한 연구자는 선생님의 작품을 한국어로 번역하는 것이 어떤 점에서 어려운지를 분석해낸 바 있습니다.[*]

투르니에 아, 생각나요. 내가 번역이 잘 안 되는 작가라고 했지요. (웃음)

---

[*] 유선경, 「미셸 투르니에 작품 번역의 어려움」. 이 발제문은 장 베르나르 브레가 엮은 『투르니에 다시 읽기』(생테티엔 대학 출판부, 2000)에 전재되어 있다.

이세욱 선생님 자신은 어떻게 생각하십니까? 선생님 작품을 번역하기가 어렵다고 보십니까?

투르니에 나는 그렇게 생각하지 않소. 내 글은 정확하고 분명합니다. 전문 용어를 많이 사용하지만 그건 문제가 되지 않아요. 사전이 있으니까요. 사전은 그런 데 쓰라고 있는 게 아니겠소? 나는 모호한 문장을 쓰는 법이 없소. 나도 작가가 되기 전에 독일어 책을 프랑스어로 옮기면서 살아보았기 때문에 번역하기 어렵다는 것이 어떤 것인지 잘 알고 있소. 정확하지 않고 분명하지 않은데다 지나치게 긴 문장을 쓰는 작가, 예를 들어 프루스트를 번역한다고 생각해보시오. 프랑스어로 읽는 것 자체가 하나의 악몽인데, 어떤 언어로 번역을 하든 그 어려움이 오죽하겠소? 어쨌거나 나는 그런 작가들에 속하지 않아요.

이세욱 선생님의 텍스트가 다른 텍스트들과 맺고 있는 깊고 복잡한 관계, 신화적이고 종교적이고 문학적인 레퍼런스의 풍부함 때문에 번역이 어렵다는 견해도 있는데요……

투르니에 그건 번역 일반의 문제이지 내 텍스트만의 문제는 아니지요.

이세욱 그런 문제를 해결하기 위해 번역자가 주석을 통해 개입하는 것에 대해서는 어떻게 생각하십니까?

투르니에 잘하는 일이라고 봅니다. 독자의 이해를 돕기 위해 설명이 필요하다면 그렇게 해야겠지요. 하지만 과도한 주석으로 소설을 무겁게 만드는 것은 금물입니다. 소설은 연구서가 아니라 즐거움을 얻기 위한 책이니까요.

이세욱 선생님 작품의 번역 중에서 선생님께 가장 큰 기쁨을 준 번역은 어떤 것인지요?

투르니에 나는 독일어로 번역된 것밖에 읽지 않기 때문에, 다른 번역에 대해서는 할 말이 없어요. 독일어 번역은 언제나 나에게 기쁨을 주지요. 나 자신이 번역을 해도 그보다 낫진 않을 겁니다.

이세욱 선생님의 번역자들에게 충고하고 싶은 말씀이 있는지요.

투르니에 글쎄요, 나 말고 다른 프랑스 작가를 번역하라고 권할까요? (웃음) 나를 번역해줘서 고마울 뿐이지요. 내가 달리 무슨 말을 할 수 있겠소? 번역이 얼마나 고단하고 보람 없는 (ingrat) 일인지 내 경험을 통해 뻔히 알고 있는데 말이오. 번역은 아주 까다롭고 따분하고 지루한 작업이지요. 그렇게 고생하는 것에 비해서 수입은 보잘것없고 큰 명예를 얻는 것도 아니죠. 특별한 경우가 아니면 번역자들은 늘 가난하고 작가의 그늘에 가려져 있어요.

이세욱 그래도 투르니에 같은 거목의 그늘에 가려지는 것은 행복한 일이죠.

투르니에 참으로 다행스럽소. 그런 마음으로 작업에 임해야 좋은 번역이 나와요. 졸렬하다고 생각하는 작품을 돈 때문에 번역하는 것만큼 고통스러운 일은 없죠. 그 결과도 좋지 않고요.

이세욱 이제 『황금 구슬』에 관한 이야기로 넘어가볼까요? 선생님의 장편소설이 모두 경이로운 세계를 펼쳐 보이고 있지만, 제가 보기에 오늘날의 한국 독자들에게 가장 친근하게 다가올 수 있는 작품은 『황금 구슬』이 아닌가 싶습니다. 이 소설에서 다루고 있는 두 가지 주제, 즉 이미지의 문제와 외국인 노동자의 문제를 오늘날 한국인들이 직접적으로 겪고 있으니까요.

투르니에 그래요. 『황금 구슬』은 우선 이미지에 관한 소설이오. 내가 이 작품을 쓸 때 처음 생각했던 제목은 '사진'이었소. 이야기는 사하라 사막의 오아시스에 살던 한 소년이 프랑스에서 온 금발의 여자에게 사진을 찍히는 것으로 시작되죠. 그다음엔 사진을 찾아 프랑스로 떠난 소년이 이미지로 가득 찬 세계에서 겪는 에피소드가 이어져요. 소설의 말미에 나오는 철학 콩트 「금발의 여왕」도 초상화, 즉 이미지에 관한 것이오. 결국 이 소설을 관통하고 있는 주제는 이미지죠. 내가 나의 모든 소설을 통해 주제를 제시하는 방식은 란자 델 바스토의 다음과 같은 시행으로 요약될 수 있소.

이세욱 간디의 제자였던 란자 델 바스토 말씀인가요?

투르니에 그래요. 그는 시칠리아 출신의 프랑스 시인이었소. 그의 시 가운데 「이미지의 외투」라는 작품이 있소. 이렇게 시작되는 시요. '각각의 사물 속에는 한 마리 물고기가 헤엄치고 있다/알몸으로 나가기를 저어하는 물고기여, 내 그대에게 이미지의 외투를 던져주마.' 이 두 행의 시구에 내 소설 미학의 핵심이 담겨 있소. 내가 보기에 모든 사물에는 철학적 본질이 있어요. 그런데 이 본질을 다짜고짜 드러내는 것은 온당치 않소. 그러면 소설이 죽어버리죠. 그래서 나는 그 철학적 본질에 이미지의 외투를 입히는 거요. 내 소설은 이미지의 외투요. 철학적인 내용으로 보면 두 페이지로 요약될 수 있는 것에 이미지의 외투를 씌워 5백 페이지의 이야기를 만드는 거요. 『마왕』을 예로 들어볼까요? 이 소설은 내가 창안한 하나의 개념을 주제로 삼고 있소. '포리(phorie)'라는 개념이 바로 그거요. 당신도 알다시피 그리스어 동사 '페레인(pherein)'에서 나온 이 말은 무엇을 들거나 안거나 가지고 간다는 뜻이오. 최근에 브르타뉴 지방의 생자쿼들라메르에 있는 수도원에 갔을 때의 일이오. 그곳 정원에 포리의 개념을 전형적으로 보여주는 성상이 있소. 성 요셉이 아기 예수를 안고 있는 조각상이오. 내가 그것을 갖고 싶다고 하니까 수도원장은 그것이 수도원의 소유물이라서 안 된다고 하더군요.

이듬해에 다시 그 수도원에 갔더니 원장이 좋은 소식이 있다며 내가 갖고 싶어하던 것 대신에 저 성상을 보여줬소. 석고로 된 거라서 수도원 마당에 내놓을 수가 없으니 내가 가져가도 좋다는 거였소. 그래서 자동차에 실어서 가지고 왔지요. 소설 『마왕』의 모든 이야기는 바로 저 성상이 보여주는 포리의 개념에 외투를 두른 것이라고 볼 수 있소. 내 소설은 모두 그와 같소. 철학적인 개념을 감싸는 이미지의 외투요. 각각의 사물 속에는 한 마리 물고기가 헤엄치고 있다/알몸으로 나가기를 저어하는 물고기여, 내 그대에게 이미지의 외투를 던져주마―란자 델 바스토.

이세욱 『황금 구슬』 역시 철학소설입니다. 이 소설에서 선생님은 인간이 이미지의 노예가 되는 상황을 비판하고 이미지에 대한 기호의 우위를 주장하고 있습니다. 몇몇 대목을 읽다보니 플라톤의 다음과 같은 말이 생각나더군요. '화가란 사람들의 눈에 가루를 뿌리는 사기꾼이자 모방자다.'

투르니에 맞소, 잘 봤어요. 이 소설의 '물고기'는 플라톤이오.

이세욱 현대인은 대부분 영상의 그물에 포획되어 있습니다. 겉모습에 대한 숭배는 갈수록 기승을 부리고 있고요. 우리는 이 노예 상태로부터 벗어날 수 있을까요?

투르니에 참된 아름다움을 드러내는 기호를 통해서 벗어날 수 있을 겁니다. 이 소설의 주인공 이드리스가 아랍의 캘리그래피(서예)를 통해 이미지의 속박에서 해방되는 것처럼 말이오. 오늘날에 한 가지 흥미로운 현상이 나타나고 있소. 컴퓨터를 통해서 글이 다시 돌아오고 있다는 거요. 사진, 영화, TV로 대표되는 영상 매체의 위력에 주눅들어 있던 글쓰기가 첨단 매체인 컴퓨터를 통해 되살아나고 있으니 굉장하지 않소? 하지만 나는 여전히 손으로 쓰고 있소. 타자기나 컴퓨터를 사용해서 글을 쓴 적이 없어요.

이세욱 선생님은 기독교 문명의 전통에 깊이 뿌리를 박고 있으면서도, 이슬람 문화를 잘 이해하고 좋아하시는 듯합니다. 그 행복한 결합은 어디에서 온 것인가요?

투르니에 서양 문명에는 여러 갈래의 뿌리가 있소. 그리스 문명과 라틴 문명이 있고, 유대교의 전통과 기독교의 전통이 있지요. 거기에 이슬람이라는 또다른 뿌리가 결합된 겁니다. 그 모두가 다 내 문학의 뿌리요.

이세욱 『황금 구슬』은 진정한 자아를 찾는 여행의 이야기이기도 합니다. 그런 점에서 선생님이 말씀하신 '지리적 소설'이죠.

투르니에 그래요. 내 소설은 모두 지리적 소설입니다. 『마왕』조차 일견 제2차세계대전을 다룬 역사소설처럼 보이지만, 사실은 동프로이센을 무대로 한 여행담이죠.

이세욱 『황금 구슬』을 쓰기 위해 여행을 많이 하셨나요?

투르니에 주인공 이드리스의 행로를 그대로 따라서 여행했어요. 사하라 사막을 두 차례 횡단했고요. 한 번은 자동차로 또 한 번은 오토바이로 횡단했죠.

이세욱 저는 제가 번역하는 소설의 무대를 직접 찾아가보는 것을 좋아하는데, 이 소설의 경우에는 그게 쉽지 않겠군요. 사하라 사막까지 가야 하니 말입니다. 파리에서 제가 꼭 가보아야 할 곳이 있을까요?

투르니에 18구에 있는 '구트도르(황금 구슬)' 거리를 가보는 건 괜찮을 거요. 예전에 아랍 이민 노동자들이 많이 살던 상징적인 거리죠. 이 소설의 제목을 한국어로 번역하기가 어렵지는 않은가요?

이세욱 세 가지 가능성을 놓고 오랫동안 고심했는데, '라 구트 도르(La goutte d'or)'가 자유를 상징하는 보석 '불라 아우레아(bulla aurea)'의 다른 이름이라는 데 초점을 두고 '황금 구슬'로 결정했습니다.

투르니에 아까 한국에도 외국인 노동자들의 문제가 있다고 했는데, 그들은 어디에서 오죠?

이세욱 동남아시아와 동유럽 등지에서 옵니다.

(중략)

이세욱 선생님의 일본 번역자 사카키 바라가 쓴 글을 보니까,

『황금 구슬』이 마르셀 블루발 감독에 의해 TV영화로 각색되었다고 하더군요. 영상의 사악한 힘을 경계하는 소설이 영화로 각색되었다니 일종의 아이러니가 느껴집니다. 각색에 반대하지는 않으셨나요?

투르니에 반대하지는 않았지만, 결과가 형편없었소. 내 소설은 영화하고는 궁합이 잘 안 맞는 것 같아요. 귄터 그라스의 『양철북』을 영화로 만든 폴커 슐뢴도르프가 『마왕』을 영화화했는데 그것도 별로 좋지 않았어요. 조르주 심농의 경우에는 60여 편의 소설이 영화로 만들어지고 어떤 소설은 여러 차례 각색되기까지 했어요. 굉장하지요. 하지만 나는 그런 작가가 아니오.

이세욱 『황금 구슬』에는 눈물겹도록 감동적인 에피소드가 몇 개 있습니다. 예컨대 사하라의 오아시스에서 온 이드리스가 늙은 낙타를 몰고 파리 시내를 가로지르는 장면 말입니다. 그런 에피소드들이 영화에서는 어떻게 각색되었는지 궁금하군요.

투르니에 그 영화가 다른 건 다 신통치 않은데, 그 장면 하나는 소설보다 나아요. 당신도 알다시피, 루브르 미술관 앞에는 유리 피라미드가 있어요. 영화에서는 낙타를 데리고 파리를 북에서 남으로 가로지르는 이드리스가 이 피라미드 앞을 지나가죠. 생각해보시오. 낙타와 피라미드. 아주 멋지게 어울리지 않소?

이세욱 대단히 아름다운 이미지로군요. 그런데 선생님이 소설을 쓰실 당시에는 루브르에 피라미드가 없지 않았나요?

투르니에 물론이오. 그러니 나로서는 그런 멋진 아이디어를 낼 수가 없었지요.

이세욱 『황금 구슬』에는 아름다운 이미지뿐 아니라 음악도 많이 들어 있습니다. 소설을 읽는 동안 줄곧 제트 조베이다의 노래가 귓전을 맴도는 듯한 기분을 느꼈어요. 책 속에서 솟아나는 음악을 듣는다는 것, 그건 대단히 유쾌한 경험이죠. 그 노래의 가사는 물론 선생님이 지으신 거겠죠?

투르니에 그게 내가 쓴 유일한 시요. 언어유희가 들어 있어서 번역하기는 쉽지 않을 거요.

이세욱 『황금 구슬』이후로 선생님의 작품이 초기의 소설들에 비해서 눈에 띄게 간결해졌습니다. 일부러 작품을 짧게 쓰시는 건가요?

투르니에 어떤 의도를 가지고 그런 건 아니오. 작품의 크기를 결정하는 것은 작가가 아니라 작품 그 자체요. 소설은 식물과 같은 거라서 언제 성장이 멈출지 모르지요.

이세욱 제가 보기엔 짧은 이야기에 대해 남달리 애착을 갖고 계신 듯합니다. 『황금 구슬』에도 두 편의 철학 콩트가 들어 있죠. 이 콩트들은 아랍의 전설들을 새롭게 고쳐 쓰신 건가요, 아니면 선생님의 순수한 창작인가요?

투르니에 콩트는 내가 아주 좋아하는 장르예요. 『황금 구슬』 에 나오는 두 이야기는 역사 속의 인물이 주인공으로 나오긴 하지만 나의 온전한 창작물이오.

이세욱 선생님은 대학의 연구자들이 가장 관심을 많이 기울이는 작가들 중의 한 분입니다. 그런가 하면, 프랑스에서는 어린 독자들에게도 인기가 아주 많습니다. 선생님의 진정한 독자는 누구라고 생각하시는지요?

투르니에 아이들이오. 내가 아이들을 위해서 글을 쓴다고는 말할 수 없소. 다만 나는 간결함과 명료함, 그리고 구체성에 다가가는 것을 이상으로 여기며 글을 써요. 일부러 아이들을 위해 글을 쓰지 않더라도 그 이상에 접근하는 글을 쓰면 아이들도 읽을 수 있게 되는 거요. 예를 들어 『방드르디, 야생의 삶』은 열한 살부터 읽을 수 있고, 「아망딘, 두 정원」은 일곱 살짜리도 읽고 이해할 수 있어요. 「피에로, 밤의 비밀」은 나의 이상에 가장 접근한 글이오. 여기에는 스피노자의 『윤리학』이 담겨 있소. 주인공 피에로는 실체(substance)이고 아를캥은 우연(accident)이오. 이 실체와 우연의 대립을 이해하게 되면 스피노자 『윤리학』의 반은 이해하는 거죠. 일곱 살짜리 아이들이 나의 이 짤막한 이야기를 통해서 스피노자의 『윤리학』을 이해하게 된다는 건 정말 경이로운 일이 아니겠소?

이세욱 『황금 구슬』에는 여러 작가들의 말이 인용되어 있습니다. 괴테도 나오고 워즈워스와 폴 발레리와 철학자 알랭도 나오죠. 그런데, 에드바르트 라인로트와 이븐 알 후다이다는 전혀 알려져 있지 않은 인물들입니다. 인용문은 너무나 멋진데 어떤 인명사전에도 그들의 이름이 나오지 않아요. 저기 정원에 있는 마이클 워튼에 따르면, 에두바르트 라인로트는 선생님의 가명이라는데요.

투르니에 그래요. 거기에는 트릭이 있어요. 에드바르트 라인로트는 바로 나요. 에드바르트는 내 두번째 이름인 에두아르를 독일어식으로 적은 것이고 라인로트(Reinroth)는 투르니에(Tournier)를 거꾸로 쓴 거요. 일종의 애너그램이지요. 이븐 알 후다이다 역시 내 가명이오.

이세욱 '슈아젤의 천사' 라는 뜻의 앙젤뤼스 슈아젤뤼스가 선생님을 가리킨다는 것은 금방 짐작이 가는데, 그 두 가명에는 깜빡 속았습니다. 그런데 후다이다가 무슨 뜻인가요?

투르니에 '빙빙 돌다' 라는 뜻의 아랍어에서 나온 이름이죠. 투르니에가 '돌다' 라는 뜻의 동사 투르네(tourner)와 관계가 있는 것처럼 말이오.

이세욱 일종의 투르니에 식 유머로군요.

투르니에 난 내 이름이 마음에 들지 않아요. 특별하거나 우습

지도 않고 아름답지도 않죠. 그래서 다른 이름을 자꾸 쓰는지도 모르겠어요.

이세욱 웃음과 유머와 아이러니도 선생님 작품에서 매우 중요한 의미를 갖는 요소입니다. 첫 소설 『방드르디, 태평양의 끝』 이래로 선생님은 줄곧 웃음과 아이러니를 예찬해오셨습니다.

투르니에 그래요. 나는 독자들이 내 책을 읽으며 언제나 웃을 수 있기를 바라요.

이세욱 선생님이 말씀하신 '하얀 웃음'을 말입니까?

투르니에 그렇소. 하얀 웃음이란 하얀 어릿광대의 웃음이오. 우리가 살고 있는 상대성의 세계 속에 절대적인 것이 출현할 때 생겨나는 웃음이죠.

이세욱 『성령의 바람』에서 '창작과 고독은 분리될 수 없다'고 하셨습니다. 실제로 선생님은 사십 년 넘게 이 사제관에서 홀로 살아오셨지요?

투르니에 그래도 찾아오는 친구들이 많아요. 특히 여름에 말이오. 겨울엔 아무래도 이곳이 스산하지요. 공쿠르 아카데미 회원들과 매달 한 번씩 식사하는 것도 빼놓을 수 없는 기쁨이고요.

이세욱 지금 구상하고 계시거나 앞으로 나올 책들에 대해서 말씀해주실 수 있는지요.

투르니에 나는 모두가 알고 있는 큰 주제를 놓고 오랫동안 사유하고 탐구해서 소설을 씁니다. 내가 새롭게 다뤄보고자 하는 큰 주제는 흡혈귀요. 흡혈귀에 관한 책 읽어봤지요?

이세욱 네. 흡혈귀 문학의 고전인 브램 스토커의 『드라큘라』를 번역하기도 했습니다.

투르니에 아, 그래요? 나는 오래 전부터 그 주제에 관해 연구를 해왔어요. 그동안 상당한 진전이 있었지만 아직 조사하고 연구할 게 많아요. 그런데 이놈의 다리가 말썽을 부려서 그 계획을 실현할 수가 없소. 파리의 지하 터널과 폐쇄된 지하철 역, 페르 라셰즈 공동묘지, 피에 대한 숭배를 상징하는 몽마르트르의 사크레쾨르 성당 등 가보야 할 곳이 많은데, 엄두를 못 내겠어요. 작품을 구상한 지는 오래 되었는데, 언제 실현될지 모르겠소.

이세욱 그 계획이 하루빨리 실현되었으면 좋겠군요. 8월 초에 브르타뉴로 떠나신다고 하셨지요? 매년 여름을 거기에서 보내시나요?

투르니에 그래요. 아까 말한 생자퀴 들라메르 수도원에 매년 가죠. 브르타뉴에는 1930년부터 갔소. 대여섯 살 때 거기에서 수영을 배웠지요. 나는 그곳을 무척 좋아합니다.

이세욱 끝으로, 한국의 독자들에게 한 말씀 해주시겠습니까?

투르니에 언젠가 프랑스의 한 학교로부터 도서관에 내 말을 새겨놓게 한마디 해달라는 부탁을 받았어요. 그때 나는 "읽고,

읽고, 또 읽으세요. 독서는 사람을 지혜롭고 행복하게 만듭니다"라고 말했어요. 그런 말밖에는 달리 할 말이 없군요. 책을 읽는 사람은 읽지 않는 사람에 비해 한결 우월합니다. 다수가 책을 멀리하고 있는 상황에서 그들은 정신의 귀족이죠. 한번은 어떤 친구와 장기간 여행을 떠났는데, 그 친구가 책을 한 권도 들고 오지 않아서 크게 놀란 적이 있어요. 비행기를 타거나 기차를 타고 가면서, 혹은 호텔에 머무는 동안 어떻게 책을 읽지 않고 시간을 보낼 수 있는지 이해할 수가 없어요. 한국에는 책을 읽는 이들이 점점 많아졌으면 좋겠군요.

---

* 이 대담은 『황금 구슬』을 번역중이던 2004년 7월 27일, 파리 외곽의 슈브뢰즈 읍 슈아젤 마을에 있는 미셸 투르니에의 자택에서 이루어진 것이다. 2007년 봄 『황금 구슬』 한국어판을 내면서 옮긴이가 당시를 되살려 정리했다.

옮긴이 **이세욱**
서울대 불어교육과를 졸업했으며, 프랑스 오를레앙 대학에서 불문학을 공부했다. 『개미』를 비롯한 베르나르 베르베르의 전 작품과 『사랑의 야찬』 『벽으로 드나드는 남자』 『소립자』 『늑대의 제국』 『리흐테르』 『함께 있을 수 있다면』 등을 우리말로 옮겼다.

문학동네 세계문학
황금 구슬

초판인쇄	2007년 4월 10일
초판발행	2007년 4월 20일

지은이	미셸 투르니에
옮긴이	이세욱
펴낸이	강병선
책임편집	김지연
펴낸곳	(주)문학동네
출판등록	1993년 10월 22일 제406-2003-000045호

주 소	413-756 경기도 파주시 교하읍 문발리 파주출판도시 513-8
전자우편	editor@munhak.com
전화번호	031) 955-8888
팩 스	031) 955-8855

ISBN 978-89-546-0308-9 03860
www.munhak.com